Deana Zinßmeister · Der Duft der Erinnerung

Deana Zinßmeister

Der Duft der Erinnerung

Roman

Besuchen Sie auch die Homepage von Deana Zinßmeister:
www.deanazinssmeister.de

Originalausgabe
Deana Zinßmeister: Der Duft der Erinnerung
Copyright © 2006 by Moments in der
area verlag gmbh, Erftstadt
Alle Rechte vorbehalten
Lektorat: Christina Kuhn, Köln
Einbandgestaltung: agilmedien, Köln
Einbandabbildungen: zefa / mauritius
Satz & Layout: Andreas Paqué, Gleichen
Druck und Bindung: GGP Media GmbH, Pößneck
Printed in Germany
ISBN-13 978-3-937670-43-0
ISBN-10 3-937670-43-2

www.moments-verlag.de

*Für meine Kinder
Carsten und Madeleine Zinßmeister,
das Beste in meinem Leben!*

»Auf Vandiemensland pflügen«

»Ihr braven Wild'rer alle, vernehmet jetzt mein Lied,
Wenn ihr mit Hund und Falle durch Englands Wälder
    zieht.
Fasanen in der Tasche, den Hasen in der Hand,
Mit keiner Silbe denkend an Vandiemensland.

Drei kühne Männer waren wir, die furchtlos einst die
    Beute
In Englands Wäldern jagten, bis uns dann die Leute
Des Waldbesitzers fassten. Sie lauerten im Sand –
Auf vierzehn Jahre mussten wir nach Vandiemensland.

Kaum war'n wir auf der Insel, verkauft' man uns wie
    Pferde,
In Reih und Glied, so standen wir da auf der harten Erde;
Wir mussten wie die Ochsen am unheilvollen Strand
Den harten Boden pflügen dort auf Vandiemensland.

In einer alten Hütte aus Soden und Lehm,
Auf faulem Stroh als Bettstatt lebt sich's nicht angenehm,
Und jede Nacht ward Feuer rings um uns abgebrannt
Zum Schutz vor Wolf und Tiger auf Vandiemensland.

Oft, wenn ich nächtens schlafe, kommt mir ein süßer Traum,
mit meiner Allerliebsten streif' ich am Waldessaum
entlang, wie ich's gern hatte daheim im Vaterland,
dann wach ich auf, mein Herz steht still: Hier ist Vandiemensland.

Drum merket auf, das ist mein Rat, es gilt den Wild'rern
allen:
Lasst Büchse, Hund und Schlinge fahr'n, verzichtet auf die
Fallen.
Denn jeden, man fasst, bringt gnadenlos man her,
Jetzt wisst ihr, wie es uns erging – drum wilderet nicht
mehr.«
*(Aus: Robert Hughes: AUSTRALIEN. Die Besiedelung
des Fünften Kontinents)*

*Dies ist eine Ballade, die auf der Gefängnisinsel Vandiemens-
land entstanden ist.*
*Die bloße Nennung dieser Insel ließ jeden erschauern. We-
gen der Strenge und Härte, die dort herrschte, schwingt Angst
in vielen Sträflingsliedern mit.*
Vandiemensland war die Verkörperung der Strafe.

I

Südafrika, 4. September 1793

»Prego, Signora, Sie dürfen die Luft nicht anhalten! Mi dispiace.«

Wie durch einen Nebelschleier drangen laut gesprochene Worte, die mit einer fremden Sprache vermischt waren, zu Luise durch. Immer wieder wurde ihr Körper von Krämpfen geschüttelt. Als ob sie Fieber plagen würde, stand Schweiß auf ihrer Stirn. Die Haare klebten feucht an den Schläfen.

»Es ist zu früh! Mindestens sechs Wochen zu früh!«, fuhr es ihr voller Panik durch den Kopf. Wieder hörte sie fremdländische Worte, die sie nicht verstand. Eine neue Welle der Schmerzen schien ihren Unterleib zu zerreißen und hinderte sie am Sprechen. Als sie wieder durchatmen konnte, stammelte sie: »Holen Sie Kapitän Fraser und Mrs. Reeves. Bitte.«

»No, Signora, non e possibile. Capitano Fraser ist heute Morgen nach l'Inghilterra gesegelt. Großer Sturm soll kommen – deshalb sehr eilig. La signora e signore wollten arrivederci sagen, aber Sie haben geschlafen. Scusi, mi dispiace.«

Luise wollte nicht glauben, was sie da hörte. Kapitän Fraser und Peggy konnten sie unmöglich jetzt schon allein gelassen haben. Hier, auf diesem fremden Kontinent und in diesem Zustand. Sie hatten doch erst später abreisen wollen, wenn feststand, dass mit Luise alles in Ordnung war. Am liebsten hätte sie ihre Angst laut hinausgeschrien, doch sie brachte keinen Ton hervor. Das war wieder die Situation, die sie bereits kannte und vor der sie sich stets fürchtete. Sie war erneut allein.

Weil Kapitän Fraser durch Luises Zustand einen längeren Aufenthalt in Kapstadt gehabt hatte, galt es, die verlorene Zeit aufzuholen. Er konnte es sich nicht erlauben, durch einen Sturm noch länger in Südafrika festzusitzen. Obwohl Luise die Entscheidung ihrer Freunde verstehen und nachvollziehen konnte, breitete sich in ihrem Kopf ein Gefühl der Leere aus, zu dem sich Traurigkeit gesellte. Weiter kam sie nicht in ihren Gedanken, denn wieder ergriff der Schmerz Besitz von ihrem Unterleib und schien sie in den Wahnsinn treiben zu wollen. Verkrampft umfassten ihre Hände die Bettdecke und suchten in dem weißen Leinen nach Halt. Ihr Nachthemd war durchnässt von dem Schweiß der Überanstrengung. Wieder hielt sie den Atem an, bis ihr Gesicht rot anlief. Dann ließ Luise die Luft keuchend entweichen. Im selben Moment schämte sie sich. Aber es tat gut, und selbst das kreideblasse Gesicht von Giuseppe Zingale konnte sie nicht davon abhalten. Luise war am Ende ihrer Kräfte. Jedes Mal, wenn der Schmerz nachließ, hoffte sie, dass er nicht wiederkommen würde. Mit einem feuchten Tuch kühlte Giuseppes Frau Maria Luises Gesicht und flößte ihr kalten Tee ein. Maria war eine stämmige Italienerin, mit einem runden Gesicht, fast schwarzen Augen und ebensolchen Haaren. Durch ihre Körperfülle wirkte sie größer als ihr zierlicher Mann. Sehr zum Verdruss Giuseppes hatte sich seine ehemals volle Haarpracht gelichtet. Nur noch ein Kranz dunkler Haare zierte seine sonst glänzende Schädeldecke. Luise hatte auf ihrer Hinreise nach Australien Herrn Zingale in seinem Schneideratelier kennen gelernt und sich bei ihm ein Kleid aus blauem Stoff gekauft.

Nun sah Luise aus den Augenwinkeln, wie Maria etwas zu ihrem Mann sagte. Dieser stand bleich vor ihr, bekreuzigte sich und fing an zu beten. Allerdings ließ der Nebelschleier der Erschöpfung, der um Luises Kopf immer dichter wurde, kaum ein Wort durchdringen. Doch für einen Moment verzog er sich und sie verstand: »Dottore, avanti!« Dann kam der Dunst zurück, umhüllte ihren Körper gänzlich, und sie schlief entkräftet ein.

Luise träumte von ihrem Vater. Bilder von Gut Wittenstein zogen wie Wolken am Himmel in diesem Traum vorbei. Sie hörte Anni singen und ihren Vater laut lachen. Plötzlich stand ihre Freundin Colette vor ihr und zog sie auf eine blühende Wiese. Dort breiteten sie ihre Arme aus und ahmten den Flügelschlag der Vögel nach. Lachend liefen nun ihr Vater, die Köchin Anni, Colette und Luise durch das Blumenmeer der Sonne entgegen. Überall summten die Bienen, und der Blütenstaub der Gräser wirbelte durch die Luft. Nichts trübte diesen warmen Sommertag. Ausgelassen tanzten alle über die Wiese und ließen sich lachend unter den Kirschbäumen nieder. Obwohl Luise mitten unter ihren liebsten Menschen war, fühlte sie sich einsam. Tränen der Verzweiflung brannten in den Augen. Als das Gefühl der Hoffnungslosigkeit sie zu erdrücken drohte, lächelte ihr Vater sie an. Voller Liebe war sein Blick, als er ihr seine Hand reichte und sie bat, mit ihm zu kommen. Zuerst sträubte sie sich. Als er ihr aber über das Haar streichelte und zärtlich flüsterte: »Hab' keine Angst, mein kleiner Rebell. Vertraue mir!«, fühlte sie sich sicher und geborgen. Sie wollte gerade nach seiner Hand greifen, als sie unsanft zurückgerissen wurde. »Na, Signora, wer wird denn aufgeben wollen?«

Luise musste husten, da der Geruch des Riechsalzes in ihrer Nase brannte. Ihr Kissen war feucht, und sie spürte das Nass der Tränen schwer in ihren Wimpern hängen. Als sie langsam die Augen öffnete, saß ein fremder Mann auf der Bettkante und lächelte ihr aufmunternd zu. Fragend blickte sie ihn an. Dunkle Augen, die freundlich ihr Gesicht musterten, nahmen ihr die Angst vor dem Unbekannten.

»Wenn ich mich vorstellen darf? Mein Name ist Pedro Caesare, und ich stamme wie ihre Gastgeber aus Italien, genauer gesagt aus Rom.«

»Il dottore!«, fügte Giuseppe entspannt lächelnd hinzu.

»Richtig, Signore Zingale, ich bin Arzt, und ich hoffe, ich kann Ihnen helfen, Signora …?«

»Fairbanks, mein Name ist Luise Fairbanks«, keuchte sie, denn die Schmerzen kamen zurück.

Als sie abgeklungen waren, fragte der Arzt vorsichtig: »Darf ich Sie untersuchen, Mrs. Fairbanks?«

Luise konnte nur stumm nicken. Doktor Caesare schlug die Bettdecke zur Seite und tastete über ihrem Nachthemd den gewölbten Bauch vorsichtig ab. Die Bauchdecke war hart und gab unter den Fingern des Arztes, der versuchte, die Konturen des Kindes zu erfühlen, kaum nach. Er zählte ihren Puls und hörte mit einem Rohr die Herztöne des Kindes ab. »Wann soll der Geburtstermin sein?«

»Frühestens in sechs Wochen.«

Er nickte zustimmend. »Seit wann haben Sie die Schmerzen, Signora?«

»Schon längere Zeit. Aber seit drei Tagen werden sie stärker. Ich habe das Gefühl, als ob meine Bauchdecke zerreißen würde.«

Wieder nickte der Arzt. Behutsam tastete er nochmals den Bauch ab und horchte nach den Kindstönen. »Mrs. Fairbanks, wo ist der Vater des Kindes?«, fragte er mit ernster Miene.

»Warum? Ist etwas nicht in Ordnung? Ich bin verheiratet, falls Sie das meinen«, antwortete Luise energisch.

»Bitte, regen Sie sich nicht auf«, entschuldigte sich der Arzt, »ich zweifle nicht an Ihrer Ehrbarkeit. Es ist nur … ich muss eine Entscheidung treffen und hätte gerne mit Ihrem Mann darüber gesprochen.«

»Ich bin bei vollem Verstand und kann für mich selbst sprechen.«

Der Arzt gab ihr keine Antwort, sondern blickte zweifelnd.

Entkräftet stammelte sie: »Mein Mann ist noch in Australien. Er ist seit Monaten unterwegs.« Als Caesare sie verständnislos ansah, fügte sie hinzu: »Duncan ist auch Arzt und betreut die Sträflinge in den Gefängnissen.«

Das musste als Erklärung reichen, fand Luise. Sie hatte Angst, sich in Widersprüche zu verstricken oder Dinge preiszugeben, die niemanden etwas angingen.

Caesare schien zufrieden und fragte: »Wenn Ihr Mann ebenfalls Arzt ist, kennen Sie sich im medizinischen Bereich etwas aus, Signora?«

»Wenn Sie meinen, ob ich schon mal bei einer Geburt dabei war, ja, das war ich. Ich kann auch Zähne ziehen, und ich habe schon schlimmste Verletzungen gesehen, bei denen manch einer in Ohnmacht gefallen wäre.« Kurz dachte sie an Colette und die Wunden, die entflohene Gefangene ihr bei einem Überfall auf Duncans und Luises Weingut ›Second Chance‹ zugefügt hatte; an das viele Blut. Doch bevor sie weiter überlegen konnte, sagte der Arzt: »Wie ich höre, kann ich ehrlich zu Ihnen sein …« Weiter kam er nicht, da eine neue Wehe Luises Körper überrollte und ihr für einen Moment den Atem raubte.

»Mrs. Fairbanks, hören Sie mir bitte zu. Wenn wieder eine Wehe kommt, dürfen Sie auf keinen Fall die Luft anhalten. Sie müssen gleichmäßig weiteratmen.«

»Doktor Caesare, was stimmt mit meinem Kind nicht?«

Angst schimmerte in Luises wasserblauen Augen, unter denen dunkle, fast schwarze Schatten lagen. Als er antwortete, klang seine Stimme besorgt: »Das Kind hat sich für die Geburt noch nicht gedreht. Es will aber schon auf diese Welt. Keine Angst, es lebt. Aber ich weiß nicht, wie lange das kleine Wesen die Strapazen noch durchhalten kann.

Aber auch, wie lange Sie, Signora, die Schmerzen noch verkraften können. Ihr Körper zeigt Zeichen der Erschöpfung,
und ihr Puls wird nach jeder Wehe schwächer. Als ich vorhin eintraf, glaubte ich schon, dass ich zu spät käme ...«

Immer wieder musste er in seinen Erklärungen innehal-
ten, da die Wehen in kürzeren Abständen kamen. Maria
versuchte, Luise so gut es ging zu unterstützen. Sie wischte
ihr erneut den Schweiß von der Stirn und hielt deren Hand,
wenn der Schmerz zurückkam. Giuseppe Zingale hatte man
des Raumes verwiesen. Er sollte sich um seine fünf eigenen
Kinder kümmern, was ihm nur recht war.

»Bitte, helfen Sie mir, das Kind lebend und gesund zur
Welt zu bringen«, flehte Luise leise.

»Mrs. Fairbanks, das Problem ist, dass wir keine Zeit
mehr haben, um Sie ins Hospital zu bringen. Hätte ich nur
geahnt, wie ernst ihre Situation ist, dann hätte ich wenigstens die Hebamme mitgebracht. Signora, ich bin ehrlich zu
Ihnen. Die Überlebenschancen Ihres Kindes sind nicht sehr
groß. Es kommt fast zwei Monate zu früh.«

»Ich will das alles nicht wissen«, schrie Luise mit letzter
Kraft, »Ich will dieses Kind, Duncans Kind, lebend zur Welt
bringen, und Sie werden mir dabei helfen. Ich weiß, worauf
Sie hinauswollen, aber ich werde nichts einnehmen, und
wenn ich vor Schmerzen wahnsinnig werde, dann soll es so
sein. Aber ich werde nichts nehmen, was meinem Kind
schadet.«

Feurig brannten ihm ihre Augen entgegen. Entschlossen
wie eine Löwin, die ihr Junges verteidigt, genauso würde
Luise ihr Ungeborenes beschützen.

Caesare blickte sie lange an. Ohne Widerrede respektierte
er Luises Lebenswillen für sich und das Kind.

Er ging einige Schritte auf und ab und dachte nach.
Dann sagte er zu Luise: »Es gibt noch eine andere Möglichkeit, Signora, allerdings wird sie meines Wissens nach bis
jetzt nur beim Tod der Mutter vorgenommen, um das un-

14

geborene Kind zu retten. Und ich habe es noch nie praktiziert.« Fragend schaute sie zu ihm auf. »Ich schneide Sie!«, erklärte er und schluckte schwer an seiner eigenen Courage.

Erschrocken presste Maria die Hand auf den Mund und bekreuzigte sich mehrere Male. Luise wusste, was er meinte. Sie hatte darüber in einem von Duncans Arztbüchern gelesen.

»Aber dazu müssten Sie ein Schlafmittel nehmen, Signora«, meinte der Doktor ernst.

»Ich weiß. In meiner Tasche befindet sich eine kleine Flasche Laudanum. Das bin ich bereit zu nehmen.«

Caesare akzeptierte den Vorschlag und erklärte Luise die Einzelheiten des Eingriffes. Dann sagte er auf Italienisch etwas zu Maria. Diese holte Luises Tasche und gab ihr die kleine braune Flasche mit dem Betäubungsmittel. Luise trank die Flüssigkeit in kleinen Schlucken. Doktor Caesare nahm ein kleines silbernes Kästchen und fragte Maria etwas in ihrer Sprache. Diese antwortete ihm und zeigte dabei nach oben. Er nickte und seine schlaksige Gestalt verließ den Raum. Ein paar Minuten später kam er zurück und wusch sich gründlich die langen, feingliedrigen Hände.

Langsam spürte Luise, wie die Schmerzen nachließen und ihr Körper scheinbar leichter wurde. Ein warmes Gefühl breitete sich in ihrem Körper aus und ließ zu, dass sie sich entspannte. In diesem Moment sehnte sie sich so sehr nach ihrem Mann. Sie wünschte Duncan an ihre Seite, um ihre Hand zu halten. Sie wollte von ihm hören, dass alles gut werden würde. Aber Duncan war Tausende von Meilen entfernt, auf einem anderen Kontinent, und wusste nichts von ihren Ängsten. Luise betete inständig, dass er ihren Brief gefunden und gelesen hatte. Dass er sich auf das Kind freuen und ihnen bald folgen würde.

Als Luise sah, wie der Doktor die Instrumente bereitlegte, schnürte Furcht ihre Kehle zu. Um diese verdrängen

15

zu können, müsste sie mit jemandem reden. Über ihre Ängste, ihre Wünsche und Hoffnungen. Aber mit wem? Maria und Giuseppe Zingale beherrschten ihre Sprache nicht gut genug. Doktor Caesare war mit den Vorbereitungen beschäftigt, und Kapitän Fraser und Peggy waren aus Kapstadt fortgesegelt.

Luise fühlte sich allein, hilflos und dieser Situation ausgeliefert. Am liebsten wäre sie aufgestanden und fortgelaufen. Das Blut rauschte in ihren Ohren, die Hände wurden feucht und der Mund trocken. Aber es gab kein Entrinnen. Diesen Weg musste sie alleine gehen. Plötzlich dachte sie an ihren Vater, der im Beten oft Trost und Ruhe gefunden hatte. Auch für Luise war der Glaube ein Bestandteil ihres Lebens gewesen. Doch hatte sie an Gott zu zweifeln begonnen, als der kleine Danny, der Sohn ihrer Londoner Freunde, an einer Erkältung gestorben war, ohne dass sie etwas hätte tun können. Als Jack brutal ermordet worden war, hatte sie begonnen, Gott zu hassen. Dann, als Colette – nach dem Überfall völlig traumatisiert – weggelaufen und verschwunden blieb, wollte sie von Gott nichts mehr wissen.

Luise spürte, wie sie langsam in das Dunkel der Bewusstlosigkeit glitt. Sie sah das Skalpell in der Hand des Arztes aufblitzen. Bevor sie das Schwarz der schmerzfreien Nacht vollends umhüllte, tat sie das, was sie nie wieder tun wollte, und schrie mit letzter Kraft: »Lieber Gott, hilf mir und meinem Kind!« Dann wirkte das Laudanum, und Luise spürte nicht mehr, wie das Messer ihre Bauchdecke zerschnitt.

II

Auf der ›Miss Britannia‹, 28. August 1793

Langsam wurde der Tag von der Nacht abgelöst. Wolkenloser Himmel und Flaute hatten den Menschen auf der ›Miss Britannia‹ einen ungewohnt heißen Tag beschert. Einen dieser Tage, die Luise schon auf der Hinreise gehasst hatte. Wie damals stand sie auf Deck und hoffte, dass sich mit der Abenddämmerung die Luft abkühlen und ihr Erleichterung bringen würde.

Die ›Miss Britannia‹ befand sich auf Höhe von Südafrika und sollte den Hafen von Kapstadt anlaufen. Aber noch war der Kontinent nur als dünner Fadenstrich in der Ferne zu erkennen.

Seit über einem Vierteljahr segelte Luise auf diesem Schiff in Richtung England. Mit den drei Monaten, die Duncan vor ihrer Abreise schon weg war, hieß das, dass sie seit über sieben Monaten nichts mehr von ihrem Ehemann gehört hatte. Doch egal, wie lange die Trennung bereits dauerte und auch noch dauern würde, nicht nur täglich oder stündlich dachte sie an ihren Mann, nein, nicht eine Minute verstrich, in der sie sich nicht mit jeder Faser ihres Körpers nach Duncan sehnte. Der Schmerz im Herzen war so gewaltig, dass er ihre Seele zerschnitt. Was würde er gerade tun? Würde er sie vermissen? War er vielleicht schon auf dem Weg zu ihr? Immer wieder beschäftigten sie diese Fragen, auf die es keine Antwort gab. Ihr blieb nur die Hoffnung, die manchmal größer wurde und ihr ein Gefühl der Euphorie bescherte, dann aber plötzlich gänzlich schwand und sie verzagen ließ. Oft war Luise froh, wenn es endlich Schlafenszeit war und sie nicht mehr nachdenken musste. Aber häufig verfolgten sie Angst und Sehnsucht bis in ihre Träume. So verbrachte sie manche Nacht wach liegend und grübelnd in ihrer Koje.

Ihre Schwangerschaft war nun weit vorgeschritten. Sie spürte die Bewegungen ihres Kindes und hoffte, dass es gesund war. So sehr sie sich auch über das Baby freute, so bereitete ihr der Zustand auch großes Unbehagen. Abgesehen von der ständigen Übelkeit, deren Schuld Luise aber mehr der Hitze und dem Schaukeln des Schiffes zuschrieb, beunruhigten sie schon seit längerem leichte Krämpfe, die wellenartig durch ihren Körper liefen, mal stärker, mal schwächer. Oft verschlimmerte die kleinste Bewegung die Schmerzen. Deshalb verbrachte sie seit fast drei Wochen die meiste Zeit im Bett. Dadurch war sie von den übrigen Mitreisenden abgesondert. Allerdings – mit Abstand betrachtet – musste Luise sich eingestehen, dass ihr das nicht unrecht war. Sie ahnte, dass sie durch ihre Reise ohne Begleitung und durch Frasers Fürsorglichkeit den Unmut der Mitreisenden auf sich zog und dadurch Anlass zum Tratsch gab.

Schon von Anbeginn der Seereise an war sie für die übrigen Passagiere eine Person, die ein Geheimnis umgab. Oft bemerkte Luise das Tuscheln hinter ihrem Rücken. Als Schwangere, allein reisende Frau, über die man nichts wusste und die auch nichts von sich preisgab, hatte sie für Gesprächsstoff auf der langen Reise gesorgt, auf der nicht viel passierte. Aber es war Luise einerlei. Sie hatte weder Veranlassung, sich für ihr Fehlen zu entschuldigen, noch ihre Situation fremden Menschen zu erklären. Nicht einmal mit Kapitän Fraser hatte Luise über die vergangenen Monate und das Leben in Australien sprechen können. Zu schwer war ihr Herz. Zu traurig waren ihre Erinnerungen daran, und deshalb machte ihr das Alleinsein nichts aus.

Sie genoss es, bei Dunkelheit allein an der Reling zu stehen, um ihren Gedanken nachzuhängen und den kühlen Abendwind zu spüren. Trotzdem freute sie sich, wenn sich Kapitän Fraser zu ihr gesellte und sie mit Geschichten von ihren Sorgen ablenkte.

Ihr Entschluss, Australien zu verlassen, erschien ihr nach wie vor richtig, auch wenn ihr jetzt Zweifel an den Gründen kamen. Aber der Verlust ihrer geliebten Freundin Colette schmerzte wie am ersten Tag. Auch, dass sie Friedensrichter Steel stets im Nacken gespürt und nie gewusst hatte, was er im Schilde führte. Durch Duncans Abwesenheit war sie ihm schutzlos ausgeliefert gewesen, und dies hatte ihre Furcht verstärkt.

Die Sorge um ihr Ungeborenes war ein weiterer Grund gewesen, alles hinter sich zu lassen. Doch heute, mit Abstand betrachtet, erschien ihre Entscheidung nicht mehr so klar und logisch. Vielleicht hatte sie überreagiert und Gefahr vermutet, wo gar keine war. Die Schwangerschaft hatte sie emotional reagieren und handeln lassen. Mit ihrer Freundin Elisabeth an der Seite hätte sie sich wahrscheinlich keine Sorgen machen müssen und die Zeit unbeschadet überstanden, bis ihr Mann zurückgekommen wäre. Luise überlegte, ob sie möglicherweise übereilt die Fahrkarte gekauft, das Nötigste zusammengepackt und Australien hinter sich gelassen hatte. Sie musste sich eingestehen, dass ihre Abreise nicht einmal sorgfältig geplant gewesen war. Aber dann tröstete sie sich mit dem Gedanken, dass Elisabeth sie in ihrer Entscheidung bestärkt hatte. Als sie sich zusätzlich das Gesicht eines Mannes vorstellte, verschwanden ihre Zweifel. Friedensrichter Steel.

Luise lief ein Schauer über den Rücken, wenn sie an ihn dachte. Die Erinnerung an den Empfang bei den Attkins in

Australien ließ ihre Gedanken in die Vergangenheit schweifen.

Es war der Abend, der ihrem Leben eine neue Wende gegeben und sie an der Gerechtigkeit Gottes hatte zweifeln lassen.

Die Amtseinführung von Friedensrichter Steel war damals der Anlass zu dieser Dinereinladung gewesen. Friedensrichter Hopkins, Steels Vorgänger, war ermordet worden, und Steel, der durch seine Verhörmethoden in London in Ungnade gefallen war, war nach Australien versetzt worden. Niemals hätten Luise oder Duncan daran gedacht, ihn wieder zu sehen. Doch ihr Schicksal hatte anders entschieden.

Alle wichtigen Personen waren von Josefine und Edward Attkins eingeladen worden, um den neuen Friedensrichter kennen zu lernen und willkommen zu heißen.

Luise durchlebte noch einmal die Schreckminuten von damals. Ihre Übelkeit, die vielen Menschen, der Qualm und auch die Angst, dass Steel sich an sie erinnern könnte, waren Gründe gewesen, dass sie sich an diesem Abend unwohl gefühlt hatte. Sie war nach draußen gegangen, um frische Luft zu schnappen. Da Duncan ihr etwas zu trinken holen wollte, stand sie allein auf der Terrasse und genoss den warmen Abendwind, der leise mit den Blättern der Bäume spielte. Doch plötzlich war der Geruch von Schweiß und billigem Parfüm zu ihr herübergeweht. Bevor sie ihm in die Augen geblickt hatte, hatte sie bereits gewusst, dass der Friedensrichter ihr gefolgt war. Doch sie hatte nur einen kurzen Moment gebraucht, um sich wieder zu beruhigen. Gleichgültig hatte sie ihn bei der persönlichen Begrüßung angesehen. Jedoch hatte sie nicht erkennen können, ob er sich an sie erinnerte.

Das erste Mal waren sie sich bereits in London begegnet. Steel war für die Verfolgung der Organisation ›Weiße Feder‹ verantwortlich gewesen, in der auch Luises Halbbruder Bobby Mitglied war. Dieser war verhaftet worden, und Luise hatte sich von Steel nähere Auskünfte über Bobbys Aufenthaltsort erhofft. Schon damals fand sie sein aufgedunsenes, vernarbtes Gesicht unsympathisch. Seitdem war sein Leibesumfang noch mehr gewachsen. Auch an diesem Abend hatten Schweißperlen seine Stirn bedeckt, und sein Gesicht war ungesund gerötet gewesen. Das moosfarbene Jackett, das vorzüglich zu seinen froschgrünen Augen passte, hatte über dem Bauch gespannt und war am Revers mit dunklen, unappetitlichen Flecken verschmutzt gewesen. Nichtsdestotrotz hatte er ein Selbstbewusstsein versprüht, das schon beinahe bewundernswert gewesen war. Seine Augen hatten Luise aus zusammengekniffenen Sehschlitzen gemustert. Seine Hände hatte er unhöflich in den Taschen seines Sakkos vergraben, und er war selbstgefällig auf und ab gewippt.

»Ah, Mrs. Fairbanks, oder sollte ich lieber sagen, Fräulein von Wittenstein? Sie glauben doch hoffentlich nicht, dass ich Sie nicht wieder erkannt hätte ...«

Diese Unterredung hatte Luise mehr Kraft gekostet, als sie jemals für möglich gehalten hätte. Unverblümt hatte er ihr seine Meinung gesagt und ihr ohne Mitleid, sondern mit unglaublicher Schadenfreude mitgeteilt, was Duncan und sie schon geahnt hatten. Ihr Freund Jack Horan war wegen nicht fundierter Anklagepunkte in London an den Pranger gestellt und trotz Wachposten erschlagen worden.

Als Steel sich über den toten Horan auslassen wollte, war Duncan hinzugekommen und hatte Luise den traurigen Rest erspart. Bei der Vorstellung, dass Jack hatte leiden müssen, weil er sie beide hatte schützen wollen, hätte Luise am liebsten laut geschrien und auf den Friedensrichter eingeschlagen. Aber Duncan und sie hatten Haltung bewahren müssen. Ihr eigenes Geheimnis, dass nicht Jack Horan, sondern Duncan Fairbanks Anführer der ›Weißen Feder‹ war, hatte gewahrt bleiben müssen. Aber für beide war offensichtlich gewesen, dass Steel bei Jacks Tod die Finger mit im Spiel gehabt hatte.

21

An diesem Tag, als sie Steel auf dem australischen Kontinent wieder getroffen hatten, war alles zusammengekommen. Sträflinge der übelsten Sorte waren aus dem berüchtigten Gefängnis Neverland ausgebrochen. Dieser Ausbruch und dessen Folgen hatte Luises Lebensweg verändert, der nun so ganz anders verlaufen würde, als sie es sich erträumt hatte.

· Luise schüttelte den Kopf, um die Erinnerungen aus ihren Gedanken zu verbannen. Sie konnte die Vergangenheit nicht ungeschehen machen und durfte sich nicht länger damit beschäftigen. Sie musste nach vorne schauen. Schließlich hatte sie die Verantwortung für ihr Kind zu tragen und musste ihrer beider Zukunft planen.

Viele Fragen beschäftigten Luise, auf die sie eine Antwort finden musste. So zum Beispiel, wovon sie leben sollte, bis auch Duncan nach England kam. Zwar hatte er ihr vor seiner Abreise genügend Geld auf der Farm zurückgelassen, um die dortigen täglichen Ausgaben decken zu können. Davon jedoch hatte Luise ihre Fahrkarte bezahlt und etwas Bares genommen, um die ersten Wochen zu überbrücken. Den Rest hatte sie Joanna und Paul Mc Arthur anvertraut, die als Verwalter das Weingut ›Second Chance‹, das Duncan und Luise sich in Australien aufgebaut hatten, wie ihr eigenes leiten würden.

Aber was, wenn ihr Geld aufgebraucht war? Was, wenn Duncan nicht sofort nachkam und sie einige Zeit alleine zurechtkommen müsste? Bedenken, dass Duncan etwas zugestoßen sein könnte, ließ Luise gar nicht erst aufkommen, sondern begrub sie in der Tiefe ihrer Gedankenwelt. Trotzdem musste sie darüber nachsinnen, wovon sie und ihr Kind leben sollten. Auch, wohin sie gehen sollten, wenn sie England erreicht hatten. Sollte sie mit ihrem Kind nach Deutschland weiterreisen? Sicher würden sich Tante Margret, Onkel Fritz und all die anderen freuen, sie nach so langer Zeit wieder in die Arme schließen zu können. Auch Luise sehnte ein Wiedersehen herbei. Aber ebenso hatte sie Angst, ihnen alles zu erzählen. Was würden sie sagen, wenn sie ohne Colette zurückkäme? Würde man ihr die Schuld an deren Verschwinden geben? Sie verurteilen? Denn schließlich war Colette nur ihr zuliebe im Januar 1791 mit nach England aufgebrochen, um Luises tot geglaubten Bruder zu suchen. Es war unglaublich, was seitdem alles passiert war ...

Laut seufzte sie und atmete tief durch. Erst jetzt nahm sie den zarten Vanilleduft des Pfeifentabaks von Kapitän Fraser wahr. Sie drehte sich um. Da stand er. Die Pfeife zwischen den Zähnen, die Hände hinter seinem Rücken verschränkt, blickte er sie freundlich an. Trotz des schwindenden Sonnenlichtes konnte sie sein Gesicht klar erkennen und bemerkte wieder einmal seine vielen Lachfalten um die Augenwinkel. Wie tief eingegrabene Furchen zogen sie sich bis zu seinem Haaransatz. Seine Haut war dunkel gebräunt, wodurch seine Augen noch blauer und leuchtender erschienen. Er hatte seine silbergrauen Haare frisch gekürzt und mit Haarwasser zurückgekämmt. Sein Kinn war glatt rasiert. Fraser wirkte in der Resthitze des Tages sauber, entspannt und zufrieden. Beinahe beneidete sie ihn.

»So schwer ums Herz?«, fragte er lächelnd.

Luise blickte ihn traurig an und nickte. Schweigend sahen beide aufs offene Meer, bevor Luise leise erklärte: »Ich habe gerade daran gedacht, was mich zu Hause erwarten wird. Über zwei Jahre war ich fort. In der Zwischenzeit ist viel passiert.«

Fraser sah ebenfalls weiter aufs Meer, sagte und fragte nichts, denn er wollte sie nicht drängen und auch nicht neugierig erscheinen. Wie unbeteiligt paffte er an der Pfeife. Jedoch glaubte er zu spüren, dass sie heute etwas von dem erzählen würde, was sie schon seit ihrem Wiedersehen zu belasten schien.

Als er sie am Tag der Abreise vor sich hatte stehen sehen, hatte er sofort gewusst, dass sie etwas Schreckliches erlebt haben musste.

Sie hatte so anders gewirkt als während ihres letzten Treffens vor über einem Jahr. Es war damals im Hafen von Sydney gewesen, kurz vor dem Auslaufen der ›Miss Britannia‹. Damals hatte sie hoch zu Ross den Eindruck gemacht, als könnte sie nichts erschüttern. Luise, ihr Mann Duncan und ihre Freundin Colette hatten die nähere Umgebung erkunden wollen. Fraser war von Bord gegangen und hatte sie am Kai getroffen. Dieser kurze Moment hatte sich in sein Gedächtnis eingeprägt: das Bild einer jungen, lebenslustigen Frau, die voller Tatendrang ihr neues Leben erwartete.

Auf der langen Hinreise hatten sie viel Zeit für Gespräche gehabt. Luise wäre die Tochter gewesen, die er sich immer gewünscht hatte, die ihm aber verwehrt geblieben war.

Als Fraser ihren Namen vor der Abreise auf der Passagierliste gelesen hatte, hatte er sich sehr auf das Wiedersehen gefreut. In der Erinnerung hatte er sie vor sich gesehen wie damals: Luise auf der Fuchsstute mit diesem seltsamen Sattel, gekleidet in einer cremefarbene Bluse, die ihre Gesichtsbräune unterstrich, die langen Haare im Nacken zusammengebunden. Voller Energie und mit blitzenden Augen. Strahlend schön.

Er hatte sich so sehr gewünscht, sie froh und glücklich anzutreffen. Aber blass war ihr schmales Gesicht, mit dunklen Schatten ihre sonst so blinkenden, blauen Augen umrahmt. Augen, in denen sich scheinbar das ganze Elend dieser Welt widerspiegelte. Ohne Glanz ihre blonden Haare und fast schon erschreckend dünn ihre Gestalt, von einem schwarzen Kleid verhüllt.

Selten schenkte sie ihm ein Lächeln. Und wenn doch, dann verschleierte sich schnell wieder ihr Blick, und man sah Tränen schimmern.

Luise hatte einen unsichtbaren Schutzwall um sich gezogen, den Fraser bislang nicht zu durchstoßen vermocht hatte. Aber heute schien die Mauer zu bröckeln, und er wollte ihr helfen, sie gänzlich einzureißen. »Freuen Sie sich wenigstens ein kleines bisschen auf zu Hause?«

Ernst schaute sie ihn an, bevor sie ihn fragte: »Zu Hause? Wo wird das sein?«

Fraser zog ein paar Mal an seiner Pfeife und meinte dann: »Mit dem Zuhause ist es wie mit der Heimat. Beides kann man auf keiner Landkarte finden, nur in seinem eigenen Herz. Auch in den Herzen der Menschen, die einen lieben und die man selbst liebt. Es ist nicht nur dort, wo man geboren wurde, wo die Wurzeln eines jeden sind. Ich glaube, dass man das Stück Heimat überall mit hinnehmen und ein Zuhause neu gründen kann. Ich finde, beides ist immer dort, wo man sich wohl fühlt. Wo liebe Menschen warten. Dort, wo ein vertrauter Geruch in die Nase steigt und ein Lächeln auf die Lippen gezaubert wird. Auch dort, wo man gewärmt wird, obwohl das Feuer im Ofen aus ist. Wo man eine Tür öffnet und weiß, dass man angekommen ist. Dort, wo die Sehnsucht einen hintreibt, egal, wie weit man entfernt war«, erklärte er sanft.

»Sie meinen, der Name des Ortes spielt keine Rolle, nur das Gefühl im Herzen ist wichtig?«

Er nickte zustimmend: »Ja, Mrs. Luise, so kann man es auch ausdrücken.«

»Und wenn man Angst hat, nach Hause zu kommen, weil man befürchtet, dass man seinen Liebsten Leid zugefügt hat? Dass man vielleicht nicht mehr geliebt wird? Ist es dann nicht das richtige Zuhause?«

»Ich denke, vor dem wahren Zuhause muss man keine Angst haben. Vielleicht erwartet einen mal ein Donnerwetter, so wie mir das ab und zu passiert. Manchmal kann ich den versprochenen Ankunftstermin aufgrund schlechten Wetters nicht einhalten. Dann habe auch ich Angst heimzukommen, weil ich weiß, was mich dort erwartet.« Er lachte verschmitzt, als er an seiner Pfeife zog.

25

»Was kann Sie schon Schlimmes erwarten? Schließlich haben Sie keine Schuld daran, wenn Naturgewalten Sie aufhalten.«

»Das machen Sie bitte meiner Frau klar. Sie ist nämlich über alle Maßen eifersüchtig und glaubt mir nicht, dass uns ein Unwetter oder sonst eine Misere aufgehalten hat.«

»Ich wusste nicht, dass Sie verheiratet sind. Warum haben Sie das verschwiegen? Lebt Ihre Frau auch in England?«, wollte Luise erstaunt wissen.

»Die meisten Menschen denken, dass das Schiff die einzige Liebe eines Seemannes ist. Doch auch wir brauchen ein festes Heim, zu dem wir immer wieder zurückkehren können. Ich habe meine Esmeralda nicht mit Absicht verschwiegen. Es gab keinen Anlass, sie zu erwähnen. Wir sind schon neunzehn Jahre verheiratet und wohnen auf Teneriffa. Meine Frau liebt die Sonne und das Wasser, aber auf einem Schiff will sie trotzdem nicht leben. Sie ist Spanierin und, wie Sie sich vorstellen können, so temperamentvoll, wie man es den Spaniern nachsagt. Das letzte Mal hatte ich Verspätung, weil die Fock gerissen war. Wir mussten außerplanmäßig einen Hafen anlaufen. Nach fast zwei Wochen über der Zeit war ich so froh, endlich zu Hause zu sein. Aber das Erste, was ich sah, war der Blumentopf, den Esmeralda vom Balkon vor meine Füße warf. Dann war die Tür verschlossen. Alles Flehen half nichts. Ich möchte die Worte nicht wiederholen, die meine Frau mir entgegenschleuderte. Obwohl sie auf Spanisch sehr charmant klingen. Also zog ich in eine Pension, bis sich die Wogen wieder geglättet hatten«, lachte er.

»Wenn Ihre Frau so reagiert, ist es ein Liebesbeweis. Nur was ist, wenn Sie Angst haben, weil Sie etwas Furchtbares getan haben? Etwas, wobei ein anderer zu Schaden gekommen ist?« Luise wandte den Kopf wieder zum Meer, denn sie spürte Tränen in den Augen aufsteigen.

Fraser sah zärtlich zu ihr und versuchte, sie sanft zu locken: »Mrs. Luise, ich möchte nicht indiskret sein, aber Sie müssen mir das ein wenig genauer erklären, wenn ich Ihnen darauf eine Antwort geben soll.«

Sie sah wieder zu ihm, und sein Herz krampfte sich bei ihrem Blick zusammen. Oh, Mädchen, was ist nur passiert?, dachte er.

Fraser wusste nicht, was er tun sollte. Am liebsten hätte er sie tröstend in den Arm genommen. Aber er befürchtete, dass sie sich wieder in ihr Schneckenhaus zurückziehen würde.

Doch dann fing Luise leise an zu erzählen. Sie wusste, dass sie ihm vertrauen konnte. »Meine Freundin Colette ist wahrscheinlich tot. Sie ist vor mehr als vier Monaten verschwunden«, berichtete sie ihm stockend.

Kapitän Fraser hatte bei dieser Nachricht für einen Augenblick die Augen geschlossen. Das hatte er nicht geahnt. Colettes Gesicht tauchte in seinen Gedanken auf. Ihre haselnussbraunen Augen, die meist ernst und schüchtern blickten. Ihre dunkelbraunen Haare, die sie selten offen trug, sondern zu einem weichen Knoten im Genick gebunden hatte. Colette war eine zarte, ruhige Person gewesen. Unauffällig, aber von eigenem Charme, wenn sich ihre französische Muttersprache einschlich. Sie hatte stets Angst, sich zu blamieren, und schimpfte mit Luise, wenn diese sich über ihre Scheu lustig machte. Als Luise und Colette an Bord gekommen waren, waren sie so unverdorben und ehrlich. Sie hatten nichts Hinterhältiges an sich gehabt und hätten nie gewagt, etwas Schlechtes über eine dritte Person zu sagen. Sie waren etwas Besonderes auf seinem Schiff gewesen.

Es tat ihm Leid, dass dieses Mädchen nicht mehr unter ihnen weilen sollte. »Möchten Sie mir erzählen, wie es dazu gekommen ist?«, fragte er vorsichtig.

»Ja, denn ich fühle mich schuldig, und ich bin froh, endlich jemandem davon erzählen zu können«, vertraute sich Luise ihm leise an.

Starr sah sie über die Reling in die Ferne. Die Hände lagen ineinander verkrampft auf dem glatten Holz. Sie berichtete Fraser von Colettes Sehnsucht nach Europa und ihrer spät erkannten Liebe zu dem Anwalt und Freund aus England, Jack Horan. Davon, dass Colette eines Abends allein zu Hause geblieben war, da Luise und Duncan zu der Amtseinführung von Friedensrichter Steel eingeladen waren. Dass in dieser Zeit Colette überfallen, auf bestialische Weise missbraucht und schwer verletzt worden war. Dass die Verbrecher auf die Insel Vandiemensland geflohen waren und Duncan schon seit Monaten die Polizisten begleitete, die die Straftäter dort verfolgten. Luise erklärte Fraser, dass ihre Freundin Wochen nach dem Überfall zwar körperlich genesen, ihre Seele aber krank geblieben war und sie aufgehört hatte zu sprechen. Dass Luise zu Colettes Herzen keinen Zugang mehr hatte finden können und das Zusammenleben schwierig geworden war. Erst recht, als Colette herausgefunden hatte, dass Luise ihr über Monate den gewaltsamen Tod von Jack Horan verheimlicht hatte, um ihrer Freundin den Schmerz zu ersparen. Flüsternd sprach Luise die letzten Worte: »Colette verließ eines Nachts das Haus und kam nicht wieder. Man fand ihren Schal bei den Klippen.« Bedrückende Stille war auf einmal um sie. »Erinnern Sie sich noch an die Geschichte von Colettes Traum vom Fliegen und dass sie schon als Kind ein Fluggerät gebaut hat? Wir haben sie Ihnen an einem unserer letzten Tage auf dem Schiff erzählt.«

»Natürlich erinnere ich mich an diese Geschichte. Ich erinnere mich an alle Geschichten, die Sie beide mir erzählt haben. Schließlich haben Sie mir meinen tristen Alltag an Bord versüßt«, meinte der Kapitän.

Luise lächelte kurz, dann wurde sie wieder ernst. »Ich denke, dass Colette frei sein wollte von allen Zwängen und Ängsten. Vielleicht wollte sie einmal ihren Traum leben. Einmal fliegen wie ein Vogel.«

Fraser schüttelte fassungslos den Kopf. »Glauben Sie, dass Miss Colette tatsächlich …?«, fragte er betrübt.

Luise zuckte bekümmert die Schultern.

»Ich kann nicht beschreiben, wie Leid mir das tut. Es ist tragisch, zumal Sie sich wie Schwestern nahe standen. Keine Worte können solch einen Verlust mindern oder trösten. Aber warum fühlen Sie sich schuldig? Für all dies tragen Sie keine Schuld, Mrs. Luise. Das, was ihre Freundin Colette tat, tat sie freiwillig.«

»Ich weiß, dass Sie das nicht verstehen können, Kapitän Fraser. Aber Sie dürfen nicht außer Acht lassen, dass Colette meinetwegen mit nach England und schließlich nach Australien gekommen ist. Jeder hat mir von meinem Vorhaben abgeraten. Aber ich hatte nichts davon hören wollen, deshalb hat Colette sich verpflichtet gefühlt, mit mir zu gehen. Man hatte mich vor den Gefahren gewarnt, aber es war mir egal gewesen. Ich habe nur an mich gedacht. An mich und meinen Plan, meinen Bruder zu finden. Ich ging sogar eine Ehe mit einem Unbekannten ein, weil ich nur ein Ziel verfolgt habe, nämlich meines. Ich glaubte, dass, wenn ich Duncan Fairbanks heirate, es einfacher wäre, weil wir dann als Eheleute reisen würden …«

Jetzt fügte sich alles zusammen, und Fraser verstand auf einmal. Auf der Hinreise konnte er sich keinen Reim auf das Ehepaar machen. Von der ersten Minute an hatte er sich seine Gedanken über Luise und Duncan Fairbanks gemacht. In Gesellschaft anderer schienen sie vertraut und einander zugetan. Doch kleine Gesten hatten verraten, dass dies nicht der Fall sein konnte. Allein war Luise stets fröhlich und guter Dinge. Sobald Fairbanks jedoch in ihre Nähe gekommen war, hatte sich Luises vorher lächelndes Antlitz verschlossen, und ihr Mund war eine dünne, harte Linie geworden.

»Wie geht es Ihrem Mann? Wird er in Australien bleiben?«, fragte Fraser ungezwungen und stopfte sich dabei seine Pfeife neu.

Endlich erhellte ein Lächeln Luises Gesicht, und sie geriet ins Schwärmen: »Sicher haben Sie damals bemerkt, dass unsere Beziehung auf sehr wackligen Beinen stand. Eigentlich auf gar keinen. Wie ich Ihnen bereits gestanden habe, hatten wir erst kurz vor der Abfahrt geheiratet und uns nur sehr vage gekannt. In Australien sind wir uns näher gekommen, und ich habe mich in meinen eigenen Mann verliebt. Ist das nicht komisch, Kapitän Fraser? Ich habe erkannt, dass Duncan ein wunderbarer Mensch ist. Er hat uns ein Heim geschaffen und Rebstöcke aus Deutschland von meinem elterlichen Weingut kommen lassen. Nur, damit ich etwas Vertrautes in der Fremde habe. Ja, wir haben ein schönes Leben geführt. Bis zu dem schrecklichen Überfall auf Colette. Danach ist Duncan mit den Soldaten nach Vandiemensland gereist, um die Verbrecher zu verhaften. Wir beide glaubten, dass er höchstens ein paar Wochen weg sein würde. Dann passierte das Unvorhersehbare. Ich glaubte, nach Colettes Verschwinden wahnsinnig zu werden. Ich konnte nichts mehr essen. An Schlaf war nicht zu denken, und Duncan war nicht zu erreichen. Was sollte ich tun? Zum Glück hatte ich Elisabeth, ich meine Mrs. Anderson, an meiner Seite. Sie stimmte mir zu, dass ich sofort nach England aufbrechen sollte, allein schon wegen des Kindes. Ich ließ meinem Mann einen Brief zurück, der alles erklärt. Ich hoffe, dass er mir bald folgen wird, denn ich vermisse ihn«, gestand sie ohne Scheu.

»So, so, Mrs. Anderson hat Ihnen zu dieser überstürzten Abreise geraten.« Wieder hing Fraser seinen eigenen Gedanken nach. Er konnte sich noch gut an Elisabeth Anderson erinnern.

Kupferrote Haare, die sich wie Glut über ihre elfenbeinfarbenen Schultern ergossen. Grüne, leicht schräg gestellte Augen gaben ihr etwas Katzenhaftes. Sie blieb für viele Männer der unerfüllte Traum, denn sie war verheiratet.

Trotzdem ließ sie keine Gelegenheit aus, um zu flirten, und Opfer gab es genug. Allerdings wusste sie genau, wie weit sie gehen durfte. Obwohl Fraser sich nicht sicher war, ob diese Grenze nicht wie flexibler Kautschuk war. So manch einer hätte dafür Verständnis gehabt, wenn sie diese Grenze überschritten hätte. Ihr Mann Thomas Anderson war ein Säufer, der lieber seine Zeit unter Deck mit einer Whiskyflasche anstatt mit seiner hübschen Frau verbrachte. Fraser erinnerte sich an ein Gespräch, das er zufällig auf der Hinreise mit angehört hatte. Es war kurz nach Mitternacht gewesen. Die ›Miss Britannia‹ war schon über eine Woche auf See gewesen. Luises Ehemann, Duncan Fairbanks, und Mrs. Anderson hatten versteckt hinter der Takelage auf Deck gestanden und sich zwar leise, aber voller Emotionen unterhalten. Unbemerkt hatte Fraser einige Wort verstehen und schlussfolgern können, dass Mrs. Anderson und Mr. Fairbanks sich nicht erst auf dem Schiff kennen gelernt hatten, sondern schon sehr viel früher. Vor allem, dass sie sich besonders gut gekannt hatten. Deshalb befürchtete Fraser, dass Elisabeths scheinbar gut gemeinter Ratschlag, Luise solle nach London reisen, nicht so selbstlos gewesen war.

»Wie meinen Sie das mit Mrs. Anderson?«, fragte Luise irritiert.

»Entschuldigen Sie, Mrs. Luise, wenn ich Sie ins Grübeln gebracht habe. Ich war nur etwas verwundert, da Sie anscheinend innigen Kontakt zu dem Ehepaar Anderson pflegen. Ich war der Ansicht, dass Sie die Dame nicht besonders mögen«, versuchte Fraser lapidar zu erklären, um so seine eigene Meinung nicht preisgeben zu müssen.

»Anfangs war es auch so«, gab Luise ehrlich zu, »schließlich war Mrs. Anderson eine enge Bekannte meines Mannes aus früheren Zeiten. Aber auf einem fremden Kontinent, wo es nicht viele Freunde gibt, rückt man eben etwas näher zusammen und lässt die Vergangenheit ruhen. Zumal mir mein

Mann versichert hat, dass ich mir keine Gedanken machen muss. Sie verstehen, was ich meine?«

Kapitän Fräser nickte und war erleichtert, dass Duncan anscheinend offen zu Luise gesprochen hatte. Er hoffte nur, dass Elisabeth genauso ehrlich war. Allerdings ließen ihn der Tonfall ihrer Worte damals und das aufreizende, kehlige Lachen daran zweifeln. Beschwichtigend meinte er jedoch: »Aus einer Notsituation heraus haben Sie einen fremden Mann geheiratet. Später haben Sie beide Gefühle füreinander entwickelt. Das nenne ich Liebe.«

Luises Gesicht strahlte bei seinen Worten, was Frasers Seele erwärmte. Er paffte wieder ein paar Züge an seiner Pfeife und meinte dann: »Mrs. Luise, ich bin froh, dass Sie mir alles erzählt haben, und ich hoffe, dass Ihr Herz nun nicht mehr so schwer an dieser Last trägt. Doch glaube ich nicht daran, dass irgendjemand Ihnen die Schuld an dem Geschehenen geben wird. Miss Colette ist diesen Weg freiwillig und alleine gegangen. Was passiert wäre, wenn Sie in England geblieben wären, das weiß allein nur unser Herrgott. Gehen Sie mit ruhigem Gewissen zurück zu Ihrer Familie und warten Sie dort auf Mr. Fairbanks. Dann wird alles wieder gut.«

Luise sah Kapitän Fraser erleichtert an. Eine schwere Bürde schien von ihren Schultern genommen zu sein. Sie umarmte ihn und flüsterte: »Danke!« Dann ging sie in ihre Kajüte und schlief das erste Mal seit langem ohne Tränen ein.

Zwei Tage später, man konnte endlich die Hafeneinfahrt von Kapstadt sehen, wurden die Schmerzen bei Luise heftiger. Sie war kaum in der Lage, ihr Bett zu verlassen. Als sie der Schiffsjunge, der ihr täglich das Essen in der Koje servierte, wimmernd vorfand, waren schon mehrere Stunden voller

Qualen vergangen. Er verständigte sofort den Kapitän, der sie in Begleitung des Schiffsarztes aufsuchte. Dieser erinnerte Luise jedoch mehr an einen Viehdoktor und schien von schwangeren Frauen genauso wenig Ahnung zu haben wie Luise vom Steuern eines Schiffes.

Er meinte lediglich, dass es für alle das Beste wäre, wenn Luise schnell an Land käme. Leise fragte Fraser ihn etwas, aber der Doktor zuckte hilflos mit den Schultern. Dann verabschiedete er sich hastig, da ihm die stöhnende Frau Angst machte. Auch der Kapitän verließ die Koje, aber nicht, ohne Luise aufmunternd zuzulächeln. Diese blickte ihm ängstlich hinterher. Keine halbe Stunde später klopfte es an Luises Tür, und Fraser kam mit einer jungen Frau zurück. Er stellte sie als Mrs. Peggy Reeves vor, die mit ihrem Mann nach England unterwegs war.

Luise hatte sie einige Male aus der Entfernung gesehen, aber nie mit ihr gesprochen. Zweifelnd sah sie zu Mrs. Reeves.

Die junge Frau bemerkte ihren abschätzenden Blick und meinte lächelnd: »Siebzehn, ich bin siebzehn Jahre alt.«

Luise lächelte zurück und entschuldigte sich für ihre Neugierde.

»Das ist schon in Ordnung. Sicher denken Sie, dass ich noch zu jung bin. Aber als Kapitän Fraser Ihre Lage erklärte, war keine der übrigen, reiferen Damen bereit, nach Ihnen zu sehen. Da ich das Älteste von neun Kindern bin, glaube ich, dass ich für Ihre Betreuung geeignet bin. Zumal meine jüngste Schwester erst ein Jahr alt ist. Mein Mann ist derselben Meinung, und hier bin ich.«

Luise tat die unkomplizierte Art des Mädchens gut. Allein die Gewissheit, nicht mehr allein zu sein, linderte ihre Furcht. Mrs. Reeves half Luise, sich zu waschen und anzukleiden. Als die Schmerzen erneut kamen, zeigte die junge Frau ihr zwei Übungen, die sie von ihrer Mutter her kannte, bei denen Luise sich entspannen konnte. Außerdem massierte sie ihr zart die Schultern. Das half zwar nicht wirklich, aber es beruhigte zumindest. Nach einer weiteren Stunde der Entspannung ebbten die Schmerzen ab.

»Das sind alles nur die Vorboten und ganz normal. Der Körper bereitet sich langsam auf die Geburt vor. Sie brauchen sich keine Sorgen zu machen. So wie ich die Lage einschätze, dauert es noch, bis Ihr Kind kommt. Es sitzt noch viel zu hoch«, erklärte Peggy Reeves und nahm Luise somit die restliche Angst.

Es klopfte zaghaft, und herein kam der Schiffsjunge mit einem beladenen Tablett: »Mit Empfehlung des Kapitäns. Außerdem soll ich fragen, wie es Ihnen geht.«

»Richte Mr. Fraser meine Dankbarkeit aus für das Essen und für die gute Fee, die er mir geschickt hat. Dank ihr geht es mir bedeutend besser.«

Der Junge tippte mit dem Zeigefinger an seine Stirn und ging. Mit großem Appetit genossen die Frauen ihr Mahl.

»Belegte Brote, Äpfel und zwei dampfende Tassen Tee. Herz, was begehrst du mehr?«, fragte Mrs. Reeves zwischen zwei Bissen. Luise wusste die Antwort, doch sie schwieg. Als sie fast alles aufgegessen hatten, meinte Peggy mit einem schelmischen Lächeln auf den Lippen: »Sie wissen, Mrs. Fairbanks, dass Sie den übrigen Damen auf dem Schiff genügend Gesprächsstoff geliefert haben. Ich kann Ihnen allerdings versichern, dass es mir egal ist, ob Ihr Kind einen Vater hat oder nicht.«

»Sollen Sie mich aushorchen, Mrs. Reeves?«

»Nennen Sie mich Peggy. Ich bin erst seit kurzem verheiratet und habe mich an meinen neuen Familiennamen noch nicht gewöhnt. Natürlich ist mir Mrs. Cartwigth hinterhergelaufen und hat mir ins Ohr geflüstert, dass ich Sie ausfragen soll. Aber so eine bin ich nicht. Ich möchte Ihnen wirklich nur helfen. Die beiden letzten Geburten meiner Mutter bereiteten ihr ebenfalls Probleme. Deshalb weiß ich, wie schlimm es werden kann. Sie haben mir Leid getan. Das war der Grund.«

Nun musste Luise laut lachen, denn Peggy sprach in einer so erfrischenden Art, dass Luise an der Ehrlichkeit ihrer Worte nicht zweifelte.

Diese stimmte in das Lachen ein, sodass die beiden nicht hörten, als mehrmals an die Tür geklopft wurde. Erst als Fraser im Zimmer stand, verstummte das Gelächter.

»Mein Gott, bin ich froh, dass es Ihnen besser geht. Als der Schiffsjunge mir Ihre Nachricht überbrachte, konnte ich es fast nicht glauben, deshalb musste ich mich selbst überzeugen.«

»Wir wollten gerade auf Deck gehen. Ich denke, dass Mrs. Fairbanks die frische Luft gut tun wird.«

»Dann möchte ich Sie nicht davon abhalten. Wir laufen in der nächsten Stunde in Kapstadt ein, und da gibt es für mich genug zu tun. Mrs. Reeves, ich möchte mich bedanken. Sie waren die Einzige, die mich ohne Wenn und Aber unterstützt hat.«

Diese winkte ab und meinte nur: »Nächstenliebe ist für viele ein Wort, das sie nicht verstehen. Aber meine Mutter hat uns alle nach diesem Motto erzogen, und ich bin stolz darauf. Verurteile und beurteile niemanden nach dem, was er hat oder ist. Nur der Mensch zählt. Das hat uns mein Vater gelehrt.«

»Ihre Eltern sind weise Menschen, Peggy, und sie können stolz auf ihre Tochter sein«, meinte Luise dankbar lächelnd.

»Danke schön«, sagte Peggy verlegen und geleitete Luise nach oben, wo ihr Mann Clark sie freudestrahlend in den Arm schloss.

Auch er war noch jung, aber genau wie seine Frau Peggy wirkte er reif und besonnen. Außerdem hatte er die gleiche erfrischende und offene Art.

35

Fasziniert standen alle Passagiere auf Deck, um das Spektakel des Einlaufens der ›Miss Britannia‹ in den Hafen von Kapstadt mitzuverfolgen. Neugierig schauten die Damen zu Peggy hin. Scheinbar hofften sie, dass diese zu ihnen eilen würde, um ihnen Neuigkeiten zu erzählen. Doch Peggy grinste spitzbübisch zu Luise und meinte nur: »Die können warten bis zum Nimmerleinstag. Von mir hören die kein Sterbenswörtchen.«

Luise nahm sich vor, Peggy wenigstens zu verraten, dass sie glücklich verheiratet war.

Je näher man dem Hafen kam, desto aufgeregter wurden die Menschen auf dem Segelschiff. Hellgrau leuchtete der Tafelberg in der Mittagssonne. Kapitän Fraser ließ die Segel einholen. Auf der letzten Bugwelle glitt die ›Miss Britannia‹ sanft in das Hafenbecken, wo sie von Lotsenbooten erwartet wurde. Bootsjungen warfen den Lotsen dicke Taue zu, mit deren Hilfe der Segler sicher zu seinem Ankerplatz gezogen wurde.

Immer wieder stellte Luise fest, dass es für die Bewohner einer Hafenstadt etwas Besonderes war, wenn ein solch majestätisches Schiff wie die ›Miss Britannia‹ einlief. Obwohl es in einem großen Hafen wie Kapstadt mehrmals die Woche passierte, versammelten sich über hundert Menschen am Pier und begrüßten die Schiffsmannschaft sowie die Passagiere mit lautem Gejohle. Einige waren gekommen, um ihre Arbeitskraft anzubieten, andere, um ihre Ware anzupreisen, und wieder andere, um zu betteln. Es war ein bunt gemischter Haufen Köpfe verschiedener Nationalitäten und Farben, auf den Luise und die Übrigen von der Reling hinuntersahen.

Man plante zwei Tage Aufenthalt in Südafrika, um Ware auszuliefern und neue an Bord zu nehmen. Außerdem wurden Post getauscht und frische Lebensmittel eingelagert. Luise freute sich wie ein kleines Kind auf den Landgang. Es ging ihr wieder gut, und an die vergangenen Schmerzen verschwendete sie keinen Gedanken mehr. Den Geruch der Stadt mit ihren Menschen und dem Treiben sog sie in sich ein, als ob sie den Rauch einer Tabakspfeife inhalieren würde.

Sie wollte wie auf ihrer Hinreise vor mehr als zwei Jahren durch die Geschäfte stöbern, sich die Stadt ansehen und vielleicht Giuseppe Zingale einen Besuch abstatten. Obwohl sie in ihrem Zustand diesmal kein elegantes Kleid bei dem Schneider kaufen konnte, freute sie sich doch auf den Mann mit dem italienischen Temperament. Luise hoffte, dass das Ehepaar Reeves sie begleiten würde, denn sie wollte diese in den kleinen Teesalon um die Ecke von Giuseppes Ladenlokal einladen und sich so bei Peggy für ihre Hilfe bedanken. Sie unterbreitete dem Ehepaar ihren Vorschlag, den dieses begeistert annahm.

Als das Schiff im Hafen verankert, durch stabile Taue am Pier gesichert war und nun ruhig im Wasser lag, wurde endlich die hölzerne Passagierrampe abgelassen. Jeder der Reisenden wollte zuerst wieder festen Boden unter den Füßen haben und versuchte, seinen Vordermann zur Eile anzutreiben. Deshalb hakten sich die beiden Frauen bei Clark Reeves unter. Dieser geleitete sie stolz und sicher durch die laute Menschenmenge bis zur nächsten freien Droschke. Da man mehrere Stunden Zeit hatte, bevor der Laufgang zur Sicherheit nachts eingezogen wurde, wollte man sich durch Kapstadt chauffieren lassen, um die Stadt ein wenig kennen zu lernen.

Als sie in den Stadtkern kamen, wurde die Atmosphäre um sie herum ruhiger und entspannter. Voller Entzückung bewunderten die Frauen die herrschaftlichen Häuser und großen Gebäude. Vor einem Wohnhaus gefielen Luise besonders die Blumenbeete, bei einem anderen bewunderte Peggy die eleganten Gardinen am Fenster. Freundliche

Menschen erwiderten ihren Gruß. Kinder winkten ihnen ausgelassen zu. Natürlich zeigte ihnen der Kutscher nur die Zuckerseite der Stadt. Doch als Luise sich umdrehte, um in eine dunkle Seitengasse zu blicken, konnte sie wie in London die Unterschiede erkennen. Auch hier nahm am Ende der Gasse das farbenprächtige Bild ab und verlief sich in dunkle Grau- und Brauntöne. Ungepflegte Vorgärten und Müll am Straßenrand verdeutlichten Luise, dass Kapstadt allen anderen großen Städten glich. Auch hier gab es die Kluft zwischen Arm und Reich.

Clark, der von den Unterschieden scheinbar nichts bemerkt hatte und von den kulturellen Gebäuden begeistert war, riss Luise aus ihren Gedanken und meinte: »Man merkt, dass dieser Kontinent schon länger von Weißen besiedelt ist und man hier die Zivilisation den Einheimischen näher gebracht hat. Australien hat noch viel vor sich, um diesen Stand zu erreichen. Es ist noch sehr rückständig und unberührt. Wenn ich jedoch das hier alles sehe, muss ich nach Jahren des einfachen Lebens, dem ich zwar nicht abgeneigt bin, nun doch gestehen, dass ich es kaum erwarten kann, nach London zurückzukehren. Ich freue mich auf das kulturelle Leben und möchte endlich einmal wieder in einem richtigen Theater sitzen. Bei uns gab es zwar Aufführungen, doch war alles sehr primitiv und beengt«, seufzte er.

»Ich war so mit mir selbst beschäftigt, dass mir erst jetzt auffällt, dass ich noch nicht einmal weiß, wo Sie in Australien leben«, entschuldigte sich Luise.

»Wir wohnen am westlichen Stadtrand von Sydney. Mein Vater ist Kommandant der Marineinfanteristen. Peggys Vater ist der Pfarrer unserer Gemeinde. Wir sind erst seit vier Monaten verheiratet. Nun möchte ich meiner Großmutter meine wunderbare Frau vorstellen. Da Großmutter schon über siebzig Jahre alt ist, wollte sie nicht mit nach Australien übersiedeln.« Er lachte kurz auf und erzählte: »Als wir versucht haben, sie umzustimmen, hat sie mit ihrem Gehstock auf den Tisch geklopft und gemeint, einen alten Baum verpflanze man nicht. Daraufhin haben mein Bruder und ich ihr versprochen, dass wir sie in London besuchen werden, sobald wir verheiratet sind«, erzählte Reeves, als ob er Luise schon ewig kennen würde.

»Da wird sich Ihre Großmutter sicher freuen, Mr. Reeves. Wir wohnen entgegengesetzt, etwa vier Stunden entfernt von Sydney. Ich bin nur selten in der Stadt. Wie ist es dort? Ich habe gehört, dass es eine sehr unruhige Stadt geworden sein soll.«

»Ja, das kann man wirklich so ausdrücken. Ob man es glauben will oder nicht, zeitweise diente Rum als offizielle Währung. Das Monopol besitzen natürlich die britischen Armee-Leutnante. Als Sydney gegründet wurde, kamen fast ausschließlich Gefangene an diesen Ort. Ich kann Ihnen sogar die exakte Zahl nennen, denn mein Vater hat vor seiner Versetzung alles genau studiert und uns mit seinem Wissen jeden Tag aufs Neue erstaunt. Es waren fünfhundertachtundsechzig männliche und einhunderteinundneunzig weibliche Strafgefangene. Außerdem zweihundert Marineinfanteristen sowie siebenundzwanzig Ehefrauen und fünfundzwanzig Kinder«, gab er seine Kenntnis lachend preis.

»Du bist so schlau, mein Schatz«, himmelte Peggy ihren Mann an.

Luise spürte einen kleinen Stich im Herzen, als sie das junge Glück beobachtete. Sie war nicht eifersüchtig, aber wieder wurde ihr schmerzlich bewusst, wie sehr sie ihren Mann vermisste.

Clark sprach weiter, da er in Luise eine interessierte Zuhörerin vermutete: »Wissen Sie, Mrs. Fairbanks, ich bin überzeugt, dass wir weißen Siedler in Australien viel falsch gemacht haben. Zum Beispiel war es falsch von Großbritannien, diesen Kontinent mit Strafgefangenen zu bevölkern. Wie schlecht kann eine Regierung sein, die einen ganzen Kontinent als Gefängnis missbraucht? Zuerst haben wir un-

39

sere Verurteilten nach Amerika verfrachtet. Das muss man sich vorstellen. Unser Königreich hat so viele seiner Kinder dorthin deportiert, dass Amerika einen Riegel davor schob. Nun kommen die armen Menschen noch weiter weg. Was läuft in unserem Land falsch, dass unsere eigenen Gefängnisse nicht ausreichen? Dass wir so viele Kriminelle haben? Welch strenge Gesetze wurden von welchen ignoranten Menschen erlassen?«

Hilflos zuckte Luise mit den Schultern. Dann meinte sie zaghaft: »Wahrscheinlich ist die Armut in England zu groß. Ich habe gehört, dass viele nur wegen gestohlener Lebensmittel deportiert worden sind. Natürlich werden auch wirkliche Kriminelle unter den Gefangenen sein, aber die meisten sind sicher eher harmlos.« Mehr wollte sie nicht sagen, obwohl sie noch einiges dazu hätte beitragen können.

»Nur nicht so schüchtern, Mrs. Fairbanks. Jawohl, viele dieser armen Menschen sind wegen ihres Hungers verhaftet worden. Ich würde sogar morden, wenn meine Kinder hungern müssten«, erregte sich Clark.

»Bitte, Liebster, sprich leise«, bat seine Frau mit belegter Stimme.

»Hab keine Angst, mein Liebling. England ist weit weg.« Er wandte sich an Luise: »Ich habe Ihren Blick gesehen, als Sie das Elend in der Seitenstraße bemerkten. Sicherlich haben wir mehr gemeinsam, als wir vermuten.« Sie schaute ihn überrascht an. Clark dämpfte nun doch seine Stimme, als er weitersprach: »Wie schön wäre es gewesen, wenn wir nach Australien gekommen wären, um den Eingeborenen unsere Kultur und unseren Fortschritt näher zu bringen. Was natürlich nicht von heute auf morgen geschehen kann. Es muss ein schleichender Prozess sein. Beide Seiten müssen sich langsam annähern. Wir Weiße brauchen Zeit, um uns auf Land und Klima umzustellen. Genauso, wie die Einheimischen sich an uns gewöhnen müssten. Man müsste sie überzeugen, welche Vorteile sie durch unsere Zivilisation gewinnen würden. Doch was machen wir? Wir benutzen, wie in jeder Epoche, wie in allen Geschichtsbüchern nachzulesen ist, die Hauruckmethode. Die Kreuzritter fackelten auch nicht lange, sondern schlugen jedem den Schädel ein, der nicht schnell genug zum christlichen Glauben übertrat. So ähnlich ergeht es den Aborigines. Jeder, der sich nicht schnell genug in die Kleidung der Weißen zwängt, wird bestraft. Mit Auspeitschen oder sogar mit dem Tod. Es macht mich wütend. Wir sind erst seit kurzer Zeit auf diesem Kontinent, aber wir Weißen benehmen uns, als ob die Aborigines die Eindringlinge wären. Wir vergessen, dass wir nur Gäste sind und froh sein könnten, wenn wir geduldet werden. Haben wir aus der Geschichte nicht gelernt? Auch in unserer Vergangenheit gab es fremde Eroberer, unter denen wir Engländer gelitten haben. Ich kenne keinen Fall in der Historie, in dem Menschen ihre Unterdrückung widerstandslos hingenommen hätten. Es ist das Natürlichste von der Welt, zurückzuschlagen und sich nicht zu unterwerfen. Würden wir mit den Ureinwohnern kooperieren, anstatt sie umzubringen oder zu vertreiben, würden wir sie und ihre Gebräuche respektieren, dann wäre es sehr viel einfacher, auf diesem Kontinent zu leben und zu überleben. Wir könnten so viel von ihnen lernen. Allein schon die Erkenntnis, wie man sich im Busch versorgt, welche Pflanzen man ohne Bedenken essen kann, hätte vielen Neuankömmlingen das Leben retten können.« Clark schien ehrlich empört über seine weißen Mitmenschen zu sein. Seine Frau strich ihm besänftigend über den Arm.

»Wie kommen Sie zu solch einer Erkenntnis? Haben Sie Kontakte zu den Ureinwohnern?«, fragte Luise interessiert.

»Außer mit dem einheimischen Personal kommt man selten mit ihnen in Berührung. Das respektlose Verhalten der weißen Siedler den Einheimischen gegenüber ist jedoch bekannt. Manche schrecken nicht einmal vor Lynchjustiz zu-

41

rück. Ich habe einen Bericht gelesen, der genau das beinhaltet, was ich Ihnen eben erklärt habe. Aber ich möchte Sie nicht langweilen.«

»Nein, nein, sprechen Sie nur, Mr. Reeves. Es ist sehr aufschlussreich.« Luise war für jede Ablenkung dankbar, denn die Schmerzen kamen schleichend zurück.

Die Droschke hielt vor dem kleinen Teesalon. Luise war froh, dass das Ruckeln ein Ende hatte, denn sie hoffte, dass die Schmerzen wieder vergehen würden. Man bestellte Tee und Marzipantorte. Dann forderte Luise Reeves erneut auf: »Bitte erzählen Sie mir von dem Bericht, den Sie gelesen haben.«

Luise sah ihn aufmunternd an und betrachtete ihn genauer. Clark Reeves war ein ordentlich gekleideter Mann mit dunklen, akkurat gescheitelten Haaren, einem gründlich gestutzten Schnauzer und einer penibel geputzten Brille. Plötzlich wusste Luise auch, warum er ihr so sympathisch war. Er erinnerte sie an Peter Willis, den Geologen, den sie vor geraumer Zeit in Australien kennen gelernt hatte. Willis war vor mehreren Monaten in den Westen aufgebrochen, da man dort ein Kohleflöz entdeckt hatte. Clark hätte Peters Bruder sein können.

Reeves fing an zu erzählen. Nicht so erregt und wild gestikulierend wie in der Kutsche. Eher zurückhaltend, denn der Teesalon war gut besucht: »Ich bekam einen Bericht von dem Ethnologen und Botaniker Joseph Banks in die Hände. Übrigens hat er der Botany Bay ihren Namen verliehen. Banks studierte mit Begeisterung die ihm völlig fremde Pflanzen- und Tierwelt in Australien. Sein Report berichtet darüber, aber auch von dem Leben der Ureinwohner. Sie haben ihn gelehrt, in und mit der Natur in Einklang zu leben. Ich glaube, er ist der einzige weiße Mann, der je die Urbevölkerung Australiens mit dem nötigen Respekt behandelt hat. Allerdings haben sich die übrigen Europäer kein Beispiel an ihm genommen. Leider ist es für die Briten einfacher, das Land zur ›Terra nullius‹ zu erklären, das in

42

rechtlicher Hinsicht ›unbewohntes Land‹ bedeutet. Dadurch können sie schalten und walten, wie sie möchten, und jeden vertreiben, der ihnen lästig ist.« Reeves seufzte leise, als er den letzten Schluck Tee trank.

»Werden Sie nach Australien zurückkehren und mit gutem Beispiel vorangehen?«, fragte Luise.

»Ich habe bereits mit meinem Vater darüber gesprochen. Zum Glück ist er meiner Meinung, dass man etwas ändern muss. Jedoch denken die wenigsten Siedler so. Ich finde es wichtig, dass man nicht mit der Meute läuft, nur weil es bequem ist, aber dabei blind wird für die eigentlichen Belange.« Clark schaute nach allen Seiten, ob er auch keine unerwünschten Zuhörer hatte, und fuhr dann mit fast flüsternder Stimme fort: »Wissen Sie, Mrs. Fairbanks, als wir noch in London lebten, gab es dort eine Organisation, die man verfolgt hat, nur weil sie die Missstände in unserer Gesellschaft angeprangert hat. Man nannte sie die ›Weiße Feder‹. Damals war ich noch zu jung, aber am liebsten hätte ich mich dieser Organisation angeschlossen. Doch sie wurde vom Gesetz verfolgt. Ein Friedensrichter soll dafür verantwortlich gewesen sein, dass der Anführer dieses Verbundes getötet wurde und viele der Mitglieder deportiert worden sind. Wenn ich in London bin, werde ich versuchen, Kontakt zu ihr aufzunehmen. Vielleicht kann ich ein paar Ratschläge erhalten, um eine ähnliche Bewegung in Australien zu gründen. Dann werde ich auf die Verbrechen an den Aborigines hinweisen.«

»Liebster, du machst mir Angst. Es ist viel zu gefährlich ...« Clark versuchte, seine Frau zu beruhigen, als ein lautes Poltern sie aufschreckte. Luise war ohne Vorwarnung vom Stuhl auf den harten Dielenboden gefallen.

Als Luise den Namen der Organisation ›Weiße Feder‹ gehört hatte, war sie so erschrocken, dass ihr für einen kurzen Moment schwarz vor den Augen wurde, sodass sie sich nicht mehr auf dem Stuhl hatte halten können. Nie-

43

mals hätte sie vermutet, diesen Namen so weit weg von London wieder zu hören. Erst recht nicht von jemandem, der diese Organisation regelrecht verehrte. Während Clark von ihr sprach, brachte die Begeisterung seine Augen zum Leuchten.

Als Luise auf dem Boden lag, verstärkten sich die Krämpfe, wodurch sie unfähig war aufzustehen. Reeves wollte ihr behilflich sein, doch er erreichte nur, dass sie laut wimmerte. Mittlerweile standen mehrere Personen bei Luise und hatten gut gemeinte Ratschläge parat. Jeder Versuch, ihr aufzuhelfen, wurde von Luise vehement abgelehnt. Die Schmerzen wurden von Minute zu Minute heftiger. Peggy saß bei Luise auf dem Boden, stützte ihren Kopf und erinnerte sie immer wieder an die Atemübungen ihrer Mutter.

»Was machen wir jetzt? Wir sind zu weit vom Schiff entfernt. Draußen steht auch keine Droschke mehr«, flüsterte Clark seiner Frau besorgt zu.

Luise hatte ihn trotzdem verstanden: »Zwei Häuser entfernt ist ein Bekleidungsgeschäft. Ich kenne den Inhaber flüchtig. Sein Name lautet Giuseppe Zingale. Bis dahin werde ich es schaffen«, presste Luise zwischen den Zähnen hervor.

Mit vereinten Kräften und unter Luises lautem Stöhnen half man ihr auf die Beine. Kraftlos hing sie in Clarks Arm. Jeder Schritt war eine Tortur für sie. Peggy lief vor, um Mr. Zingale um seine Hilfe zu bitten.

Giuseppe rief sofort nach seiner Frau Maria, die Luise mit einem Schwall italienischer Worte in eine kleine Kammer geleitete, die sonst als Umkleidezimmer diente. Dort ließ sich Luise dankbar auf die Liege nieder.

Reeves erklärte dem Ehepaar Zingale mit wenigen Worten, dafür aber mit vielen Gesten, was sich ereignet hatte.

Maria hatte ihre Hände an ihre Wangen gelegt und schüttelte immer wieder den Kopf. »Signora, ich fühle mich geehrt, dass Sie sich an mich erinnern. Natürlich können Sie so lange bleiben, bis es Ihnen wieder besser geht. Non cé problema!«

Dankbar nickte Luise ihm zu. Sie war vollends erschöpft und schlief kurz darauf unruhig ein.

Als sie wieder aufwachte, saß Kapitän Fraser vor ihr, der sie bestürzt ansah. »Mädchen, Mädchen, was machen Sie für Sachen? Wir können froh sein, dass das nicht mitten auf dem Meer passiert ist.«

»Wo sind Peggy und ihr Mann?«, fragte Luise, peinlich ihrer Lage bewusst.

»Das Ehepaar Reeves ist zurück auf das Schiff gegangen und packt Ihre Sachen zusammen. Sie wissen, Mrs. Luise, dass Sie nicht weiterreisen können. Die Verantwortung kann und will ich nicht übernehmen.« Als er ihre erschrockenen Augen sah, nahm er ihre Hand, um ihr Mut zu geben. »Luise, ich meine es nur gut mit Ihnen und Ihrem Kindchen. Ich habe bereits alles arrangiert. Sobald Sie sich besser fühlen, bringt Sie Mr. Zingale ins Hospital, damit man Sie gründlich untersucht.«

Als Luise protestieren wollte, sagte er väterlich: »Sie wollen sich beide doch sicher nicht unnötig in Gefahr bringen.«

Stumm schüttelte sie den Kopf: »Nein, das möchte ich wirklich nicht. Aber mein Kind in Südafrika zur Welt bringen, wollte ich auch nicht.«

»Ich denke, Mrs. Luise, es gibt Schlimmeres«, tröstete er sie. »Nun versuchen Sie wieder zu schlafen. Mrs. Reeves wird im Laufe des späten Nachmittags zu Ihnen kommen. Ich werde versuchen, die Abreise der ›Miss Britannia‹ so lange hinauszuzögern, bis man Sie im Krankenhaus untersucht hat und ich weiß, dass es Ihnen beiden gut geht.«

»Dann kommen Sie aber wieder zu spät zu Ihrer Frau, und das bedeutet, dass Sie ein Donnerwetter erwartet«, erinnerte Luise ihn lächelnd.

»Ja, das habe ich mit einkalkuliert. Aber das Risiko gehe ich ein, denn die Versöhnung ist immer das Schönste«, erklärte er und lachte leise, als sich ihre Wangen röteten.

Im Hinausgehen bedankte er sich bei dem hilfreichen Ehepaar Zingale, und Luise wunderte sich nicht wirklich, als er dies in akzentfreiem Italienisch tat.

Das Ehepaar Reeves kehrte zurück, als Luise gerade von Maria mit einer Tasse Tee verwöhnt wurde. Auch Peggy und ihr Mann kamen in den Genuss. So saß man wie bei einer Teeparty zusammen und plauderte über belanglose Dinge, um Luise von ihrer Lage abzulenken. Als der Gesprächsstoff ausging und die Zingales sich wieder ums Geschäft kümmern mussten, sagte Clark vorsichtig: »Mrs. Fairbanks, Peggy hat Ihre Sachen in Ihren Reisekoffern zusammengepackt. Ich habe alles hierher bringen lassen. Außerdem gab mir der Erste Leutnant einen braunen Koffer mit, der angeblich auch Ihnen gehört. Ich hoffe, es ist in Ordnung. Was Sie für …«, er räusperte sich, denn es war ihm unangenehm weiterzusprechen, da sie ihm Leid tat, »… nun, alles was Sie für den Aufenthalt im Krankenhaus brauchen, hat Peggy in diese Tasche gelegt.«

»Vielen Dank. Auch dafür, dass Sie den braunen Koffer mitgebracht haben.« Ihre Stimme zitterte, denn nun konnte Luise keine Stärke mehr zeigen, wo keine vorhanden war.

Auch den Reeves war unwohl zumute, als sie Luise erklären mussten, dass sie sie in dieser schlimmen Situation alleine lassen würden. Sie hatten ihr Möglichstes für Luise getan und mussten jetzt an ihre eigenen Pläne denken. Allerdings beruhigte es alle, dass Fraser die Abfahrt noch hinauszögern wollte.

Luise schluckte, bis sie sich wieder unter Kontrolle hatte. »Sie müssen kein schlechtes Gewissen haben und sich nicht sorgen. Wenn ich weiß, dass es meinem Kind gut geht, dann habe ich keine Angst. Eben konnte ich meine Gefühle nicht verbergen, weil Sie den braunen Koffer erwähnt haben. Er gehört zwar zu meinen Gepäckstücken, der Inhalt jedoch gehörte meiner besten Freundin, die vor mehreren Monaten verschwunden ist. Wir nehmen an, dass sie ihrem Leben selbst ein Ende gesetzt hat. Es schmerzt, dass der Kofferinhalt das Einzige ist, was mir von Colette geblieben ist.«

Betroffene Stille herrschte zwischen den drei Menschen. Dann meinte Luise: »Ich möchte Ihnen wenigstens etwas Erfreuliches von mir verraten. Auch ich bin eine glücklich verheiratete Frau. Mein Mann ist Arzt in Australien und im ganzen Land unterwegs, um die Strafgefangenen zu versorgen. Er war gerade wieder fort, als meine Freundin verschwand und ich voller Panik das Land verließ. Ich hoffe, dass er mir bald folgen wird.«

»Nun wissen wir auch etwas über Sie und scheiden nicht gänzlich als Fremde«, meinte Clark.

»Es gibt wenige Menschen, die so sind wie Sie: hilfsbereit und unvoreingenommen. Ich weiß nicht, wie ich Ihnen je danken kann«, sagte Luise zaghaft lächelnd.

»Vielleicht sehen wir uns in London wieder, und Sie stellen uns Ihren Sohn oder Ihre Tochter vor«, meinte Clark schmunzelnd.

Bei diesen Worten strahlte Luise, und sie dachte: Er wäre ein idealer Ersatz für Duncan in der Organisation. Jedoch war sie überzeugt, dass nach Jacks Tod die ›Weiße Feder‹ nicht mehr existierte.

Luise konnte nicht schlafen. Zu viele Gedanken kreisten in ihrem Kopf, zu viele Gefühle überschwemmten sie. Mit Clarks Hilfe war sie in das Gästezimmer in der oberen Etage der Familie Zingale umgezogen. Kurz danach verabschiedeten sich die Reeves mit dem Versprechen, am nächsten Tag wiederzukommen.

Luise lag in einem frisch bezogenen Bett und starrte aus dem Fenster. Keine Wolke verschleierte den Blick zu dem mit Sternen übersäten Himmel.

»Oh, Duncan, vielleicht siehst auch du gerade hinauf und denkst an mich!«, hoffte Luise traurig.

III

Australien, 12. April 1793, der Tag von Luises Abreise

Als Duncan auf seiner Farm ›Second Chance‹ eintraf, wollte er nicht glauben, was Joanna ihm weinend mitteilte. Ohne ein weiteres Wort schwang er sich auf sein Pferd und ritt zum Hafen, in der Hoffnung, noch rechtzeitig zu kommen.

Luises Bruder Bobby und Julian Deal folgten ihm wortlos. Sie ritten, als ob der Teufel hinter ihnen her wäre. Als sie den Pier erreichten, war das Schiff bereits auf Höhe des Leuchtfeuers. Sie riefen und schrien. Luise konnte sie nicht mehr hören. Verzweifelt sprang Duncan vom Pferd und lief die Kaimauer entlang. Den Hut hin und her schwingend, hoffte er, Luises Aufmerksamkeit auf sich zu ziehen. Schnell erkannte er, dass es keinen Zweck hatte.

Duncan glaubte, jemand würde ihm die Brust zusammenpressen. Der Schmerz schien ihn zu erdrücken. Dem Schock folgte eine unbeschreibliche Niedergeschlagenheit. Dass er zu spät gekommen war, schnürte ihm die Luft ab. Er hätte brüllen können vor Hilflosigkeit und Sehnsucht nach seiner Frau. Monate waren sie getrennt gewesen, Monate, die ihm endlos erschienen waren, und jetzt folgte eine erneute Trennung. Verzweifelt schwang er sich aufs Pferd und schwor sich laut: »Dies ist nicht das Ende!«

Erschöpft nach vorne gebeugt, die Zügel in den kalten und verkrampften Händen, schaute Duncan der ›Miss Britannia‹ hinterher, bis sie nur noch als kleiner Punkt am Horizont zu erkennen war. Dann wendete er sein Pferd, um nach ›Second Chance‹ zurückzureiten. Als er aufschaute, sah er in die blauen, traurigen Augen von Luises Bruder, die immer noch aufs Meer blickten. Jeden Tag aufs Neue wurde ihm die Ähnlichkeit der Halbgeschwister deutlich bewusst, und er fragte sich wieder einmal, wieso ihm das nicht schon früher aufgefallen war.

Bobby tat ihm Leid. Erst vor kurzem hatte der Junge überhaupt erfahren, dass er eine ältere Halbschwester hatte, denn seine Mutter Heather Timonth, die als Luises Kindermädchen gearbeitet hatte, hatte ein Verhältnis mit Luises Vater, dem deutschen Weinbauer Johann Robert von Wittenstein, gehabt. Luises Mutter Sophie hatte diese Liaison nicht nur geduldet, sondern war glücklich, in Heather eine neue Mutter für Luise gefunden zu haben, denn sie selbst war todkrank und wusste, dass sie bald sterben würde. Johann Roberts Bruder Max sah in dem Sohn jedoch ein Hindernis, denn er wäre ein männlicher Nachkomme und somit potenzieller Erbe von Gut Wittenstein gewesen, auf das er selbst spekulierte. Deshalb hatte Max dafür gesorgt, dass Heather mit dem Kleinen wieder nach England verschwand, und ihrer beider Tod vorgetäuscht. Erst viele Jahre später, nach Max' eigenem Tod, war die Intrige aufgeflogen, und Luise hatte sich nach England und schließlich nach Australien aufgemacht, um ihn zu suchen. Dies alles hatte Duncan ihm berichtet, und nun schien seine Schwester wieder entschwunden, ohne dass er sie kennen gelernt hatte.

»Sei nicht betrübt, Bobby. Du wirst ihr bald gegenüberstehen. Das verspreche ich dir.«

Zwanzig Stunden schlief Duncan fast ohne Unterbrechung. Die letzten Monate, in denen er Clinch wegen des Verbrechens an Colette verfolgt hatte, hatten ihn sehr viel Kraft gekostet. Ihm und seinen Begleitern war oft keine Pause ge-

50

gönnt worden, aus Angst, die Spur des Flüchtigen zu verlieren. Nun allerdings forderte sein Körper den Tribut und ließ ihn in einen tiefen Schlaf versinken. Wachte er kurz auf, dann nur, um neben sich zu greifen und zu fühlen, dass er Luises Stimme und ihren warmen Körper nur geträumt hatte.

Schnell flüchtete er sich wieder in den Zustand des Vergessens zurück, da er die Leere in seinem Bett und in seinem Herzen nicht ertragen konnte.

Am zweiten Tag lag er nur so da, schaute auf einen Punkt an der Decke und dachte über seine Zukunft, über seine Gefühle und über das Erlebte nach.

Duncan hatte Anweisung gegeben, dass ihn niemand stören durfte. Nicht einmal zu den Essenszeiten durfte man ihn rufen. Selbst Joanna, die stets darauf achtete, dass keiner eine Mahlzeit ausließ, hielt sich an Duncans Anordnung. Sein Blick hatte seine Forderung unterstrichen, und so wagte selbst am Morgen des dritten Tages niemand, an seine Tür zu klopfen.

Doch hatte Duncan keine andere Wahl. Er musste sein Zimmer verlassen, denn es war endlich an der Zeit, etwas zu unternehmen. Er musste sich über den Zustand der Farm informieren, die Bücher kontrollieren und vor allem mit Joanna und Paul sprechen. Er wollte jetzt wissen, was geschehen war, den Hergang von Colettes Verschwinden erklärt bekommen und verstehen, warum Luise nicht einen Tag länger auf ihn gewartet hatte. Schließlich hatte er ihr eine Botschaft mit seinem Ankunftsdatum zukommen lassen. Außerdem trieb ihn der Hunger vom Lager hoch.

Nach einem ausgiebigen Bad traf er in der Küche auf Joanna und ihre Tochter Rose, die ihn beim Eintreten freudig anstrahlten.

»Oh, Doktor Fairbanks, es tut so gut, dass Sie wieder da sind. Bobby ist mit Connor und meinem Mann bei den Rebstöcken, und Mr. Deal versorgt die Pferde.«

51

Duncan nickte wortlos und setzte sich. Sogleich brachte Rose einen Teller mit Rührei und knusprig gebratenem Speck. Doch so hungrig, wie er geglaubt hatte, war er nicht, und so stocherte er lustlos in dem Essen herum. Duncan sprach mit den beiden Frauen kaum ein Wort, blickte nur geistesabwesend auf den Teller. Dann versuchte er doch einen Happen, aber es schmeckte ihm nicht. Deshalb schob er endgültig das Frühstück von sich. Er hatte so viele Fragen, aber nicht die Kraft, sie zu stellen. Sein vorheriger Tatendrang war schnell wieder verschwunden. Gleichzeitig machte ihn eine innere Unruhe nervös, da er wusste, dass er Dinge aufschob, aber nicht löste.

Die Beklemmung wuchs, und er fühlte sich wie damals, als er Jack Horans Brief bekommen hatte und ihm schmerzlich bewusst geworden war, dass er, Duncan, versagt hatte. Dass er seinen besten Freund seinem Schicksal in England überlassen hatte, da er, Duncan, nach Australien geflohen war und nichts für Jacks Rettung hatte tun können. Damals hatte Duncan geglaubt, an dieser Schuld ersticken zu müssen. Auch jetzt konnte er nicht frei durchatmen, und Panik breitete sich in seinem Kopf aus. Natürlich konnte er als Mediziner die Symptome nachvollziehen. Kannte die Ursache für seine Atemnot. Keine Lungenkrankheit war daran schuld, sondern seine Gedanken. Duncan war sich im Klaren, dass er keine Arznei einzunehmen brauchte. Er musste sich nur selbst zum gleichmäßigen Atmen zwingen. Aber hier, in der Enge der Küche und bei den Menschen, die ihn mit unausgesprochenen Fragen stumm bedrängten, bekam er nicht die innere Ruhe. So stieß er den Stuhl zurück und verließ hastig den Raum. Er achtete nicht auf die beiden Frauen, die wieder Sätze mit dem verhassten Wort ›warum‹ bildeten, und floh in den Garten. Dort setzte er sich auf die Bank unter einem Baum und sah starr auf die beiden Gräber, die im Schatten lagen und mit üppigen bunten Blumensträußen geschmückt waren. Das eine Grab war leer. Kein

Sarg befand sich in ihm, denn es war eine Gedenkstätte für Luises Vater, der in Deutschland beerdigt lag. Ein Kreuz stand darauf, versehen mit dem Namen von Johann Robert von Wittenstein sowie den Geburts- und Sterbedaten. Es war der Ort, an dem Luise glaubte, ihrem verstorbenen Vater in der Fremde nahe sein zu können.

In dem anderen Grab hatte damals Jonny Timonth seine letzte Ruhestätte gefunden. Ihn hatte man irrtümlich für Luises Bruder gehalten. Duncan hatte ihn aus dem Gefängnis befreit. Doch Jonny war an den Folgen der Folter, die man ihm dort zugefügt hatte, gestorben.

An der frischen Luft ging es Duncan rasch besser. Als er aber Bobby vom Feld kommen sah, ergriff ihn wieder die Angst, da er wusste, dass dieser Antworten von ihm erwarten würde. Antworten auf Fragen wie: Wann reisen wir nach London? Was musst du noch Wichtiges erledigen? Warum hat Luise nicht auf uns gewartet? Aber Duncan hatte noch keine Antworten parat. Er brauchte mehr Zeit, um Pläne zu fassen, um alles zu regeln. Aber auch, um sich klar zu werden, was *er* überhaupt wollte. Allein auf dem Zimmer war ihm bewusst geworden, dass er in seinem bisherigen Leben stets an andere gedacht und für andere gehandelt hatte. So war es in London gewesen, und so war es auch hier auf dem neuen Kontinent. Gerade in den letzten Monaten hatte er seine Bedürfnisse in die hinterste Ecke gedrängt. Nun war Jack tot und Colette verschwunden, die Organisation zerschlagen und Luise weit weg. Diese Fakten waren das Einzige, was er genau wusste. Über alles andere musste er in Ruhe nachdenken, musste planen und vorbereiten.

Bobby kam näher und beschleunigte seine Schritte, als er Duncan sah. Dieser wollte schreien, dass Bobby stehen bleiben solle. Dass er nicht mit ihm reden wolle und er Duncan nicht bedrängen solle. Aber er blieb stumm. Nur die Augen verrieten seine Gedanken. Bleich und wie ein gehetztes Tier sah er sich um, ob es eine Möglichkeit der

Flucht gab. Aber er schien eingekesselt. Vor ihm war der Zaun, hinter ihm das Haus, rechts Bobby, links der Weg ... Da fiel es ihm wieder ein. Es gab nur einen Ort, an dem er alleine war. Sicher vor den Menschen, die ihn umkreisten. An dem er wieder durchatmen konnte – an dem er die Panik verlieren würde. Er rannte zu der Höhle, die sie damals durch Zufall entdeckt hatten. Hier wurden die verderblichen Lebensmittel kühl gehalten. Der Eingang war mittlerweile verbreitert worden. Duncan stieß die Holztür auf und tastete sich im Dunkeln vorwärts, bis er in der mittleren Höhle war. Dann kroch er auf allen vieren in die hinterste, kleinste Höhle. Erst hier fühlte er sich geborgen. In diesem Steinraum, der fast vier Meter hoch war, hatte er Jonny Timonth nach der Befreiung aus dem Gefängnis versteckt, und hier war dieser dann gestorben. Durch die kleine, natürliche Öffnung in der Decke fiel genügend Licht, sodass Duncan alles erkennen konnte. Er sah das Lager, auf dem sie Jonny damals niedergelegt hatten. Wo er dessen Wunden versorgt und wo man auch seinen Leichnam gewaschen hatte. Mitten im Raum war noch die erkaltete Feuerstelle, über der immer noch der Topf hing, in dem das Wasser erhitzt worden war. Sogar die mit Jonnys Blut durchtränkten Stofflappen, die nun nicht mehr hellrot, sondern dunkelbraun und vertrocknet waren, lagen noch an der Stelle, an die Duncan sie damals hingeworfen hatte. Niemand schien seitdem hier gewesen zu sein, was ihn nicht verwunderte. Kaum jemand wusste von dem Raum in der Vorratshöhle. Dieser sollte auch weiterhin geheim bleiben, denn vielleicht brauchte man ihn früher oder später wieder als Versteck.

Alles erschien Duncan unwirklich. Als ob es nie passiert wäre und er alles nur geträumt hätte. Ungläubig schüttelte er den Kopf, als ihm bewusst wurde, dass es damals in diesem Raum war. Hier hatte er begriffen, dass sein Adoptivsohn Bobby Luises Bruder war.

Monate waren seitdem vergangen und hatten sein Leben, ihrer aller Leben durcheinandergewirbelt. Gequält von seinen Erinnerungen, setzte er sich auf den kühlen Boden und presste seinen Körper gegen die harte Wand. Er schloss die Augen. So viele Gesichter kamen in seinen Gedanken hoch. Luise, Jack, Colette, vereinzelte Bilder von Kindern, die er in London aus den Waisenhäusern hatte befreien können. Auch aus den Fabriken, in denen man sie als Kindersklaven zur Arbeit gezwungen hatte. Sogar seinen Vater und seine Mutter sowie seine Cousine, die er kaum gekannt hatte, da sie viel zu jung gestorben war, sah er vor sich. Alle hinderten ihn am Durchatmen. Er trommelte mit den Fäusten gegen den kalten Stein der Höhle, versuchte, die Bilder zu verdrängen, und schrie. Schrie, bis er heiser war und der Schmerz in seiner Brust nachließ. Dann endlich kamen die befreienden Tränen, und er weinte. Nicht laut. Eher trotzig und voller Selbstmitleid. Duncan fühlte sich ungerecht behandelt. Von jedem verurteilt und bestraft.

Luise hatte ihn bestraft, indem sie nicht länger auf ihn gewartet hatte. Steel war ihm feindlich gesinnt und wollte ihn für etwas hängen sehen, was für andere Gutes darstellte. Sogar Colette hatte sich gegen ihn gestellt, indem sie wahrscheinlich ihrem Leben ein Ende gesetzt hatte, obwohl er so viele Stunden um ihr Leben gekämpft hatte. Alle schienen gegen ihn zu sein. Obwohl er sein eigenes Leben für jeden von ihnen bedenkenlos riskiert hatte. Niemand von ihnen wusste seinen Einsatz zu würdigen. Clinchs Verfolgung war gefährlich gewesen, und mehr als einmal hatte er befürchten müssen, dass seine Knochen irgendwo in der Fremde verrotten würden. Steel hätte sich sicherlich gefreut, und Luise schien sich darüber keine Gedanken gemacht zu haben, denn sonst hätte sie auf ihn gewartet. Duncan konnte sich keinen Grund vorstellen, warum seine Frau abgereist war. Liebte sie ihn nicht mehr? War das Leben in Australien für sie unerträglich geworden? Colettes Verschwinden war sicherlich furchtbar, aber musste sie deshalb alles und jeden im Stich lassen? Ihn verlassen, ohne zu wissen, ob es ihm gut ging? Nicht einmal Bobbys Befreiung schien sie interessiert zu haben. Ohne Nachricht für ihren Mann war sie abgereist. Nicht ein paar Zeilen war er ihr wert gewesen. Überall in ihrem Zimmer hatte er nachgesehen, jede Schublade geöffnet in der Hoffnung, einen Brief von ihr zu finden, der ihm alles erklären würde. Worte, die ihn nicht an ihrer Zuneigung zweifeln lassen würden. Aber nichts hatte sie für ihn zurückgelassen.

Ihre letzten Worte am Abend, bevor er mit den Soldaten die Verfolgung aufgenommen hatte, klangen nun bitter in seinen Ohren. Von Liebe hatte sie geredet, von Hoffnung und Wiedersehensfreude, und er hatte ihr geglaubt.

»Ha!«, lachte er kurz auf. »Liebe! Luise, welche Art von Liebe hast du empfunden, als du mich verlassen hast? Wie tief waren deine Gefühle, als du den Entschluss gefasst hast zu gehen? Als du deine Sachen gepackt hast, hast du einmal daran gedacht, wie es mir geht? Was du mir dadurch antust? Dass du mich zum Gespött der Leute machst?« Plötzlich gewann Wut die Oberhand. Ihm wurde schmerzlich bewusst, dass sie ihn auch mit den Fragen alleine gelassen hatte, auf die ihm hier keiner eine Antwort geben konnte.

Hätte Duncan Fairbanks in diesem Augenblick in einem Spiegel sein Gesicht sehen können, wäre er sicher vor sich selbst erschrocken. Eisige Kälte funkelte aus seinen graublauen Augen. Leise, aber mit scharfem Unterton raunte er: »Warten kannst du, meine liebe Ehefrau. Warten, bis du schwarz wirst. Ab jetzt diktiere ich die weiteren Regeln meines Lebens, und das spielt in Australien.«

Er saß immer noch auf dem Boden und spürte, wie die Kühle der Steine seine Glieder starr werden ließ. Am liebsten wäre er in der Höhle geblieben. Er war so zornig, dass er die Stimmen, die näher kamen und seinen Namen riefen, einfach ignorierte. Erst als Bobby und Julian Deal durch

56

den flachen Eingang krochen und vor ihm standen, erhob sich Duncan.

Bobby sah verstört zu seinem Stiefvater, der jetzt auch sein Schwager war. »Was hast du, Duncan?«, fragte er besorgt, denn so hatte er ihn noch nie gesehen. Wut, Trotz und Traurigkeit flammten Bobby entgegen.

»Nichts! Lasst uns nach den Reben sehen«, antwortete Duncan gereizt und ging an ihnen vorbei zum Ausgang.

Fragend sah der Junge zu Julian Deal: »Gib ihm Zeit, Bobby. Er muss erst mit der Situation zurechtkommen. Sicher hat er sich seine Heimkehr anders vorgestellt.«

Aber Julian kannte Duncan mittlerweile gut. Deal wollte nur Bobby und sich selbst beruhigen. Fairbanks' Blick hatte ihm verraten, dass neue Zeiten angebrochen waren. Für alle!

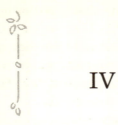

IV

›Second Chance‹, April bis Juni 1793

Mit verkniffenem Gesicht ging Duncan seinen täglichen Arbeiten auf ›Second Chance‹ nach. Man sah ihn in dieser Zeit selten lachen und nur das Nötigste reden. Gab er Anweisungen, war sein Ton streng und duldete weder Kritik noch Verbesserungsvorschläge. Er diktierte die Regeln des Alltags und verlangte, dass man sich daran hielt. Er selbst arbeitete körperlich hart auf den Feldern, kontrollierte den Weinanbau und sprach mit Paul über die Geschäfte. Kein Wort über persönliche Belange kam über Duncans Lippen.

Abends, wenn alle Aufgaben erledigt waren und man sich in der Küche zum gemeinsamen Nachtessen traf, verließ er immer öfter das Weingut. Er sattelte seinen Hengst Zippo, den er dem Stallbesitzer damals abgekauft hatte, ritt in die offene Wildnis und kam erst sehr spät wieder. An den Wochenenden blieb er häufig über Nacht weg und kehrte meistens zurück, wenn alle schon schliefen.

Nur Joanna lag stets noch wach. Sie konnte nicht einschlafen, bevor sie nicht wusste, dass Duncan sicher zurück war. Paul und sie machten sich große Sorgen um ihn, denn er hatte sich verändert. Er übte seinen Beruf als Arzt kaum noch aus und schien seine Erfüllung als Winzer gefunden zu haben. Als Paul ihm mitteilte, dass sich in der Stadt ein weiterer Mediziner niedergelassen hatte, zuckte er nur teilnahmslos mit den Schultern. Gesellschaftliche Einladungen nahm er nicht an und sprach auch selbst keine aus. Kurz nach seiner Rückkehr war Reverend Michigan vorbeigekommen. Genauso wie ihre Freunde Edward und Josefine Attkins. Doch Duncan hatte sich stets verleugnen lassen. Nun besuchte ihn niemand mehr, denn der Weg war zu weit und zu beschwerlich, um jedes Mal vor verschlossener Tür zu stehen. Selbst Elisabeth Anderson bekam keine Besuchserlaubnis und musste unverrichteter Dinge wieder abreisen.

Natürlich hatte sich mittlerweile herumgesprochen, dass Luise ihren Mann verlassen hatte, und es war das Gespräch des Jahres in der Stadt. Doch kannte keiner die genauen Zusammenhänge. Auf so mancher Teeparty wurde gemunkelt, das Weingut ›Second Chance‹ sei seit dem Unglück mit Colette verflucht. Die Phantasie der Damen kannte keine Grenzen, und so glaubten sie, Colettes Geist würde in Haus und Hof herumspuken. Deshalb hätte Luise Hals über Kopf Australien verlassen. Als sich ein weiterer Arzt in Port Jackson niederließ, war man froh darüber. Nun konnte man Doktor Fairbanks gänzlich aus dem Weg gehen. Schließlich wusste man ja nie, was er so trieb, wenn er nachts allein in der Wildnis unterwegs war, was ebenfalls bis in die Stadt vorgedrungen war. Manch einer glaubte, dass er den Verstand verloren hätte.

Die meisten Leute aus Duncans Bekanntenkreis glaubten den Unsinn natürlich nicht, sondern hatten eher Mitleid mit ihm. Für Joanna war es unerträglich, dass Duncan nicht einmal mit ihr und ihrem Mann Paul über die Geschehnisse während seiner Abwesenheit gesprochen hatte, und auch dass er keine Fragen stellte. Weder über Colette noch über seine Frau. Versuchte Joanna, das Gespräch auf diese Zeit zu lenken, oder fiel Luises Name, tat Duncan, als ob es ihn nicht interessieren würde, und verließ den Raum. Auch Paul wusste sich keinen Rat, und selbst für Bobby hatte Duncan kein offenes Ohr.

Der Junge lebte in der ständigen Angst, dass Steel eines Tages kommen würde, um ihn wieder ins Gefängnis zu stecken, da Duncan noch nicht beim Friedensrichter gewesen war. Dringend hätte Duncan in die Stadt gemusst, um mit Friedensrichter Steel zu reden. Doch er tat nichts.

Fairbanks war nun schon seit sechs Wochen zurück, als eines Abends Joanna und ihr Mann Paul ihren Mut zusammennahmen. Wieder war es schon weit nach Mitternacht, als Duncan von seinem nächtlichen Ausritt zurückkam. Er wollte wie immer direkt die Treppe hinauf in sein Schlafzimmer gehen, als Joanna und Paul vor ihm standen. Beide hatten die halbe Nacht im Wohnzimmer verbracht, um ihn zur Rede zu stellen. Alle anderen schliefen bereits, und so war der Zeitpunkt günstig, um ungestört mit dem Herrn zu reden.

Es war Joannas Idee gewesen. Seit Tagen hatte sie kaum etwas essen können. Als Paul merkte, dass die Situation für seine Frau unerträglich wurde und sie sogar krank machte, gab er zu der nächtlichen Aktion seine Zustimmung. Ihm war zwar nicht wohl dabei, schließlich waren sie von Mr. Fairbanks abhängig. Jedoch fand auch er dieses Leben nervenaufreibend. Mittlerweile waren alle auf der Farm erleichtert, wenn es Abend wurde und man Duncan davonreiten hörte. Keiner wollte mit dieser bedrückenden Stimmung weiterleben, und so versperrte Paul seinem Arbeitgeber an diesem Abend den Weg zur Treppe.

»Was ist los?«, fragte Duncan mürrisch.

»Wir möchten mit Ihnen reden, Doktor Fairbanks«, versuchte Joanna sanft, seinen Unmut zu brechen.

»Ich aber nicht mit euch. Also, geht mir aus dem Weg!«, sagte er um einiges schärfer und wollte die erste Stufe nehmen, als Joanna ihn am Arm festhielt. Bestürzt sah sie ihn an, und Duncan konnte Tränen in ihren Augen erkennen. Ärgerlich drehte er sich zu Paul und sagte mit eisiger Stimme: »Schaff deine Frau ins Bett. Ihre Theatralik ist mir zuwider.«

Paul, der als gutmütiger Mensch geschätzt wurde, der stets versuchte, jedem Streit aus dem Weg zu gehen oder schon im Ansatz zu schlichten, glaubte diese ungerechte Zurechtweisung wie einen Schlag ins Gesicht zu spüren. Trotzdem versuchte er, ruhig zu sagen, was er auf dem Herzen hatte: »Wir wissen, Mr. Fairbanks, dass wir Ihnen sehr zu Dank verpflichtet sind. Ohne Sie wäre ich immer noch im Gefängnis. Aber alles hat eine Grenze. Es kann so nicht weiter…«

»Mir gefällt es, wie es ist. Man hat mich zwar nicht gefragt, aber wenn ich ehrlich bin, ist mein Leben jetzt sehr viel angenehmer. Allerdings, wenn es euch nicht passt, dann müsst ihr gehen. Ihr schuldet mir nichts. Keinen Dank und auch keine Leibeigenschaft. Ihr bekommt morgen euren Restlohn, und dann könnt ihr gehen«, sagte er bitter.

Ohne ein weiteres Wort zwängte er sich an Paul vorbei, ging die Treppe hinauf in sein Schlafgemach, wo er die Tür zuschlug.

Joanna zuckte bei dem Knall zusammen und sah ihren Mann mit weit aufgerissenen Augen an. »Was haben wir getan, Paul? Wo sollen wir nun hin?«, fragte sie ihn zitternd.

»Joanna, weine nicht. Wir werden eine neue Arbeit finden. Du weißt, dass wir schon ganz andere Situationen gemeistert haben. Allerdings muss ich gestehen, ich hätte nie gedacht, dass er so hart werden und so reagieren würde … Oh, Mrs. Luise, was haben Sie nur angerichtet«, flüsterte er, als er seine Frau tröstend in die Arme nahm.

Paul und seine Frau hatten die ganze Nacht kein Auge zugetan. Noch vor dem ersten Hahnenschrei war Joanna aufgestanden und ordnete nun ihre Habseligkeiten. Viel war es nicht, was sie ihr Eigen nennen konnten. Alle Gegenstände, die von Luise angeschafft worden waren, um ihr Heim zu verschönern, ließen sie zurück. Nur Dinge, die sie von ihrem selbst verdienten Lohn gekauft hatten, wurden mitgenommen.

Die größeren Kinder wollten eine Erklärung, warum sie ihr Heim aufgeben mussten. Den Eltern stand aber im Moment der Kopf nicht danach, da die kleinen Kinder weinten und sich nicht beruhigen ließen. Connor, ihr Erstgeborener, sollte bei seiner Mutter bleiben und sie unterstützen, weil Paul seinen Restlohn bei Fairbanks abholen wollte. Allerdings war Connor auf einmal verschwunden. Da Rose ihren Bruder nirgends finden konnte, blieb Paul nichts anderes übrig, als bei Joanna zu bleiben und auf den Jungen zu warten.

Nachdem Connor von seinem Vater nichts Genaues erfahren konnte, war er aus dem Zimmer geschlichen und zu Duncan ins Büro gelaufen. Dieser saß hinter seinem Schreibtisch und rief grimmig »Herein!«, als Connor höflich angeklopfte.

Erstaunt sah Duncan den Jungen an. »Traut sich dein Vater nicht selbst her?«

»Mein Vater weiß nicht, dass ich hier bin.«

»Und was willst du?«

Connor hatte sich mittlerweile an das mürrische Verhalten seines Herrn gewöhnt, aber trotzdem machte ihn diese Situation nervös. Ungelenk nestelte er an seinem Kragen herum, als er unwirsch angefahren wurde: »Was ist los mit dir? Hast du deine Stimme verloren?«

Der Junge leckte sich seine trockenen Lippen und sagte, was ihm auf dem Herzen lag. »Sir, haben wir irgendetwas getan, das Ihren Unmut hervorgebracht hat? Waren Sie mit unserer Arbeit nicht zufrieden?«

»Frag' deine Eltern und belästige mich nicht mit diesem Gefasel.«

Duncan wollte sich wieder seinen Unterlagen zuwenden, als Connor erneut versuchte, Klarheit zu bekommen. »Meine Eltern sagen uns nichts. Liegt es an uns Kindern? Waren wir unartig? Ich werde mich persönlich darum kümmern, dass die Kleinen Sie nicht wieder stören. Aber bitte … bitte schicken Sie uns nicht weg. Das ist doch unser Zuhause geworden.«

Nun blickte Duncan ihn direkt an. Junge …, dachte er, … nein, du bist kein Junge mehr. Schon lange nicht mehr …

Connor war fast sechzehn Jahre alt und bald so groß wie sein Vater. Seine Augen, die sonst wissbegierig zu Duncan aufsahen, blickten heute eingeschüchtert auf den Boden. Die roten Haare standen ungekämmt in alle Richtungen. Noch immer folgte bei den meisten Wörtern ein Zischlaut hinterher, für den eine Zahnlücke verantwortlich war, die von einer Rauferei stammte. Kurz dachte Duncan an den Tag, als er Connor kennen gelernt hatte. An die große Verpflichtung, die dieser Junge schon recht jung eingegangen war, da sein Vater im Gefängnis gesessen hatte. Erst in England, dann hier in Australien. Die Familie war dem Vater in die Verbannung auf den fremden Kontinent gefolgt, und Connor hatte früh für seine Familie sorgen müssen. Deshalb hatte er auf ein paar Jahre seiner Kindheit verzichten müssen. Er hatte nicht nur seine Mutter und seine sieben Geschwister zu versorgen, sondern wie ein Familienoberhaupt die Verantwortung übernommen. Connor hatte Prügel von dem Koch einstecken müssen, bei dem er geschuftet hatte. Wenig Lohn und wenig Schlaf waren der Dank gewesen. Duncan Fairbanks hatte den ehrlichen Charakter des Jungen erkannt und ihn und seine Familie aus dem Elendsquartier geholt. Mit List hatte er sogar erreicht, dass Connors Vater Paul frühzeitig aus der Haft entlassen worden war. Nie würde Fairbanks Joannas Gesichtsausdruck vergessen. Es war ihr Geburtstag gewesen, und sie hatte keine Ahnung gehabt, welche Überraschung dieser Tag für sie bereithalten würde. Es war reiner Zufall gewesen, dass Paul ausgerechnet an jenem Tag entlassen worden war. Selbst hartgesottene Arbeiter auf der Farm hatten Tränen in den Augen gestanden, als Paul auf seine Frau zugelaufen kam und immer wieder ihren Namen gerufen hatte. Dieser

63

Tag würde ihnen ewig in Erinnerung bleiben. Allein schon wegen der Brummschädel, die dem anschließenden Fest gefolgt waren.

Ja, Connor hatte Recht! Hier auf ›Second Chance‹ hatten sie nicht nur eine zweite Chance erhalten, sondern auch ein neues Zuhause gefunden. Das sollten sie nun für etwas einbüßen, für das sie nichts konnten?

Laut atmete Duncan aus und schloss für einen Moment die Augen. Er spürte Müdigkeit und Traurigkeit in seinem Kopf. Beides durfte er nicht zulassen. Dann sah er Connor wieder an, der immer nervöser wurde.

»Nein, es hat nichts mit dir oder deiner Familie zu tun. Ihr habt nichts falsch gemacht …«

»Ist es wegen Mrs. …«

»Sei besser still, Junge. Schicke deine Eltern zu mir. Ich habe mit ihnen zu reden. Wenn du mit mir keinen Ärger bekommen willst, dann denke nicht einmal im Traum daran, deine Frage von eben laut auszusprechen. Haben wir uns verstanden?«

Erschrocken über die schroffen Worte konnte Connor nur nicken. Fluchtartig verließ er das Zimmer, um seine Eltern zu rufen.

Als diese das Büro betraten, stand Duncan mit dem Rücken zu ihnen und blickte stumm aus dem Fenster. Es dauerte einige Sekunden, bis Duncan sich ihnen zuwandte. Als er ihre übernächtigten Gesichter und ihre ängstlichen Augen sah, taten sie ihm Leid. Er versuchte, sein schlechtes Gewissen zu unterdrücken, und zwang sich zu einem neutralen Gesichtsausdruck. »Warum sind Sie nach Australien gekommen?«, wandte er sich an Joanna.

»Aber das wissen Sie doch, Mr. Fairbanks.«

»Natürlich weiß ich das. Aber ich will es von Ihnen hören, Joanna«, sagte er leicht gereizt.

Sie schluckte unsicher und antwortete dann: »Wegen Paul. Weil er hier im Gefängnis war.«

»Ist ein Mann, der zudem im Gefängnis sitzt, Grund genug, diese Strapaze auf sich zu nehmen? Ist dieser Grund so wichtig, dass Sie Ihre Kinder aus der gewohnten Umgebung reißen? Ihnen ihr Zuhause wegnehmen und in ein fremdes Land auswandern, um auf einem unbekannten Kontinent ein neues Leben zu beginnen? Obwohl Sie noch nicht einmal wissen, ob Sie diesen Mann jemals wieder sehen werden?«

»Ich verstehe nicht, worauf Sie hinauswollen, Doktor Fairbanks.«

»Ich will von Ihnen nur den wahren Anlass hören, warum Sie dieses Risiko auf sich genommen haben. Warum sind Sie Ihrem Mann hierher gefolgt? Mit sechs Kindern und das siebte unterwegs. Ein Kind, das seinen Vater auf keinen Fall in England kennen gelernt hätte, sondern nur vielleicht in Australien. Joanna, noch einmal – warum?«

Fairbanks beobachtete, wie Paul seine Frau aufmunternd an der Hand fasste und diese zärtlich drückte. Duncan musste sich beherrschen, da seine Gefühle ihn zu überwältigen drohten. Wochenlang hatte er versucht, jede Empfindung zu verdrängen, sogar abzutöten. Aber er spürte, dass seine Kraft bald aufgebraucht sein würde.

Da sagte Joanna, ohne den Blick von ihrem Mann zu wenden: »Ich habe alles hinter mir gelassen, weil ich Paul liebe. Ja, ich liebe ihn von ganzem Herzen und wusste, dass er es wert ist.« Erwartungsvoll sah sie jetzt zu Fairbanks auf. Dieser kämpfte nun auch für sie sichtbar mit seinen Emotionen. Mutig ging Joanna auf ihn zu und legte ihre Hand auf seinen Arm. »Sie müssen mit uns darüber reden, Doktor Fairbanks. Sonst zerfrisst es Ihre Seele.«

Duncan war unfähig, sie auch diesmal abzuweisen. Er wusste, sie hatte Recht. Sie mussten darüber sprechen. Nicht nur wegen der Missverständnisse, sondern auch, um klare, neue Regeln aufzustellen. Nur so konnten sie weiterhin gemeinsam auf dem Gut leben. Er nickte und zeigte zu der kleinen Sitzgruppe, die rechts neben dem Schreibtisch vor dem Fenster stand. Sie nahmen Platz, und dann forderte er sie auf, von dem Tag an zu berichten, an dem er abgereist war.

Zum ersten Mal hörte er von Colettes seelischer Verfassung, die scheinbar schon zu Lebzeiten von ihrem Leben Abschied genommen hatte, was sich durch die Aufzeichnungen in ihrem Tagebuch bestätigte. Wie sie sich immer mehr in sich selbst zurückgezogen hatte. Kein Zuspruch konnte sie aus der selbst gewählten Isolation zurückholen. Paul und Joanna schilderten, wie verzweifelt Luise sich um ihre Freundin gekümmert hatte und selbst beinahe daran zerbrochen wäre. Er erfuhr, dass wahrscheinlich Steels brutale Beschreibung von Horans Tod der Auslöser gewesen war, dass Colette verschwand.

Duncan wurde wütend, als er hörte, dass Steel ständig auf der Farm aufgetaucht war und seiner Frau Dinge unterstellt hatte, die ihr Kummer bereitet haben mussten. Bei der Schilderung von Steels letztem Auftritt sprang Duncan erregt auf und ballte seine Fäuste. Nachdenklich fragte er: »Hat Luise einen Reiter empfangen? Einen Fremden?«

Verständnislos sah Paul ihn an: »Nein. Ihre Frau hat sich tadellos benommen. Hier war nie ein Fremder.« Seinen Tonfall konnte man schon fast als empört bezeichnen, denn auf Mrs. Luise ließ er nichts kommen.

Nun musste Duncan lächeln, was in letzter Zeit selten vorkam. »Ich hatte ihr einen Boten geschickt. Dieser Fremde sollte ihr mitteilen, dass ich auf dem Heimweg war.«

»Nein, Mr. Fairbanks. Dieser Bote ist hier nie angekommen. Nur Reverend Michigan und seine Gattin kamen einmal vorbei. Auch Mrs. Anderson war ein paar Mal hier gewesen. Könnte es sein, dass Friedensrichter Steel den Boten abgefangen hat?«

»Ja, möglich wäre es. Doch gleichgültig, wie es war oder was sich in meiner Abwesenheit hier zugetragen hat. All das ist kein Grund, mich sang- und klanglos zu verlassen und dem Gespött der Leute auszusetzen. Ich nehme an, dass Luise Ihnen keine schriftliche Nachricht für mich hier gelassen hat?« Als er ihren unsicheren Blick sah, winkte er ab: »Dachte ich mir schon.« Nach einem kurzen Augenblick sagte Duncan: »Es tut mir Leid, dass ich gestern Nacht sehr unfreundlich zu Ihnen war. Auch für mein Verhalten in den letzten Wochen möchte ich mich entschuldigen. Tatsache ist nun mal, dass meine Frau mich verlassen hat. Was ich akzeptieren muss. Ich habe entschieden, dass ich in Australien bleiben und das Gut weiter bewirtschaften werde. Wenn Sie möchten, dürfen Sie weiterhin für mich arbeiten. Das heißt, es wäre mir sogar sehr angenehm, wenn Sie bleiben würden. Aber ich erwarte von Ihnen keinerlei Einmischungen in meine Privatsphäre. Über die Farm und alles, was damit zu tun hat, können wir gerne reden. Ansonsten kümmern Sie sich um Ihre Angelegenheiten und ich mich um meine.« Erwartungsvoll sah er das Ehepaar McArthur an. Nur kurz kreuzten sich deren Blicke, als sie ihm zunickten. Das reichte Duncan als Zustimmung. Es bedurfte keiner weiteren Worte. Als er den Raum verlassen wollte, drehte er sich kurz um, sah Paul an und sagte nun kraftlos: »Sie sind zu beneiden, solch eine Frau als die Ihre bezeichnen zu dürfen. Eine Frau, die Sie von Herzen liebt und Ihnen sogar bis ans andere Ende der Welt folgt. Ich wäre der glücklichste Mann auf Erden, wenn ich das auch von meiner Frau hätte sagen können. Sie hätte nur warten müssen.« Dann verließ Duncan mit hängenden Schultern den Raum.

Duncan hielt sich an das Versprechen, seine privaten Probleme von den geschäftlichen zu trennen, wodurch das Leben auf ›Second Chance‹ für alle wieder angenehm wurde. Seine nächtlichen Ausflüge behielt er allerdings bei. Im Geheimen fragte sich jeder, wohin ihn seine Ausritte führten. Jedoch wagte niemand, die Frage laut auszusprechen.

Eine Woche nach der Unterredung mit den McArthurs rief Duncan seinen Adoptivsohn zu sich: »Bobby, wir müssen in die Stadt und endlich mit Steel reden. Außerdem fängt in zwei Tagen die Verhandlung gegen Clinch an, und da will ich dabei sein. Pack das Nötigste zusammen. Wir waren lange genug auf der Farm isoliert. Du hast noch gar nichts von Sydney gesehen. Das werden wir ändern.«

»Oh, das hört sich gut an. Doch kannst du nicht allein zu Steel gehen? Wenn du seinen Namen nur erwähnst, mach ich mir schon vor Angst in die Hose.«

»Na, na, Junge, jetzt aber. Deine Entlassung war legal. Außerdem bringt er dich weder mit mir noch mit Luise in Zusammenhang. Für Steel war Jonny Timonth die einzige Verbindung, die er kannte, da wir alle glaubten, dass wegen der Namensähnlichkeit er der verschwundene Bruder sei. Doch Jonny ist vor über einem Jahr verstorben. Selbst ich bin nicht darauf gekommen, dass du es sein könntest. Es besteht also keine Gefahr, dass Steel etwas anderes denkt, außer, dass du ein entlassener Sträfling bist. Wenn etwas nicht stimmen würde, wäre Steel schon längst hier aufgetaucht. Das kannst du mir glauben.«

»Meine Güte, Duncan, wenn du das so nüchtern schilderst, komme ich mir tatsächlich wie ein Verbrecher vor, obwohl ich zu Unrecht im Gefängnis eingesperrt war.«

»Bobby, was soll das? Ich brauche doch wohl nichts zu verschönen, oder? Du bist ein Ehemaliger, oder wie heißt das in eurer Gefängnissprache?«

Bobby wollte gerade wütend antworten, als er das lustige Glitzern in Duncans Augen sah. Lachend boxte er seinem Stiefvater in den Oberarm.

»Ich sehe, du hast überschüssige Energie. Vielleicht solltest du lieber hier bleiben und Holz hacken«, meinte Duncan lachend, als er sich den schmerzenden Arm rieb.

»Es tut gut, dich wieder lachen zu sehen«, meinte Bobby zaghaft.

Diesmal reagierte Duncan nicht aufbrausend, sondern nickte: »Ja, es geht mir besser und, wenn ich es recht überlege … was hältst du davon, wenn wir Connor zu unserem Ausflug einladen? Ich muss einige Dinge erledigen, die für dich uninteressant sind und dich sicher langweilen. So könntest du mit Connor gemeinsam die Stadt unsicher machen.« Bei dieser Erklärung zwinkerte er dem Jungen schelmisch zu, was diesem die Ohren heiß werden ließ und seine Augen zum Leuchten brachte.

Connor konnte nicht glauben, was Bobby ihm erzählte. Die jungen Männer waren fast im gleichen Alter, hatten dieselben Interessen und waren dicke Freunde geworden. Deshalb freuten sie sich, dass Duncan beide mitnehmen wollte. Seitdem die McArthurs auf der Farm lebten, war Connor nur selten in der Stadt gewesen und wenn, dann sicher nicht des Vergnügens wegen. Vor Freude bekam Connor hektische rote Flecken im Gesicht, als er seine Eltern um Erlaubnis bat.

»Wer soll deine Arbeit übernehmen? Hat das der Doktor auch gesagt?«, fragte Paul skeptisch.

»Julian übernimmt die Fütterung der Pferde und das Wässern der Pflanzen. Mr. Fairbanks hat das mit ihm abgemacht. Dafür bekommt Julian einen freien Tag zusätzlich.«

»Das ist sehr großzügig«, meinte Connors Mutter. »Er muss mit dir zufrieden sein.«

»Ich glaube, das ist nicht der einzige Grund, obwohl ich wirklich voller Stolz sagen kann, dass Connor seine Arbeiten mit äußerster Sorgfalt verrichtet.« Während Paul das sagte, strich er seinem Sohn durch das Haar und blickte ihn voller Stolz an.

»Ja, ich kenne ebenfalls den Grund. Connor hatte als Einziger den Mut, mit Mr. Fairbanks zu sprechen. Dafür müsste dir eigentlich jeder dankbar sein. Nicht nur wir.

Also, mein Junge, pack deine Sachen und dann ab ins Stadt-leben. Du hast es dir verdient.«

Das brauchte man Connor nicht zweimal sagen. Als er al-les in einem Beutel verstaut hatte, drückte ihm sein Vater etwas Geld in die Hand: »Hier, damit du nicht verhungerst, mein Sohn.«

Connor dankte ihm, umarmte seine Mutter zum Ab-schied und ging hinüber zum Stall, wo Bobby und Duncan auf ihn warteten. Er bekam Luises Fuchsstute Miss Cayen Twist, die lammfromm am Barren stand und auf ihren Rei-ter zu warten schien. Connor verlor kein Wort über das Pferd, sondern saß auf, und wie die drei Musketiere ritten sie von dannen.

V

Port Jackson/Sydney, Juni 1793

Port Jackson war ein pulsierender Hafen. Täglich liefen Schiffe aus aller Welt ein und tauschten Waren. Barken aus Asien brachten Gewürze und Edelhölzer, aus Afrika kamen exotische Lebensmittel und Elfenbein. Schiffe aus England brachten meistens neue Gefangene.

Als Bobby die Princess of Wales sah, krampfte sein Magen. Auf diesem Schiff war er über das große Wasser nach Australien deportiert worden.

Duncan registrierte, dass der Junge ziemlich blass wurde, und beruhigte ihn: »Es ist vorbei!«

Bobby sah ihn bekümmert an. Dann entspannten sich seine Gesichtsmuskeln, und er nickte: »Ja, du hast Recht.«

Sie ritten an dem Schiff vorbei und bogen zu dem Hotel ab, in dem Duncan schon bei seiner ersten Ankunft mit Luise und Colette genächtigt hatte.

»Oh nein! Muss das sein?«, fragte Connor zweifelnd.

»Das darf doch nicht wahr sein! Jetzt fängst du auch noch an. Auch für dich gilt mein schlauer Spruch von eben: Es ist vorbei. Ich habe nicht gewusst, dass es so ein Problem werden würde, wenn man euch mit in die Stadt nehmen will.«

Entsetzt sahen die Jungen ihn an. Aber wieder konnten sie das schelmische Funkeln in Duncans Augen erkennen.

»Falls dein Freund, der Koch, noch dort arbeiten sollte, dann werden wir ihn heute Abend für uns tanzen lassen«, versprach Duncan dem Jungen lachend.

Dieser kratzte sich nervös am Hinterkopf und stimmte gequält in das Lachen ein. Ganz wohl war ihm nicht.

Als Connors Mutter sich damals spontan entschlossen hatte, ihrem Mann in das unbekannte Land zu folgen, war sie schwanger, und als sie auf dem neuen Kontinent angekommen waren, kurz vor der Niederkunft gewesen. Hier in der Fremde galten andere Gesetze als zu Hause. Die Familie durfte auf keinerlei fremde Hilfe hoffen. In Australien war sich jeder selbst der Nächste.

Joanna hatte in ihrem Zustand keine Arbeit annehmen können. Außerdem hätte niemand einer Schwangeren Arbeit gegeben. Für Connor, als den Ältesten, war es selbstverständlich gewesen, dass er sich um das Geldverdienen kümmern würde.

Aus Verzweiflung nahm er jede Arbeit an, auch die, die schlecht bezahlt wurde. Dann lockte ihn der Besitzer des Hotels mit dem Versprechen, als Küchenjunge mehr zu verdienen. Doch es waren nur leere Zusicherungen gewesen. Außerdem hatte Connor nicht ahnen können, was ihm hier blühen würde. Als er es endlich begriffen hatte, war sein jüngster Bruder geboren und seine Mutter sehr schwach gewesen. Sie hatten das Geld gebraucht, und so hatte Connor die Zähne zusammen gebissen und auch hier für einen Hungerlohn geschuftet. Vierzehn Stunden schwer arbeiten ohne Pause und wenig Essen waren an der Tagesordnung gewesen. Hinzu waren schon bei dem kleinsten Anlass brutale Schläge vom Koch gekommen. Einmal war das Geschirr nicht sauber genug gespült, ein anderes Mal war er zu langsam oder das Gemüse nicht ordentlich geputzt gewesen. Bald hatte der Koch keine Gründe mehr gebraucht, sondern auf den Jungen eingeschlagen, wann immer es ihm gefallen hatte.

In dieser schlimmen Phase hatten Duncan, Luise und Colette in dem Haus gewohnt. Luise hatte das Verhalten des Kochs gegenüber Connor beobachtet und mit ihrem Mann darüber gesprochen. Allerdings hatte Luise nicht gewusst, dass auch Duncan bereits die Brutalität des Kochs registriert hatte. Er hatte sogar das Vertrauen des Jungen gewonnen, was damals nicht einfach gewesen war. Dann hatte Connor seinem neuen Freund dabei geholfen, das Grundstück für ›Second Chance‹ zu erwerben, ohne dass Luise es gemerkt hatte, denn Duncan hatte seine Frau überraschen wollen. So hatte Duncan die Verschwiegenheit des Jungen zu schätzen gelernt. Luise war überrascht gewesen, als Duncan ihr verraten hatte, dass er den Jungen dem Koch regelrecht abgekauft hatte und ihm und seiner Familie auf der Farm Arbeit und ein neues Zuhause geben würde.

Die Erinnerungen an seine Vergangenheit flogen sekundenschnell durch Connors Kopf, und als er Duncan ansah, schien dieser die Bedenken in seinem Gesicht lesen zu können.

Um dem Jungen ein Gefühl der Sicherheit zu geben, zwinkerte Duncan ihm aufmunternd zu. Im selben Moment, als Connor sich dessen gewiss war, wurde sein Rücken kerzengerade. Er schwor sich, dass niemand ihn jemals wieder so behandeln dürfte. Nun wäre er sogar froh, wenn er dem Koch heute Abend wieder begegnen würde.

Als sie das Hotel erreichten, wurden sie überrascht. Das Gebäude war frisch gestrichen, und überall blühten bunte Blumenarrangements.

Als Duncan in die Eingangshalle kam, war auch hier alles renoviert und strahlte einen gewissen Charme aus. Unverändert stand allerdings Mr. Potter, der alte Besitzer, an der Rezeption. Luise hatte ihn einst wegen seines Aussehens treffend mit einem Zwerg verglichen. Mr. Potters Umfang war sichtbar um einiges runder geworden. Seine Wangen waren so gerötet wie früher, und die Glatze glänzte im Sonnenlicht, das durch die großen, sauber geputzten Fenster drang. Potters unverkennbare Stupsnase gab seinem Gesicht ein stets lächelndes Aussehen, was aber für einen Moment verschwand, als er aufblickte. Dann verzogen sich seine Mundwinkel nach oben, und er rief: »Welch ein Vergnügen, Sie in unserem Haus willkommen zu heißen, Doktor Fairbanks. Und Connor, nein, bist du groß geworden. Ich hätte dich beinahe nicht wieder erkannt.«

Connor hob kurz die Hand zum Gruß und war froh, als Duncan das Gespräch mit Potter weiterführte: »Die Freude ist ganz auf unserer Seite, Mr. Potter. Hier hat sich einiges verändert«, sagte Duncan, interessiert, den Grund zu erfahren.

»Oh ja, das kann man wohl sagen. Stellen Sie sich vor, Doktor Fairbanks, ich habe trotz meines reifen Alters noch einmal die große Liebe gefunden und geheiratet.« Seine Augen strahlten bei dieser Erklärung.

»Dazu kann man nur gratulieren. Ich hätte selbst darauf kommen müssen, als ich die Blumenbeete vor dem Haus gesehen habe. Für die kann nur eine Frau verantwortlich sein. Wer ist die Glückliche? Kenne ich sie?«

»Das glaube ich nicht. Klarissa ist eine ehemalige Strafgefangene, die mir als Hilfe zugeteilt wurde. Aber ich kann Ihnen versichern, dass meine Klarissa zu Unrecht verurteilt worden war. Das sagt sie übrigens selbst. Schließlich könnte sie keiner Fliege etwas zuleide tun, nein, wirklich nicht. Jedenfalls war sie keine drei Monate hier, und da haben wir gemerkt, dass wir füreinander bestimmt sind. Obwohl sie nur halb so alt ist wie meine Wenigkeit, fühlten wir doch tiefe Zuneigung füreinander, und ich habe auch nicht lange überlegt, sondern ...«

»Wem erzählst du schon wieder unsere Liebesgeschichte, Bärchen?«

Potters Wangen wurden eine Spur röter, als er die Stimme hörte, und er strahlte seine junge Frau an.

Weil Mr. Potter weder eine Schönheit noch intelligent war, lag es nahe, dass er nur wegen des Hotels interessant für eine Frau war, dachte jedenfalls Duncan. Als er nun jedoch der Gattin gegenüberstand, musste er eingestehen, dass es sich doch um wahre Liebe handeln musste.

Mrs. Potter war sogar noch etwas kleiner als der Zwerg und ebenso rund. Die Haare waren dunkel, schon mit grauen Strähnen durchzogen und streng nach hinten gekämmt. Ein haselnussbraunes Auge blickte gerade aus einem pausbackigen Gesicht. Das andere Auge machte jedoch, was es wollte, und schielte so, dass man nie wusste, wann man angeschaut wurde. Mrs. Potter konnte wirklich nicht als Schönheit bezeichnet werden. Dann jedoch entdeckte Duncan einen wunderschönen geschwungenen Mund unter ihrer viel zu großen Nase. Wenn dieser Mund sich zu einem breiten Lachen verzog, zeigte er ebenmäßige, weiße Zähne. Außerdem schien Mrs. Potter sympathisch zu sein.

Als sie Duncan und die beiden Jungen erblickte, ging sie freudestrahlend auf sie zu, begrüßte sie und meinte entschuldigend: »Mein Mann ist eine Plaudertasche und redet nur zu gerne.«

»Schnuckelchen, das ist Doktor Fairbanks. Mr. Fairbanks hat schon hier gewohnt, da habe ich von dir nur geträumt.«

Jetzt musste sie laut lachen und streichelte ihrem Mann über die Glatze. »Schön, dass Sie das Haus wieder beehren, Doktor Fairbanks. Sicher haben Sie schon bemerkt, dass sich einiges verändert hat. Wir haben es geschafft, zu einem der besten Häuser in der Stadt aufzusteigen. Deshalb sind die Preise auch etwas höher als damals. Wenn Sie in unserem Restaurant essen möchten, dann wäre es ratsam, einen Tisch zu reservieren. Wir sind bekannt für unsere gebratenen Hähnchen nach Art des Hauses und deshalb sehr gut besucht. Wie lang möchten Sie bleiben, und um wie viel Uhr darf ich einen Tisch für Sie bereithalten?«

Sehr geschäftstüchtig, dachte Duncan, und gab bereitwillig Auskunft. Als er die Schlüssel für die beiden Zimmer in Empfang nahm, sagte er zu dem Ehepaar: »Meine Gratulation zu Ihrer Vermählung. Sie sehen, Mr. Potter, man darf nie aufhören zu träumen.«

Nachdem die drei Reisenden etwas geruht und sich frisch gemacht hatten, trafen sie sich zur vereinbarten Uhrzeit im Speisesaal, um die Hähnchen nach Art des Hauses zu probieren.

Mrs. Potter hatte wirklich nicht übertrieben. Weiße Tischdecken, Kerzenlicht und farbenprächtige Blumenarrangements gaben dem Speiseraum das Ambiente eines stilvollen Hauses. Bis auf zwei Tische waren alle besetzt. Ein Kellner mit tadellos weißer Schürze führte sie zu ihrem Platz. Kurz nach Duncan betraten Thomas Anderson und seine Frau Elisabeth in Begleitung eines anderen Ehepaares, das Duncan allerdings nicht kannte, den Speisesaal. Sie hatten ihn und die beiden Jungen zum Glück nicht entdeckt und gingen zu dem letzten freien Tisch, wo Anderson sich, kaum dass er Platz genommen hatte, einen Whisky bestellte. Duncans Mundwinkel umspielte ein spöttisches Lächeln. Anderson würde sich wohl nie ändern. Die Unterhaltung verlief fast ausschließlich zwischen den beiden Männern, sodass Duncan vermutete, es handle sich um Geschäftliches. Außerdem sahen die zwei Frauen gelangweilt umher.

Duncan fand seinen Platz ideal, da man zwar alles sehen konnte, selbst aber unentdeckt blieb. Ungeniert betrachtete er Elisabeth. Sie war wie immer die am besten gekleidete und auch die schönste Frau in diesem Raum. Duncan würde sogar den Inhalt seiner Geldbörse verwetten, dass keine Frau in der Stadt mit Elisabeth Anderson mithalten konnte.

Auch Bobby hatte sie erspäht. »Schau, Duncan, da ist Elisabeth. Sollen wir ihr nicht guten Abend sagen?«

»Nein, das halte ich für keine gute Idee. Es ist nicht gut für dich. Man könnte es missverstehen und dadurch etwas verraten.«

Duncan hoffte, dass Bobby trotz seiner irreführenden Worte wusste, was er meinte.

Connors Gesicht verriet allerdings, dass er nichts davon verstanden hatte, und so sagte er naiv: »Ich kenne Mrs. Anderson, sie war schon ein paar Mal draußen auf der Farm. Ich kann mir nicht vorstellen, dass sie es missversteht.«

Bobby kam Duncan zu Hilfe und flüsterte ihm verschwörerisch zu: »Nein, Connor, Duncan hat es anders gemeint. Du weißt schon, wegen Mrs. Luise ... es könnte peinlich werden.«

»Oh ...!«, war alles, was Connor sagte, und er schaute dabei voller Mitgefühl zu Duncan. Das war natürlich das Letzte, was dieser wollte. Von einem Sechzehnjährigen bemitleidet zu werden. Aber, wenn es der Sache diente, dann sollte es ihm recht sein.

Zum Glück kam das Diner, und so wurde jeder Gedankengang unterbrochen. Nur einmal noch schaute Duncan in Richtung Elisabeth, und er glaubte, dass ihre Augen sich trafen. Allerdings wurde ihr Sichtfeld von einer großen Palme unterbrochen, die genau vor seiner gegenüberliegenden Tischkante stand und ihn fast gänzlich verdeckte. Da er an keiner ihrer Gesten erkennen konnte, ob sie ihn gesehen hatte, widmete er sich seinem gebratenen Hähnchen. Er musste zugeben, dass es tatsächlich das beste war, das er je gegessen hatte. Mrs. Potter, die auch das Regiment in der Küche hatte, verriet ihm, sie habe ein Geheimrezept ihrer Großmutter mit in die Ehe gebracht. Nur eine winzige Kleinigkeit gab sie preis und die hieß: Zitronengras. Mehr ließ sie sich trotz höflichen Bittens nicht entlocken.

Da jedes Mal, wenn die Küchentür sich öffnete, Connor zusammenzuckte, fand Duncan, dass es wohl besser sei, wenn man Connor direkt mit dem Koch konfrontieren würde. Selbst das vorzügliche Essen schien dem Jungen nicht zu schmecken. Als Mrs. Potter den Wein nachfüllte, fragte Duncan nach dem ehemaligen Küchenmeister.

»Das war das Erste, was nach meiner Heirat mit Mr. Potter geändert wurde. Nicht nur, dass er eine unsaubere Gestalt war. Er hat immer wieder unseren armen Küchenjungen geschlagen. Als er auch noch versucht hat, mir unter den Rock zu greifen, da war das Maß voll, und Mr. Potter hat ihn direkt vor die Tür gesetzt. Die Herren möchten sicher noch eine Nachspeise? Wir haben heute frischen Käsekuchen.«

Jeder bestellte das Dessert, und Mrs. Potter verschwand wieder in der Küche.

»Sicher hätte Potter die Schläge bei dem Jungen genauso geduldet wie bei mir. Seiner Gattin durfte er allerdings nicht zu nahe kommen«, zischte Connor wütend.

»Das mag vielleicht stimmen, aber Hauptsache, er ist nicht mehr da, und du kannst wenigstens deine Nachspeise genießen.«

Nachdem man das Diner beendet hatte, wollte Duncan nicht direkt gehen, da die Andersons immer noch an ihrem Tisch saßen. Duncan hatte keine Lust, sich in ein Gespräch verwickeln zu lassen. Also bestellte er einen Cognac und unterhielt die Jungen mit Anekdoten aus seinem Leben.

Als Duncan kurz innehielt, um einen Schluck aus seinem bauchigen Glas zu nehmen, wandte sich Connor an ihn. »Doktor Fairbanks, darf ich Ihnen eine Frage stellen?«

Während Duncan das brennende Getränk hinunterschluckte, nickte er dem Knaben zu.

»Können Sie mir bitte erklären, warum man den Kannibalen in England nicht schon hingerichtet hat? Die Leute erzählen, dass er schon dort für schlimme Dinge verantwortlich gewesen sein soll.«

Erstaunt blickte Fairbanks den Jungen an. »Warum willst du das wissen?«

Fast flüsternd antwortete er: »Wenn sie ihn dort schon gehängt hätten, wäre Miss Colette nicht verschwunden.« Nach einigen Sekunden fügte er noch hinzu: »Ich vermisse sie sehr, deshalb habe ich mich das gefragt.«

Nun wurde auch Duncan nachdenklich. Wie ignorant er doch in letzter Zeit gewesen war. Als er zu Bobby sah, konnte er auch in dessen Gesicht Traurigkeit erkennen. Fairbanks hatte nur an sich gedacht und die Trauer der beiden heranwachsenden Kinder nicht erkannt. Laut atmete er aus und versuchte zu erklären: »Die Leute haben die Wahrheit gesagt, Connor. Auch in unserer Heimat hat Clinch sehr schlimme Dinge getan. Unter anderem hat er den Sohn eines Richters umgebracht. Die Menschen wollten ihn tatsächlich hängen sehen. Doch der Vater des getöteten Jungen empfand diese Strafe als zu milde. Ein kurzer Ruck, und Clinch wäre alle Sorgen los gewesen und hätte sich im Jenseits befunden. Der Richter hatte es als Rache und Genugtuung empfunden, ihn in das entfernteste und berüchtigtste Gefängnis zu verbannen. Wer in Neverland sitzt, glaubt, die Hölle auf Erden zu haben. Außerdem war man der Ansicht, dies sei das einzige Gefängnis auf der Welt, aus dem niemand ausbrechen könnte. Dass dies nicht stimmt, haben wir schmerzlich erfahren müssen. Doch nun führt kein Weg am Strang vorbei. Ich glaube, dass Clinch sehr schnell abgeurteilt und in den nächsten Tagen am Galgen baumeln wird.«

Erleichtert sah Connor zu Duncan. Um die Knaben abzulenken, erzählte Fairbanks noch eine Geschichte aus seiner Jugend. Die jungen Männer mussten herzhaft lachen, und auch als Bobby gähnte, versiegte Duncans Redefluss nicht. Nach dem zweiten Cognac sah er aus den Augenwinkeln, wie Elisabeth sich erhob, ihren betrunkenen Mann unterhakte und das Restaurant verließ. Nun endlich wünschte er den übermüdeten Jungen eine gute Nacht.

Duncan war zu aufgedreht, um schlafen zu können. Deshalb bestellte er sich zum Abschluss des Tages einen Whisky, den er in aller Ruhe und Einsamkeit auf der Terrasse genießen wollte.

Die Plattform, die damals aus roh zusammengehauenen Brettern bestanden hatte, war nun einer doppelt so großen, eleganten, weiß gestrichenen Holzterrasse gewichen. An einem ebenso weißen Geländer hingen Kästen mit bunten Pflanzen. Elegante Holzgarnituren mit runden Tischen, auf denen Glasgefäße mit weißen Kerzen brannten, vermittelten eine romantische Atmosphäre. Duncan musste anerkennend eingestehen, dass Mr. Potter mit Klarissa eine gute Wahl getroffen hatte. Sie hatte es verstanden, in kürzester Zeit aus einem gewöhnlichen Haus ein wahres Schmuckstück zu zaubern.

Er lehnte sich an die Brüstung und schaute auf das vor ihm liegende Meer. Nur leicht kräuselte sich die Wasseroberfläche. Kaum ein Windhauch war zu spüren, was angenehm war, denn so konnte der Wind die Geräusche aus der immer größer werdenden Stadt nicht zu ihm herübertragen.

Duncan nahm einen kleinen Schluck Whisky und behielt ihn einen Augenblick im Mund. Er spürte nun intensiv das Brennen auf der Zungenspitze. Dann schluckte er ihn hinunter und genoss das warme Gefühl in seinem Bauch. Er stellte das Glas auf die Geländerbrüstung, stützte sich mit seinen Unterarmen auf diese und sah zu dem Strich in der Ferne, wo das Meer nahtlos in den dunklen Nachthimmel überging.

Morgen würde er Friedensrichter Steel aufsuchen. Duncan hatte damit gerechnet, dass Steel ihn auf der Farm besuchen würde, um mit ihm die Reise und die Verhaftung der Verbrecher zu besprechen. Doch er war nicht aufgetaucht, was Duncan verwunderte. Er vermutete, dass Steel genauso wenig auf ein Zusammentreffen mit ihm erpicht war wie umgekehrt.

Normalerweise wäre Duncan auf Steel zugegangen. Aber die veränderte Situation in seinem Leben hatte ihn gelähmt. Erst jetzt fühlte sich Duncan körperlich und mental stark genug, fremden Menschen gegenüberzutreten. Er wusste, dass man ihn auf Luise ansprechen würde. Wer es nicht mit Worten tat, dem würde man die stummen Fragen im Gesicht ablesen können. Sicher würden es viele bedauern, egal, ob sie es ehrlich meinten oder nur heucheln würden. Andere würden es ihm gönnen, dass ihn seine Frau verlassen hatte. Und wieder andere würden keine Meinung haben. Duncan hoffte, dass die Verhandlung gegen den Kannibalen so interessant sein würde, dass man ihn bald in Ruhe lassen würde.

Duncan ging in Gedanken das Gespräch durch, das er am nächsten Tag mit Friedensrichter Steel führen würde. Jedoch schweiften seine Gedanken an den Tag zurück, als er mit den Soldaten von ›Second Chance‹ aufgebrochen war.

Duncan dachte an die sonderbaren Umstände, die dazu geführt hatten, dass er als Zivilist eine Kompanie von Soldaten begleitete. Sonderbar waren auch die vielen Zufälle, die ihm das Leben gerettet hatten. Auch, dass er seinen Adoptivsohn Bobby ohne größere Probleme aus dem Gefängnis freibekommen hatte, ging ihm durch den Kopf. Fairbanks hatte Bobby zwar erklärt, dass dessen Entlassung aus dem Gefängnis rechtmäßig verlaufen sei, aber so war es keineswegs gewesen. Aber was hätte er seinem Ziehsohn sagen sollen? Dass sein Schicksal anders ausgesehen hätte, wenn Duncan ihn nicht befreit hätte? Dass es keinen Weg aus der Zelle für ihn gegeben hätte außer durch den Tod? Um den Jungen zu schützen, hatte Duncan für Bobby eine Notlüge zurechtgelegt. Er wollte ihm ein neues, unbeschwertes Leben ermöglichen. Wäre Duncan bei der Wahrheit geblieben, hätte Bobby sein restliches Leben mit der Angst verbracht, dass Steel ihn wieder in das Gefängnis stecken würde. Auch wenn Duncan ihm erklärt hätte, dass dies auf keinen Fall passieren könnte, hätte ihn die Angst beherrscht. Für Duncan war es einfacher, mit einem Lügengebäude zu leben. Und für alle war es sicherer, wenn Bobby nicht die ganze Wahrheit über seine Befreiung wusste. Auch jetzt zweifelte Duncan nicht an der Richtigkeit seiner Handlung.

Wie grausam das Schicksal doch war!

Duncan strich sich mit der Hand über das Gesicht, um das Bild der verletzten Colette zu verdrängen. Er glaubte, den Geruch des Blutes wieder wahrzunehmen. Erneut nahm er einen kleinen Schluck aus dem Glas. Es schüttelte ihn, denn das Brennen in seinem Mund empfand er nun als unangenehm.

Das Bild konnte er verdrängen, aber nicht seine Erinnerungen an das, was dann kam.

Sehr schnell nach dem Überfall auf Colette war es klar gewesen, dass die entflohenen Sträflinge von Neverland dafür verantwortlich gewesen waren. Jedermann hatte nach Vergeltung geschrien und wollte das arme Mädchen rächen. So auch Duncan, der allerdings einen Hintergedanken dabei gehabt hatte.

Nachdem die flüchtigen Verbrecher den Bootsbauer Pepper und seine Familie umgebracht hatten, hatten sie dessen Boot entwendet, um auf die Gefängnisinsel Vandiemensland überzusetzen, da Clinch, der Anführer der Mörderbande, dort seine Cousine aus dem Gefängnis befreien wollte.

Duncan wusste aus eigenen Ermittlungen, dass Luises Bruder Bobby auf diese Insel deportiert worden war. Wochenlang hatte er vergeblich nach einem einsichtigen Grund gesucht, um dorthin reisen zu können. Es war nahe liegend gewesen, dass Duncan einer der Ersten war, der sich freiwillig für die Verfolgung der Schwerverbrecher gemeldet hatte. Zum Schluss war er der Einzige gewesen, der übrig geblieben war. Alle, die zuvor am lautesten geschrien hatten, hatte schnell der Mut wieder verlassen, da dieses Unterfangen nicht ohne Gefahr war. Nicht umsonst wurde Clinch auch der Kannibale genannt, der seinen Opfern grausame Verletzungen zufügte. Das hatte abgeschreckt.

Keiner der Freiwilligen war geübt mit der Waffe, und jeder von ihnen hatte Angst, sie gebrauchen zu müssen. Duncan konnte nicht sagen, dass er unglücklich gewesen war, als die Zahl der Freiwilligen ständig schmolz. Denn er hatte schon befürchtet, dass er nicht nur auf sich selbst, sondern mehr noch auf die Rächer Acht geben müsste. Sogar Steel zog sich raffiniert aus der Affäre und stellte lieber zwanzig berittene Soldaten an Duncans Seite.

Duncan hatte sofort gewusst, dass diese nicht zu seinem Schutz, sondern zur Kontrolle seiner Person mitreiten sollten.

Besonders einer. Ein gewisser Leutnant Johnson hatte ihn auf Schritt und Tritt beobachtet. Bereits am ersten Tag hatte er Duncan unmissverständlich klar gemacht, dass jeder auf sich selbst aufpassen müsse. Keiner der Soldaten hätte die Verpflichtung, sein Leben für Zivilisten zu riskieren. Auch die Erwähnung, dass Duncan Arzt sei und man seine Hilfe vielleicht brauchen könnte, hatte keinen Eindruck auf den Leutnant gemacht.

Allerdings war es Johnson gewesen, der Duncans Leben eine Wendung hatte geben sollen.

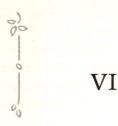

VI

Vandiemensland, Januar 1793

Duncan war erleichtert, als man endlich aufbrach. Jedoch kam der Trupp Soldaten mit den zehn Packpferden nur langsam voran. Sie brauchten mehr Zeit, als Fairbanks berechnet hatte. Als sie nach tagelangem Ritt endlich die Küste erreichten, um mit einem Boot nach Vandiemensland überzusetzen, herrschte raue See. Hier, an dieser Stelle, war die Entfernung zur Insel zwar am geringsten, aber dennoch sehr weit. Das Meer bäumte sich auf, als ob es die Verfolger abhalten wollte. An dieser Stelle, wo Felsen eine Art Wall im Meer bildeten, konnte der Wind innerhalb weniger Minuten drehen und meterhohe Wellen vor sich her peitschen. Allein der Anblick der Schaumkronen auf dem Wasser ließ einige Männer schwer schlucken. Mit Besorgnis registrierte Duncan die grün-gelbliche Gesichtsfarbe der Soldaten.

Die Überfahrt dauerte länger als geplant. Fast die Hälfte der Soldaten und Pferde wurde seekrank. Zwei von den Männern ging es so schlecht, dass sie beinahe von Bord gesprungen wären. Man musste sie zum eigenen Schutz in ihren Hängematten festbinden. Duncan versuchte zu helfen. Zwar schmeckten seine Kräuter ekelhaft, doch linderten sie die Magenkrämpfe. Allerdings wartete Duncan bei den meisten vergebens auf ein Dankeschön. Nur zwei Soldaten waren ihm freundlich gesinnt.

Albatrosse umkreisten das Schiff, als der schroffe, bizarr geformte schwarze Fels der Insel in Sicht kam. Die Männer waren zu schwach, um Freude zu zeigen, da sie seit Tagen kein Essen mehr zu sich genommen hatten.

Korallenbänke dicht unter der Wasseroberfläche und Sandbänke, die wie ein blasser Walrücken verschwommen zu erkennen waren, machten eine Landung zu einem waghalsigen Unternehmen. Viele Schiffe waren hier schon gestrandet oder zerschellt.

Die niedergeschriebene Geschichte von Vandiemensland beginnt 1642, als Abel Tasman Australien kartographisch erfassen sollte. Doch weil seine Schiffe Heemskerck und Zeehaen am australischen Kontinent vorbeisegelten, da sein Kurs zu weit südlich lag, entdeckte er die Insel. Allerdings glaubte man damals noch, dass sie mit dem australischen Mutterland verbunden sei.

Tasman benannte das Eiland, das etwa die Größe von Irland hat, nach seinem Auftraggeber Anton van Diemen, dem Generalgouverneur der Niederländischen Ostindien-Kompanie.

Erst als 1792 eine französische Expedition auf dem damaligen Vandiemensland landete, um das Land zu erkunden, entschieden die Briten, hier möglichst schnell eine Kolonie einzurichten.

Damals ließ die bloße Erwähnung der Insel jeden Gefangenen erschaudern. Nur die schweren Fälle kamen hierher. Diejenigen, die sich sonst nicht regeln ließen, denn die Insel war gut zu überwachen.

Die Überfahrt und Landung waren gefährlich und strapaziös. Der Seeweg, der Australien von Vandiemensland trennte, war von kleinen Inseln kreuz und quer übersät, die eine Gefahr für die Schiffe bildeten.

Vandiemensland war ein karges Land. Dort, wo die ersten Siedler und Gefangenen ankamen, gab es kaum fruchtbaren

Boden. Zur Verhütung von Skorbut musste dringend Gemüse angebaut werden. Doch die mageren Kiesböden verhinderten einen Anbau fast gänzlich. Sollte doch einmal etwas wachsen, machte der ständige Regen alles zunichte. Viele Gefangene starben an Unterernährung und eben dieser Krankheit – Skorbut.

Bäche, die frisches Trinkwasser führten, versiegten, kaum dass die Trockenzeit herrschte. Beständige, stürmische Winde machten das Leben schwer, genauso wie die Stechmückenschwärme. Duncan und der Trupp hatten sich also auf ein Unternehmen in einem Land voller Risiken und Gefahren aufgemacht.

Als Duncan und die Soldaten wieder festen Boden unter den Füßen hatten, mussten zwei Pferde getötet werden. Sie waren so entkräftet gewesen, dass sie auf dem unebenen Boden strauchelten und sich die Beine brachen. Ihr Fleisch wurde mit Salzwasser gewaschen und in der Sonne getrocknet. Als sich die Mägen der Soldaten wieder an feste Nahrung gewöhnt hatten, was schneller ging als erwartet, brachte das Pferdefleisch die Männer rasch wieder zu Kräften. Vier Tage ließ Johnson ihnen zur Erholung, dann gab er den Befehl zum Aufbruch.

Duncan, dem die Zeit davonlief und der immer nervöser wurde, war erleichtert. Er hatte befürchtet, dass sich die Spur der Schwerverbrecher verlieren könnte. Was sicher auch passiert wäre, hätte er nicht vorgesorgt.

Fairbanks fand sich erneut in der Richtigkeit seiner Weitsicht und seines Handelns bestätigt, denn er hatte seinen Vertrauten Julian Deal schon Tage vor seiner eigenen Abreise losgeschickt.

Dieser sollte auskundschaften, wohin Bobby gebracht worden war. Der Junge war einer der vielen Sträflinge, die zum Bau von Zuchthäusern eingesetzt wurden. Außerdem war es für Duncan beruhigend zu wissen, dass er Deal als Verbündeten auf der Insel hatte.

Fairbanks wusste, dass er Julian blind vertrauen konnte. Duncan hatte ihm geholfen, als die Polizei von London nach ihm suchte. Viel wusste er nicht über Julians Vergangenheit. In dem Gefängnis, in dem er in London wegen Diebstahls eingesessen hatte, hatte es damals eine Revolte gegeben. Die Sträflinge hatten jeden Wärter und jede Person, die auf der Seite des Gesetzes stand, gelyncht. Als ein Gefangener einen jungen Soldaten hatte umbringen wollen, hatte Julian Deal dieses Verbrechen verhindert. Doch nun hatte er nicht nur das Gesetz gegen sich, sondern auch die Sträflinge. Zusammen waren Deal und der Soldat aus dem Gefängnis geflohen.

Deal war fast einen Kopf größer als Duncan, von athletischer Figur und hatte eisgraue Augen, die nicht kalt, sondern neugierig blickten. Seine schulterlangen, rotblonden Haare waren stets zu einem Zopf geflochten. Er trank keinen Tropfen Alkohol und redete nur, wenn man ihn direkt ansprach.

In England hatte Deal seine Zelle mehrere Jahre mit einem Asiaten geteilt, der ihm die Weltanschauung und Kampfkunst der Shaolinmönche beigebracht hatte. Seinen Körper bis an die Grenze der Belastung zu bringen und tage- oder sogar wochenlang ohne Nahrung im Busch zu verbringen, war schon fast eine Manie von ihm. Mit besonderen Atemübungen war er fähig, Schmerzen einfach wegzuatmen. Durch hohe Konzentration brachte er seinen Körper in eine Art Trance, sodass man eine Eisenstange mit einem Schlag auf seinem Kopf biegen konnte, ohne dass er etwas spürte.

In Australien hatte Julian Freundschaft mit einem Aboriginesstamm geschlossen und bei ihnen die Unterschiede zwischen deren und seiner Kultur kennen gelernt.

Duncan wusste, wenn jemand Bobby finden konnte, dann war es Julian.

87

Trotz der Ruhetage merkte man den Männern an, dass sie noch unter den Beschwerden der Überfahrt litten. Das Reiten strengte sie mehr an als sonst. Einige fanden nachts keine Ruhe, da sie unter freiem Himmel übernachten mussten. Ungeschützt vor Regen und der nächtlichen Kälte lagen sie auf dem harten Boden und verwünschten jede Stunde dieser Exkursion. Das Pferdefleisch war bald aufgebraucht und die mitgebrachten Vorräte gingen zur Neige.

Als nach zwei Wochen der Speiseplan immer weniger Abwechslung bot, gingen zwei Soldaten auf die Jagd. Einer von ihnen war Bruce Harrison – ein hagerer, blasser Typ, mit eng zusammenstehenden, grünen Augen. An seiner Nase war nichts auszusetzen, aber sein Mund schien von einem Ohr zum anderen zu reichen. Seine Zähne waren der Größe seines Mundes angepasst. Von seinem länglichen Kopf fielen fusseldünne, rötliche Haare ungepflegt auf seine Schultern.

Der andere Soldat nannte sich Phönix, obwohl er Ryan O'Meilly hieß. Als Kind war er beim Ausschachten eines Brunnens verschüttet worden. Obwohl Stunden vergangen waren, konnte man ihn lebend bergen. Sein Vater meinte damals, dass er wie der Phönix aus der Asche sei – und diesen Spitznamen hatte er beibehalten.

Phönix war einen Kopf kleiner als Harrison, wog aber sichtlich einige Kilos mehr. Sein Gesicht verschwand hinter einem dichten Bart. Das Haupt war von einem Kranz dunkler Locken umrahmt, und seine Augen waren so schwarz wie Kohle.

Beide waren stets freundlich zu Duncan und schienen seine Gesellschaft zu suchen. Egal, was Fairbanks tat, einer der beiden war stets an seiner Seite. Wo Duncan auch hinging, einer von ihnen ging mit. Duncan ließ sie gewähren. Als sie ihm den Umgang mit der Schusswaffe erklärten, hörte er aufmerksam zu. Auch zeigten sie ihm, wie man das Bajonett fachgerecht aufsetzte. Duncan hatte stets den Gebrauch von Schusswaffen abgelehnt. Doch bei dieser Mission war es nötig, mit der Handhabung eines Gewehres vertraut zu sein.

Zwar waren Harrison und O'Meilly nicht die Sorte Männer, mit denen sich Duncan freiwillig abgegeben hätte. Doch da er von den anderen gemieden wurde, hatte er nichts gegen ihre Gesellschaft, zumal ihn Leutnant Johnson bei jeder Gelegenheit traktierte.

Dieser war etwa zwei Jahre älter als Duncan, genauso groß und von gleicher Statur. Da er nicht gesprächig war, wusste Duncan nichts über ihn. Als Fairbanks versuchte, die Soldaten über Johnson auszufragen, zuckten diese mit den Schultern. Nur Soldat Kenny Clarkson meinte, dass Johnson noch nicht lange in dieser Einheit wäre. Außerdem sei er ein Freund des Friedensrichters, was Duncan verblüffte, da Steel kaum Freunde hatte. Doch selbst nach Wochen des Zusammenseins schaffte Fairbanks es nicht, Johnson in ein Gespräch zu verwickeln.

Tagsüber ergab sich keine Gelegenheit, und abends, wenn sie für die Nacht ihr Lager aufschlugen, lag Johnson stets abseits von den übrigen Männern. Dadurch hatte er zum einen die Truppe im Auge und zum anderen seine Ruhe.

Fairbanks hatte oft das Gefühl, beobachtet zu werden. Manchmal spürte er die Blicke auf seinem Rücken brennen. Wenn er sich umdrehte, war niemand da. Sein Gefühl, beobachtet zu werden, ließ Fairbanks wachsam sein.

Obwohl er nicht der Armee angehörte, war er dem Leutnant unterstellt. Allerdings hatte er als Zivilist innerhalb der Truppe keine gesonderte Stellung und somit auch keine Rechte. Aber jede Menge Pflichten, und das ließ Johnson ihn täglich spüren. Egal, was anfiel und ob es mit dem Militär zu tun hatte, Johnson brüllte nur einen Namen, und der lautete: »Fairbanks!« Er schickte ihn, die Pferde zu versorgen, das Lager aufzustellen, Feuerholz zu suchen und hundert andere Sachen zu erledigen. Alle niederen Arbeiten waren ausschließlich für Duncan bestimmt. Die anderen Soldaten lachten hämisch, halfen ihm aber nie, da sie froh waren, dass ein anderer ihre Arbeiten verrichten musste. Nur Harrison und Phönix unterstützten ihn unauffällig und gewannen so sein Vertrauen. Doch nur begrenzt.

Waren die drei unter sich, schimpften die beiden Soldaten über ihren Vorgesetzten und ließen kein gutes Haar an ihm. Duncan hörte zu, vermied jedoch jeden Kommentar.

Dann passierte etwas, das ihn misstrauisch werden ließ. Wie die meisten Mitglieder seiner Londoner Untergrundorganisation ›Weiße Feder‹, beherrschte Fairbanks die Fähigkeit, Worte von den Lippen anderer abzulesen. Eines Abends, als Fairbanks außer Hörweite von Harrison und Phönix saß, konnte er Wortfetzen von den Lippen der beiden Soldaten ablesen: »... drei Tage ... Ergebnis erwarten ...« – und bei den letzten zwei Wörtern stockte Duncan der Atem: »... Steel ... eingeweiht ... tot ...«

Als Duncan nachts auf seinem Lager lag, grübelte er, welche Verbindung zwischen Harrison, Phönix und Steel bestehen könnte. Da das Verhalten der beiden sich ihm gegenüber jedoch nicht veränderte, vergaß er bald darauf die Worte.

Die Auskundschafter der Truppe hatten herausgefunden, dass Clinch nur noch zwei Tage Vorsprung hatte. Seine Brutalität war bis zur Insel vorgedrungen und versetzte die Siedler und ihre Familien in Schrecken. Um nicht entdeckt zu werden, konnte Clinch sich deshalb nur nachts fortbewegen. Tagsüber musste er im Busch Schutz suchen, wodurch er Zeit verlor.

Die berittenen Soldaten würden in fünf Tagen das Gefängnis erreichen, in dem Clinchs Cousine saß. Zu Fuß brauchten die Schwerverbrecher doppelt so lang. Johnsons

Plan bestand darin, in der Nähe des Gefängnisses auf Clinch zu warten und ihn dort abzufangen. Er spekulierte auf den Überraschungsmoment. Allerdings gab es ein neues Problem. Aus den drei entflohenen Straftätern waren mittlerweile elf geworden. Die Kundschafter hatten erfahren, dass sich Strauchdiebe aller Art Clinch angeschlossen hatten: Wegelagerer und Buschklepper, also entlaufene Gefangene, die auch über Schusswaffen verfügten und diese einsetzten. Diese Männer hatten den Soldaten gegenüber den Vorteil, dass sie außer ihrem Leben nichts zu verlieren hatten, und selbst das war ihnen nichts mehr wert.

Am nächsten Tag würde der Trupp das Gefängnis erreichen. Die Späher hatten Johnson mitgeteilt, dass von Clinch noch nichts zu sehen und alles ruhig sei.

Als die Soldaten das Lager für die Nacht aufschlugen, ritt Johnson voraus, um sich selbst ein Bild von der Gegend zu machen und einen geeigneten Platz zu suchen, an dem man auf die Verbrecher warten könnte. Die Sonne neigte sich bereits der Erdoberfläche zu und würde in weniger als drei Stunden vollends untergehen.

Keine Stunde, nachdem der Leutnant losgeritten war, kam er gehetzt zurück und gab hastig den Befehl, das Lager wieder aufzulösen. Da die Soldaten noch nichts gegessen hatten, murrten sie lautstark. Als sie nach dem Grund fragten, gab Johnson keine Auskunft, sondern stauchte sie unwirsch zusammen. Dann sah er einen Moment nachdenklich zu Fairbanks. Anschließend zu Harrison und Phönix. Anscheinend um die Truppe zu besänftigen, gab er den dreien den Befehl, auf die Jagd zu gehen und frisches Fleisch zu besorgen. Fairbanks wollte etwas erwidern, als der Leutnant ihm kalt das Wort abschnitt: »Ich befehle, Fairbanks! Hier draußen bin ich Gott! Haben Sie verstanden?«

Mit diesen Worten schaute er nicht Duncan, sondern Harrison und Phönix an. Irgendetwas stimmte nicht. Fairbanks wollte keinen Streit und schwieg. Dann fiel ihm ein, was sonderbar war. Friedensrichter Steel hatte oft genau dieselben Worte gebraucht wie Johnson gerade: »... hier bin ich Gott ...«. Was hatte das zu bedeuten? Wieder fiel Fairbanks ein, was Kenny Clarkson ihm erzählt hatte. Ebenso die Worte, die er den beiden Soldaten von den Lippen abgelesen hatte. Sein Herz schlug schneller, als er sein Pferd sattelte. Nervös nahm er sein Gewehr und saß auf. Als er zu Phönix und Harrison hinüberblickte, tuschelten diese und lächelten in seine Richtung.

Johnson hätte die zwei Soldaten auch allein jagen lassen können. Warum musste er mit? Er war Arzt und kein Jäger. Zudem war er im Umgang mit der Waffe noch unerfahren. Bevor Fairbanks eine Erklärung fand, preschten die zwei Reiter an ihm vorbei. Aus den Augenwinkeln sah er, wie die Truppe aufbrach. Was hatte das zu bedeuten? Johnson hatte weder Fairbanks noch den Soldaten mitgeteilt, wo sie erneut ihr Lager aufschlagen würden. Bald würde es stockdunkel sein, und man würde den Weg nicht mehr zurückfinden können. Das hieß für die drei Jäger, dass sie im Busch übernachten müssten. An ein wärmendes Feuer war nicht zu denken, da man den Feuerschein meilenweit sehen würde. Duncan war unwohl zumute. Diese Situation war besorgniserregend.

»Was sollen wir überhaupt jagen?«, fragte Duncan Harrison skeptisch, nachdem er die beiden eingeholt hatte.

»Vielleicht Zweibeiner?«, meinte Phönix, und seine schwarzen Augen blickten unberührt, als er das sagte.

Wollten die beiden Soldaten etwa auf eigene Faust Clinch jagen?

Als die Dämmerung hereinbrach, verlangsamten sie den Ritt und überließen es den Pferden, sie sicher durch das Buschwerk zu führen. Plötzlich hielt Phönix an. Er stieg ab und band sein Pferd an einen Baum. Harrison tat es ihm nach. Duncan, der unschlüssig auf seinem Wallach saß, sah fragend zu Harrison, als dieser auf ihn zuging. Bruce hielt Fairbanks Pferd an der Trense fest, das zu tänzeln anfing. Duncan, noch immer ahnungslos, blickte zu Phönix. Blitzschnell zog dieser ihn aus dem Sattel und ließ ihn auf den Boden fallen. Zornig schrie Duncan die beiden Männer an: »Verdammt, was soll das werden?«, und versuchte aufzustehen. Unvermittelt traf ihn Harrisons Faust mitten ins Gesicht. Für einen Moment vergaß er zu atmen. Dort, wo der Schlag die Haut traf, platzte sie auf, und Duncan spürte, wie das Blut seine Wange hinunterlief. Rasend breitete sich der Schmerz in seinem Kopf aus. Bevor er reagieren konnte, traf ihn Harrisons Faust ein zweites Mal. Diesmal in den Magen. Duncan würgte und musste husten. Keuchend zog er die Luft in seine Lungen. Grinsend standen die beiden Soldaten über ihm.

»Warum tut ihr das? Was habe ich euch getan?«, brüllte Duncan fassungslos.

Doch statt einer Antwort traf ihn diesmal Phönix' Faust in die Nierengegend. Vor Schmerzen brach Duncan zusammen. Er spuckte Blut und wusste, was das bedeutete. Sie werden dich umbringen!, schoss es ihm durch den Kopf, als er auf dem Boden kauerte. Dann spürte er eine Stiefelspitze zwischen den Rippen und hörte das knackende Geräusch der Knochen, als diese brachen. Dunkelheit hüllte ihn ein. Seine Bewusstlosigkeit konnte nur kurz gedauert haben, denn die zwei standen noch an denselben Stellen, als er wieder zu sich kam. Duncan spürte, wie sein linkes Auge zuschwoll. Seine aufgeplatzte Lippe schien doppelt so dick, sodass er nur undeutlich sprechen konnte.

»Wir können dich nicht verstehen, du Arsch!«, zischte Phönix und sah ihn kalt lächelnd an.

Als Duncan versuchte aufzustehen, holte Phönix mit voller Wucht aus und trat zu. Wieder hörte Duncan seine Knochen knacken. Er würde sterben. Das schien ihm sicher. Immer wieder spuckte er Blut. Als er versuchte, sich abzustützen und aufzurichten, schoss ein stechender Schmerz durch seinen Körper. Torkelnd stand er vor seinen Peinigern, kaum fähig, sich auf den Beinen zu halten. Das Auge war nun vollends zugeschwollen. »Verdammt, Harrison ...«, zischte Duncan, »... ich habe ein Recht zu wissen, warum ihr das tut!«

Harrison lachte laut und sah zu seinem Kameraden. »Er will wissen, warum«, wiederholte er Duncans Bitte.

»Dann sag es ihm doch«, antwortete Phönix gelangweilt. Er kaute auf einem getrockneten Stück Wild, das er unter der Satteldecke hervorgezogen hatte.

Duncans Zunge klebte am Gaumen. Ihm war übel von dem Blut in seinem Mund. »Wasser! Bitte gebt mir Wasser«, bettelte er und hasste sich und die Männer für seine erbärmliche Situation. Aber anstatt etwas zu trinken, folgte wieder ein Schlag, der ihn niederstreckte und mit dem Gesicht in den Dreck warf.

»Wasser? Das brauchst du nicht mehr! Aber ich soll dich grüßen ... von deinem Freund Steel«, sagte Phönix hämisch und biss herzhaft in sein Fleisch.

»Ich bin nicht sein Freund«, flüsterte Duncan hustend. Jeder Zentimeter seines Körpers tat weh. Er hatte keine Kraft mehr aufzustehen und blieb deshalb liegen.

»Das wissen wir. Wer will schon einen Verräter wie dich als Freund haben.«

»Wen soll ich denn verraten haben?«

»Ich glaube, unser geliebtes Königreich, sagte Steel jedenfalls. Aber so genau wissen wir das nicht. Es ist uns auch scheißegal. Uns interessiert nur der Beutel Gold, den wir bekommen werden, wenn du von den wilden Tieren gefressen wirst. Jemand wie du kann schnell Opfer eines hungrigen Wolfes werden ...«

Dann folgte ein Schuss, und Phönix' Körper fiel neben Duncans – das Stück Fleisch noch zwischen den Zähnen, die gebrochenen Augen weit aufgerissen. Schreiend und keuchend versuchte Duncan, von dem Toten wegzurutschen. Er drehte sich auf den Rücken und sah in Harrisons lachende Augen.

»Warum die Prämie teilen? Die wilden Tiere können sicher auch zwei ausgewachsene Männer vertilgen.« Dann legte er die Waffe an und zielte auf Duncans Gesicht.

Wieder zerriss ein Schuss die Stille der Nacht, in der nur ab und zu ein Tierlaut zu hören war. Als etwas Schweres Duncans Körper mit grausamer Wucht und ungebremst traf, zerbiss er sich die Zungenränder. Er spürte noch, wie sich sein Mund wieder mit Blut füllte. Unvermittelt wurde die Last scheinbar von ihm genommen. Plötzlich fühlte er sich leicht wie eine Feder. Er schwebte. War dies das Ende? Duncan sah noch den dunklen Nachthimmel über sich. Nur vereinzelt blinkte ein Stern. Da, da war eine Sternschnuppe. Man durfte sich etwas wünschen, wenn man eine sah. Aber was konnte sich ein Sterbender wünschen?, überlegte Duncan. Er dachte an Luise, seine Frau. Die Liebe seines Lebens, die viel zu kurz gedauert hatte. Luise, dachte er voller Zärtlichkeit, dann erbrach er das Blut, das ihm in die Kehle hinunterrann, und versank in tiefe Dunkelheit.

Irgendwann tauchte Duncan aus der Schwärze wieder auf. Er wusste nicht, wie lange sie ihn umhüllt hatte. Eine Stunde, einen Tag oder nur einen Augenblick. Er stöhnte leise. Sein Schädel brummte. Nur langsam kehrten seine Sinne zurück. Der Schmerz, der in seinem Körper tobte, zeigte ihm, dass er noch nicht tot war. Er konnte nicht schlucken. Etwas Dickes in seinem Mund hinderte ihn daran. Auch konnte er seine Augen nicht öffnen. Die Haut darüber spannte. Langsam erinnerte er sich wieder. Phönix war tot. Harrison hatte auf ihn geschossen. Warum war er, Duncan, nicht tot? Was war passiert? Würde der Soldat seine Tat noch vollenden? Duncans Herz begann zu rasen, als er Stimmen wahrnahm. Leise geflüsterte Worte. Damit niemand bemerkte, dass er wieder bei Bewusstsein war, bewegte er sich nicht. Duncan spürte die Wärme eines Feuers. Zuerst glaubte er, dass er sich den Lichtschein nur einbildete. Aber durch die geschlossenen Lider sah er das Flackern der Flammen. Wieder hörte er murmelnde Stimmen. Sie kamen ihm bekannt vor. Doch wusste er nicht, zu wem sie gehörten.

Erneut beschleunigte sich sein Herzschlag. Er konnte nichts verstehen und nichts sehen. Wenn es nun Clinch mit seinen Leuten war? Duncan dachte an die Verletzungen, die sie Colette zugefügt hatten. Was würden sie mit ihm tun? Er musste fliehen. Egal wie, er musste weg von hier. Als er versuchte sich umzudrehen, merkte er, dass eine Satteldecke über ihn ausgebreitet lag. Außerdem spürte er einen Verband um seinen Brustkorb. Was hatte das zu bedeuten? Wieder hörte er die Stimmen. Diesmal verstand er, was sie sagten: »Wird er es schaffen?« Stille. Dann folgte: »Was machen wir mit den Leichen?«

Leichen? Wie viele Tote hatte es gegeben? Duncans Atem ging stoßweise. Schweiß rann sein Gesicht hinunter und brannte in den Wunden. Er warf den Kopf hin und her, um den Schmerz zu vertreiben. Eine Hand hielt ihn fest, und jemand flößte ihm etwas Warmes ein. Er erbrach den Tee. Ein Schwall Blut folgte. Sein Atem ging röchelnd, und er glaubte zu ersticken.

Die Stimmen sprachen zu ihm. Sie klangen sanft und beruhigend. Es war nicht Harrison, der zu ihm sprach. Trotzdem war es jemand, den er kannte. Duncan versuchte, die Augen zu öffnen. Doch die zugeschwollenen Lider ließen es nicht zu. Da war wieder diese Stimme, die vertraut in seinen Ohren klang. Plötzlich hatte er das Gefühl, dass eine Explosion in seinem Kopf stattfand, und da wusste er, zu wem die Stimmen gehörten. Er musste sich das einbilden.

Sicher war es nur ein Albtraum, ein Gespenst seiner Phantasie. Duncan bäumte sich mit letzter Kraft auf, doch Hände drückten ihn nieder.

»Ruhig, ganz ruhig«, flüsterte die Stimme, die ihm so vertraut war. Die Panik verschwand, und Duncans Herz begann, langsamer zu schlagen. Er hatte sich nicht getäuscht. Beruhigt gehorchte er der Anweisung und versank in den Schutz einer Ohnmacht.

Als Duncan wieder erwachte, wünschte er sich zurück in den schmerzfreien Zustand der Bewusstlosigkeit. Alles tat ihm weh. Er wusste nicht, ob es Tag oder Nacht war, denn er konnte seine Augen nicht einen Spalt öffnen. Sein Kopf dröhnte. Die gebrochenen Rippen schmerzten höllisch. Als er versuchte, mit seiner angeschwollenen Zunge die Lippen zu befeuchten, platzten diese erneut auf. Das Brennen war zu ertragen, aber der metallische Geschmack von Blut verursachte ihm wieder Übelkeit, sodass er würgte.

Sofort war jemand zur Stelle. Wieder sprach eine Stimme beruhigend auf Duncan ein und versuchte, ihm erneut etwas Warmes einzuflößen. Duncan versuchte zu schlucken.

»So ist es gut, mein Freund! Versucht so viel zu trinken, wie Ihr könnt.«

Mein Freund?, dachte Duncan unter Schmerzen. So wurde ich die letzten Wochen nie genannt.

Er konnte die Situation immer noch nicht einordnen, denn die Stimmen gehörten zu Julian Deal und Leutnant Johnson. Warum waren beide Männer genau in dem Moment aufgetaucht, als er mit seinem Leben abschließen wollte? Als er schon glaubte, dass seine Knochen auf dieser verdammten Inseln verrotten würden? Woher kannten sie sich? Und was war mit Clinch? War der Kampf schon vorbei?

Als ob Johnson Duncans Gedanken geahnt hätte, sagte er zu Deal: »Ich muss zurück zu meiner Truppe. Es ist fast Mitternacht. Wenn es stimmt, was du gesagt hast, dann müssen wir uns morgen Abend für Clinch bereithalten. Ich nehme das Känguru mit, das du geschossen hast. Wenn die Männer was zwischen die Zähne bekommen, sind sie zufrieden und stellen keine Fragen.«

Es folgte eine kurze Pause, dann sagte Deal: »Wie vereinbart komme ich erst mit Duncan und den Leichen, wenn es wieder dunkel wird. Läuft alles so, wie geplant, wird der Kampf mit Clinch bereits vorbei sein.« Fast spöttisch fügte er hinzu: »Leider hat es Opfer gegeben. Ausgerechnet Harrison und Phönix mussten ihr Leben in der Fremde lassen.« Dann wurde Deal ernst: »Duncan hatte Glück und wurde nur verwundet … Ich hoffe, dass nicht noch mehr Opfer zu beklagen sein werden.«

»Dank deiner Informationen werden wir uns bestens vorbereiten können«, lobte Johnson ihn. »Wird Fairbanks den Ritt durchhalten? Er hat einige Rippenbrüche.«

»Ich werde ihm genug von meinem speziellem Tee einflößen, sodass er nichts spürt.«

»Hoffentlich bringen uns unsere Pläne nicht in die Hölle.«

Duncan hörte ein unterdrücktes Lachen. »Wenn wir in der Hölle landen, wo sind dann jetzt Phönix und Harrison?«

»Du meinst also, dass wir in den Himmel kommen?«

»Du sagst es, alter Knabe.« Beide lachten verhalten.

Mehr konnte Duncan nicht hören, denn Müdigkeit durchzog seinen Körper. Seine Schmerzen ließen nach, und ihm wurde warm. Er ahnte, dass es Julians Sud, hergestellt aus den Kräutern der Aborigines, zu verdanken hatte, schmerzfrei einschlafen zu können. Dadurch würde er wieder zu Kräften kommen. Er begann, von Luise zu träumen. Wenn er nach Hause käme, würde er mit ihr eine Familie gründen. Er wünschte sich einen Sohn und eine Tochter.

98

Luise müsste das Mädchen in Klavierspielen unterrichten. Seinem Sohn würde er das Reiten und Jagen beibringen. Jeden Tag, jede Stunde, jede Minute würde er genießen und in vollen Zügen leben. Herrgott, was hatte er für ein Glück gehabt, eine Frau wie Luise zu treffen.

Dann schlief er ein, und wären seine Lippen nicht unförmig dick gewesen, hätte man ein zufriedenes Lächeln erkennen können.

Trotz des Betäubungsmittels war der Ritt für Duncan eine Qual. Das Auf und Ab im Sattel ließ ihn jede Prellung und jede gebrochene Rippe spüren. Doch er beklagte sich nicht. Was er auch nicht konnte, denn obwohl die Zunge langsam abschwoll, war sie immer noch so dick, dass seine Worte undeutlich klangen.

Der Himmel war mit dicken, schwarzen Wolken verhangen, was ihnen den Vorteil brachte, nicht gesehen zu werden. Das bedeutete aber auch, dass sie selbst keinen Meter weit blicken konnten. Doch Julian kannte den Weg und führte sie sicher durch die Wildnis. Dank einer grünen Paste, die er Duncan regelmäßig auf die geschwollenen Lider strich, konnte er diese nun ein wenig öffnen. Zwar erkannte Duncan Umrisse nur schemenhaft, fühlte sich jetzt aber nicht mehr gänzlich hilflos.

Die beiden Männer sprachen kaum miteinander. Der eine, weil er wortkarg war, der andere, weil er vor Schmerzen die Zähne zusammenbiss. Nur die Geräusche der Nacht waren zu hören.

Deal hatte die Leichen in Decken gehüllt und über die Sättel ihrer Pferde gelegt. Den Führstrick des einen Pferdes hatte er an den Sattel des anderen gebunden, dessen Strick wiederum an seinen. Dadurch kamen sie nur langsam voran, was die Sache für Duncan nicht vereinfachte. Als er aus der Ferne Schüsse hörte, war er beinnahe erleichtert, bald am Ziel zu sein. Je näher sie kamen, desto lauter wurde es. Immer wieder waren Schreie und Kommandos zwischen den Gewehrsalven zu hören. In Duncan kroch die Angst hoch, schließlich war er durch seinen Zustand hilflos.

Deal schien seine Panik zu spüren, denn er sagte: »Sei unbesorgt, Duncan. Wir gehen hinter die Kampflinie, wo uns niemand sieht. Ich bringe dich in den Schutz der Sträucher. Phönix und Harrison lege ich so dicht wie möglich an die Linie der Kämpfenden. Wenn alles vorbei ist, wird Tom dich finden. Hast du alles verstanden, Duncan?«

Dieser nickte. Deal half ihm aus dem Sattel. Schweißperlen glänzten auf Duncans Stirn. Ihm war speiübel. Erschöpft legte er sich vor einem großen Busch auf den Boden.

»Duncan, dein Verband wird zwar vom Hemd verdeckt, aber ich möchte dir ihn trotzdem abnehmen, damit niemand Fragen stellt. Hier, trink noch mal von dem Sud. Er ist jetzt kalt und schmeckt bitter. Trink so viel du kannst.« Deal hielt ihm die Feldflasche an die Lippen. Julian hatte untertrieben. Er schmeckte nicht bitter, sondern abscheulich. Trotzdem trank Duncan mehrere Schlucke. Dann löste Deal vorsichtig die Leinenstreifen um Fairbanks Brust. Als die Rippen wieder Platz bekamen, um sich auszudehnen, jagte ein spitzer, stechender Schmerz durch Duncans Körper. Er stöhnte und krallte seine Hand in Julians Oberarm. Dieser gab ihm nochmals die Flasche, die Duncan nun gierig austrank. Er ächzte, als Deal ihm half, sich wieder auf den Boden zu legen.

»Sei ruhig, mein Freund. Tom wird dich so schnell wie möglich holen. Wir sehen uns morgen wieder.«

Dann hörte Duncan die Pferde davontraben. Es beruhigte ihn, dass sein eigenes den anderen nicht folgte.

Der Boden war kalt. Duncan zitterte am ganzen Leib. Immer wieder drangen Schüsse und Schreie zu ihm durch. Nur langsam wurde ihm wärmer. Müdigkeit hinderte ihn am Nachdenken. Er spürte nicht mehr, wie er einschlief.

Es war nicht die Stimme des Leutnants, die ihn aus dem Schlaf riss. Es war ein junger Soldat, der ihn genau dort antippte, wo der Schmerz saß. Duncan schrie und riss vor Pein die Augen auf, sodass diese in den Winkeln einrissen und bluteten. Erschrocken rief der Mann nach seinem Vorgesetzten.

Sogleich war Johnson zur Stelle. Er befahl, den schwer Verletzten vorsichtig auf dessen Pferd zu setzen.

»Zum Glück leben Sie, Doktor Fairbanks. Nachdem wir Harrison und Phönix tot aufgefunden haben, hatten wir schon keine Hoffnung mehr gehabt, Sie lebend zu finden. Dem Himmel sei Dank!«

Du hast deinen Beruf verfehlt, Johnson, dachte Duncan gequält, du hättest Schauspieler werden sollen.

Als der Kopf des Leutnants in Höhe von Duncans war, zwinkerte Johnson ihm zu. Ein leichtes Lächeln umspielte dabei seine Lippen. Als er den Kopf wieder hob, war sein Gesichtsausdruck so nichts sagend wie zuvor.

Johnson und Duncan ritten Seite an Seite zum Lager. Vorbei an den zwei toten Soldaten, die man genauso über den Sattel der Pferde warf, wie es Deal vor wenigen Stunden getan hatte. Fairbanks versuchte, Worte zu formen, doch erst beim dritten Anlauf konnte Johnson die Frage verstehen.

»Ja, wir haben Clinch gefangen genommen. Da er und seine Männer durch die Strapazen ausgezehrt und müde waren, gab es zwar einen heftigen, aber kurzen Kampf. Außerdem hatten sie kaum noch Munition. Fünf der Verbrecher sind tot. Darunter auch die beiden, die mit ihm aus Neverland ausgebrochen waren. Drei wurden schwer verletzt und werden kaum den nächsten Morgen überstehen. Die anderen haben wir in Ketten gelegt. Unsere Truppe hat drei leicht und einen schwer Verletzten, und dieser ist auch noch Zivilist.«

Erschrocken sah Duncan zu ihm. Nun musste der Leutnant laut lachen. Auch Duncan verzog leicht die Mundwinkel. Doch dann nuschelte er eine zweite Frage, die Johnson zwar nicht verstand, aber erahnte.

»Julian geht es gut. Er hat noch etwas zu erledigen und wird morgen Nachmittag zu uns stoßen. Ich werde ihn als Cousin erkennen und ihn auffordern zu bleiben. Sie sehen, wir haben an alles gedacht.« Dann, nach einem kurzen Augenblick des Schweigens, drehte er sich im Sattel um, um sicherzustellen, dass niemand ihm lauschen konnte. »Ich weiß, dass Sie brennend wissen möchten, woher ich Ihren Freund kenne. Doch Sie müssen sich noch eine Weile gedulden. Werden Sie erst einmal gesund. Wir werden noch viel Zeit miteinander verbringen, bis wir wieder zu Hause sind.«

Duncan nickte. Natürlich hatte er sich Gedanken gemacht, und er glaubte, die Zusammenhänge zu kennen. Doch die Wahrheit würde warten können. Duncan hing mehr in seinem Sattel, als dass er saß. Die Medizin hatte ihn zwar immer noch leicht betäubt, doch seine Kraftreserven waren aufgebraucht. Er wollte nur noch auf ein warmes Lager und ausruhen.

Duncan hatte bis nach Mittag traumlos geschlafen. Als die Soldaten bemerkten, dass er wach war, wurde ihm sofort eine warme Suppe gebracht. Duncan versuchte, sich zum Essen aufzurichten, was ihn große Anstrengung kostete. Johnson hatte ihm wieder einen Verband angelegt, sodass die Schmerzen erträglich waren. Seine Zunge war nur noch leicht geschwollen. Zum Glück konnte er seine Augen wieder etwas öffnen. Unangenehm waren die Risse in den Augenwinkeln.

Er musste furchtbar aussehen, denn der Soldat, der ihm das Essen brachte, sah ihn voller Mitleid an. Er bot Duncan sogar an, ihn zu füttern, was dieser vehement ablehnte.

»Wenn Sie irgendetwas brauchen, Doktor Fairbanks, lassen Sie es mich wissen. Rufen Sie einfach nach Soldat Heart. Wenn ich das sagen darf, Doktor Fairbanks, ich finde es unverantwortlich, dass man Zivilisten auf solch ein gefährliches Unterfangen mitnimmt. Es reicht, wenn Soldaten, Gott sei ihrer Seele gnädig, ihr Leben lassen müssen. Soldaten aber sind dafür ausgebildet worden. Es tut mir sehr Leid, dass Sie diese Erfahrung machen mussten.« Mit einem mitfühlenden Gesichtsausdruck verließ Soldat Heart das Zelt.

Wo er Recht hat, hat er Recht!, dachte Duncan und aß seine nun lauwarme Suppe. Dann schlief er wieder ein und wurde erst wach, als er Hufgetrampel hörte. Kurz darauf stand Johnson mit Deal vor seinem Feldbett.

Laut, etwas zu laut, fand Duncan, sagte Johnson: »Ich möchte Ihnen meinen Cousin Julian Deal vorstellen. Stellen Sie sich vor, Doktor Fairbanks, er ist bewandert in der Pflanzenkunde und kann Ihre Schmerzen sicher lindern.«

Julian stand daneben und hatte Mühe, nicht laut loszulachen. Sogleich packte er wieder die schon bekannte grüne Paste aus und verarztete seinen Freund. Dann gab er ihm von dem Sud zu trinken, allerdings war er diesmal warm. »Versuch zu schlafen, Duncan. Ich brauche dir nicht zu sagen, dass Schlaf dir hilft, gesund zu werden. Morgen werde ich dir alles erzählen. Auch das, was ich über Bobby herausgefunden habe. Schlaf unbesorgt, alles wird gut.«

»Bobby!«, flüsterte Duncan müde. Dann umhüllte ihn erneut der Schlaf.

Als Duncan am frühen Mittag des nächsten Tages erwachte, fühlte er sich zum ersten Mal seit seiner Verwundung vor drei Tagen besser. Er konnte beide Augen vollends öffnen. Zunge und Lippen waren wieder in normalem Zustand. Nur seine Rippen schmerzten noch bei mancher unbedachten Bewegung.

Er richtete sich von seinem Lager auf, stieg in seine Stiefel und ging mit langsamen Schritten aus dem dunklen Zelt in die Helligkeit des Tages. Geblendet kniff er die Augen zusammen. Es war heiß und drückend. Sein Blick schweifte suchend über den Platz. Etwa zehn Zelte standen eng beieinander. Leutnant Johnson und Deal waren nirgends zu sehen.

Nur der junge Soldat Heart kam freudestrahlend auf ihn zugelaufen: »Es scheint Ihnen wieder besser zu gehen, Doktor Fairbanks. Sie sehen schon bedeutend besser aus. Sie können wirklich von Glück reden, dass Leutnant Johnsons Cousin zufällig vorbeikam. Er hat ein großes Wissen über die Wirkung der einzelnen Pflanzen. Es war für Sie als Arzt sicher nicht leicht, verletzt daniederzuliegen und sich selbst nicht helfen zu können. Das muss ein furchtbares Gefühl sein, diese Hilflosigkeit.« Heart holte kurz Luft und fuhr dann fort: »Allerdings haben Mr. Deals Kenntnisse in der Pflanzenkunde den verletzten Gefangenen nichts genutzt. Alle drei sind in der letzten Nacht gestorben. Wir haben sie hinter den Bäumen beerdigt. Leutnant Johnson ist nun bei dem Gefangenen Clinch und verhört ihn.« Heart zeigte in die Richtung, wo einige Bäume etwa in hundert Meter Entfernung standen. »Jetzt muss ich aber die Pferde füttern, Doktor Fairbanks. Schön, dass es Ihnen wieder besser geht.«

Der junge Soldat tippte an seine Mütze und ging zu den angebundenen Vierbeinern. Duncan schätzte ihn auf höchstens siebzehn Jahre. Vielleicht war sein Alter der Grund für sein unkompliziertes, naives Auftreten.

Duncan ging in die Richtung, die Heart ihm gewiesen hatte. Clinch saß unter einem Baum, die Hände mit Eisenschellen auf den Rücken gefesselt. Durch Ösen führte eine Eisenkette hindurch, die die Handschellen mit Fußschellen verband. Außerdem hatte er einen Eisenring um den Hals,

104

dessen Kette mit den Händen verbunden war. Bewegte er seine Hände, zog er dadurch auch an seinem Halsband. Etwa zehn Schritte hinter dem Baum stand ein Soldat Wache und zehn Schritte vor dem Baum ein anderer. Beide mit Blickrichtung zu Clinch. Dadurch konnte jeder das Umfeld des anderen beobachten und niemand sich unbemerkt anschleichen. Deal und Johnson standen direkt vor dem Gefangenen.

Da Duncan die Unterlagen des Verbrechers gelesen hatte, kannte er dessen Geschichte und dessen Charakteranalyse. Außerdem hatte er eine Zeichnung gesehen, die, wie fast alle polizeilichen Porträts, normalerweise exakt waren. Doch die Zeichnung, an die Duncan sich erinnern konnte, hatte wenig gemein mit dem Mann, der hier auf dem Boden kauerte. Clinch schien auf seiner Flucht gealtert zu sein. Seine Haare waren nicht mehr dunkel, sondern gänzlich ergraut. Sein Gesicht hatte tiefe Furchen um Mund und Nase. Die Haut war dunkel gebräunt, fast verbrannt, und schälte sich an vielen Stellen. Außerdem war er sehr dürr. Er wirkte bedeutend älter als zweiunddreißig Jahre. Nur der Ausdruck seiner Augen war gleich. Höhnisch und arrogant blickten sie die Soldaten an. Zuweilen flackerten sie, und man sah nur das Weiß der Augäpfel. Es schien, als ob Wahnsinn von ihm Besitz ergriffen hatte.

Johnson hatte ihm anscheinend eine Frage gestellt, bekam aber keine Antwort. Clinch starrte stur auf den Boden.

Duncan erschauderte. Niemand konnte in einen Menschen und in die Abgründe seiner Seele blicken. Clinch sah weder wie ein Schwerverbrecher aus, noch konnte man erahnen, dass er Vergnügen daran fand, andere zu quälen. Erst recht nicht, dass er Menschenfleisch aß.

Duncan glaubte nicht daran, dass am Tag der Geburt schon bestimmt ist, ob das Kind ein guter oder böser Mensch werden würde. Die von der ›Weißen Feder‹ geretteten Kinder in England stammten aus armen, ungebildeten

Familien. Kamen sie dann zu Eltern, die sie liebten und umsorgten, wuchsen sie zu anständigen Menschenkindern heran. Da diese Eltern oft auch arm und ohne schulische Bildung waren, erkannte Duncan, dass äußere Einflüsse wie Erziehung und Umfeld eine große Rolle spielten.

Als Arzt hatte er sich mit den Ursachen für Straffälligkeit auseinander gesetzt. So auch mit denen von Clinch. Dieser hatte mit großer Wahrscheinlichkeit Colette so Schlimmes angetan, dass er dadurch ihre Seele zerstört hatte. Duncan hatte es Luise nie deutlich gesagt, da er seine Frau schützen wollte, doch er war sicher, dass Colette sich in ihre eigene Welt zurückgezogen hatte. In eine Welt, in der ihr niemand mehr Leid zufügen konnte, wo aber auch niemand mehr zu ihr durchdringen konnte.

Jetzt, da Duncan dem mutmaßlichen Schwerverbrecher gegenüberstand, hörte er in sich hinein. Spürte er Hass? Wollte er Rache? Nein, da war nichts. Weder das eine noch das andere. Vielleicht war er zu erschöpft, um solcher Gefühle fähig zu sein? Auch dies verneinte Duncan. Er war einfach nur erleichtert und froh, dass man Colettes mutmaßlichen Schänder gefangen genommen hatte. Er wusste, dass der Strick auf Clinch warten würde. Nie wieder würde dieser Mann anderen Menschen Schmerzen zufügen können.

Fairbanks spürte Schweiß auf seiner Stirn. Seine Beine fingen an zu zittern. Julian bemerkte ihn erst, als Duncan sich an seinem Ärmel festhielt. Erschrocken ergriff Deal den Arm des Freundes. Ohne ein Wort führte er ihn fort. Raus aus der sengenden Hitze. Erst im Zelt machte er ihm Vorwürfe: »Herrgott, Duncan, du bist noch lange nicht gesund. Als Arzt musst du doch wissen, dass du Bettruhe brauchst.«

»Es ging mir ganz gut. Selbst Soldat Heart meinte, dass ich besser aussehe«, meinte Duncan leidlich lächelnd.

»Dann war er entweder blind oder nur freundlich.« Deal hielt ihm einen Handspiegel entgegen. Ein leichenblasses, um die Augen fast schwarzes Gesicht sah ihm entgegen.

106

Platzwunden an Schläfe, Wange und Lippen waren verkrustet und ebenfalls dunkel verfärbt. Das Gesicht war von getrocknetem Blut verschmiert. Seufzend legte sich Duncan auf sein Lager.

»Ich muss den Verband erneuern.«

Als Deal das Leinen abwickelte, zog Duncan die Luft zwischen die Zähne. Er traute sich nicht durchzuatmen. Vorsichtig schaute Fairbanks an seinem Körper hinunter. Auch hier war alles schwarz und grün verfärbt.

Deal strich die kühlende Paste, die anscheinend für alles gut war, vorsichtig über die betroffenen Stellen. Dann legte er ihm einen neuen Verband an. Erleichtert, dass die Prozedur vorbei war, wollte Duncan sich hinlegen, als Deal den Kopf schüttelte. »Ich bin noch nicht fertig.« Er tränkte einen Lappen in warmes Wasser und tupfte vorsichtig Duncans Gesicht ab.

»Das kann ich selbst. Ich bin doch kein Kind mehr«, protestierte dieser.

Doch Julian ließ sich nicht beirren und säuberte das Gesicht von dem verkrusteten Blut. Als er zufrieden war, strich er auch hier die Salbe über die Wunden. »So, jetzt darfst du dich wieder hinlegen. Und da bleibst du. Wenigstens so lange, bis die Hitze nachlässt. Gegen Abend, wenn es kühler wird, kannst du wieder aufstehen.«

»Bin ich Arzt oder du?«, schimpfte Duncan.

Deal ging auf diese Frage nicht ein. »Hast du schon etwas gegessen?«

Fairbanks schüttelte stumm den Kopf.

»Dachte ich mir.« Deal ging hinaus und kam kurz darauf mit einem Becher Tee und einem Topf lauwarmer Suppe zurück.

»Suppe zum Frühstück?«

»Leider sind die Eier mit Speck ausgegangen«, spöttelte Julian. »Iss die Suppe! Sie wird dir gut tun, zumal du noch nicht richtig kauen kannst.«

107

Duncan setzte sich wieder und schlürfte sein Frühstück. Erst beim Essen spürte er, wie hungrig er war. Zwischen zwei Schlucken Tee fragte er: »Was wolltest du mir über Bobby sagen? Erzählst du mir, woher du Johnson kennst?«

Ein schelmisches Grinsen brachte die eisgrauen Augen von Julian Deal zum Leuchten. »Du weißt doch sicher schon die Antwort.«

»Ich ahne es«, grinste Duncan.

Deal ging zuerst vor das Zelt, um sicher zu sein, dass kein Dritter zuhörte. Alle Soldaten waren beschäftigt und außer Hörweite. Zufrieden ging er zurück zu seinem Freund.

»Tom Johnson ist der Soldat, der mir damals zur Flucht aus dem Gefängnis verholfen hatte, nachdem ich ihm sein Leben gerettet hatte. Es ist reiner Zufall, dass wir uns hier auf diesem Kontinent wieder begegnet sind. Allerdings sind wir uns schon vor Monaten in Port Jackson über den Weg gelaufen. Ich hatte keine Ahnung, dass er hier ist. Wir trennten uns kurz nach der Flucht. Da Tom in England in ständiger Angst gelebt hat, dass seine Kollegen herausfinden könnten, wie mir die Flucht gelungen war, hat er sich freiwillig als Soldat nach Australien versetzen lassen. Er gab mir die Informationen über Bobbys Aufenthalt, denn er hatte Einsicht in die Unterlagen. Allerdings fanden wir keinen legitimen Grund, Bobby aus dem Gefängnis herauszuholen.«

Nachdenklich hörte Duncan ihm zu. »Weiß er, wer ich in England war?«

»Nein!«, erklang eine Stimme vom Eingang. »Müsste ich es wissen?«

Fragend sah Duncan zu Deal und dann zu Johnson.

»Nein, das musst du nicht, Tom. Duncan ist ein guter Mensch. In England genauso wie hier in Australien.«

»Dann ist es in Ordnung, wenn ich nur das Wichtigste weiß.«

»Sie sind nicht so unsympathisch, wie ich am Anfang geglaubt habe«, meinte Duncan.

108

»Im Grunde meines Herzens bin ich ein netter Mann, der nur ab und zu das Scheusal spielen muss. Zum einen, um die Kompanie zusammenzuhalten, und zum anderen, um manche bösen Jungs glauben zu lassen, dass sie ungehindert ihr Spiel treiben können.«

»Sie meinen Harrison und Phönix?«

Tom nickte: »Ja, diese beiden. Ich habe sie mehrmals bei Steel getroffen. Deshalb habe ich sie ausgehorcht und beobachtet. Ich ahnte, dass sie etwas im Schilde führten. Auch, dass es dabei um Sie ging. Nur wusste ich nicht, wann sie zuschlagen würden. Deshalb war Julian immer in unserer Nähe …«

»Also doch! Ich hatte die ganze Zeit das Gefühl, beobachtet zu werden. Dann warst du das?«

Deal stimmte mit einem Kopfnicken zu.

»Er hat jeden Ihrer Schritte beobachtet und die anderen zwei ausspioniert. In der Nacht, als ich noch einmal weggeritten bin, habe ich Julian getroffen. Wir haben uns Nachrichten zukommen lassen, indem wir sie in meinem Sattel versteckten …«

»Deshalb haben Sie stets am äußersten Rand des Lagers geschlafen …«

Ein Lächeln huschte über Johnsons Gesicht. Er wurde Duncan von Minute zu Minute sympathischer. »Jedenfalls hatte Julian in Erfahrung gebracht, dass man Sie während des Kampfes umbringen wollte, damit es so aussehen sollte, als ob Sie Opfer der Gefangenenverfolgung geworden wären. Da ich aber nicht Clinch gefangen nehmen und dabei auch noch Sie beschützen konnte, kam uns die Idee mit der Jagd. Durch Steels Leitsatz:

»Hier bin ich Gott …« schienen Harrison und Phönix zu glauben, dass ich über ihr Vorhaben informiert war und es billigen würde. Ich ahnte, dass sie anbeißen würden.«

»Aber warum sollten sie mich umbringen?«

»Das müssen Sie sich selbst beantworten. Alles, was man gegen Sie verwenden kann, sollten Sie mir nicht erzählen. Da Sie Julians Freund sind, würde ich nichts gegen Sie unternehmen. Doch Sie wissen, wie schnell sich das Blatt wenden kann ... und was ich nicht weiß, kann ich nicht verraten.«

Gedankenverloren blickte Duncan vor sich auf den staubigen, grauen Boden. Was wusste Steel? Waren Luise und er in Gefahr? Diese Antworten mussten warten, bis er wieder zu Hause war. »Ich danke Ihnen, Leutnant. Ohne Ihre Hilfe wäre ich sicher nicht mehr am Leben. Auch dir, Julian, danke.«

Es folgte ein kurzer Moment des Schweigens, als Julian sagte: »Du fragst gar nicht nach Bobby.« Erschrocken sah Duncan zu Johnson. »Keine Angst, auch dabei war er uns behilflich.«

Fragend blickte Fairbanks nun zu seinem alten Freund, doch dann sah er misstrauisch auf Johnson: »Ich habe gehört, dass Sie ein Freund von Friedensrichter Steel sind.« Duncan glaubte nicht, dass von dem Leutnant Gefahr ausging, doch er musste sich sicher sein. Deshalb stellte er Johnson diese Frage.

Spott blitzte für einen kurzen Augenblick in dessen Augen auf, als er sich zu Julian umwandte. »Erkläre du es ihm. Mir scheint dein Freund immer noch nicht zu vertrauen.« Dann verließ er das Zelt.

Beim Hinausgehen machte Duncan eine Beobachtung, die er nicht zu deuten wusste. Johnson streifte, nein, er streichelte fast flüchtig Julians Hand. Als Fairbanks aufsah, blickte Deal ihn lächelnd an. Verlegen räusperte sich Fairbanks: »Ich wollte ihm nicht zu nahe treten, aber diese Frage muss gestattet sein. Schließlich habe ich Dinge gehört, die einen zweifeln lassen. Johnson kann nicht verlangen, dass ich innerhalb einer halben Stunde alles vergesse und ihm uneingeschränkt vertraue«, verteidigte sich Duncan.

110

Seufzend setzte sich Deal zu Fairbanks aufs Lager und erklärte: »Tom hat sich Friedensrichter Steels Vertrauen erschlichen, um den Aufenthaltsort von Bobby herauszufinden. Nachdem ihm Steel vertraute, konnte Tom in dessen Büro ein- und ausgehen. So bekam er Einsicht in Bobbys Akte, die er anschließend verschwinden ließ. Wir haben sie vernichtet, sodass ein Gefangener Namens Johann Robert Timonth niemals existiert hat. Tom hat sich selbst in Gefahr gebracht und ist kriminell geworden. Nicht nur dieser Diebstahl kann ihm zum Verhängnis werden, sondern auch der Diebstahl eines Formulars.«

Irritiert blickte Duncan Julian an.

Fast spöttisch fragte dieser Fairbanks: »Wie willst du Bobby aus dem Gefängnis befreien? Mit Gewalt? Indem du das Gefängnis in die Luft sprengst? Du würdest höchstens selbst hinter Gittern landen. Deshalb hat Tom ein Entlassungsformular entwendet und Steels Unterschrift gefälscht. Bobby wird offiziell und legal aus dem Gefängnis entlassen werden. Auf den Entlassungspapieren wird bestätigt, dass es sich um eine Namensverwechslung handelt und dass Bobby zu Unrecht eingesperrt wurde. Niemand wird mehr danach fragen. Bobby bekommt dadurch die Chance, ein neues Leben zu beginnen.«

Nun atmete Duncan laut aus und fuhr sich erschöpft mit der Hand durch sein Haar. »Ich glaube, ich muss mich bei Johnson entschuldigen.«

»Ich nehme Ihnen Ihr Misstrauen nicht übel.« Der Leutnant war zurückgekommen und streckte Duncan die Hand hin.

Lächelnd schlug dieser ein.

Port Jackson/Sydney, Ende Juni 1793

Duncan stand noch immer auf der Holzterrasse und starrte auf das silbrig glänzende Meer. War es Schicksal gewesen oder göttliche Fügung? Dank Johnson war Bobby ohne Probleme aus dem Gefängnis entlassen worden. Der Junge hatte nicht begreifen können, dass er endlich frei war. Der Schock über die Verbannung saß zu tief. In der ersten Nacht hatte er sich in den Schlaf geweint. Duncan hatte ihn beruhigt und ihm versichert, dass seine Unschuld bewiesen sei und er nie wieder zurückmüsste. Doch Bobbys Körper würde ihn stets an die Jahre im Gefängnis erinnern, denn er war übersät mit vernarbten Wunden. Sein Rücken war geschunden von den Peitschenschlägen, die man den Gefangenen aus nichtigen Gründen verpassen ließ. Auch war Bobby abgemagert. Jede Mahlzeit, die man ihm vorsetzte, ekelte ihn. Dank Julians Kräutersud schlief er fast ununterbrochen. Am dritten Tag waren seine frischen Wunden verkrustet und begannen zu heilen. Endlich hatte er wieder Appetit verspürt, und jeder im Camp hatte Beifall geklatscht, als Bobby etwas aß. Langsam war auch sein Lachen zurückgekehrt. Die Soldaten, die von der angeblichen Verwechslung der Personalien ergriffen waren, hatten versucht, ihn aufzumuntern und in ihr alltägliches Leben einzubeziehen.

Eine Woche nach seiner Befreiung hatte Duncan seinem Ziehsohn Bobby von dessen Schwester Luise und von ihrer Suche nach ihm erzählt. Nun packte Bobby der Ehrgeiz, wieder gesund zu werden, da er die unbekannte Schwester kennen lernen wollte.

Doch daraus ist ja nichts geworden!, dachte Duncan bitter. Er nahm den letzten Schluck Whisky aus seinem Glas, als er leise Schritte hinter sich vernahm. Plötzlich schob sich von hinten eine Hand um seine Taille. Für eine Sekunde verkrampfte er sich, doch dann entspannten sich seine Muskeln. Eine zweite Hand drängte sich auf die andere Seite seines Körpers. Ein Kopf legte sich gegen seine Schultern.

»Was machst du hier? So spät in der Nacht?«

Er vernahm nur ein leises Seufzen, als die Hände zart über seinen Körper strichen. Wärme, die er so vermisste, durchflutete seinen Körper. Zärtlich berührte er die weichen Hände. Dann stellte er das Glas zurück auf die Brüstung und drehte sich um.

Elisabeth sah ihn unschuldig an. Ihre Fingerspitzen fuhren die Konturen seines Halses entlang. Ein angenehmer Schauer durchfuhr seinen Körper. Sie hatte sich umgezogen und trug nun ein dunkelblaues, tief dekolletiertes Kleid. Ihr Atem, der seine Wange streifte, roch schwach nach Alkohol.

»Du bist betrunken, meine Liebe!«

»Nur etwas beschwipst«, kicherte sie.

»Woher weißt du, dass ich hier draußen stehe?«

»Ich kenne dich, Liebling, und habe nichts vergessen.«

»Komm, ich bringe dich zurück zu deinem Mann.«

»Sei kein Spielverderber, Duncan. Thomas schläft bereits seinen Rausch aus und merkt nicht einmal, ob ich bei ihm bin oder nicht. Außerdem ist er nur noch auf dem Papier mein Mann. Lass mich ein Weilchen bleiben.« Seufzend legte sie ihre Wange an seine Brust und atmete tief durch. »Du riechst noch genauso gut wie früher, Darling!«, flüsterte sie heiser. Dann forderte Elisabeth ihn auf: »Jetzt leg endlich deine Arme um mich. Ich beiße nicht.«

Als ob er einen Stock verschluckt hätte, stand Duncan ungelenk vor ihr und wusste mit der Situation nicht umzugehen. Natürlich würde er lügen, wenn er die Sehnsucht in seinem Herzen verleugnen würde. Ja, er sehnte sich nach körperlicher Nähe. Nach der Befriedigung des Verlangens, das sich schleichend in seinem Körper ausbreitete. Nach der Sinnlichkeit eines Kusses. Nach dem Gefühl, geliebt zu werden.

Doch all das wollte er mit Luise erleben. Es wäre ein Leichtes, eine Bettgenossin zu bekommen, und er müsste noch nicht einmal dafür bezahlen. Aber das wollte er nicht.

Elisabeth war ihm als seine verflossene Liebe zwar vertraut, doch das war lange her. Jahre bevor Luise in sein Leben getreten war. Obwohl er jeden Zentimeter von Elisabeths durchaus attraktivem Körper kannte, reizte dieser ihn nicht mehr. Glaubte er jedenfalls. Duncan wusste ihre eindeutigen Blicke zu schätzen, und wahrscheinlich würde jeder Mann in Port Jackson ihn einen Narr schimpfen, wenn er sie abwies. Doch er wollte weder seine noch ihre Situation ausnutzen. Das Erwachen wäre nur zu bitter.

Aber er hatte nicht mit der Beharrlichkeit dieser Frau gerechnet. Sie war ebenso ausgehungert nach Liebe wie er. Das ahnte Elisabeth, und sie wollte diesen Hunger stillen. Nicht irgendwann, sondern jetzt.

Elisabeth hatte nicht erwartet, dass Duncan willenlos sein würde. Doch sie wusste, wie sie ihn dazu bringen konnte. Schließlich kannte auch sie ihn ganz genau und hatte nichts vergessen. Sie war weder beschwipst, noch wusste sie nicht, was sie tat. Elisabeth verfolgte einen Plan, der sie aus ihrem trostlosen Leben herausführen sollte.

Beim Essen hatte sie nur an einem Glas Champagner genippt. Doch bevor sie zu ihm auf die Terrasse hinausgetreten war, hatte sie hastig einen großen Schluck genommen, um die Angetrunkene spielen zu können. Egal, wie der Abend ausgehen würde, sie würde alles mit dem Alkoholkonsum erklären können.

Mit funkelnden Augen sah sie ihren früheren Geliebten an. Ihre Hand wanderte dessen Taille hinauf bis zu seiner Brust. Zärtlich strich sie über das makellos weiße Hemd. Sie küsste seine Halsseite und vergrub ihre Hand in seinem Haar. Elisabeth hatte nicht vergessen, dass es hinter seinem Ohr einen Punkt gab. Massierte sie diesen leicht mit der Fingerkuppe, schnurrte er wie ein zufriedener Kater. Mal

114

sehen, wie du heute darauf reagieren wirst, mein Schatz!, dachte sie.

Duncan schloss für einen Moment die Augen. »Was machst du mit mir?«, fragte er heiser, tat aber nichts dagegen.

Elisabeth hob ihm ihr Gesicht entgegen. Als er spürte, wie ihr Mund den seinen streifte, erschauderte er aufs Neue. Duncans Körper schien zu explodieren. Sein Atem ging keuchend. Er schloss die Augen. Elisabeth erkannte die Begierde, die er nicht länger unterdrücken konnte. Voller Verlangen riss er sie an sich. »Du kleines Luder!«, war das Einzige, was er noch sagte. Dann küsste er sie und ließ seinem Verlangen freien Lauf.

Triumphierend schloss Elisabeth die Augen und erwiderte seinen Kuss mit der gleichen Hingabe. Ein Geräusch ließ sie aufblicken. Ohne ihre Lippen von Duncans zu lösen, sah sie in die Richtung und erkannte Bobby, der gerade weglief. Wie lange er wohl schon da gestanden hatte? Es war ihr egal. Lächelnd biss sie Duncan in die Lippe, sodass er aufstöhnte. Dann schloss sie wieder die Augen, um sich ganz dem Kuss zu widmen.

Bobby hatte nicht schlafen können. Als er Duncan nicht in seinem Zimmer angetroffen hatte, ging er hinunter. Auf der Terrasse waren Stimmen zu hören. Dort sah er Elisabeth und Duncan in inniger Umarmung. Erschrocken hörte er Duncans Worte, die er Elisabeth zuflüsterte. Die leidenschaftlichen Blicke der beiden wusste er nicht zu deuten. Als er den Kuss sah, lief er verstört wieder in sein Zimmer und verkroch sich in seinem Bett. Was hatte das zu bedeuten? Liebte Duncan seine Schwester nicht mehr? Bobby hatte gehofft, dass Duncan und er Luise bald nach England folgen würden. Aber was wäre, wenn Elisabeth nun den Platz seiner Schwester einnehmen würde?

Wütend zog Bobby sich die Bettdecke über den Kopf, damit Connor nicht wach wurde, denn ein Schluchzen quälte sich aus seinem Herzen. Vielleicht sollte er sich alleine auf den Weg nach Europa machen?

Verdammt, Duncan, warum tust du uns das an?, dachte er wütend.

Erst eine Woche später machte sich Duncan mit den beiden Jungen wieder auf den Rückweg nach ›Second Chance‹.

Sie hatten die Verhandlung und Verurteilung von Clinch dem Kannibalen abgewartet. Es wurde ein kurzer Prozess mit einem vorhersehbaren Urteil. »Tod durch den Strang!«, lautete der Richterspruch. Außerdem sollte nach dem eingetretenen Tod der Kopf vom Rumpf getrennt, präpariert und als Abschreckung ausgestellt werden. Das hatte im Gerichtssaal für einigen Tumult gesorgt. Aber Friedensrichter Steel hatte sich nicht umstimmen lassen.

Duncan war noch bis zur Vollstreckung des Todesurteils durch den Strang geblieben. Den Rest hatte er sich erspart. Selbst unter dem Galgen hatte Clinch nichts mehr gesagt. Doch jeder wusste, dass sein höhnisches Grinsen eher in die Geschichte eingehen würde als jegliche Worte von ihm.

Das anschließende Gespräch zwischen Fairbanks und Steel verlief unpersönlich und frostig. Duncan hatte in klaren Worten dem Friedensrichter mitgeteilt, was er über Phönix und Harrison wusste. Auch dass er vermutete, dass der Befehl dazu von höherer Ebene gekommen war. Daraufhin war das Gespräch schnell beendet. Mit keinem Wort wurde Johann Robert Timonth erwähnt. Erleichtert verabschiedete sich Duncan von dem Friedensrichter.

Fairbanks war froh, dass er dieses Kapitel seines Lebens endlich zu den Akten legen konnte. Jetzt war es an der Zeit, sich über seine Zukunft Gedanken zu machen. Er beschloss, sich auf die Farm und den Weinanbau zu konzentrieren. Der herrliche Sommer hatte die Weinreben zu voller Süße reifen lassen. Es sah nach einer ertragreichen Ernte aus. Schon jetzt hatte Duncan für seinen Wein Vorbestellungen aus dem Süden und Westen des Landes. Mehr Produktion hieß aber auch, mehr Arbeiter anheuern zu müssen. Duncan hoffte, dass man ihm wieder Strafgefangene zur Verfügung stellen würde. Diese waren froh, den Gefängnismauern entfliehen zu können, und für Fairbanks waren es billige Arbeitskräfte. Da es erst die zweite Ernte wäre, konnte Duncan seinen Gewinn an einer Hand abzählen. Jedes Pfund, das er sparen könnte, würde ihn weiterbringen.

Und auch Leutnant Tom Johnson hatte Pläne für seine Zukunft gemacht: Er hatte seinen Dienst bei der königlichen Polizei quittiert. Tom hatte Steel erklärt, dass er seine wahre Liebe gefunden hätte und ihr in den Westen folgen würde. Dort wollte er sich als Farmer eine neue Existenz aufbauen.

Zuerst reagierte der Friedensrichter ungehalten, da er sich von Johnson weitere Dienste erhofft hatte. Doch der Soldat verstand es, mit ein paar anzüglichen Bemerkungen über das Verlangen der Liebe seine Beweggründe eindringlich zu erläutern. Das dreckige Grinsen hätte Johnson dem Friedensrichter gerne aus dem Gesicht geschlagen. Doch innerlich musste er lachen. Hätte Steel gewusst, dass es sich bei seiner großen Liebe um Julian Deal handelte, hätte er sicher einen Grund gefunden, beide neben Clinch aufzuknöpfen.

Natürlich hatte Johnson gelogen. Weder er noch Deal würden sesshaft werden. Sie planten, mit dem befreundeten Aboriginesstamm durch die Gegend zu ziehen. Deal war begierig, mehr über die Heilkunst des Naturvolkes zu erfahren. Doch auch hier konnten sie ihre Liebe nicht ungezwungen leben. Die Liebe unter Männern war bei den Aborigines unbekannt. Zwar war sie unter den weißen

117

Strafgefangenen weit verbreitet, doch blieb sie innerhalb der Gefängnismauern meistens verborgen.

Tom und Julian hatten keine Probleme, mit ihren Gefühlen diskret umzugehen. Ihre Unabhängigkeit zählte mehr.

Als Duncan auf der Farm ankam, erwartete ihn eine Überraschung. Seine Haushälterin Joanna erzählte ihm, dass Elisabeth Anderson vor zwei Tagen mit allem, was sie ihr Eigen nannte, auf dem Gut eingezogen war. Mrs. Andersons Mann hatte seine Frau hinausgeworfen. Deshalb war sie nach ›Second Chance‹ gekommen. Joanna hatte ihr Colettes Zimmer zugewiesen, da sie sich keinen anderen Rat gewusst hatte. Während sie Duncan alles erzählte, klang ihre Stimme sarkastisch.

»Mrs. Anderson ruht gerade«, fügte Rose hinzu und verzog ihr Gesicht, als ob sie in eine Zitrone gebissen hätte.

Weiber!, dachte Duncan und stöhnte innerlich.

Doch sogar Bobby sah seinen Schwager und Ziehvater wütend an. »Ich hoffe, du wirfst sie hinaus!«, sagte der Junge ungehalten.

Erstaunt blickte Fairbanks ihn an. »Erst muss ich wissen, warum ihr Mann sie verlassen hat. Außerdem reicht es mir, wenn die Damen dieses Hauses Stutenbissigkeit an den Tag legen. Da kann ich auf deine Meinung wahrlich verzichten. Die ich übrigens nicht verstehe, da du Elisabeth schon dein halbes Leben kennst. Hat sie dir etwas getan, dass du so reagierst?«

»Mir nicht«, zischte der Junge und ging hinaus zu den Stallungen.

Kopfschüttelnd sah Duncan ihm nach. Was konnte zwischen dem Ehepaar Anderson vorgefallen sein? Hatte jemand Thomas von dem Abend auf der Terrasse erzählt?

118

Zwar hatte Elisabeth versucht, ihn zu verführen, doch außer einem Kuss war nichts vorgefallen. Er hatte sich im letzten Moment zügeln können. Obwohl Duncan wütend auf seine Frau Luise war und sein männliches Verlangen ihn quälte, war er für eine Liaison noch nicht bereit. Als Elisabeth seine Ablehnung gespürt hatte, hatte sie zuerst verärgert reagiert. Doch dann hatte sie den Kopf in den Nacken geworfen und laut gelacht. »Ach Darling! Auch wenn du es jetzt noch nicht weißt: Du willst mich. Schon sehr bald wirst du es spüren. Genau wie jetzt.« Dabei hatte sie zwischen seine Beine gestarrt und war lachend und mit wehendem Haar davongeschwebt. Zurück blieben nur der Duft ihres schweren Parfüms und ein keuchender Duncan.

Damals war es ihm peinlich gewesen. Jetzt konnte Fairbanks darüber lächeln. Auch, wenn Thomas Anderson davon wusste. Es konnte kein Grund sein, seine Frau aus dem Haus zu werfen. Vielleicht hatte Elisabeth nicht nur versucht, Duncan zu verführen? Schließlich war sie damals schon Stadtgespräch gewesen, als Steve Parker noch hier weilte.

Aber alle Vermutungen nutzten nichts. Er musste mit Elisabeth reden.

Es war Zeit für den Nachmittagstee. Duncan war auf dem Weg in die Küche. Er liebte es, mit Joanna und ihren Töchtern zu plaudern. Oft gesellte sich Paul dazu, und man sprach über belanglose Dinge.

Plötzlich erschien eine strahlende und ausgeruhte Elisabeth im Gang. Nachdem Duncan und Elisabeth sich begrüßt hatten, forderte er sie auf, ihm in die Küche zu folgen.

Doch sie meinte: »Es ist ein so herrlicher Tag, Duncan. Lass uns den Tee auf der Terrasse einnehmen.« Als er zögerte, flötete sie: »Bitte, Darling!«

Schließlich stimmte er zu, da er über ihre Anwesenheit auf der Farm sprechen wollte. Freudestrahlend ging sie hinaus. Duncan wollte noch in der Küche darum bitten, den Tee auf der Terrasse zu servieren.

Bobby saß am Tisch und fragte voller Trotz: »Ist sie jetzt die neue Herrin auf ›Second Chance‹?«

Alle Augen waren auf Duncan gerichtet. Genervt sah dieser in die Runde. Er strafte seinen Ziehsohn mit einem langen Blick, den dieser wütend erwiderte.

»Wir sprechen uns später, mein Freund«, drohte er dem Jungen und ging zurück zu Elisabeth.

Joannas Tochter Rose brachte Tee, belegte Brote und Kuchen. Nachdem sie alles polternd auf den Tisch gestellt hatte, trank Duncan kopfschüttelnd seinen Tee. Was war in diesem Haus los? Spielten alle verrückt? Seufzend goss er sich die zweite Tasse ein und sah erwartungsvoll zu Elisabeth. Als ob sie nur darauf gewartet hätte, öffneten sich ihre Schleusen. Herzergreifend weinte sie in ihr Taschentuch, das sie theatralisch aus ihrem Kleiderärmel zog. Mit der Situation überfordert, stützte Duncan seinen Kopf in die linke Hand und schloss für einen Moment die Augen. Er war noch keinen Tag zu Hause und wünschte sich wieder zurück in die laute, stickige Stadt.

Nachdem er tief durchgeatmet und mittlerweile die dritte Tasse Tee getrunken hatte, sah er aufmunternd lächelnd zu Elisabeth.

Elegant schnäuzte diese in ihr blütenweißes Taschentuch. Dann sah sie Duncan mit unschuldigen Augen an. »Du kannst dir nicht vorstellen, wie es mir geht, Darling. Thomas ist so wütend auf mich ... Wo sollte ich hin? Etwa in dieses kleine, schäbige Hotel, wo ich schutzlos den Blicken der Leute ausgeliefert wäre? Du hast doch sicher nichts dagegen, dass ich hier wohne? Das ist genau das, was ich jetzt brauche: Ruhe und frische Landluft.« Durch die Tränen glänzten ihre Augen wie Smaragde. Sie sah Duncan herzergreifend an.

Wieder stöhnte Duncan innerlich auf. Was sollte er antworten? Schließlich konnte er ihr seine Gastfreundschaft nicht verwehren. Noch nicht einmal befristen. Irgendwie hatte er das Gefühl, als säße er in einer Falle.

»Elisabeth«, sagte er mitfühlend, »nun beruhige dich. Natürlich kannst du so lange bleiben, wie du möchtest. Mein Haus ist auch dein Haus …« Als Duncan ihren Blick sah, wurde ihm die Tragweite dieses Satzes bewusst. Zu spät.

Seine Mutter hatte ihn vor solchen Situation stets gewarnt. »Sei vorsichtig, mein lieber Sohn«, hatte sie ihm geraten, »In manchen Momenten ist es ratsamer, sein eigenes Wort zweimal zu überdenken. Es gibt drei Dinge im Leben, die du nicht mehr abändern kannst: Ein ausgesprochenes Wort kannst du nicht zurücknehmen. Eine verpasste Situation kommt nicht wieder. Eine abgeschossene Kugel kannst du nicht mehr aufhalten …«

Hätte er sich des mütterlichen Rats nur erinnert. Der Glanz in Elisabeths Augen verriet ihm, dass er wahrlich in der Falle saß.

»Was ist vorgefallen, dass es zu dieser Tragödie in deiner Ehe kam?« Vielleicht gibt es ja noch Hoffnung, fügte er in Gedanken hinzu.

Elisabeth wollte wieder anfangen zu weinen, als Duncans genervter Blick sie zurückhielt. Sie begnügte sich damit, ihre unsichtbaren Tränen in den Augenwinkeln wegzutupfen. »Du kannst dir nicht vorstellen, was passiert ist, Duncan. Friedensrichter Steel hatte Thomas zu einer Pokerrunde überredet. Zuerst war ich verwundert, dass der alte Mistkerl meinen Mann dazu einlud. Später habe ich mir nichts mehr dabei gedacht. Zumal Steel mir freundlich gesinnt schien. Trafen wir uns zufällig bei einer Dinereinladung, behandelte er mich stets mit ausgesuchter Höflichkeit …«

Duncan wurde nervös. Er wollte endlich hören, was vorgefallen war. Doch er übte sich in Geduld.

121

»... Jedenfalls, als Thomas in dieser Nacht heimkam, dachte ich zuerst, er sei wie üblich betrunken. Doch er war nüchtern. Allerdings hat er sich verhalten, als ob er im Vollrausch wäre. Ich hatte mich gerade hingelegt, als er in mein Schlafzimmer stürmte ... die Tür flog gegen die Wand ... allein dieser Knall ... schrecklich. Doch das, was dann kam, war noch viel schlimmer. Er hat mich aus dem Bett gezogen und auf den Boden fallen lassen. Dann hat er geschrien und getobt ...«

Nun konnte Duncan wahre Angst in ihren Augen sehen. Auch die Tränen, die darin schimmerten, waren diesmal echt.

»Duncan, er weiß alles ...«, flüsterte sie.

»Wer weiß was?«, fragte er genauso leise.

»Steel! Er weiß, wer ich bin. Wer ich war und was ich getan habe. Er wird mich holen und für immer einsperren ...«

Ihr Körper begann zu zittern. Ihre Lippen bebten. Duncan wollte sie nicht drängen, deshalb wartete er ab. Als ihr Zittern nicht nachließ, ging er in den Wohnsalon und holte für sie einen Sherry. Wortlos hielt er ihn Elisabeth hin, doch sie schüttelte den Kopf. »Vielleicht später«, meinte sie.

Duncan nahm selbst einen Schluck und stellte das Glas zu den Teetassen.

Unerwartet sah sie ihm bei den nächsten Worten in die Augen und hielt seinen Blick so fest. »Steel hat Thomas erzählt, dass ich in England für die Organisation ›Weiße Feder‹ gearbeitet habe. Dass ich durch mein Handeln das Königreich verraten hätte. Du kennst die Einstellung meines Mannes. Für ihn gibt es nichts Schlimmeres, als wenn jemand sein geliebtes England in Misskredit bringt. Für ihn ist das ein Verbrechen, das mit dem Tode bestraft werden muss. Glaube mir, er würde sogar mich an den Henker ausliefern ...«

»Woher weiß Steel, dass du es tatsächlich bist. Schließlich bewegst du dich in gehobenen Kreisen. Außerdem siehst du der Elisabeth Stanley von früher kaum noch ähnlich«, unterbrach Duncan sie.

»Als ich auf dem Boden lag, habe ich mich genau das gefragt ... und Thomas gab mir sehr schnell die Antwort. Er riss mir mein Nachthemd vom Leib ...« Nun wirkte Duncan erschrocken. »Nein, er hat mich nicht vergewaltigt«, beantwortete Elisabeth genervt seine unausgesprochene Frage. Während sie ihr apricotfarbenes Seidenoberteil aufknöpfte, erklärte sie dem irritierten Duncan: »Das wollte er sehen« und zeigte ihm in Höhe der Schulterblätter eine etwa acht Zentimeter lange Narbe. Rot und wulstig, war sie eine Erinnerung an das, was damals geschehen war. Vor vielen Jahren in England, als sie mit Duncan zusammen in der Organisation agiert hatte.

Als Arzt konnte Duncan die Tiefe der ehemaligen Wunde abschätzen und war schockiert. Elisabeth erzählte ihm, dass Steel selbst ihr damals im Kerker einen glühenden Schürhaken bis auf den Knochen des Schulterblattes gepresst hatte. Die Schmerzen waren unerträglich gewesen. Nur die Ohnmacht hatte ihr Leben gerettet. Sie knöpfte ihre Bluse wieder zu.

»Oh Lizzy, es tut mir so Leid!«, stammelte er verwirrt. »Das habe ich nicht gewusst.«

Nach einigen Sekunden sagte sie: »Allein, dass du diesen Namen wieder zu mir sagst ... dass du mich so nennst ...«

Duncan erinnerte sich an einen Abend vor vielen Monaten auf der Terrasse des Hotels in Port Jackson. Es war kurz nach ihrer Ankunft in Australien. Mr. Potter war noch allein stehend, und er, Duncan, war sich an diesem Abend bewusst geworden, dass er seine Frau Luise liebte. Elisabeth hatte sich zu ihm gesellt und von ihrer Tochter und ihrem eigenen Schicksal erzählt. Voller Mitgefühl hatte er sie wie früher Lizzy genannt. Ihre Augen hatten damals genauso geleuchtet wie in diesem Moment. Er hoffte, dass er dieses Gefühl nicht von neuem in ihr geweckt hatte.

Nur um etwas zu sagen, meinte er: »Wenn ich mit deinem Mann reden würde ... vielleicht wird alles wieder gut?«

»Sag, Duncan, verstehst du nicht? Thomas hasst mich wie seinen ärgsten Feind. Er hat mich angeschrien und beleidigt. Er brüllte, dass ich auf der Wassersuppe dahergeschwommen sei. Ich hätte ihn ausgenutzt und auf seine Kosten ein schönes Leben geführt. Wegen mir sei er von seiner Familie verstoßen worden ... Deshalb, mein Lieber, gibt es kein Zurück mehr. Ich habe niemandem Leid zugefügt. Niemanden getötet. Wir haben nur Missstände unserer Gesellschaft aufgezeigt und ausgebeutete Kinder befreit ... War das ein Verbrechen?«

Duncan schüttelte den Kopf. Dann fragte er zögerlich: »Wann warst du im Gefängnis, Elisabeth? Ich habe keine Erinnerung daran.«

»Ich weiß, dass du dich nicht erinnern kannst. Du warst damals nicht in der Stadt, sondern in dem Kinderheim im Landesinnern. Außerdem war es kurz nach unserer Trennung. Ich war von dir enttäuscht und litt darunter, dass es mit uns vorbei war. Deshalb wurde ich unvorsichtig. Es war eine Aktion vor Weihnachten. Wir dachten, dass alle in Festtagsstimmung wären ... doch weit gefehlt ... sie haben auf uns gewartet. Mich haben sie geschnappt. Steel war erst seit kurzer Zeit Friedensrichter in London und wollte sich beim König beliebt machen. Deshalb waren überall Spitzel unterwegs. Obwohl ich ihnen erklärte, dass ich lediglich zum falschen Zeitpunkt am falschen Ort gewesen sei. Aber das hat sie nicht interessiert. Sie haben versucht, ein Geständnis von mir zu bekommen ... doch vergebens. Ich sagte ihnen nichts ...«

Als sie seinen dankbaren Blick auffing, konnte sie nicht anders. Sie musste ihm einen Stich geben. »Nicht für dich oder die Organisation, Duncan, sondern für mich hielt ich den Mund. Ich wusste, dass sie mich trotz Geständnisses aufhängen würden. Falls ich die Folter überhaupt überlebt hätte.«

»Du belastest mich sehr, Lizzy«, sagte er kleinlaut.

»Das, mein Lieber, ist dein Problem!« Ihre Stimme klang genauso kalt, wie ihre Augen blickten. Doch schnell hatte sie sich wieder unter Kontrolle und säuselte: »Sicher verstehst du, dass ich nicht mehr zu Thomas zurückkehren kann. Außerdem, wer weiß, ob Steel mich nicht schon morgen wieder einsperren würde. In der Stadt wäre ich diesem Fettkloß schutzlos ausgeliefert. Das kannst du doch nicht wollen. Oder, Darling?« Sie lehnte ihren Oberkörper zu ihm herüber. Ihr Kleidausschnitt enthüllte mehr, als er verdeckte.

Verlegen stand Duncan auf und ging ein paar Schritte. Dann setzte er sich und sah angestrengt nach unten. Erst, als sie sich wieder aufrichtete, blickte er ihr in die Augen. »Ich kann mir nicht vorstellen, dass Steel dich verhaften wird. Warum auch? Das alles ist damals in England geschehen. Hier in Australien bist du Mrs. Thomas Anderson. Zwar mit einem zweifelhaften Ruf, aber ohne Schuld …« Er fing ihren verächtlichen Blick auf. »… Es gibt keinen Grund, sich zu fürchten. Trotzdem, was ich vorhin sagte, das meine ich auch so. Du kannst so lange bleiben, wie du möchtest. Hier bist du in Sicherheit.« Er stand auf und stieg die Treppenstufen der Terrasse hinunter. Ohne sich umzudrehen, ging er zu den Weinreben. Er musste in Ruhe nachdenken.

Elisabeth gab sich Mühe, nicht sofort wie eine Gewinnerin zu grinsen. Doch als Duncan außer Sichtweite war, ging sie in den Wohnsalon und goss sich selbst ein großes Glas Sherry ein. Sie stemmte ihre linke Hand in die Hüfte und führte mit der anderen das Glas zu den Lippen. Dabei murmelte sie: »Ich sagte dir doch, dass ich später einen Drink wollte, mein Lieber. Schließlich ist mein Erfolg doch ein Grund zu feiern. Auf die neue Herrin von ›Second Chance‹!«

Als Duncan zwei Wochen später eine Dinereinladung bei dem Pastorenehepaar Michigan bekam, war er das erste Mal erfreut, von ihnen zu hören.

Normalerweise mied er Emma Michigan. Sie war geschwätzig und nahm kein Blatt vor den Mund. Auch stand sie oft selbst im Mittelpunkt der Gespräche, zumal ihre Leibesfülle und die Freude am Essen dazu einluden, sich auch über sie auszutauschen. Die Pastorengattin war eine kleine, untersetzte Person, deren Finger dick wie Würste waren. Sie hatte stets ungesund gerötete Wangen und schnaubte bei der geringsten Bewegung. Ihr Erkennungszeichen war ein weißes Spitzentuch auf dem Kopf. Es sah aus, als ob jemand sein Taschentuch auf ihrem Haupt abgelegt hätte. Mit einem zweiten Taschentuch wedelte sie sich ständig frische Luft zu.

Die Einladung kam Duncan gelegen. Zum einen musste er in der Stadt wichtige Angelegenheiten regeln. Zum anderen konnte er der schlechten Stimmung, die seit Elisabeths Einzug auf der Farm herrschte, entfliehen. Bobby und Joannas Tochter Rose waren seitdem mürrisch, aufsässig und ungehorsam. Sobald Elisabeths Anwesenheit nur zu erahnen war, verzogen sie ihr Gesicht, als hätten sie Essigwasser getrunken.

Zeitweise empfand sogar Duncan Elisabeths Verhalten als unangemessen. Auch für ihn spielte sie sich zu sehr als Herrin auf. Sie half weder im Haushalt noch auf dem Feld, sondern bestellte Rose für jeden Handgriff her.

Zuerst hatte Elisabeth versucht, auch Joanna Befehle zu erteilen, doch diese hatte ihr schnell klar gemacht, dass sie nur von Mr. Fairbanks persönlich Anweisungen annehmen würde.

Rose war noch zu jung und traute sich nicht, einer Dame wie Mrs. Elisabeth zu widersprechen. Für ein junges Mädchen, das selten der Farm entfliehen konnte, war Elisabeths Erscheinungsbild einer Königin gleich. Diese erschien ausschließlich in extravaganten Kleidern, perfekt frisiert und geschminkt und mit teurem Schmuck behangen. Allein ihr Auftreten versprühte eine Autorität, dem sich ein vierzehnjähriges Mädchen nicht entziehen konnte. Alle Aufgaben, die Elisabeth Rose auftrug, verrichtete diese mit Widerwillen. Doch Duncan hatte den bewundernden Blick des Mädchens für Mrs. Anderson gesehen, wenn Rose sich unbeobachtet fühlte. Und dies war sicher auch Elisabeth nicht entgangen.

Auch Elisabeths Verhalten Duncan gegenüber ließ ihn die Einladung der Michigans annehmen. Er fühlte sich von Elisabeth verfolgt. Fühlte ständig ihr aufdringliches Begehren. Erst vor zwei Tagen war sie ihm bei einem seiner nächtlichen Ausritte unbemerkt gefolgt.

Duncan hatte es sich angewöhnt, in die Weite der Wildnis zu reiten, wenn ihm die Farm zu eng wurde. Dort fühlte er sich frei, dort konnte er durchatmen. Im gestreckten Galopp hatte er das Gefühl, abzuheben und zu fliegen wie ein Vogel.

Doch dieses Mal war der Ausritt eine Flucht vor der Einsamkeit in seinem Bett. Immer stärker wurde ihm bewusst, wie sehr er seine Frau vermisste. Es hatte lange gedauert, bis er ehrlich zu sich war, und jetzt litt er. Es fiel ihm immer schwerer, seinen Schutzpanzer aufrecht zu erhalten. Zweifel befielen ihn. Vielleicht hätte er Luise sofort folgen sollen, anstatt vergrämt zu sein? Weil sie ohne ein Wort gegangen war, hatte er seinem Ärger nachgegeben. Nun war dieser Kummer verflogen und hatte Sehnsucht in seinem Herzen Platz gemacht.

In dieser besagten Nacht hatte ihn das Verlangen nach Luise wieder gequält, und er war froh, als er in der Wildnis seinen Lieblingsplatz erreicht hatte. Er war schon so oft hier gewesen, dass er sich selbst bei Neumond auskannte. Die runden Steinfelsen, die dreimal so hoch wie er selbst waren, lagen wie riesige Bälle im roten Staub. Grünes Buschwerk stand wie ein Schutzwall einige Fuß entfernt.

127

Die Stille der Dunkelheit, in der vereinzelt Tierlaute zu hören waren, tat ihm gut. Er hatte sich gegen den mittleren Stein gelehnt und steckte sich einen Zigarillo an, als Hufschlag die Stille störte. Verwundert erkannte er Elisabeth auf Luises Pferd Miss Cayen Twist.

Zuerst tat Elisabeth so, als ob sie Duncan zufällig begegnet sei. Doch als sie ahnte, dass er ihr nicht glaubte, sprach sie plötzlich von Sorgen, die sie sich gemacht hätte. Theatralisch gestand sie ihm ihre Liebe. Weil es auf der Farm keine Gelegenheit zum ungestörten Reden gäbe, sei sie ihm in die Wildnis gefolgt. Sie war sich sicher, dass er genauso für sie empfände, schließlich habe er ihren Kuss in der Stadt erwidert. Plötzlich hatte sie sich Duncan an den Hals geworfen und versucht, ihn zu küssen. Vor einigen Monaten, als Duncan noch Groll gegen Luise gehegt hatte, hätte er vielleicht nachgegeben. Doch nun war er sich seiner Gefühle sicher, und die galten nicht Elisabeth. Weil er mit Höflichkeit nichts erreichte, sagte er es ihr mit deutlicheren Worten, worauf sie prompt wieder einen Weinkrampf bekam. Tröstend nahm er sie in seine Arme. Es war zum Verzweifeln mit ihr.

Duncan hatte einen dreitägigen Aufenthalt in der Stadt geplant. Bevor er losritt, gab er Paul Anweisungen und verabschiedete sich von Bobby.

»Kann ich nicht mitkommen, Duncan?«

»Ich muss einige Dinge erledigen und habe für dich keine Zeit.«

»Du wirst mich kaum bemerken. Bitte, Duncan. Ich möchte mit ihr nicht allein hier bleiben.«

»Bobby, jetzt dramatisiere bitte nicht. Gehe Elisabeth einfach aus dem Weg. Außerdem bist du nicht allein. Alle sind für dich da. Der einzige Mensch, der hier auf der Farm allein ist, ist Elisabeth. Sie müsste dir eigentlich Leid tun. Überlege mal, in welcher Angst sie hier lebt ...« Als er den zweifelnden Blick seines Ziehsohnes sah, bemerkte er den Unsinn seiner Worte. »Bobby, du bleibst hier ... wenn ich zurückkomme, habe ich vielleicht Neuigkeiten für dich.«

»Welche Neuigkeiten?«

Duncan zwinkerte ihm verschwörerisch zu, saß auf und ritt pfeifend von dannen.

Mürrisch vergrub Bobby seine Hände in den Hosentaschen. Als er Elisabeth in der Tür stehen sah, senkte er wortlos den Kopf und ging hinüber zu den Stallungen. Dabei kickte er die Steine auf dem staubigen Weg im hohen Bogen weg und hoffte, dass Elisabeth von seiner Unterhaltung mit Duncan nichts mitbekommen hatte.

Doch Bobby hoffte vergebens. Zwar hatte Elisabeth nicht alles verstanden, doch Duncans letzte Sätze hatte sie laut und deutlich vernommen. Diese Neuigkeit konnte nur bedeuten, dass Duncan sich endlich zu ihr und seiner Liebe bekennen würde. Dass ihr Werben nicht umsonst gewesen war. Nach seiner Rückkehr würde er es Bobby mitteilen. Dann wäre sie die offizielle Herrin auf der Farm. Die Scheidungen wären nur noch Formsache. Es war Anfang Juli, und vielleicht könnten schon Weihnachten die Hochzeitsglocken läuten! Sie reckte ihr Gesicht zur Sonne und atmete vor Wonne laut aus. Mrs. Elisabeth Fairbanks! Welch schöner Name! Welch ein schöner Klang! Jetzt gab es für sie viel zu tun. Glücklich ging sie ins Haus hinein.

Wütend schmiss Bobby die kleine Scheunentür zu, und voller Zorn schlug er auf einen der Futtersäcke, bis seine Knöchel von dem groben Leinen aufgeplatzt waren.

»Was ist denn mit dir los?«, zischte Conner durch seine Zahnlücke.

129

Erst beim zweiten Hinsehen konnte Bobby ihn ausmachen. Connor saß oben auf dem Heuboden und hielt ein nur wenige Tage altes Kätzchen im Arm. Während er es streichelte, kaute er auf einem Strohhalm.

Als er Bobbys Blick sah, spuckte er den Halm in hohem Bogen aus. Dann setzte er das rostrote Kätzchen auf den Boden und sprang von oben in den Strohhaufen. »Also, was ist?«

»Ich kann sie nicht mehr sehen!«

»Mrs. Anderson?«

»Wen sonst?«

Connor zuckte mit den Schultern.

»Natürlich Elisabeth.«

Fragend sah nun sein Freund zu ihm.

»Sie spielt sich auf, als sei sie hier die Herrin. Dabei ist es das Haus meiner Schwester ... ich halte es hier nicht mehr aus ... ich haue ab!«, sagte Bobby und sah dabei Connor provozierend an.

Mit weit aufgerissenen Augen und offenem Mund starrte dieser ihn an.

»Jawohl, ich haue ab und suche meine Schwester«, sagte Bobby nochmals, als ob er sich Mut machen wollte.

Kopfschüttelnd meinte Connor zischend: »Aber, das geht doch nicht. Wie willst du sie finden? Wo willst du nach Mrs. Luise suchen? Du weißt nicht einmal, wie sie aussieht.«

»Sie sieht so aus wie ich, sagt Duncan.«

Kritisch beäugte Connor seinen Freund. Zweifelnd wog er seinen Kopf von rechts nach links. »So genau stimmt das nicht ...«

»Was soll das heißen?«

»Sie ist hübscher als du und netter.«

Lachend boxte Bobby Connor auf den Oberarm. »Du hast schon Recht, Connor. Ich weiß wirklich nicht, wo sie sein könnte. Außerdem habe ich kein Geld für die Überfahrt, und Duncan gibt mir bestimmt keines.«

130

»Ich könnte dir höchstens ein paar Penny geben, aber damit kommst du noch nicht einmal bis zum Hafen.« Entschuldigend hob Connor die Schultern.

»Ich warte, bis Duncan aus der Stadt zurück ist. Dann rede ich noch einmal mit ihm. Kann ja sein, dass er Mr. Anderson trifft, um ihn zu überzeugen, seine Frau zurückzunehmen. Er erwähnte etwas von einer Neuigkeit.«

Zweifelnd sah Connor Bobby in die Augen, sagte aber nur: »Ja, vielleicht.« Eigentlich hätte er lieber gesagt: »Falls Duncan überhaupt will, dass sie wieder geht.« Doch das behielt er lieber für sich.

Am Tag von Duncans Abreise passierte nicht viel auf der Farm. Jeder ging seiner Arbeit nach und war froh, als der Feierabend sich ankündigte.

Elisabeth blieb die meiste Zeit auf ihrem Zimmer. Das Diner nahm sie allein im Esszimmer ein. Anschließend ging sie von Raum zu Raum und machte sich Notizen.

Am nächsten Morgen hörte man schon im Morgengrauen seltsame Geräusche im Haus. Ein Schaben, Ächzen und Rumpeln ließ Bobby nicht mehr schlafen. Zuerst lag er noch lauschend im Bett. Als die Geräusche durch ein Poltern verstärkt wurden, sah er nach, was los war.

Nur im Morgenmantel bekleidet und mit offenem Haar stand Elisabeth im Wohnsalon und rückte die Möbel. Außer der Glasvitrine war kein Möbelstück mehr an seinem Platz. Selbst die Vorhänge lagen auf dem Boden. Auf dem Sideboard entdeckte Bobby einen Zettel mit Maßen. Fragend sah er sie an.

»Was glotzt du so? Hilf mir lieber, die Vitrine auszuräumen. Ich habe noch viel zu tun, bis Duncan zurückkommt.«

»Was machst du hier?«, fragte er entrüstet.

Zuerst schaute sie missmutig. Doch dann blies sie sich eine Haarsträhne aus dem verschwitzten Gesicht und sah ihn lächelnd an. »Mein lieber Junge, wir wollten es dir eigentlich zusammen sagen. Aber, da du mir sonst sicher Schwierigkeiten machen wirst, muss ich es dir jetzt und hier sagen. Ich hatte es mir so romantisch vorgestellt. Bei einem netten Essen, mit Kerzen ...« Verträumt schaute sie an ihm vorbei.

Genervt fragte er nochmals: »Was machst du hier in aller Frühe, Elisabeth?«

»Ja, verstehst du denn nicht? Duncan und ich werden heiraten, mein Schatz.« Triumphierend sah sie ihn an und wollte ihm die Wange tätscheln.

Doch Bobby war schneller, fing die Hand auf Höhe seiner Schulter ab und hielt sie fest. »Du lügst! Duncan ist mit meiner Schwester verheiratet ...«

»Ja, ja ...«, äffte sie seine Stimme nach, »und die ist weit weg im fernen London oder sonst wo. Vielleicht vergnügt sie sich mit einem anderen ... wer weiß ... und jetzt lass meine Hand los. Ich bekomme noch blaue Flecken.«

Tränen des Zorns trübten seinen Blick. Was sagte sie da? Das konnte doch nicht sein. Warum hatte Duncan ihm nichts gesagt?

Elisabeth schien seine Gedanken zu erraten, denn mit weicher Stimme meinte sie: »Armer Schatz. Duncan hat es doch bereits angedeutet. Gestern, bevor er wegritt. Er sagte dir, dass er eine Neuigkeit für dich haben wird, wenn er zurückkommt. Das ist die Neuigkeit ... Warum ist er wohl in die Stadt geritten? Ahnst du es wirklich nicht? Er reicht die Scheidungen ein ... Meine und seine, damit wir an Weihnachten heiraten können ... Wir werden uns schon gut verstehen – vorausgesetzt, du kommst mir nicht in die Quere.« Nun tätschelte sie doch seine Wange, drehte sich auf dem Absatz herum und summte beim Hinausgehen eine Melodie in Vorfreude auf die Hochzeit.

Bobby blieb fassungslos im Zimmer zurück. Er presste die Hände an die Schläfen. Der Kuss, damals auf der Terrasse in Port Jackson. War das bereits der Anfang vom Ende gewesen? Warum hatte Duncan nicht mit ihm geredet? War er deshalb Luise nicht gefolgt? Hatte er nur darauf gewartet, dass Anderson seine Frau verlässt?

Er konnte nicht länger hier bleiben. Nicht mit ihr und Duncan unter einem Dach leben. Nur heute würde er noch bleiben, um seine Sachen zu packen. Auch wollte er sich in Ruhe von den Pferden verabschieden. Doch morgen, wenn alle noch schliefen, würde er sich auf den Weg zum Hafen machen. Aber woher sollte er das Geld für die Überfahrt bekommen? Er würde sich das Geld von Duncan einfach nehmen. Das war der Preis, den Duncan zahlen musste, um ungestört mit Elisabeth leben zu können. Das würde ihm doch wohl ein paar Pfund wert sein.

Erst jetzt merkte Bobby, dass seine Füße und Hände eiskalt waren und dass der Rest seines Körpers zitterte. Mit hängenden Schultern schlurfte er zurück in sein Zimmer. Dort verkroch er sich in seinem Bett. Selbst nach einer weiteren Stunde waren seine Füße immer noch kalt wie Eisklumpen.

In seiner letzten Nacht auf ›Second Chance‹ konnte Bobby kaum schlafen. Als er aufstand und sich für die Abreise fertig machte, war alles ruhig im Haus. Nur für seinen Freund Connor hatte Bobby ein paar Abschiedszeilen geschrieben. Duncan interessierte es sicher nicht, was er fühlte oder wohin er ging. Schließlich hatte sein Ziehvater auch ohne ihn beschlossen, ein neues Leben zu beginnen.

Leise öffnete Bobby die Haustür und schlich wie ein Dieb zum Stall. Schon während er das Tor öffnete, flüsterte er leise Worte zu den Vierbeinern. Er wollte vermeiden, dass die

Pferde unruhig wurden und ihr Wiehern die Menschen auf der Farm vorzeitig weckte. Boston Midnight Run antwortete ihm leise schnaubend. Beruhigende Worte murmelnd, sattelte er die Stute. Er würde sie in der Stadt beim Mietstall abgeben, wo Duncan sie abholen konnte. Dann führte er sie hinaus. Erst als das Haus in der Dunkelheit der Nacht verschwand, schwang er sich in den Sattel und ritt von dannen. Er zwang sich, nicht mehr zurückzuschauen, auch wenn ihm danach zumute war. Beruhigt, dass niemand sein Fortgehen bemerkt hatte, gab er der Rappstute die Sporen.

Doch nicht nur er war erleichtert, sondern noch eine weitere Person, die ihn beim Verlassen des Hauses beobachtet hatte.

Fast unsichtbar stand Elisabeth hinter einer Pflanze im Wohnsalon und schaute durch das breite, hohe Fenster auf den Hof nach draußen. Sie hatte sich ein Glas Wasser aus der Küche geholt und zufällig den Jungen bemerkt. Als sie begriff, was sich mitten in der Nacht vor dem Haus abspielte, entglitten ihre Gesichtszüge zu einem breiten Grinsen. »Du überraschst mich. Dass es so einfach werden würde, hätte ich nicht zu träumen gewagt. Braver Junge! Lebe wohl, mein lieber Bobby. Auf dass ich dich und deine verfluchte Schwester niemals wieder sehen muss.«

Fast tänzelnd waren Elisabeths Schritte zurück in ihr Zimmer. Als sie sich wonnig in dem kuscheligen Bett ausstreckte, fasste sie weitere Pläne bis zu Duncans Rückkehr. »Jetzt muss ich nur noch mit diesem Ehepaar McArthur und seiner Brut fertig werden. Das wäre doch gelacht, wenn mir das nicht gelänge.« Selig lächelnd schlief sie ein.

Immer noch leicht verärgert, ritt Duncan schon am frühen Mittag im langsamen Schritt von Port Jackson nach Hause.

134

Irgendwie fühlte er sich von dem Ehepaar Michigan hintergangen. Hätte er gewusst, dass diese Dinereinladung nur dazu dienen sollte, ihm sämtliche unverheirateten Damen der Stadt und der näheren Umgebung vorzustellen, hätte er mit Leichtigkeit einen Grund gefunden, diesem Desaster fernzubleiben. Im Grunde wäre die Veranstaltung zum Lachen gewesen, wäre es dabei nicht um ihn gegangen.

Emma Michigan war nicht von seiner Seite gewichen. Egal, wo er stand oder ging. Die kleine, untersetzte Frau war stets um ihn, neben ihm. Sie war an diesem Abend penetrant aufdringlich gewesen. Wie immer hatte sie ihr Spitzentuch auf dem Kopf drapiert. Da sie Duncan nur bis zu den Schultern reichte, hatte er es stets im Blick. Öfters war er dazu geneigt, es von ihrem Haar zu entwenden, sich die Nase damit zu putzen und es ihr dann wieder aufzusetzen. Doch er beherrschte sich. Zumal ihn stets Jungfern aller Altersstufen wie Habichte umkreisten.

Er wunderte sich, dass man ihn alleine ins Bad gehen ließ. Dorthin verzog er sich ab und zu, um einige Minuten ungestört zu sein. Aber auch, um seinen Gesichtszügen, die er den ganzen Abend zu einem freundlichen Grinsen verzogen hatte, die Möglichkeit zur Entkrampfung zu geben.

Genervt betrachtete Duncan sein Gesicht im Spiegel über dem Waschbecken. Er verstand die Frau des Reverends beim besten Willen nicht. Seine Ehe mit Luise war immer noch rechtsgültig. Vor dem Gesetz genauso wie vor der Kirche. Da ihr Mann ein direkter Vertreter dieser war, musste sie das doch wissen. Aber anscheinend hatte sie Angst, dass er auf der Farm vereinsamte. Offenbar war es noch nicht bis zu ihr vorgedrungen, dass Elisabeth Anderson sich bei ihm einquartiert hatte. Zum Glück! Er hatte schon befürchtet, sich Moralpredigten anhören zu müssen.

Dabei hatte er sich auf das Diner gefreut. Stets gab es bei dem Ehepaar Michigan erlesene Speisen, ausgewählte

135

Weine und kompliziert aussehende Torten, die auf der Zunge wie ein wahres Festival der süßen Freude zergingen.

Bei diesem Gedanken entwich ein leises Seufzen seinen Lippen. Allein der alte Cognac, den der Reverend den Herren stets servierte, war eine Sünde wert.

Doch nichts, einfach gar nichts konnte Duncan an diesem Abend genießen. Beim Diner saß ein albern kicherndes Mädchen neben ihm und hinderte ihn daran, sich mit Wonne dem Essen zu widmen. Verzweifelt hatte er nach einem Rettungsanker Ausschau gehalten. Doch zu seinem Leidwesen hatte er festgestellt, dass, egal, wo er hinsah, ihn diese gackernden Frauen überall zu verfolgen schienen.

Duncan war froh, als er nach unerträglichen Stunden, die sich wie eine Ewigkeit hinzogen, endlich allein in seinem Hotelzimmer war. Im Vergleich zu all diesen Frauen schien Elisabeth eine unkomplizierte, ruhige Person zu sein, deren bloße Anwesenheit puren Charme versprühte. Trotzdem, oder vielleicht auch deshalb, war er sich seiner Sache, die ihm seit Tagen durch den Kopf schwirrte, sicherer. Sobald er wieder auf ›Second Chance‹ wäre, würde er mit Bobby darüber sprechen. In Gedanken stellte er sich dessen Gesicht vor, wenn er ihm die Neuigkeit verraten würde. Er wusste, dass dies der sehnlichste Wunsch des Jungen war. Wenn Duncan ehrlich war, war dies auch sein größter Wunsch, obwohl er davor Angst hatte.

Der Gedanke beflügelte ihn, und er gab dem Hengst die Sporen. Zippo wieherte vor Freude, losgaloppieren zu dürfen.

Außer Atem erreichten Ross und Reiter die Farm. Elisabeth stand wie zur Begrüßung auf der Veranda. Jedoch zog sie überrascht eine Augenbraue hoch.

»Du bist schon zurück?«

»Wie du siehst«, lachte Duncan. »Ich konnte das Geschäftliche schneller erledigen als geplant, deshalb gab es keinen Grund, länger zu bleiben. Wann hattest du mich erwartet?«

Elisabeth kaute an ihrer Unterlippe. Das war ein sicheres Zeichen, dass sie grübelte. »Kein Ahnung. Auf jeden Fall nicht so schnell.«

»Nun ja, ich bin zurück.«

Während Duncan das Pferd absattelte, bemerkte er auf einmal, dass es verdächtig ruhig war. Elisabeth sah an ihm vorbei und sagte kein Wort. Duncan ging ins Haus. In der Küche stand Joanna am Ofen. Als Duncan sie begrüßte, schaute sie nur kurz auf, ohne seinen Gruß zu erwidern. Doch der Moment hatte gereicht, dass Duncan ihre rot geweinten Augen sehen konnte.

»Ist etwas passiert?«, fragte er Pauls Frau beunruhigt.

»Fragen Sie Mrs. Anderson, Doktor Fairbanks«, zischte sie in seine Richtung. Sogleich wandte sie sich von ihm ab und ging durch die offene Tür in den Garten. Diese warf sie mit voller Wucht ins Schloss.

Kopfschüttelnd ging Duncan in den Wohnbereich und staunte ungläubig. Dann brüllte er: »Bobby!« Als er keine Antwort bekam, rief er: »Elisabeth!«

Er musste ein paar Minuten warten, dann kam sie freudestrahlend in das Zimmer. Ihre Hände strichen leicht über das Holz der Vitrine, die nun ebenfalls einen neuen Platz bekommen hatte. »Ja, ich weiß«, seufzte sie, »es wirkt noch ein wenig kühl, da die Gardinen nicht an den Fenstern hängen. Aber es ist doch wirklich hübsch geworden. Ich dachte, dass ich morgen in die Stadt reite, um neue Stoffe auszusuchen. Diese hier zeugen von einem wirklich schlechten Geschmack.«

»Was redest du für einen Unsinn? Wer hat dir gesagt, dass du die Möbel umstellen sollst?«

»Aber Darling, du sagtest doch ›... mein Haus ist dein Haus ...‹«

»Damit meinte ich nicht, dass du hier alles verändern sollst. Außerdem hat es mir gefallen, so, wie es war. Wo zum Teufel steckt der Junge? Warum hat er dir das nicht erklärt? *Bobby*!«, schrie Duncan erneut den Namen seines Adoptivsohnes.

»Herrgott, Duncan. Bei deinem Geschrei tun einem die Ohren weh. Bobby ist nicht da.«

»Ist er bei den Rebstöcken?« Duncan wollte schon hinauslaufen, als er im Weggehen ihr Kopfschütteln bemerkte. »Verdammt, Elisabeth! Was ist hier los?«, fragte er sie in einem gefährlich leisen Ton und fasste sie an den Schultern.

»Lass mich los, Duncan. Ich weiß nicht, wo sich der Junge herumtreibt.« Dann änderte sich ihr Tonfall, und sie schnurrte wie eine Katze. Dabei strich sie langsam mit den Finderspitzen an seinem Hemdkragen entlang. Als die Finger weiter zu seinem Hals wanderten, hielt er ihre Hand fest.

»Was soll das?«, fragte Duncan irritiert. »Ich suche Bobby!« Ohne ein weiteres Wort ließ er sie einfach stehen und ging hinaus auf den Hof. Sein Pferd stand immer noch an der Stelle, wo Duncan abgestiegen war. »Vielleicht ist er im Stall. Skippy müsste bald fohlen«, murmelte er zu sich.

Doch auch im Stall war alles ruhig. Schnaubend sah die trächtige Stute von ihrem Heu auf. Blassgrüne Halme hingen aus ihrem weichen Maul. Etwas leiser rief er den Namen des Jungen. Einmal, zweimal, doch wieder keine Antwort. Genervt und besorgt strich er sich durch das Haar und schaute dabei nach oben zum Heuboden. Dort erblickte er Connor, der wie an den Tagen zuvor das Kätzchen auf dem Arm hielt. Duncan stemmte seine Hände in die Hüfte und fauchte ärgerlich: »Warum antwortest du nicht, wenn ich rufe?«

»Sie haben nach Bobby gerufen, nicht nach mir, Doktor Fairbanks«, verteidigte sich der Junge ruhig.

Jetzt verschränkte Duncan die Arme vor seiner Brust und fragte etwas freundlicher: »Kannst du mir bitte sagen, wo ich Bobby finde und was hier los ist?«

»Ich weiß nicht, ob ich das darf, Doktor Fairbanks. Ich möchte keinen Ärger bekommen.«

»Was heißt das nun schon wieder?«

»Mrs. Elisabeth sagt, dass wir die Klappe halten sollen, sonst gibt es Ärger. Und dann könnten wir uns nach einer neuen Arbeit umsehen.«

Jetzt verstand Duncan überhaupt nichts mehr. »Was hat Mrs. Anderson damit zu tun? Seit wann hat sie etwas zu sagen?«

»Seitdem Sie weggeritten sind.«

Irgendwie hatte Duncan das Gefühl, dass er nicht weiterkam, deshalb kletterte er die Holzleiter hoch.

Das kleine runde Fenster am anderen Ende der Scheune ließ das Licht wie einen einzigen Strahl gebündelt hindurchscheinen. Genau in diesem Lichtkegel stand die Leiter. Am Boden wirbelte Duncan Grassamen und Staub auf. Wie tausend Punkte umschwirrten sie ihn in dem Lichtstrahl. Auch die Staubfäden und Spinnennetze an der Leiter wurden von dem Lichtschein erhellt und wirkten golden glänzend und nicht abstoßend.

Als er oben angekommen war, setzte Duncan sich neben den Jungen. Das Kätzchen miaute leise. »Also, Connor?«, fragte Duncan noch einmal. »Jetzt erzähl mir bitte der Reihe nach, was seit meinem Wegritt vor drei Tagen passiert ist. Und sage mir bitte auch, wo ich Bobby finden kann. Ich muss dringend mit ihm sprechen.« Duncan sprach sanft und leise. Dabei kam er sich vor, als ob er einem Kleinkind etwas erklärte.

Connor schien zu überlegen und kraulte dabei dem Kätzchen gedankenverloren im Pelz. Duncan musste sich sehr zurückhalten, um nicht die Geduld zu verlieren.

»Welche Konsequenzen hätte es für mich, wenn ich Ihnen alles erzähle?«, fragte der Junge.

Verblüfft sah Duncan zu ihm: »Konsequenzen? Warum? Es hat keine, wenn du mir die Wahrheit sagst.«

»Und wenn ich nichts sage?«

Duncan schloss für einen Moment die Augen und dachte bei sich: Nur die Nerven behalten. Dann blickte er freundlich und meinte: »Ich kann dich nicht dazu zwingen, mir irgendetwas zu erzählen, Connor. Aber ich denke, da du für mich arbeitest, wäre es für unser Verhältnis förderlich, wenn du es mir erzählen würdest.« Bei den letzten drei Worten wurde Duncans Stimme energisch.

»Aber es hätte keine Konsequenzen für mich?«

»Verdammt, Connor … entschuldige bitte … nein, es hätte keine Auswirkungen. In keinerlei Weise. Zufrieden?«

Wieder schaute der Junge zweifelnd zu ihm. Duncan versuchte, ein besonders freundliches Gesicht aufzusetzen, war sich aber sicher, dass es gequält wirken musste.

»Also gut, ich erzähle es Ihnen. Mrs. Elisabeth hat Bobby erzählt, dass Sie beide an Weihnachten heiraten werden. Dass Mrs. Luise sicher schon jemand anderen hat und von Ihnen nichts mehr wissen will. Dann hat sie im ganzen Haus die Möbel umgestellt. Zu meinen Eltern hat sie gesagt, dass sie nun die Herrin auf der Farm sei. Wenn meine Eltern das nicht akzeptierten und Schwierigkeiten machten, müssten wir gehen. Außerdem würde sie meinen kleinen Geschwistern verbieten, vor dem Haus zu spielen. Sie will ihre Ruhe haben. Als Bobby weggegangen ist —«

»Was soll das heißen?«

»Er ist fort. Bobby will nach England und Mrs. Luise suchen —«

»Woher weißt du das?«

»Er hat mir einen Brief dagelassen.« Connor kramte in seiner Hosentasche und brachte ein zerknittertes Stück Papier hervor.

Duncan strich es auf seinem Oberschenkel glatt und las die Sätze: »Connor, ich kann hier nicht länger bleiben. Ich reise mit dem nächsten Schiff nach England und suche meine Schwester. Bitte richte Deinen Eltern aus, dass sie sich keine Sorgen machen müssen. Duncan brauchst du nichts zu sagen, ihm ist es sowieso egal. Vielleicht sehen wir uns irgendwann wieder.

Bobby

P.S. Ich werde Midnight beim Mietstall abgeben. Kümmere dich bitte um Skippys Fohlen. Danke.«

Fassungslos las Duncan die Zeilen. Als er zu Connor blickte, konnte er Tränen in dessen Augen glitzern sehen. Auch ihm war zum Heulen zumute. Keinen Brief. Nicht einmal ein Wort an ihn hatte Bobby zurückgelassen.

Genauso wie Luise, dachte er bitter. Was machte er nur falsch, dass die Menschen, die er am meisten liebte, ihn verließen? Dass er ihnen nicht ein paar Zeilen wert war?

»Weiß Bobby, wann ein Schiff nach Europa segelt?«

»Jeden Monat läuft doch eins aus.«

Duncan nickte. Als er vor drei Tagen am Hafen entlanggeritten war, hatte er gesehen, wie die ›Petit Coeur‹ und die ›Golden Wave‹ beladen wurden.

Connor schien zwischen seinem Schniefen und ungeweinten Tränen Duncan zu beobachten. »Doktor Fairbanks, ich glaube, Bobby dachte, dass Sie jetzt Mrs. Elisabeth lieben und nicht mehr ihn oder Mrs. Luise.«

Elisabeth!, schrie es in Duncans Kopf. Zwei Sprossen auf einmal nehmend, stieg er die Leiter hinunter.

Connor rief ihm von oben hinterher: »Hat das jetzt Konsequenzen für mich?«

»Nein, nicht für dich.«

Es war immer noch ungewöhnlich still im Haus. Zuerst ging Duncan in den Wohnsalon. Aber da war niemand. Genauso wie in der Küche, dem Esszimmer, dem Garten. Keine Menschenseele war zu sehen. Wo waren sie alle hingegangen?

»Elisabeth!«, rief er energisch. Er wollte sofort klare Verhältnisse schaffen. Verdammt, wo war sie nur? Seine Laune wurde immer mieser, zumal ihn Hunger und Durst plagten.

Während er die Treppenstufen hinauflief, öffnete er sein Hemd. Wenigstens seine verstaubten Sachen wollte er ausziehen und sich frisch machen. Im Schlafzimmer warf er sein Hemd achtlos auf den Stuhl, der neben dem Schrank stand. Er war gerade dabei, seine Hose zu öffnen, als er ein verführerisches »Oh!« hörte. Erschrocken drehte er sich zu seinem Bett und traute seinen Augen nicht. Elisabeth lag nackt darin, nur mit einem dünnen Laken bedeckt.

»Hallo, Darling!«, flüsterte sie mit rauchiger Stimme.

»Was machst du in meinem Bett?«, fragte er ärgerlich.

»Auf dich warten, Liebster!«

Sprachlos schüttelte er seinen Kopf. Im Moment wusste er nichts zu sagen, konnte aber auch keinen klaren Gedanken fassen. Nach vorne gebeugt, stützte er seine Hände auf die Kniescheiben und ließ den Kopf durchhängen.

»Ist dir nicht gut, mein Schatz? Komm her ... Ich werde dich ein wenig massieren«, flüsterte sie und wollte aus dem Bett aufstehen.

»Bleib, wo du bist!«, rief Duncan erschrocken und streckte ihr seine Hand zur Abwehr entgegen.

Ihr Lachen klang kehlig, als sie fragte: »Warum? Traust du dir nicht?«

Duncan richtete sich auf. Er hatte sich wieder unter Kontrolle und konnte auch klar denken: »Was hast du Bobby erzählt?«

Nun stand Elisabeth doch auf, wickelte jedoch das Betttuch um sich. »Bobby, Bobby! Ich kann es nicht mehr hören«, sagte sie mit genervter Stimme. »Er ist fort! Na und? Jetzt können wir endlich an uns denken und ein neues Leben beginnen«, schnurrte sie.

142

»Elisabeth, hast du überhaupt nicht verstanden, was ich dir bei unserem letzten Gespräch erklärt habe?«, fragte er zweifelnd.

»Doch«, sagte sie desinteressiert. »Das war damals, und jetzt ist heute.« Langsam schritt sie mit dem Laken, das wie eine Kleidschleppe auf dem Boden schleifte, auf ihn zu. Dicht vor ihm blieb sie stehen. Er konnte ihren süßen Atem riechen, ihr betörendes Parfüm schnuppern, den Mandelduft ihres feuerroten Haares wahrnehmen. Ihre Schultern waren so weiß wie Elfenbein, und ihre Haare sprühten Funken wie Edelsteine. Sie war so schön wie die griechische Göttin Aphrodite und so verführerisch wie ihr römisches Pendant Venus.

Duncan schloss die Augen und fühlte, spürte in sich hinein. Ja, da war es wieder. Dasselbe Gefühl wie die anderen Male. Doch jetzt war es klarer. Viel klarer. Er konnte es ganz deutlich wahrnehmen. Dabei umspielte ein schwaches Lächeln seine Lippen, doch innerlich erschallte ein lautes, freudiges Lachen.

Sanft umfasste er Elisabeths Oberarme. Sein linker Daumen streichelte fast liebevoll den dunklen Leberfleck, den er früher oft geküsst hatte. Dann sah er ihr in die smaragdgrünen Augen. Ja, da war er. Deutlich sah er ihren Siegerblick. Ihre Gewissheit, dass er nachgeben würde. Dass er für sie alles und jeden hinter sich lassen würde. Das Lächeln um seine Lippen erreichte nun seine graublauen Augen. Er bemerkte, wie ihre Muskeln sich entspannten. Wie sie sich bereit machte, sich an ihn zu schmiegen. Langsam, ohne Hast drückte er sie auf Armeslänge von sich weg. Sie legte ihren Kopf schief. Wahrscheinlich darauf wartend, dass er ihr das Laken vom Körper ziehen würde. Dass er sie verführen würde. Oh ja, er kannte sie gut. Las in den Katzenaugen jeden ihrer Gedanken.

Noch einmal horchte Duncan in sich hinein. Das Gefühl verstärkte sich von Sekunde zu Sekunde. Und dieses Gefühl hieß Leere. Da war nichts. Sie ließ ihn kalt, eiskalt. »Zieh dich an, Elisabeth! Es ist vorbei.«

Langsam entglitten ihre Gesichtszüge. Erstaunen machte Unverständnis Platz. »Was soll das heißen, Darling?«

»Das heißt, dass ich dich nicht liebe und auch niemals wieder lieben werde. Ich werde mit Bobby nach London reisen und meine Frau suchen. Ich liebe Luise und werde es bis an mein Lebensende tun. Ob ich sie finde oder nicht. Ob sie mich noch will oder nicht.

»Aber die Neuigkeit?«, wollte sie wissen.

»Verstehst du denn nicht? Das war die Neuigkeit, die ich Bobby mitteilen wollte. Ich habe dir niemals Anlass gegeben, irgendetwas anderes zu denken. Es tut mir Leid, wenn du meine Worte missverstanden hast. Bitte packe deine Koffer und verlasse mein Haus. Hier ist kein Platz mehr für dich.« Duncan wunderte sich selbst über die Ruhe in seiner Stimme und über die Gleichgültigkeit, mit der er sprach. Doch er hatte erkannt, dass er ihr nichts weiter erklären konnte. Sie würde es nicht verstehen.

Ihre Augen versprühten Hass und Abscheu. »Du arroganter Mistkerl! Das kannst du mit mir nicht machen. Schließlich habe ich für dich alles hinter mir gelassen. Habe meinen Mann verlassen und stehe jetzt vor dem Nichts. Dann hätte ich dir den Brief auch —«

Duncan, der im Begriff gewesen war, sich ein frisches Hemd überzuziehen, sah sie fragend an. »Welchen Brief?« Als sie nicht antwortete, stellte er sich bedrohlich nahe vor sie hin. »Welchen Brief, Elisabeth?«, fragte er nochmals. Er wusste nicht, wie er darauf kam. Vielleicht war es sein sechster Sinn. Plötzlich glaubte er es zu ahnen. Doch er wollte nicht wahrhaben, dass sie zu so etwas fähig sein konnte.

Sein Blick schien sie einzuschüchtern. Sie spürte, dass sie bereits den Bogen überspannt hatte. Es schien jetzt besser, ihm reinen Wein einzuschenken. Nur so konnte sie glimpf-

144

lich aus dieser vertrackten Situation kommen. Wie ein trotziges Kind reckte sie ihm ihr Kinn entgegen und zischte: »Der Brief von deiner ach so geliebten Luise.«

Fassungslos starrte er sie an. Ihm wurde schwindlig. Ein Brief von Luise? »Wo ist er?«

Sie zuckte mit den Schultern.

Duncan hatte noch nie einer Frau Gewalt angetan, doch er war in diesem Moment kurz davor. Ruckartig drehte er sich um und ging ein paar Schritte von ihr weg. Die Distanz beruhigte ihn wieder, sodass er sie höflich bitten konnte: »Bitte gib mir den Brief, Elisabeth. Mach es nicht noch schlimmer, als es ist.«

»Ich habe diesen verdammten Brief nicht mehr«, fauchte sie.

»Sondern?«

»Weggeworfen!«

»Aber warum? Was hat Luise geschrieben?«, fragte Duncan schockiert.

Sie zuckte wieder mit den Schultern. »Ich habe ihn nicht gelesen.«

Er lachte unsicher auf. »Das glaube ich dir nicht. Niemals würdest du einen Brief wegwerfen, ohne ihn gelesen zu haben.«

Mit lauter und gehässiger Stimme sagte sie: »Ich will dir eines sagen, Mr. Duncan Fairbanks. Es war mir scheißegal, was dir Luise geschrieben hatte. Ich wollte nicht, dass *du* ihn liest. Deshalb habe ich ihn eines Tages in kleine Stücke gerissen und ins Meer gestreut. Sozusagen als Bestattungszeremonie … Du wirst nie gewinnen. Nicht gegen mich.«

Plötzlich fühlte Duncan sich ausgelaugt und doch glücklich. Luise war nicht einfach so weggegangen. Sie hatte ihm einen Brief geschrieben. Der Inhalt war ihm in diesem Moment egal. Für ihn war nur wichtig, dass seine Frau ihm geschrieben hatte. Das allein zählte für Duncan. Sein Entschluss, ihr zu folgen, war richtig.

145

Sein Herz klopfte bis zum Hals, trotzdem versuchte er, mit ruhiger Stimme zu sagen: »In einer Stunde hast du deine Sachen gepackt und mein Haus verlassen. Ein Arbeiter wird dich in die Stadt bringen ... Elisabeth, komm mir nie wieder in die Quere!«

Noch einmal sah er ihr in die Augen. Starr war sein Blick auf sie gerichtet. Zuerst erwiderte sie ihn. Trotzig warf sie ihr langes Haar zurück. Als er kein Wort sagte, wurde sie unsicher. Nach scheinbar unendlichen Minuten senkte sie den Blick. Das war er, der Moment, auf den Duncan gewartet hatte. Jetzt hatte er doch gewonnen. Er wusste, dass sie den Inhalt des Schreibens kannte. Doch sie würde ihm diesen niemals mitteilen. Um überleben zu können, brauchte sie diesen Triumph.

Im Hinausgehen zog er das saubere Hemd an. Er fühlte sich so gut, so leicht. Er hätte am liebsten die Arme ausgebreitet, um zu fliegen wie ein Vogel.

Pfeifend ging er zu den Weinstöcken. Bis morgen gab es noch viel zu regeln.

Paul McArthur und sein Sohn Connor begleiteten Fairbanks in die Stadt. Sie sollten die beiden Pferde, die Bobby und Duncan geritten hatten, zurück zur Farm bringen.

Schon von weitem konnte Duncan den Blondschopf seines Adoptivsohnes am Pier stehen sehen. Bobby schaute den Matrosen zu, wie sie die Takelage kontrollierten und alles zum Ablegen vorbereiteten. Er schien interessiert dem Geschehen um sich herum zuzuschauen. Doch an Bobbys Körperhaltung erkannte Duncan, dass ihn etwas bedrückte. Ohne ein Wort stellte er sich neben den Jungen. Erschrocken schaute Bobby zu ihm auf. Als er Duncans Rucksack sah, blickte er ihn fragend an.

146

»Es wird Zeit, Luise nach Hause zu holen«, sagte Duncan, ohne seinen Blick von der ›Golden Wave‹ zu nehmen.

Bobby spürte ein verräterisches Brennen in den Nasenflügeln. Er schluckte schwer. »Und Elisabeth?«

»Sie ist fort und wird nie wieder zurückkommen.«

»Aber der Kuss ... damals auf der Terrasse im Hotel ...«

Jetzt verstand Duncan. Bobby hatte sie gesehen. Aber anscheinend war er nicht lange genug geblieben. »Du hättest uns länger beobachten sollen. Dann hättest du mitbekommen, was ich zu Elisabeth gesagt habe.«

Bobby kaute auf der Innenseite seiner Backe. »Was hast du denn zu ihr gesagt?«

»Das ich nur deine Schwester liebe. Und der Kuss ... nun ja, lassen wir ihn als einmaligen Ausrutscher gelten?« Duncan reichte ihm die Hand, und Bobby schlug erleichtert ein.

Die Schiffsglocke ertönte. Das war das Zeichen, dass die Passagiere an Bord kommen durften. Gemeinsam gingen die beiden Männer die Holzrampe hinauf.

An der blank polierten Reling schauten sie auf Port Jackson zurück. Aufgeregt winkten sich Connor und Bobby ein letztes Mal zu. Connor legte die Hände wie einen Trichter vor den Mund und schrie: »Skippy hat heute Nacht gefohlt.«

»Was ist es?«

»Ein Stutfohlen.«

Kurz überlegte Bobby, dann rief er: »Nenn sie ›Hope‹.«

Lächelnd sah Duncan zu seinem Sohn. »Hoffnung ... ein sehr schöner Name.«

London, 10. Januar 1794

»Ich werde Mami erzählen, dass du mir meine Burg kaputt gemacht hast.«

»Und ich werde ihr erzählen, dass du mich an den Haaren gezogen hast.«

»Aber nur, weil du mich getreten hast.«

»Pah, du bist so ein Baby!«

»Nein, das bin ich nicht! Du lügst! Oder brauche ich etwa noch Windeln?« Erbost stellte sich der fast vierjährige Jack vor seine Zwillingsschwester Jacky. Entrüstet stemmte er die Hände in die Taille und schob trotzig seine Unterlippe nach vorne.

Nun musste Jacky laut lachen: »Du siehst komisch aus.«

Jack versuchte, seine Schwester verächtlich anzublicken: »Wenn ich groß bin, werde ich ein tapferer Ritter, und dann sagst du solche Dinge nicht mehr zu mir.«

»Wollen wir Ritter spielen?«, fragte sie versöhnlich.

Genauso schnell, wie sich die Geschwister stritten, waren sie wieder ein Herz und eine Seele. Jack nickte begeistert. Er holte das Schaukelpferd aus der Ecke und stellte es mitten in das Spielzimmer. Dann hüllten die Kinder sich in ihre silberfarbenen Umhänge, die ihre Mutter genäht hatte, und suchten ihre Holzschwerter.

Jacky hatte kein Interesse, Prinzessin oder Burgfräulein zu sein, sondern wollte stets eine Drachentöterin darstellen. Deshalb hatte Bill seiner Tochter ebenfalls ein Schwert geschnitzt. Fast täglich zogen die Zwillinge los, um Ungeheuer zu suchen.

»Also, Ritter Eisenherz …«

»Nein, Jack, heute bin ich nicht Ritter Eisenherz. Ich will Lancelot sein.«

Jack schluckte die Erwiderung hinunter, denn er wusste, dass er keine Chance hatte zu protestieren. Eigentlich spielte er immer Lancelot. Jedoch, wenn seine Schwester etwas wollte, dann bekam sie meistens ihren Willen. Wenn nicht, würde sie einfach nicht mehr mit ihm spielen, und allein machte es keinen Spaß. Also gab er zähneknirschend nach und spielte heute Ritter Eisenherz.

Jacky erklomm nun den Tisch, der ihnen stets als Anhöhe diente, und rief ihrem Bruder zu: »Ritter Eisenherz, wenn ich rufe: Alle Mann an die Pferde, rennst du zum Schaukelpferd und schwingst dich in den Sattel. Hast du das verstanden, edler Ritter in deinem silbernen Zauberumhang?«

Zauberumhang? So hatte Jacky seinen Mantel noch nie genannt. Stolz und mit leuchtenden Augen nickte der Erwählte und stellte sich in Position, als eine Stimme aus der unteren Etage rief: »Jack, Jacky, wo seid ihr? Es gibt Abendessen. Wascht euch die Hände.«

»Och, gerade jetzt, als wir losreiten wollen, müssen wir essen. Das ist gemein.« Enttäuscht sahen sich die Geschwister an.

»Ärgere dich nicht, Jack. Morgen spielen wir sofort, wenn wir wach werden, sonst finden wir den Drachen nie.« Als Jacky seinen enttäuschten Blick sah, fügte sie hinzu: »Dann darfst du auch wieder Lancelot sein.«

Nun hellte sich sein Gesichtchen auf. Gemeinsam gingen sie ins Esszimmer, wo ihre Eltern bereits am Tisch saßen.

»Habt ihr eure Hände gewaschen?«

»Ja, Mami«, kam es im Chor, und als Beweis hielten die Kinder ihre Hände in die Höhe.

»Wie viele Drachen mussten heute ihr Leben lassen?«, fragte ihr Vater Bill augenzwinkernd.

»Bill, wir wollen beten«, unterbrach ihn seine Frau streng.

Nur für seine Kinder sichtbar, rollte Bill mit den Augen und schloss dann diese, um in das Gemurmel einzustimmen.

»Amen!« war das Stichwort, und sogleich fing eine muntere Unterhaltung zwischen dem Vater und seinen Kindern an.

»Ich habe euch streiten gehört. Was war es diesmal?«, fragte Mary mit forschendem Blick.

»Habe ich schon vergessen«, sagte ihre Tochter schnell. Das Mädchen hatte keine Lust, sich eine Standpauke anhören

149

zu müssen. Die Kinder hatten zwar keine Angst vor ihrer Mutter, da diese noch nie die Hand gegen sie erhoben hatte. Aber durch ihre strenge Erziehung und schulmeisterliche Haltung flößte sie ihnen Unbehagen und ein stets schlechtes Gewissen ein. Früh hatten die bald Vierjährigen gemerkt, dass sich ihre Mutter rasch mit Ausreden zufrieden gab und sie dann in Ruhe ließ. Ansonsten konnte Mary minutenlang einen Vortrag über undankbares Verhalten oder schlechtes Benehmen halten, und das nervte die beiden.

Die Kinder schoben ihrem Vater die Teller zu, die dieser mit Hackbraten, Kartoffelbrei und Karottenstückchen füllte. Nach dem Essen mussten die Zwillinge ihre Teller in die Küche bringen. Als sie das Speisezimmer verlassen hatten, fragte Mary ihren Mann mit sorgenvollem Blick: »Wie lange wird er diesmal fort sein?«

»Du kannst dich entspannen, Liebes. Er wird mindestens eine Woche unterwegs sein. Das sagte er jedenfalls, als ich ihm vorhin in den Sattel half.«

Mary schloss für einen Augenblick die Augen, atmete tief durch und versuchte, sich zu beruhigen. Zwar gab er ihr keinen Anlass ängstlich zu sein, doch war sie stets angespannt, wenn er im Haus war. Allerdings musste er immer öfter verreisen, da die Abstände kürzer wurden, in denen er das Opium benötigte.

Wie sich ein Mensch verändern kann, dachte sie betrübt.

Im Grunde mussten sich Bill und Mary Gibson keine Sorgen machen. Der Hausherr kümmerte sich um die Familie, und es fehlte ihnen an nichts. Trotzdem hatte Mary in letzter Zeit kein gutes Gefühl in seiner Nähe. Immer öfter gab es Situationen, in denen das Opium ihn unberechenbar werden ließ. Er suchte dann Gründe, um zu streiten. Anlässe, um mit der Arbeit der Gibsons unzufrieden zu sein. Jedes Mal wuchs die Angst in ihnen, dass er es sagen würde. Sagen würde, dass sie wieder dahin zurückgehen sollten, woher sie gekommen waren – zurück in ihr Elendsquartier in

150

der Maple Road. Dort hatten sie ihn kennen gelernt. Als netten, hilfsbereiten Menschen, der er immer noch war, wenn sein Kopf nicht berauscht war von dem Opium, das ihn sicher eines Tages umbringen würde.

Mary nahm einen Schluck Wein, um die Erinnerung an die Zeit in dem Elendsviertel und die damit verbundene Trauer wegzuspülen. Nein, sie wollte nicht mehr daran und nicht mehr an ihn denken, sondern sich entspannen, so, wie ihr Mann es ihr geraten hatte.

Bill konnte in ihren Augen ihre Gedanken lesen. Über den Tisch nahm er die Hand seiner Frau und drückte sie zärtlich. Er hielt sich an das Abkommen, das er und Mary miteinander getroffen hatten. Sie würden seinen Namen nicht mehr erwähnen. Doch in Situationen wie diesen, wenn die Erinnerung sie überrannte, dann hing sein Name unausgesprochen zwischen ihnen. Mary hatte Bill erklärt, dass er zu ihrem alten Leben gehörte, und nun führten sie ein anderes, ein besseres Dasein. Oft quälte ihn die Frage, ob er noch leben würde, wenn sie damals schon genug zu essen gehabt hätten. Oder wenn sie sich die nötige Medizin für ihn hätten leisten können. Würde er jetzt vielleicht mit den Zwillingen spielen? Mit seinem Bruder und seiner Schwester, die nicht einmal ahnten, dass sie einen Bruder gehabt hätten, wenn er nicht so früh und so elend gestorben wäre? Diese Fragen ohne Antworten hatten Mary krank gemacht. Deshalb hatte Bill ihr versprochen, nie mehr den Namen des Kindes zu erwähnen. Aber in seinen Gedanken lebte sein Ältester, Danny, weiter. Und kein Versprechen dieser Welt konnte das verhindern.

Die Zwillinge kamen zurück, und ein warmes Gefühl breitete sich in Bills Herzen aus. Er lächelte sie an und meinte mit einem breiten Grinsen, das seine roten Barthaare wackeln ließ: »Was haltet ihr davon, wenn wir morgen einen Ausflug machen? Mit Picknick und allem, was dazugehört.«

151

»Aber Bill, du hast dafür keine Zeit. Du musst Zäune auf den Koppeln kontrollieren …«

»Ach Mary. Was spielt das für eine Rolle? Dann werde ich übermorgen eben die Zäune ausbessern. Was gibt es Wichtigeres, als Drachen zu suchen? Wenn wir dabei über die Koppeln bis zu der Schlucht wandern, kann ich dort die Zäune schon überprüfen.«

Nun brach lautes Jubelgeschrei am Tisch aus, und der Ausflug war beschlossene Sache. Im Freudengeschrei der Kinder überhörten die Gibsons beinahe das Klopfen an der Haustür. Bill erhob sich, sah aufmunternd zu seiner Frau, in deren Gesicht er wieder die Furcht erkennen konnte, dass der Hausherr vorzeitig zurückgekehrt sein könnte.

Gibson ging in die Einganghalle mit der außergewöhnlichen Deckenbemalung. Die bunten Farben spiegelten sich auf dem blank polierten Boden wider. Er warf einen prüfenden Blick in den mit einem Goldrahmen eingefassten, fast mannshohen Spiegel und öffnete dann die schwere Eichentür.

»Sie wünschen?«, fragte er die Person, die in der Dämmerung nicht zu erkennen war. Bill brauchte einige Sekunden, bis er begriff, wer vor ihm stand. Aber als er sie erkannte, jubelte er: »Mary, komm schnell! Du wirst nicht glauben, wer hier vor mir steht.«

Seine Frau war bereits hinter ihm. Ohne ein Wort ging sie auf die Person zu und umarmte sie herzlich. »Luise!«, flüsterte sie und zog diese in die Halle. Erst jetzt bemerkten sie das Bündel in Luises Arm, das leise zu wimmern anfing. Fragend sahen sie Luise an.

»Darf ich euch meine Tochter vorstellen?« Zärtlich wickelte Luise das Baby aus der Decke, sodass man es erkennen konnte.

»Sie ist so winzig«, meinte Bill und kraulte sich verlegen in seinem struppigen Vollbart.

»Gib sie mir, Luise, damit du deinen Umhang ablegen kannst. Und dann komm mit ins Esszimmer. Sicher hast du Hunger.«

Dankbar setzte sich Luise an die Tafel, wo die Zwillinge artig warteten. »Ihr seid sicher Jacky und Jack«, schlussfolgerte Luise.

»Woher weiß sie das?«, flüsterte Jack zu seinem Vater.

Fragend sahen nun vier Augenpaare in Luises Richtung.

»Wir bekamen einen Brief von Jack Horan, der zwar verschlüsselt war, aber wir haben es uns so zusammengereimt.«

Bevor traurige Stimmung aufkommen konnte, forderte das Baby die Aufmerksamkeit der Anwesenden.

»Gehört das Baby dir?«, fragte Jacky neugierig.

»Ja, sie ist meine Tochter.«

»Und wie heißt sie?«, fragte das Mädchen ungeniert weiter.

»Jacky, nun ist es aber genug mit deiner Fragerei«, ermahnte Mary ihre Tochter.

»Nein, lass sie doch. Es tut mir Leid, dass ich unangemeldet bei euch erscheine.«

»Du würdest uns nie stören, Luise. Wir freuen uns, dich nach einer so langen Zeit wieder zu sehen.«

»Hat sie keinen Namen?«, fragte nun der kleine Jack ungeduldig.

»Nein, sie hat noch keinen Namen. Ich will warten, bis ihr Vater da ist, damit wir gemeinsam einen Namen aussuchen können. Bis dahin nenne ich sie ›Floh‹, weil sie so klein ist.«

»Wo ist denn ihr Vater?«, wollten die Zwillinge wissen.

Nun musste sogar Mary schmunzeln.

»Nun reicht es aber wirklich. Jack, Jacky, sagt artig Gute Nacht und dann ab nach oben«, ordnete der Vater an.

»Och, sie hat noch gar nicht geantwortet. Du hast gesagt, es sei unhöflich, wenn man die Fragen nicht beantwortet, die man gestellt bekommt«, maulte der Junge.

»Ihr Vater ist noch in Australien«, klärte Luise die Kinder lächelnd auf.

»Wo liegt Australien? Ist das dort, wo der Fluss hinfließt? Oder dort, wo die Schlucht zu Ende ist?«

»Mary, bitte, schaff die Kinder ins Bett«, flehte Bill lachend seine Frau an.

Die scheuchte nun die zwei vom Tisch die Treppe hinauf in ihre Zimmer. Man hörte noch hinter der verschlossenen Türe deren Entrüstung, denn schließlich hatten sie noch viele Fragen. Eine lautete: »Wer ist die Frau?«

»Du musst entschuldigen, Luise, aber sie sind jetzt in einem anstrengenden Alter und fragen einem Löcher in den Bauch.«

»Ich finde es wunderbar, dass sie reden können. Bei meiner Tochter weiß ich selten, was sie will. Ich kann es kaum erwarten, dass sie älter wird, denn ich habe immer Angst, etwas falsch zu machen.«

»Das Gefühl kenne ich. Aber man wächst mit der Zeit da hinein. Wie alt ist die junge Dame?«

»Vier Monate, aber sie kam fast sechs Wochen zu früh.«

»Dann ist es nicht verwunderlich, dass sie so winzig ist. Sie scheint jedoch munter zu sein«, meinte Mary, die wieder nach unten gekommen war und das Baby auf den Arm nahm, als es zu quengeln anfing.

Bill hatte Luise mittlerweile etwas zu essen geholt. Während Luise aß, schaukelte Mary das Baby, und man unterhielt sich über oberflächliche Dinge.

Bei einer anschließenden Tasse Tee, die man im Salon einnahm, erzählte Luise ihnen, was sich in Australien zugetragen hatte. Als Luise ihren Rückblick mit dem Verschwinden von Colette beendet hatte, verging einige Zeit des Schweigens. Jeder hing seinen Gedanken nach. Ihre Tochter lag schlafend auf der Couch.

»Seit wann bist du aus Australien zurück?«, fragte Bill sanft. Er war schockiert von dem, was er gehört hatte, und empfand Mitleid für Luise.

»Ich komme nicht direkt aus Australien, sondern aus Kapstadt, Südafrika. Ich habe meine Tochter dort zur Welt bringen müssen, denn, wie ich schon erwähnte, kam sie zu früh. In London bin ich erst seit acht Tagen. Ich habe zuerst am Hafen in dem Haus nach euch gefragt. Niemand wusste, wohin ihr gezogen seid. Dann habe ich überlegt, und mir kam der Gedanke, dass Jack euch das Haus vielleicht vererbt hat. Da er schrieb, dass er der Patenonkel eurer Zwillinge sei, war dies das Nächstliegende.«

Luise hatte nicht registriert, dass Mary bei der Erwähnung von Jack Horans Namen erschrocken zu Bill geschaut und dieser kaum sichtbar seinen Kopf geschüttelt hatte.

»Was hast du jetzt vor?«, wollte Mary wissen.

»Ich wohne zurzeit in der Pension ›Zum goldenen Löwen‹, in der ich schon mit Colette gewohnt habe, als wir damals nach London gekommen sind, um meinen Bruder zu suchen. Damals …« Luise musste schwer schlucken bei dieser Äußerung. »Ich hoffe, dass mein Mann bald in London eintrifft, und dann sehen wir weiter. Doch jetzt muss ich zurück in die Pension.« Luise wollte aufstehen, als ein stechender Schmerz sie zusammenzucken ließ.

»Was hast du? Geht es dir nicht gut?«

»Es ist nichts Bedeutendes. Die Narbe vom Kaiserschnitt macht sich ab und zu bemerkbar.«

»Kaiserschnitt?«, fragte Mary ungläubig.

Luise erzählte ihnen die Dramatik von der Geburt ihrer Tochter.

Ohne lang zu überlegen, sagte Bill zu ihr: »Es kommt überhaupt nicht in Frage, dass du allein in der Pension wohnst.« Als er den ungläubigen und ablehnenden Blick seiner Frau sah, fügte er noch hinzu: »Jetzt können wir uns wenigstens ein wenig für deine Hilfe von damals erkenntlich zeigen. Ohne dich würden wir immer noch in diesem Elendsquartier hausen.« Als er das sagte, schaute er seiner Frau fest in die Augen.

155

Luise wusste zuerst nicht, was sie antworten sollte. Nach anfänglichem Zögern stimmte sie jedoch zu und bedankte sich.

Bill und Luise fuhren mit der Kutsche zu der Pension, um ihre Sachen abzuholen. Das Baby blieb bei Mary, die derweil das Gästezimmer neben der Bibliothek herrichtete. Als sie die Sachen im Zimmer verstaut hatten, war es bereits später Abend. Da das Baby gestillt werden musste, zog sich Luise schon bald zurück.

Kaum waren die Gibsons in ihrem eigenen Schlafzimmer, fauchte Mary ihren Mann an: »Was hast du dir dabei gedacht? So dumm kann doch nur ein Hornochse sein!« Bill versuchte, seine Frau zu beruhigen, doch diese war außer sich. »Wie willst du ihm ihre Anwesenheit erklären? Willst du Luise vielleicht von ihm erzählen? Er wird uns davonjagen. Großer Gott, Bill, was hast du getan?«, zischte sie mit gedämpfter Stimme.

»Warum sollte er das tun? Er braucht uns. Außerdem hat er ihr damals ebenfalls vertraut und wird es wieder tun. Warum sollte sich das geändert haben?«

»Bill, sei vernünftig. Das war damals, bevor er dem Opium verfallen war. Jetzt ist er ein anderer Mensch.«

Gibson war hin und her gerissen zwischen seinen Gefühlen. »Ja, vielleicht war es etwas übereilt, und ich hätte es mit dir absprechen sollen. Aber hast du bemerkt, wie schlecht Luise aussieht? Sie ist nur noch ein Schatten ihrer selbst. So dünn und blass. Und das Baby! Die Kleine braucht genau wie ihre Mutter Ruhe. Mary, Luise tut mir so Leid. Ich darf gar nicht an all das denken, was die Arme durchgemacht hat. Allein der Tod von Colette ... es ist so schrecklich.« Der Bär von einem Mann, der Bill noch immer war, mit den roten Haaren und dem dichten Vollbart, der seinem Gegenüber oft durch sein Erscheinungsbild Furcht einflößte, war im Grunde seines Herzen sensibel und weich. Deshalb hatte Mary sich in diesen Mann verliebt, und deshalb liebte sie ihn noch immer. Bill setzte sich auf die Bettkante. Wie ein viel zu großer Junge, der ein schlechtes Gewissen hatte.

»Ich werde ihm das irgendwie erklären. Außerdem haben wir eine Woche Zeit, bis er wiederkommt«, meinte Bill nun etwas kleinlaut.

»Dein Wort in Gottes Ohr!«, flüsterte Mary zweifelnd.

Es war schon spät, als Luise am nächsten Morgen erwachte. Zuerst wusste sie nicht, wo sie sich befand. Doch dann erinnerte sie sich an den gestrigen Abend, und ein freudiges Kribbeln machte sich in ihrem Bauchraum bemerkbar. Sie fühlte sich zum ersten Mal seit langem glücklich. Glücklich, bei ihren Freunden sein zu dürfen. Luise gratulierte sich selbst, dass ihr die Idee mit Jacks Haus gekommen war. Nun war sie nicht mehr allein und konnte entspannt auf Duncan warten.

Auch ihre Tochter schien die heimische Atmosphäre zu spüren, denn zum ersten Mal schlief das Kind die Nacht durch. Luise fühlte die Schwere ihrer Brüste. Sie wollte gerade das Baby sanft wecken, als dieses die Äuglein öffnete und seine Mutter anlächelte. »Na, du kleine Maus? Dir scheint es ja heute Morgen ebenfalls gut zu gehen.«

›Floh‹ antwortete mit einem gurrenden Laut, als ob sie ihre Mutter verstanden hätte. Luises Welt war in diesem Augenblick in Ordnung. Sie nahm ihre Tochter aus dem Körbchen, um sie zu stillen. Als das Kind satt war und frische Windeln anhatte, schlief es wieder ein. Luise legte das Kind zurück in den Weidenkorb, den sie als Abschiedsgeschenk von Maria Zingale erhalten hatte.

Nun verspürte auch Luise Hunger nach einem herzhaften Frühstück. Sie verrichtete ihre Morgentoilette, kleidete sich an und verließ das Zimmer. Die Tür ließ Luise einen Spalt

157

offen und ging in die Küche. Dort packte Mary ihrem Mann und den Zwillingen einen Proviantbeutel für ihren Ausflug.

Luise kam dazu, als der Junge seine Mutter fragte, warum sie nicht mitkommen würde. »Wir haben doch Besuch, Jack. Deshalb bleibe ich hier, um Mrs. Luise Gesellschaft zu leisten.«

»Oh nein, Mary, bitte bleib nicht wegen mir hier. Ich komme auch allein zurecht.«

»Schläft das Baby noch?«, wollte Jacky wissen.

»Ja, sie schläft schon wieder. Zwischendurch war sie wach und hat etwas zu essen bekommen.«

»Mag sie auch Spiegelei? Ich mag Spiegelei nämlich am allerliebsten«, erklärte Jack.

»Du bist so dumm, Jack. Babys essen doch kein Spiegelei. Sie trinken Milch, genau wie die Kälber bei der Kuh«, klärte die Schwester ihren Bruder auf.

»Aber Mrs. Luise ist doch keine Kuh. Oder hat sie ein Euter?«

»Bitte, Bill, nimm die Kinder und geht endlich Drachen töten«, lachte Mary.

Luise war fasziniert von den Zwillingen. Das Mädchen war etwas größer und schlanker. Beide hatten rehbraune Augen und dunkle Haare. Luise konnte nicht genau sagen, wem sie glichen; der Mutter oder dem Vater. Luise strich Jack über die Haare und meinte: »Du hättest sicher viel Spaß mit deinem —«

Kreidebleich schrie Mary fast: »Geht jetzt endlich los!«

Erschrocken sahen alle zu Mary, außer Bill, der ebenfalls blass wurde und mit seinem roten Bart jetzt unheimlich wirkte.

»Mit wem hätte ich Spaß gehabt?«, wollte Jack wissen, doch sein Vater schubste ihn durch die Tür, die von der Küche nach draußen führte, und sagte nur: »Drachentöter …«, sodass die Kinder wieder abgelenkt wurden und die Spannung nicht mitbekamen.

158

Verständnislos sah Luise zu Mary, die ihren Blicken auswich und ihr etwas zu essen zubereitete. Luise setzte sich an den Tisch, rührte aber das Frühstück nicht an. Sie stützte ihre Ellenbogen auf die Tischplatte und faltete ihre Hände vor dem Mund. Ihre Augen folgten stumm Marys Bewegungen. Im ersten Moment wusste Luise nicht, was sie gesagt oder getan hatte, dass diese verzerrte Situation entstehen konnte. Nachdem sie jedoch ihre Gedanken geordnet hatte, kam sie dahinter.

»Die Zwillinge wissen nichts von Danny«, schlussfolgerte sie schockiert.

Mary tat, als ob sie nichts hören würde, und begann, Geschirr zu waschen.

»Mary, sag bitte nicht, dass du dein erstes Kind vergessen hast. Dass du ihn aus deinen Erinnerungen gestrichen hast.«

»Lass gut sein, Luise.« Bill war zurückgekehrt, ohne dass die beiden Frauen es registriert hatten.

Mary drehte sich zu ihrem Mann und sagte jammernd: »Kaum ist sie in unserem Haus, bringt sie unser Leben durcheinander.«

»Mary, das war nicht meine Absicht. Ich kann nur nicht verstehen, dass ihr Danny seinen Geschwistern gegenüber nicht erwähnt. Auch er war euer Sohn.«

»Das weiß ich selbst. Schließlich habe ich ihn auf die Welt gebracht. Aber das war vor diesem Leben. Wir haben einen Neuanfang gemacht, und ich will an das Alte nicht mehr erinnert werden«, sagte Mary vorwurfsvoll.

Kopfschüttelnd wandte sich Luise an Bill. »Warum? Ich verstehe es nicht.«

Dieser zuckte nur hilflos mit den Schultern.

Da Luise keine Antwort zu erwarten hatte, ging sie in ihr Zimmer. Kaum hatte sie die Tür hinter sich geschlossen, hörte sie Mary laut weinen. Schuldbewusst setzte sich Luise auf ihr Bett. Das schöne Gefühl von heute Morgen wich einem Druck in der Magengegend.

Es klopfte zaghaft an die Tür. Nach einem leisen Herein, um ihre Tochter nicht zu wecken, trat Bill ein. Er warf einen kurzen Blick in das Körbchen und setzte sich darauf zu Luise.

»Wo sind die Zwillinge?«

»Im Stall, am Ende der Koppel. Der Stalljunge war vorhin da und hat den Kindern erzählt, dass heute Nacht ein Fohlen zur Welt gekommen ist, und das ist nun interessanter als jeder Drachen. Mike lässt sie das Fohlen streicheln und die Mutterstute füttern. Damit werden sie bis zum Lunch beschäftigt sein.«

»Und Mary?«

»Sie hat sich hingelegt.«

»Bill, es tut mir Leid. Das Beste wird sein, wenn ich wieder in die Pension ziehe.«

Bill überlegte einen kurzen Augenblick. Wenn er Luise gehen ließe, dann bräuchten sie sich keine Ausrede einfallen zu lassen, wenn der Hausherr zurückkäme. Mary hätte sich schnell wieder beruhigt, und alles könnte so bleiben, wie es bis vor einer Stunde gewesen war. Aber Tatsache war, dass sie Luise alles zu verdanken hatten. Das war Grund genug, ihr weiterhin ihre Gastfreundschaft anzubieten. Hatte sie doch nur etwas wachgerüttelt, was längst überfällig war. Niemand hatte das Recht, ihm zu verbieten, den Namen seines Ältesten zu erwähnen. Auch nicht seine Frau. Wie gerne hätte er den Zwillingen von ihrem Bruder erzählt. Ihnen von seinen Streichen berichtet. Beschrieben, wie zart er gewesen war. Mit blonden Locken, einem Engel gleich. Bill seufzte schwer. Luise ergriff seine Hand und drückte diese. Er sah zu dem friedlich schlafenden Kind und sagte leise: »Das hat alles nichts mit deiner Anwesenheit zu tun, Luise. Unsere Situation ist momentan etwas angespannt.«

»Habt ihr Schwierigkeiten?«

»Nein, nein, wo denkst du hin? Das ist es nicht. Es ist etwas anderes, was ich dir nicht erklären kann.«

Luises Neugierde war geweckt, doch sie respektierte Bills Aussage, außerdem sprach er weiter: »Für einen Außenstehenden ist es sicher schwierig, Marys Haltung zu verstehen. Aber versuche, dich in unsere Lage zu versetzen. Kannst du dich an den Tag unseres Auszuges in der Maple Road erinnern? Sagt dir der Name Turner noch etwas?« Fragend sah er zu Luise, die einen Augenblick zögerte, dann aber nickte. Ja, sie erinnerte sich an Turners schmierige Gestalt. Er wohnte in demselben Haus wie die Gibsons. Klein und schmächtig war er gewesen. Um die Taille hatte er einen Strick gebunden, da er sonst die Hose verloren hätte. Am widerlichsten fand sie seinen struppigen Bart, der mit Läusen verseucht war. Genauso wie seine Haare.

»Er wollte, dass du dich für ihn einsetzt und Arbeit besorgst. Turner war eine fiese Gestalt, und er hat damals Dannys Tod erwähnt, worauf du ihn beinahe verprügelt hättest, wäre Jack Horan nicht dazwischengegangen. Warum fragst du nach ihm?«

»Er hat damals vor Wut geschäumt, weil Jack uns die neue Arbeit am Hafen und die neue Wohnung besorgt hatte. Deshalb schrie Turner mich an und gab mir die Schuld an Dannys Tod. Das geht mir seitdem nicht mehr aus dem Kopf. Am Anfang hat Turner uns in der neuen Wohnung immer wieder aufgelauert. Er hat mir vorgehalten, dass ich Dannys Tod die zweite Chance zu verdanken hätte. Und es stimmt. Mary und ich gingen in ein besseres Leben ohne unseren geliebten Sohn, aber durch unseren geliebten Sohn. Wir haben ihn verloren, weil wir kein Geld hatten. Kein Geld, um die Medizin zu kaufen, die seine Krankheit besiegt hätte. Kein Geld, um ihm anständiges Essen zu kaufen, was seinen Körper gestärkt hätte. Kein Geld für warme Kleidung. Kein Geld für Feuerholz, das ihn gewärmt hätte. Wir haben auf der ganzen Linie versagt, und trotzdem geht es uns jetzt besser als zu Dannys Lebzeiten. Ich bin mittlerweile überzeugt, dass Jack Horan uns keinen Neuanfang

161

finanziert hätte, wenn Danny nicht gestorben wäre. Durch seinen Tod hatte jeder Mitleid mit uns, und deshalb sind wir nun hier.«

»Bill, welcher Blödsinn! Was weiß Turner schon? Ihr tragt doch keine Schuld. Du hattest keine Arbeit und konntest kein Geld verdienen. Außerdem war Danny von Geburt an ein schwächliches Kind.«

»Das sagt sich so einfach. Andere Männer haben auch in diesen Zeiten und in dieser Gegend Arbeit gefunden und konnten ihre Familien besser ernähren. Aber nicht ich. Niemand kann sich vorstellen, was es heißt, sein Kind zu Grabe zu tragen.« Er schwieg einige Sekunden und sprach dann mit gedämpfter Stimme weiter: »Wir dachten, ein weiteres Kind würde uns über Danny hinwegtrösten. Aber Mary wurde nicht schwanger. Der Doktor meinte, es sei, weil Mary Angst hätte, auch dieses Kind zu verlieren. Ich kann die Nächte nicht zählen, in denen wir miteinander geredet haben. Irgendwann gab jeder dem anderen die Schuld, dass alles so gekommen war. Wir waren kurz davor, uns mit Worten zu zerfleischen.« Seine Stimme zitterte, als er fortfuhr: »Mary wurde krank. Ich hätte alles getan und alles dafür gegeben, dass unser Leben wieder normal würde. Noch einmal lebenswert wird. Die Zwillinge sind nicht unsere leiblichen Kinder. Wir haben sie adoptiert. Jack und Jacky wissen es aber nicht. Vielleicht, wenn sie alt genug sind, werden wir es ihnen sagen. Mr. Horan machte uns den Vorschlag, durch die ›Weiße Feder‹ gerettete Kinder anzunehmen. Er half uns bei den Formalitäten. Dadurch kam Mary die Idee mit dem Neuanfang. Mit dem ›nie wieder darüber reden‹. Und es half. Es wurde tatsächlich ein Neuanfang. Auch dadurch, weil die Zwillinge das Anwesen von Mr. Horan geerbt haben und wir hier eingezogen sind. Mary und ich verwalten es, bis die Kinder alt genug sind. Wir schauen, dass alles in Ordnung bleibt, und kümmern uns um das Land. Trotz dieses neuen, besseren Lebens

162

würde ich mich selbst belügen, wenn ich sagen würde, dass ich nicht mehr an Danny denke. Es vergeht kein Tag, keine Stunde, in der ich mir nicht wünsche, über ihn reden zu dürfen. Aber du hast selbst erlebt, was passiert, und das ist es mir nicht wert. Der liebe Gott hat uns zwei wunderbare Kinder geschenkt, die ich über alles liebe. Mary ist eine fabelhafte Mutter. Sie versucht sich und die Kinder zu schützen, indem sie diese mit Strenge und Disziplin erzieht. Selten umarmt sie die beiden oder streicht ihnen über die Haare. Ich glaube, sie hat sie noch niemals geküsst. Die Zwillinge kennen ihre Mutter nicht anders, und ich versuche, es durch meine Art auszugleichen. Luise, du musst Mary verstehen. Sie hat Danny sicher nicht vergessen. Aber dies ist ihre Art, mit der Trauer umzugehen, und ich respektiere diese Haltung.«

Luise wollte etwas sagen, unterließ es jedoch. Nach einem Augenblick der Stille bemerkte sie jedoch: »Jetzt ist mir auch klar, warum die Kinder euch nicht gleichen … Bill, es ist eure Weise, die Dinge zu betrachten, und ich habe kein Recht, euch meine Meinung aufzuzwängen. Ich sehe es anders und denke auch anders darüber. Es tut mir Leid, dass ich mich in etwas eingemischt habe, was mich nichts angeht.«

Bill nickte und sah sich im Zimmer um: »Du warst aber schnell im Packen.«

Luise folgte seinem Blick: »Nein, das ist nicht mein Koffer. Er gehört Colette.«

Bill stand auf. Im Hinausgehen meinte er: »Es wäre schön, wenn du bleiben würdest.«

Mary und Luise sprachen nicht mehr über das Thema. Beide verhielten sich distanziert. Redeten nur das Nötigste. Wenn das Baby schlief, unterstützte Luise Mary bei der

Hausarbeit, spielte mit den Zwillingen oder machte lange Spaziergänge.

Am sechsten Tag ihres Aufenthaltes im Haus der Gibsons wanderte Luise ohne Ziel durch die Gegend. Langsam brach der Abend heran, als sie plötzlich vor dem schmiedeeisernen Friedhofstor stand. Als ob sie eine unsichtbare Hand führen würde, bog sie in den rechten Weg ein, von dem sie wusste, dass er zu den Gräbern von Horans Tochter Emily, seiner Ehefrau Sarah und Danny Gibson führte. Luise vermutete, dass Jack neben seiner Familie beerdigt worden war.

Schon von weitem erkannte sie die Grabstellen. Mit Erstaunen bemerkte sie einen Mann, der vor diesen kniete. Sein schwarzer Zylinder war tief ins Gesicht gezogen. Ein ebenso schwarzer Umhang verhüllte seine Gestalt. In den Händen hielt er zwei Blumen. Fast zärtlich strich er über die Grabsteine von Jacks Frau und dessen Tochter. Auf jeden legte er eine Blume nieder. Dann stand er auf, breitete seine Arme aus und blickte zum Himmel. Sein Umhang bewegte sich leicht im Wind. Luise kam näher. Unter ihren Sohlen knirschte der Kies. An seiner veränderten Körperhaltung wusste sie sofort, dass er sie gehört hatte. Aber er drehte sich nicht um, sondern senkte seine Arme und schritt schnell von dannen.

»Hallo, Sir, bitte warten Sie einen Augenblick«, rief sie ihm hinterher. Doch der Mann verschwand zwischen den Gräbern. Luise blieb vor Sarahs und Emilys Grabstätten stehen. Erstaunt betrachtete sie die Blumen, scheute sich jedoch, sie zu berühren. Es waren blutrote Rosen – Blumen der Liebe. Luise schaute noch einmal in die Richtung, in die der Unbekannte verschwunden war. Stand er hinter einem Busch und beobachtete sie? Wer war er? Nachdenklich sah sie zu den Gräbern. Vier Menschen lagen hier. Zwei hatte sie gekannt, zwei waren ihr fremd. Als sie die Namen der Toten las, fühlte Luise tiefe Trauer. Erschüttert blickte sie auf Jacks Grab. Ihr Herz schmerzte, als sie darüber nachdachte, was ihr Freund ertragen haben musste.

Luises Gedanken schweiften zurück. Sie erinnerte sich an den Tag, als sie erstmals nach London gekommen war, um die Spur ihres Bruders aufzunehmen. Gleich nach ihrer Ankunft in der fremden Stadt hatte sie den Anwalt Jack Horan aufgesucht, der ihr sofort Unterstützung versprochen hatte. Als sie ihn näher kennen und schätzen gelernt hatte, war eine tiefe Verbundenheit zu ihm entstanden. Ja, sie hatte ihn geliebt. Nicht wie Duncan. Doch wie einen guten Freund. Vielleicht sogar wie einen Bruder. Als sie nach Australien abgereist war, blieb er allein zurück, da er London nicht verlassen wollte. Doch in der Heimat hatte er den Tod gefunden. Grausam ermordet. Vermutlich von Menschen, die nicht wollten, dass das Gute weiterexistierte. Das Gute, das für viele die einzige Hoffnung war, in einer Zeit, in der selbst das Leben eines Kindes nichts wert war, sondern nur Profitgier herrschte.

Schwermütig legte Luise ihre Hand auf den kalten Granit, als ob sie dadurch eine Verbindung zu Jack bekäme. In Gedanken bat sie Jack um Verzeihung, dass sie ihm nicht hatte helfen können. Dass sie zu spät gekommen war.

Luise faltete die Hände und sprach für alle ein Gebet. Dann ging sie den Weg zurück. Am Tor blickte sie sich noch einmal um und glaubte zwischen den Bäumen einen schwarzen Umhang zu erkennen.

Zu Hause wurde Luise schreiend von ihrer Tochter begrüßt, die Hunger hatte. Bill schaukelte das Kind auf seinem Unterarm und ging auf und ab, um es zu beruhigen. Mary sah Luise vorwurfsvoll an, sagte aber kein Wort, sondern ging aus dem Raum. Zerknirscht blickte Luise zu Bill und nahm

165

ihm das Kind ab, um schnell in ihr Zimmer zu eilen und es dort zu stillen.

Als ›Floh‹ wieder eingeschlummert war, ging Luise in den Salon, wo Bill saß und seine Zeitung studierte.

»Es tut mir Leid, dass ich so spät kam.«

»Das macht nichts. Sie ist ein so süßer Fratz … wenn sie nicht schreit«, fügte er lächelnd hinzu.

»Wieso bist du schon zu Hause?«, fiel Luise erst jetzt auf.

»Die neuen Stoffe konnten heute noch nicht vom Schiff geladen werden, da die Papiere unvollständig waren. Deshalb gab es nichts für mich zu tun.«

»Ich verstehe nicht, warum du überhaupt noch im Hafen arbeitest. Du hast doch mit dem Haus genug zu tun. So, wie ihr gesagt habt, seid ihr die alleinigen Erben von Jacks Vermögen und somit ohne finanzielle Nöte.« Fragend sah sie ihn an.

Bill kratzte sich am Kinn und schien von diesem Thema nicht begeistert zu sein. »Jack hat alles den Zwillingen vermacht. Nicht Mary oder mir.«

»Na und? Ihr könntet sicher von den Zinsen leben, die das Erbe bringt.«

»Woher weißt du, wie viel Geld Jack hatte?«, wollte nun Bill erstaunt wissen.

»So genau weiß ich das natürlich nicht. Aber er hatte erwähnt, dass er ein großes Vermögen von seinem Vater geerbt hatte. Das allein hätte ihm schon ein sorgenfreies Leben garantiert. Außerdem war er einer der besten Anwälte der Stadt gewesen. Oder hast du beim Pokern das Erbe verspielt?«, neckte sie ihn.

Erschrocken sprang er auf: »Wo denkst du hin, Luise! Ich kann überhaupt kein Poker.«

»Oh Gott, Bill, das war ein Scherz. Ich weiß, dass du weder spielst noch das Geld auf andere Weise durchbringen würdest. Aber – auch dieses Thema geht mich nichts an. Ich mische mich schon wieder in eure Privatsphäre ein.« Genervt, jedes Wort nun auf die Waagschale legen zu müssen, stand sie ebenfalls auf, setzte sich dann jedoch wieder, um ihm von dem Fremden auf dem Friedhof zu erzählen.

»Kannst du dir vorstellen, wer er war?«

»Nein«, war die knappe Antwort. Bei diesen Worten klopfte Bills Herz heftig, und er hoffte, dass Luise es nicht merkte. »Ich muss nach den Pferden sehen«, war das Einzige, was er noch zu sagen wusste, und ging rasch aus dem Zimmer.

Luise machte sich weder über seine kurze Antwort noch über sein schnelles Verschwinden Gedanken, da sie schon wieder ihre Tochter hörte.

Im Hinausgehen streifte ihr Blick die Titelseite der Zeitung, deren Schlagzeile »Wieder brutaler Überfall« lautete.

Abends, als Horans Haus in der Dunkelheit ruhig und friedlich dalag und alle zu schlafen schienen, wälzte sich Bill unruhig hin und her. Tausend Gedanken quälten ihn, sodass er keinen Schlaf finden konnte. Mary fragte mürrisch: »Bill, es ist fast elf Uhr. Du bist so unruhig. Tut dir etwas weh?«

Dieser zögerte, doch dann antwortete er: »Er ist zurück!«

»Woher willst du das wissen?«, flüsterte seine Frau.

»Luise hat ihn gesehen.«

Nun zog Mary hörbar die Luft zwischen die Zähne. »Wo?«, fragte sie knapp.

»Auf dem Friedhof.«

»Wie konnte er nur?«

Beide schwiegen einige Zeit. Dann wisperte Mary: »Was wird jetzt aus uns? … Du hättest sie nicht einladen sollen«, sagte sie vorwurfsvoll zu ihrem Mann.

Er konnte nichts erwidern, denn er wusste, dass sie Recht hatte und ihr Leben sich nun ändern würde – in welche Richtung auch immer – es wäre nicht mehr dasselbe. Allerdings wusste er noch nicht, ob er darüber traurig sein sollte.

Eine Woche später fuhren die Gibsons wie jeden ersten Samstag im Monat zu Bills Bruder. Dieser wohnte am Stadtrand von London. Deshalb würden sie dort über Nacht bleiben. Luise sollte sie begleiten, aber ihre Tochter zahnte und quengelte. Sie entschied sich, zu Hause zu bleiben.

Der Sommer wurde nun beständiger, und die Sonne lockte nach draußen. Luise ging mit ›Floh‹ an die frische Luft, in der Hoffnung, dass das Kind die kommende Nacht durchschlafen würde. Als es Zeit fürs Bett war, rieb sie den Gaumen ihrer Tochter mit einem Tropfen Nelkenöl ein und legte sie in ihr Körbchen. Bald darauf schlief die Kleine ruhig ein, und Luise war dankbar für die Stille im Haus. Sie betrachtete das Baby und stellte fest, wie schnell ihr Kind gewachsen war. Das Weidenkörbchen wurde nun zu klein. Bill hatte Luise versprochen, nach seiner Rückkehr eine der Wiegen vom Speicher für ›Floh‹ zu holen.

Luise verspürte Hunger. Sie schlich sich aus dem Schlafzimmer, schloss leise die Tür und ging in die Küche, um sich das Huhn vom Vorabend zu wärmen. Dazu genoss sie ein Glas Rotwein, das ebenfalls übrig geblieben war. Nach dem Abwasch stöberte sie durch die Bibliothek, um ein Buch zu finden, mit dem sie sich ihre Zeit zerstreuen konnte. Jedoch weckte keiner der Dichter und Fachautoren ihr Interesse, und so setzte sie sich gelangweilt auf das Sofa. Suchend blickte sie umher, ob vielleicht die Tageszeitung noch hier lag. Anscheinend hatte Bill die Zeitung weggeräumt.

Die Standuhr zeigte erst Viertel nach acht. Viel zu früh, um ins Bett zu gehen. Luise überlegte, was sie machen könnte. Schließlich kam ihr der Gedanke, dass sie nicht bis zur Rückkehr der Gibsons warten müsste, sondern jetzt schon auf dem Dachboden nach der Wiege für ihre Tochter schauen könnte. Sicherlich könnte sie die Wiege allein nach unten bringen, sodass ›Floh‹ schon am nächsten Tag in ihrem neuen Bettchen liegen könnte.

Voller Tatendrang horchte Luise nochmals an ihrer Zimmertür. Alles war ruhig. Vorsichtshalber öffnete sie leise die Tür einen Spalt, damit sie ihr Kind auch oben hören könnte. Dann ging sie ins Treppenhaus und blickte am Geländer hinauf. In der ersten Etage, wo die Gibsons wohnten, erhellte das Licht vom Eingang schwach die Treppenstufen. Doch bis zur zweiten Etage, in der sich die Tür zum Dachboden befand, reichte der Schein nicht mehr. Luise blickte in die Dunkelheit. Ein mulmiges Gefühl beschlich sie, als ihr bewusst wurde, dass sie und ihre Tochter in dem großen Haus allein waren.

Die erste Zeit nach Colettes Überfall hatte sie sich nicht alleine im Haus aufhalten können. Doch Duncan hatte ihr mit Gesprächen darüber hinweggeholfen und ihr außerdem glaubhaft versichert, dass die Wahrscheinlichkeit eines zweiten Überfalls äußerst gering war. Da sie sich von ihrer Angst weder lähmen oder beherrschen lassen wollte, hatte sie ihm geglaubt. Nun hoffte sie, dass Duncans Wahrscheinlichkeitstheorie auch auf London und auf das ehemalige Haus von Jack Horan zutraf. Beherzt nahm sie die Petroleumleuchte, die auf dem kleinen Tisch neben dem Treppengeländer stand, zündete diese mit dem Streichholz an, das griffbereit daneben lag, raffte ihr blau kariertes Kleid und schritt mutig die Stufen hinauf. Auf den marmornen Treppenstufen verursachten ihre Absätze ein leises Peng, Peng, woraufhin sie auf den Zehenspitzen weiterging, da das Geräusch in dem hohen Treppenhaus unheimlich widerhallte.

169

In der Etage der Gibsons sah sie den Korridor hinunter. Da alle Türen geschlossen waren, blickte sie in einen dunklen Gang, in dem sie jedoch nichts erkennen konnte. Luise musste sich gestehen, dass sie neugierig war, wie es hinter den Türen aussehen würde. Aber sie traute sich nicht, in der Privatsphäre ihrer Freunde zu schnüffeln. Deshalb raffte sie ihren Rock und stieg nun in die nächste Etage. Der weiche Teppich, mit dem die Holzstufen ausgelegt waren, schluckte ihre Schritte. Plötzlich knarrte in der Mitte der Treppe eine der Stufen so laut, dass Luise vor Schreck beinahe die Lampe aus der Hand gefallen wäre. Weil sie so überreagierte, schalt sie sich selbst als dummes Schaf.

Die dritte Etage schien unbewohnt, denn sie sah kalt und ungemütlich aus. Luise musste bis zum Ende des Ganges gehen, wo sich die Stiege zum Dachboden befand. Als sie sich umdrehte, war hinter und vor ihr tiefe Dunkelheit. Auch hier waren alle Türen geschlossen, sodass nicht einmal das Mondlicht seinen Weg bis hierhin fand. Beherzt wollte sie zur Stiege gehen, als sich plötzlich ihre Nackenhaare aufstellten und eine Gänsehaut sich auf ihren Armen ausbreitete. Sie hatte das Gefühl, dass jemand hinter ihr stünde und sein Atem sie streifte. Ihr Herz pochte wild. Sie überlegte gerade, ob sie sich langsam oder rasch umdrehen sollte, als sie glaubte, nun auch das Atmen leise zu hören. Ihr eigener Atem ging kurz und stoßweise. Vor Angst rauschte das Blut laut in ihren Ohren. Als ob eine Bewegung ihn herüberwehen würde, nahm ihre Nase einen Hauch von Parfüm wahr. Luise stand stocksteif mitten im Gang. Dann nahm sie all ihren Mut zusammen und rief laut: »Bill, Mary, seid ihr zurück?« Aber sie erhielt keine Antwort. Warum sollten sich ihre Freunde auch anschleichen und sie erschrecken wollen? Außerdem hätte sie die Zwillinge sicherlich schon beim Eintreten ins Haus gehört. Nein, es war jemand anderes. Jemand, der nur wenige Schritte hinter ihr stehen musste. Kleine Schweißperlen bedeckten nun ihre Stirn. Ihre Hände wurden feucht. Sie leckte sich ihre trockenen Lippen und versuchte, mit fester Stimme zu sprechen: »Bitte, tun Sie mir nichts!«

Wie eine starre, ungelenkige Puppe drehte sie sich langsam in die andere Richtung. Die Augen weit aufgerissen. Doch niemand stand hinter ihr. Vor Erleichterung schloss sie für eine Sekunde die Augen, als ein Geräusch sie wieder zusammenzucken ließ. Sie leuchtete mit der Lampe nach vorne, doch der Lichtschein reichte nur bis zum Treppenabsatz. Wieder setzte ihr Herzschlag für den Bruchteil einer Sekunde aus. Sie glaubte, den Zipfel eines dunklen Umhanges zu erkennen, der aber nach unten entschwand. Vor Schreck presste sie die Hand auf den Mund. Stumm lauschte sie einen Augenblick in die Dunkelheit, ob die Stufe knarrte. Nichts war zu hören. Nur langsam beruhigten sich ihre Nerven. Sie roch in der Luft. Aber auch von dem Duft war noch nicht einmal mehr etwas zu erahnen. Ungläubig schüttelte Luise den Kopf. Um sich selbst zu beruhigen, leuchtete sie nochmals in die Richtung der Treppe. Es war dunkel. Einfach nur dunkel. Hatte sie sich alles nur eingebildet? Hatte die Angst ihr einen Streich gespielt? Sie horchte in die Stille. Alles war ruhig und friedlich. Weil sie spontan an den Unbekannten vom Friedhof gedacht hatte, hätte sie fast die Nerven verloren. Warum sollte ausgerechnet dieser sie hier aufsuchen? Warum sollte er sich anschleichen? Es war dumm und naiv, sich selbst so in Panik zu versetzen. Ihre Gedankengänge waren unlogisch und ergaben keinen Sinn. Nur, weil sich der Mann ihr nicht zu erkennen gegeben hatte, musste es nicht heißen, dass er nachts in fremden Häusern herumschlich. Luise schüttelte wieder den Kopf. Aber diesmal über ihre Dummheit. Sie wischte sich den Schweiß von der Stirn und ihre Hände am Rock trocken. Dann atmete sie tief durch: »Meine Liebe«, sagte sie zu sich selbst, »deine Phantasie geht mit dir durch.« Kurz spielte sie mit dem Gedanken, wieder nach unten zu gehen, verwarf ihn dann aber, denn es waren nur noch wenige Schritte bis zum Dachboden, und die würde sie sicher lebend überstehen.

Luise stieg die fünf steilen Stufen hinauf und öffnete die Tür. Sie hatte erwartet, dass diese knarren würde, aber sie schien frisch geölt zu sein, denn sie sprang geräuschlos auf. Der Speicher war riesengroß, und durch mehrere Dachfenster fand das Mondlicht Einlass. In dem blau-weißen, fast silbrigen Licht konnte Luise die Umrisse der hier abgestellten Gegenstände schemenhaft erkennen. Sie wunderte sich, denn der Raum schien aufgeräumt und sauber. Keine Spinnen- oder Staubfäden, auch keine dicke Staubschicht bedeckte den Boden. Selbst die Fenster schienen erst vor kurzem geputzt worden zu sein. Luise sah sich um. In der Mitte stand ein Bettgestell aus Eisen. Die Matratze war mit einem hellen Tuch bezogen, aber weder eine Decke noch ein Kopfkissen lagen darauf. Ein Stuhl, ein Tisch und ein Schrank standen ebenfalls in der Mitte, was sicher ungewöhnlich, aber auch nicht unlogisch war. Weil der Raum mindestens zwanzig Meter breit und dreißig Meter lang war, würden sich die Möbel an den Wänden verlieren. Da es sich um einen Dachboden handelte, erschien es Luise sonderbar, dass die Möbel wohnlich und zweckmäßig aufgestellt waren. Luise, wohl wissend, dass es sie nichts anging, zuckte mit den Schultern. Dann sah sie sich nach den Kinderwiegen der Zwillinge um, die sie aber nirgends entdecken konnte. Sie nahm die Lampe und ging in den hinteren Teil des Raumes. Von einem Kleiderschrank verdeckt, standen die zwei weiß lackierten Holzwiegen. Schon beim ersten Blick wusste Luise, dass ihre Mühe, auf den Speicher zu laufen, und ihre ausgestandenen Ängste umsonst gewesen waren. Sie hatte angenommen, dass die Wiegen aus leichter, geflochtener Weide seien. Aber diese waren aus massivem Eichenholz gezimmert und somit viel zu schwer für sie. Sie müsste wohl oder übel warten, bis Bill zurück war. Luise ärgerte sich, dass sie unverrichteter Dinge wieder nach unten gehen musste. Doch sie wollte wenigstens nachschauen, ob die Matratzen in Ordnung waren.

Sie ging zu den Wiegen, die sorgsam mit einem Tuch zugedeckt waren. Vorsichtig zog Luise dieses zurück. Verblüfft fand sie unter der Decke Zeitungen in den Wiegen gestapelt. Zuoberst lag der heutige ›London Courant‹, den sie zuvor im Wohnzimmer gesucht hatte. Luise konnte sich keinen Reim darauf machen, warum die Zeitungen auf dem Speicher gehortet wurden. Doch dann fand sie die Lösung; Vielleicht war der Raum eine Art Lesezimmer. Dann wäre auch erklärt, warum das Bett frisch bezogen war, aber keine Schlafutensilien darauf lagen. Luise musste lächeln. Natürlich war dies ein Lesezimmer. Wo im Haus hätte man mehr Ruhe zum Lesen als hier auf dem Speicher? Erleichterung machte sich in ihr breit. Nichts Unheimliches verbarg dieses Haus. Alles war zu erklären. Ihre Ängste waren grundlos, ihre Phantasie einfach zu groß gewesen. Beides hatte sie nur unnötig aufgeregt.

Da sie heute Abend hier nichts mehr ausrichten konnte, nahm sie sich einen Stapel Zeitungen und begab sich wieder in die untere Etage. Sie wollte nachlesen, was in der Zeit, die sie nicht in London verbracht hatte, passiert war.

Wie bei ihrem Aufstieg knarrte die mittlere Stufe, und auf dem Marmor war wieder das rhythmische Peng, Peng zu hören.

Wäre tatsächlich eine fremde Person hier gewesen, dann hätte auch sie diese Geräusche verursacht. Luise war beruhigt. Sie brachte die Zeitungen in den Salon und legte sie auf den kleinen Tisch neben dem Lesesessel. Dann ging sie in die Küche, um sich ein Glas Milch zu holen. Auf dem Weg zum Salon glaubte sie, ihre Tochter zu hören. Vorsichtig öffnete sie die nur angelehnte Tür und schlich zu dem Körbchen. Alles schien ruhig. Doch plötzlich wurde ihr übel. Als sie sich am Kinderbettchen abstützte, zitterte ihre

Hand. Schnell ging ihr Atem, und sie hörte ihr Blut laut in den Ohren rauschen. Ihre Finger wurden klamm und taub.

Hier lag wieder der Geruch in der Luft. Der Duft, den sie schon in der oberen Etage wahrgenommen hatte. Zwar nur leicht, aber er war da, und sie bildete ihn sich nicht ein. Jemand war hier im Zimmer gewesen.

Als Luise am nächsten Morgen erwachte, fühlte sie sich matt und zerschlagen. In der vergangenen Nacht hatte sie krampfhaft versucht, wach zu bleiben, um auf jedes Geräusch außerhalb des Zimmers zu achten. Doch das gelang ihr nur die ersten Stunden, dann war sie übermüdet eingeschlafen. Immer wieder war sie aus Angst hochgeschreckt, dass ein Fremder in ihrem Zimmer wäre. Ein Blick zur Tür zeigte ihr aber, dass dies nicht möglich sein konnte. Vorsichtshalber hatte Luise die Truhe davor geschoben und den Schlüssel quer gesteckt. Der Anblick der unverrückten Gegenstände beruhigte sie, auch wenn sie glaubte, den seltsamen Geruch noch immer wahrzunehmen.

»Meine Liebe, du halluzinierst!«, schimpfte sie leise mit sich. Luise befand sich in diesem Zustand, in dem man nicht mehr wusste, was Traum oder Wirklichkeit war. Deshalb stand sie auf und roch in jeder Ecke des Zimmers. Am Bettchen, an der Tür, an der Bettwäsche. Doch alles roch irgendwie normal. Erleichtert kroch sie zurück in ihr Bett. Kaum hatte Luise sich unter der Bettdecke ausgestreckt, wurde ihre Tochter wach und forderte schreiend nach dem Frühstück. Sie nahm das Mädchen zu sich ins Bett. Während sie das Kind stillte, schaute Luise sich im Zimmer um. Stand der Sessel gestern genau an diesem Platz oder nicht etwas mehr rechts? Der Fußhocker, hatte der nicht in der Nähe des Fensters gestanden? Luise schüttelte den Kopf und sah zu ihrem Kind, um nicht weiter zu grübeln. Doch die Gedanken ließen sich nicht umlenken. Was sollte sie nur machen? Bill und Mary kamen frühestens am Abend nach Hause. Sie konnte sich unmöglich so lange im Zimmer verbarrikadieren. Falls überhaupt jemand hier gewesen war, war die Person längst über alle Berge. Wenn doch, was hatte sie hier gewollt? Noch wichtiger war, wie die Person überhaupt ins Haus gekommen war. Geistesabwesend hob sie das Kind über ihre Schultern und klopfte ihm gedankenverloren auf den Rücken. Dann legte sie es neben sich auf das Bett. Während sie dem Baby zärtlich in die Augen schaute, merkte Luise nicht, wie sie selbst einschlief.

Sie wurde erst wieder wach, als ihre Tochter weinte. Erschrocken richtete Luise sich auf. Als sie das tränennasse Kindergesicht sah, beschlich sie ein schlechtes Gewissen. Die Kleine musste schon mehrere Minuten geweint haben, ohne dass Luise wach geworden war. Sie nahm ihre Tochter in die Arme. Nur langsam beruhigte sich das Kind. Als Luise ihm saubere Windeln angelegt hatte und sie tröstend hin und her schaukelte, schlief das Mädchen schluchzend wieder ein. Vorsichtig legte sie das Baby zurück in den Korb. Luise musste dringend ins Bad, und das befand sich am Ende des Ganges. Es half alles nichts, sie musste das Zimmer verlassen. Ohne viel Lärm zu machen, schob sie die Wäschetruhe an ihren Platz neben der Tür zurück und drehte vorsichtig den Schlüssel herum. Nachdem sie sich vergewissert hatte, dass niemand auf dem Gang war und auch keine ungewohnten Geräusche zu ihr drangen, trug sie das Körbchen ins Bad. Angst beherrschte ihre Gedanken. Erleichtert öffnete sie die Badezimmertür, verschloss diese und schob den Riegel davor. Beruhigt, weil ›Floh‹ bei ihr war, verrichtete sie ihre Morgentoilette. Genauso lautlos schlich sie zurück in ihr Zimmer. Das Mädchen bekam von all dem nichts mit und schlief weiter. Luise wurde unruhiger. Sie wollte wissen, ob irgendwo eine Fensterscheibe zu Bruch gegangen war. Obwohl sie kein Klirren gehört hatte.

Vielleicht stand aber auch eine Tür offen? Außerdem, ob Gegenstände fehlten. Luise wollte einen Beweis haben, dass tatsächlich jemand ins Haus eingedrungen war. Deshalb verließ sie erneut das Schlafzimmer. Ihre Tochter schloss sie im Zimmer ein und steckte den Schlüssel in ihre Rocktasche.

Um sich Mut zu machen und zu beruhigen, atmete Luise ein paar Mal tief durch. Dann ging sie in die Küche und bewaffnete sich mit dem Schürhaken.

Luise inspizierte im Erdgeschoss jeden Raum, konnte jedoch nichts Außergewöhnliches feststellen. Sogar ihr Glas Milch stand noch unberührt auf dem Wohnzimmertisch, die Zeitungen daneben. Beruhigt ließ sie ihre Waffe sinken. Hatte sie sich doch nur alles eingebildet? Ungläubig schüttelte sie den Kopf. Vielleicht sollte sie noch einmal auf dem Dachboden nachsehen? Sie verwarf jedoch den Gedanken, da ihr Magen knurrte. Stattdessen beschloss sie zu frühstücken und anschließend mit ihrer Tochter an die frische Luft zu gehen, um ihre Gedanken zu ordnen.

⚬ — ⚬ — ⚬

Der Fremde auf dem Treppenabsatz in der dritten Etage hatte Luises Schritte verfolgt und ahnte ihre Gedanken. Zufrieden nickte er und verzog sich dann leise auf den Speicher, um einiges nachzuarbeiten.

⚬ — ⚬ — ⚬

Luise hatte den Gibsons nichts von ihren Ängsten und Erlebnissen der letzten Nacht erzählt. Zwar hatte sie es zuerst erwogen, doch dann wieder verworfen. Was sollte sie auch erklären? Schließlich hatte Luise keine Beweise dafür gefunden, dass jemand im Haus gewesen war. Außer dem Geruch. Doch von dem war mittlerweile noch nicht einmal mehr etwas zu erahnen. Je mehr Luise sich darüber Gedanken machte, umso unsicherer wurde sie.

Die Zwillinge lenkten sie ab, als sie ihr von dem Wurf junger Hunde bei ihrem Onkel erzählten. Jack und Jacky erhofften sich von Luise Unterstützung, da sie gerne einen der Welpen gehabt hätten. Doch das Ehepaar Gibson ließ sich nicht erweichen, und um das Thema abzuschließen, stand Bill auf, um die Wiege vom Speicher zu holen.

Als Luise ihre Hilfe anbot, sah er mit erschrockenen Augen zu ihr: »Das schaffe ich alleine!«

Verwundert blickte Luise ihn an. Doch dann vermutete sie, dass es ihm vielleicht peinlich wäre, wenn sie mitbekommen würde, dass er sich diesen Freiraum auf dem Dachboden geschaffen hatte. Vielleicht war die Ehe der Gibsons doch nicht so glücklich, wie sie es Luise glauben machen wollten? Luise sagte keinen Ton darüber, dass sie bereits auf dem Speicher gewesen war. Die Zeitungen hatte sie in ihrem Zimmer deponiert und wollte sie später zurückbringen. Jedoch wurden ihre Gedanken wieder gestört, da Jacky wegen des Hundes theatralisch weinte und sich nur von Luise trösten ließ.

Nach über einer Stunde kamen Bill und Mary zurück und schleppten die Wiege in die Küche, um sie dort zu reinigen.

»Ihr seid sehr lange auf dem Speicher gewesen. Ich wollte gerade nach euch sehen«, meinte Luise lächelnd. Sie konnte erkennen, dass Mary um einiges blasser und ihre Augen leicht gerötet waren. Auch Bill wirkte eine Spur nervöser, und seine Bewegungen schienen unkonzentriert.

»Bei dem Durcheinander haben wir die Wiege nicht sofort gefunden«, meinte Bill hastig und holte einen kleinen Hammer, um die Seitenteile festzuklopfen. Mary nahm ein Tuch und rieb die Wiege damit ab. Luise hatte das Gefühl zu stören und ging hinauf in das Zimmer der Zwillinge. Die hatten sich wieder beruhigt und malten. Durch nichts ließen sie sich locken, mit Luise in den Garten zu gehen. »Nein, Tante Luise, wir malen uns eine Schatzkarte, denn Daddy will morgen mit uns auf Schatzsuche gehen, und deshalb haben wir jetzt keine Zeit für dich«, meinte Jack mit ernster Miene und widmete sich mit kindlichem Eifer wieder seiner Zeichnung. Jacky hatte nur kurz aufgesehen und dann weitergemalt. Lächelnd ging Luise hinunter. Die Schatzkarte hatte Erinnerungen in ihr wachgerufen, die tief in ihr vergraben waren, weil sie unweigerlich mit einer Person verwoben waren. Mit ihrer Freundin Colette.

Bis jetzt hatte Luise sich nicht getraut, Colettes Koffer auszupacken. Scheu schien sie davon abzuhalten. Heute hatte sie das Gefühl, ihn öffnen zu können.

Ihre Tochter schlief tief und fest, und so holte Luise den braunen Koffer unter ihrem Bett hervor. Langsam entriegelte sie die Schnallen. Als sie den Lederdeckel anhob, befreite sich ein Duft aus seinem Gefängnis, der Luise die Tränen in die Augen trieb und den Deckel wieder zuklappen ließ.

Luise atmete ein paar Mal tief durch. Obwohl ihr Verstand ihr befahl, den Koffer wieder unter das Bett zu schieben, reagierten ihre Hände anders.

Erneut öffnete sie den Kofferdeckel, und diesmal klappte er gänzlich um, sodass Colettes Duft entweichen und sich im Raum frei entfalten konnte. Leichter Zitronenduft schwebte unsichtbar über ihr. Der Duft der Erinnerung hüllte sie ein. Luise schloss die Augen und sah das Gesicht ihrer Freundin vor sich. Trauer breitete sich in ihrem Herzen aus.

Im Moment schienen Düfte Luise zu verfolgen und ihre Gefühle durcheinanderzuwirbeln.

Joanna, Luises Haushälterin in Australien, hatte Colettes Kleidung ordentlich zusammengelegt und diese durch Lagen dünnen Papiers geschützt. Fast alle Kleidungsstücke hatte Joanna für ihre Töchter Rose und Denise nehmen dürfen, da diese die gleiche Größe wie Colette hatten. Nur zwei

Kleider wollte Luise behalten – erst noch. Das hellblaue, das Colette am ersten Abend in Australien angehabt hatte, und das haselnussbraune Taftkleid, das sie bei Luises Hochzeit getragen hatte.

Vorsichtig hob Luise die Kleider aus dem Koffer. Sie presste den Stoff an sich und sog den Duft ihrer Freundin ein. Nur mit Mühe konnte Luise die Tränen unterdrücken. Vorsichtig legte sie die Kleider auf ihre Bettdecke.

Unter der nächsten Lage Seidenpapier kam Colettes schwarzes Tagebuch zum Vorschein. Es war mit einer dünnen, grauen Kordel zusammengebunden. Luise nahm es mit zittrigen Fingern heraus. Schluchzend presste sie das Buch an ihre Brust und bewegte ihren Oberkörper schaukelnd hin und her. Bilderfetzen sprangen vor ihrem inneren Auge kreuz und quer. Colette beim Ausritt. Eine lachende, eine traurige Colette. Colette, wenn sie wütend in ihrer Muttersprache schimpfte. In Gedanken antwortete Luise ihrer Freundin.

Das Geschehene war für Luise noch immer unbegreiflich. Manchmal hoffte sie, dass Colette nur verschwunden war. Vielleicht irgendwo anders lebte. Doch die letzten Seiten ihres Tagebuches verstärkten Luises Befürchtungen.

Die Ungewissheit belastete sie sehr. Genauso die Verzweiflung, nicht erkannt zu haben, wie es um ihre Freundin wirklich stand. Obwohl Luise stets der Ansicht gewesen war, dass sie sich so nahe wie Schwestern waren, hatte sie anscheinend wenig von ihrer Freundin gewusst. Rein gar nichts von ihren Gefühlen, ihren Gedanken, Ängsten oder Sorgen. Aber auch die Erkenntnis, dass man einen Menschen niemals richtig kennen würde, egal, wie viel Zeit man mit ihm verbringt, oder einerlei, wie vertraut man war, erschreckte sie. Jeden Menschen umgab ein Geheimnis. Niemand war fähig, in die Gedanken des anderen zu schauen.

Luise legte das Buch neben die Kleider. Noch hatte sie keine Kraft, darin zu lesen.

Sie hob eine weitere Lage Papier hoch. Ein samtiger, blauer Beutel kam zum Vorschein und etwas, das in einem Stück Stoff eingewickelt war. Behutsam zog sie die blaue Kordel des Beutelchens auseinander und fasste hinein.

Colettes goldene Kette mit dem Rubinkreuz fühlte sich leicht in Luises hohler Hand an. Mit dem Zeigefinger der linken Hand zog sie die Kette auseinander und legte das Kreuz gerade auf ihre Handfläche. Es war die einzige Erinnerung, die Colette an ihre Mutter geblieben war. Luise vermutete, dass dies auch der Grund gewesen war, dass Colette die Kette zurückgelassen hatte. Kurz überlegte sie, dann öffnete sie den Verschluss und wollte sich die Kette umlegen. Mitten in der Bewegung hielt sie inne und sah zu ihrer Tochter. Sie verstaute die Kette wieder in dem Beutel und flüsterte dem schlafenden Kind zu: »Wenn du zehn Jahre alt wirst, werde ich dir die Kette geben. Ich weiß, dass Colette es so gewollt hätte.«

Das Säckchen legte sie neben das Tagebuch. Dann nahm sie das Stück Stoff und wickelte den Inhalt aus. Da war er! Der Grund, warum sie den Koffer geöffnet hatte.

Zuerst hatte sie befürchtet, dass Joanna ihn vielleicht übersehen haben könnte, da sie ihn für zu gewöhnlich hielt, aber zum Glück war dem nicht so. Sie hielt ihn in ihrer Hand: Colettes Kieselstein!

Luise setzte sich in den Ohrensessel am Fenster, betrachtete fast zärtlich den Stein und träumte sich zurück. Zurück in ihre Kindheit, in der alles unkompliziert gewesen war, in der nur bunte Farben ihre Welt beherrschten, in der Schwarz und Grau keinen Raum hatten.

Luise war damals zwölf Jahre alt gewesen, Colette zwei Jahre jünger. Sie hatten sich mit Kindern aus dem Dorf verabredet.

Michael, der Sohn des Müllers, hatte zu seinem neunten Geburtstag ein Piratenbuch geschenkt bekommen. Seit Tagen hatten die Kinder zusammengesessen, weil Michael ihnen aus diesem Buch vorgelesen hatte. Die Geschichte war so spannend gewesen, dass jeder stumm lauschte. Ob Junge oder Mädchen, jeder konnte die Piratenwelt leibhaftig vor sich sehen.

Die Kinder hatten sogar einzelne Szenen nachgespielt und sich aus dünnen Ästen Schwerter gebastelt. Ein ausrangiertes Sauerkrautfass hatte als Ausguck und vier Holzstämme als Piratenschiff gedient. Jeder war enttäuscht gewesen, als Michael die letzte Seite vorgelesen hatte, die mit dem Satz endete: »Jeder kann einen Piratenschatz finden, man muss nur daran glauben!«

»Was für ein doofer Satz! Wo sollen wir hier einen Schatz finden? Hier gibt es kein Wasser und keine Insel«, hatte der siebenjährige Peter gemault.

»Mais oui! Wir haben hier Wasser. Im Wald ist der Fluss«, hatte Colette aufgeregt erwidert und nicht bemerkt, dass sich dabei ihre französische Muttersprache wieder einschlich.

»So ein Blödsinn. Ein Fluss ist doch kein Meer. Außerdem, haben wir etwa eine Schatzkarte?«, hatte Michael nachgefragt.

»Nein, aber wir können selbst eine zeichnen«, hatte Stefan, der Cousin von Michael und der Älteste unter ihnen, gemeint.

Erstaunt hatten alle zu ihm gesehen. Zuerst zweifelnd, dann jedoch hatten sie sich mit strahlenden Augen angesehen, eifrig genickt und waren dann zu Luise nach Hause gelaufen, denn sie hatte viele bunte Stifte gehabt. Auf dem dicken Holztisch hatten sie einen großen Bogen Papier ausgebreitet, und da Luise am talentiertesten gewesen war, hatte sie zeichnen dürfen. Zuerst wurde die Fläche mit einer unregelmäßigen Linie eingekreist. Dann wurde auf der

181

Linie ein Punkt bestimmt, von dem aus man losgehen wollte.

»Es fehlen noch die Himmelsrichtungen«, hatte Stefan hingewiesen.

»Da drüben ist Süden«, hatte Luise bestimmend gesagt.

»Woher willst du das wissen?«, hatte Stefan zweifelnd gefragt.

»Weil da unsere Weinberge liegen und die Reben Sonne brauchen, du Dummkopf!«, hatte Luise kopfschüttelnd erklärt und hinzugefügt: »Das weiß doch jedes Kind.«

Stefan hatte sie böse angefunkelt, denn ihn so zurechtzuweisen, das durfte keiner wagen. Schon gar kein Mädchen! Schnell war jedoch sein Ärger verflogen, und die Kinder hatten sich wieder der eigentlichen Aufgabe gewidmet. Munter hatten sie gemalt und gezeichnet. Sie sollten einer gestrichelten Linie folgen, die sie zu einem Baum führte, an dem man zwanzig Schritte nach rechts gehen musste. An einem Felsen mussten sie nach Westen weitergehen, aber nur hundert Schritte ... So war es auf dem Blatt Papier kreuz und quer gegangen. Mitten in einem als Waldstück gekennzeichneten grünen Kreis wurde ein Totenkopf gemalt, denn da vermuteten sie den Schatz. Bevor es losgehen konnte, hatten sie sich mit Schaufeln und Spaten bewaffnet, denn solch ein Schatz war sicherlich tief im Erdreich vergraben. Bereits nach wenigen Metern Fußmarsch hatte es Streit gegeben. Jeder wollte vorneweg marschieren. Also musste ein Anführer gewählt werden. Daraufhin hatten die Buben angefangen zu streiten. Schließlich hatte sich jeder dazu berufen gefühlt, die Schatzsucher anzuführen. Stefan hatte wild mit seinem Holzschwert herumgefuchtelt: »Ich bin der Älteste von uns, und deshalb bin ich der Anführer! Außerdem, wer hört schon auf einen Hosenscheißer?« Dabei hatte er Michael provozierend angesehen und den Mädchen einen grimmigen Blick zugeworfen.

»Ha, da wollen wir mal sehen, wer hier der Hosenscheißer ist.« Zorn hatte in Michaels Augen aufgeblitzt. Er hatte
sich gerade auf Stefan stürzen wollen, als Luise sie unbeein-
druckt angesehen und gemeint hatte: »Ihr benehmt euch
wie Wickelkinder. Ich bin das älteste Mädchen und von
nun an eure Anführerin. Alle hören auf mein Kommando!«
Colette hatte damals mit erschrockenen Augen zu Luise gesehen, da sie ein lautes Donnerwetter von den Jungs erwartet hatte. Aber bevor diese gewusst hatten, was los gewesen
war, hatte Luise ihr erstes Kommando gegeben, und dies
hatte gelautet: »Abmarsch! Mir nach!«

Verdutzt hatten die Jungs sich angesehen, mit den Schultern gezuckt und waren murrend ihrer Anführerin hinter-
hergetrottet.

Sie waren genau ihrer Schatzkarte gefolgt, deren Angaben
natürlich in keiner Weise mit den Gegebenheiten der Umgebung übereingestimmt hatten. Aber die Kinder hatten es
passend gemacht. Anstatt zwanzig Schritte waren sie dreißig
gegangen, da der Baum dort gestanden hatte, den sie zur weiteren Wegbestimmung gebraucht hatten. Als sie an der Stelle angekommen waren, die mit einem Kreuz gekennzeichnet
gewesen war, konnte man ein gleichzeitiges enttäuschtes
Stöhnen hören. Der Piratenschatz war mitten in dem Flussbett! Zwar war das Wasser nicht tief, aber der Fluss zu breit.
Deshalb war es unmöglich gewesen, dort zu graben. Außerdem hatten überall Kieselsteine oder dicke Flusssteine gelegen. Dadurch hatten sie weder nach rechts noch links aus-
weichen können, wo es idealer gewesen wäre.

Enttäuscht hatten sich die Kinder auf dicke Findlinge gesetzt. Plötzlich hatte Peter, der Jüngste, gemeint: »Wenn
wir den Schatz nicht ausgraben können, dann kann es auch
kein anderer. Somit bekommt ihn auch kein anderer.«

Verblüfft hatten die anderen ihn angesehen.

»Du bist ein schlauer Kerl!«, hatte Luise anerkennend gemeint. »Lasst uns schwören, dass keiner von uns diese

Stelle oder unser Geheimnis verraten wird. Bei unserer Schatzsucherehre!«

Sie hatten die Hände übereinandergelegt und den Schwur wiederholt. Trotzdem war keiner glücklich gewesen. Außer Colette. Sie hatte im Flussbett unter all den Millionen Steinen einen Kieselstein gefunden – ihren Kieselstein. Diesen hatte sie zu ihrem Glücksstein ernannt, denn ihn durchzog ein grau-schwarzes Muster, das genau die Form ihrer Anfangsbuchstaben gehabt hatte: ein C für Colette und ein L für Lambert.

Seit diesem Tag hatte sie den Stein stets bei sich getragen. Nur nicht in der Stunde ihres Verschwindens. Sie hatte ihn auf ihrem Nachttisch zurückgelassen. Ebenso wie ihr schwarzes Tagebuch.

Luise blickte den Stein traurig an, dann drückte sie einen zarten Kuss auf die Oberfläche. Eine Träne tropfte auf das C, und Luise rieb sie mit ihrem Daumen weg. Sie legte ihren Kopf gegen die Kopfstütze des Sessels und trauerte leise. Colette fehlte ihr und in diesem Moment auch Duncan. Er hätte sie tröstend in den Arm genommen. So aber fühlte sich Luise als der einsamste Mensch auf der Welt. Nur das kleine Wesen in der Wiege gab ihrem Leben einen Sinn.

Nachdem Luise sich beruhigt hatte, wickelte sie den Kieselstein wieder in das Stück Stoff und legte ihn zu dem Goldkettchen in den Beutel. Auch dieses Erbstück wollte sie irgendwann einmal ihrer Tochter zeigen.

Bis dahin verstaute sie Colettes Sachen wieder in dem Lederkoffer und langsam klappte Luise den Deckel zu, verschloss die Schnallen und schob ihn wieder unter das Bett.

Die Uhr auf dem kleinen Nachttisch zeigte Luise vier Uhr mittags an. Noch drei Stunden bis zum Diner. Ihre Tochter würde sicher noch eine Weile schlafen. Luise schob den

184

Vorhang zur Seite und sah in den typisch grauen Himmel von London. Zum Glück regnete es nicht, aber es war auch keine Sonne zu sehen. Nur dicke graue Wolken.

Auch im Juli spuckten die Schornsteine dicken, dunklen Rauch in den Himmel. Luise sehnte sich nach der warmen Sonne Australiens. Dort war selbst der Winter mit Leichtigkeit zu ertragen. Hier in London war der Winter lang und der Sommer kurz. Hinzu kam der ewige Regen, der selbst dem Sommer seinen Reiz nahm. Doch es half nichts, Trübsal zu blasen. Sie würde den Rest des Tages im Haus verbringen müssen. Seit der Auseinandersetzung mit Mary vermied Luise das Zusammentreffen mit den Gibsons außerhalb der Essenszeiten. Wegen Marys seltsamer Ansicht über ihren ältesten Sohn war Luise sich nicht mehr sicher, ob sie Mary überhaupt noch mochte. Auch hatte sie ihre Meinung über Bill geändert. Ihrer Ansicht nach verschloss Bill seine Augen nur um des lieben Friedens willen. Außerdem spürte Luise eine stets angespannte Atmosphäre im Haus der Gibsons. Es fehlten das Lachen und die Unbeschwertheit von früher. Damals hatten Bill und Mary zwar wenig Geld gehabt, waren aber lebenslustig gewesen. Die einzigen Lichtblicke waren Jack und Jacky, obwohl es Luise seltsam vorkam, dass nie fremde Kinder zum Spielen da waren. Auch Gäste wurden nicht eingeladen. Die Familie lebte abgeschirmt. Ebenso die Sache mit dem Dachboden, die Bill anders dargestellt hatte, als Luise sie kannte, gab ihr Anlass zu grübeln. Irgendetwas schien hier nicht zu stimmen. Nur hatte Luise keine Ahnung, was es sein könnte.

Ihr Blick schweifte nochmals zur Uhr. Fünf Minuten nach vier. Die Zeit schien heute zu kriechen. Zum Glück fielen ihr die Zeitungen ein, die sie vom Dachboden mitgenommen hatte. Es waren fünf Ausgaben mit verschiedenen Daten. Sie schlug die Zeitung ältesten Datums auf, das schon fast ein Jahr zurücklag. Die großen Buchstaben der Titelseite sprangen ihr entgegen:

Wieder wertvolle Kunstsammlung gestohlen

Und kleiner darunter:

*Richter Shepard erlitt daraufhin einen tödlichen
Herzinfarkt*

Luise überflog den Artikel, einen ganz normalen Bericht
über einen Diebstahl. Auch in dem Mittelteil war nichts
Aufregendes zu lesen. Nur übliche Mitteilungen und allge-
meine, politische Informationen. Sie legte die Zeitung zur
Seite und nahm sich die nächste vor, die eine Woche jünger
war. Auch hier eine ähnliche Schlagzeile:

Kunsträuber haben wieder zugeschlagen!

Auch nichts Außergewöhnliches. Schließlich war London
eine große Stadt, wo es eher ungewöhnlich wäre, wenn die
Tage friedlich verliefen. Auch dieser Bericht war nicht auf-
regend, selbst der Satz:

*»... weiß man nicht genau, ob der Überfall der letzten Wo-
che in Zusammenhang mit diesem Überfall stehen könnte ...«*
war nicht ungewöhnlich, schließlich lagen die Einbrüche
nur knapp eine Woche auseinander. Der übrige Inhalt der
Zeitung war für Luise eher uninteressant.

Sie blätterte wieder zurück und überflog nochmals den
Leitartikel, als ihr Blick an dem Namen des Geschädigten
hängen blieb: *Richter Christopher Becks.* Anscheinend wurden damals Richter bevorzugt. Diese Herren schienen viel
Geld zu haben, da die gestohlenen Gegenstände mehrere
hundert Pfund wert gewesen waren. Gelangweilt griff Luise
zur nächsten Zeitung, und wieder war die Überschrift fast
identisch mit den ersten beiden. Sie sah auf das Datum. Fall
drei war nur zwei Tage jünger als Fall zwei, und somit lagen
weniger als zwei Wochen zwischen dem ersten und dem
dritten Fall.

Polizei steht Kopf!
Wieder Überfall auf einen Richter!

Diesmal las Luise den Artikel sorgfältiger.

»... geht man davon aus, dass es sich bei den drei Überfällen um die gleiche Bande handelte ... Zumal es sich um große Kunstkenner handeln muss, da die Diebe sich gezielt Objekte und Opfer aussuchen. Zudem ist auffallend, dass alle Geschädigte mit der Justiz zu tun haben ... die Opfer setzen eine Belohnung von 250 Pfund aus für Hinweise, die zur Ergreifung der Einbrecher führen.«

Luise wusste nicht, was sie davon halte sollte. Jedenfalls schienen die Diebstähle interessanter als außenpolitische Ereignisse zu sein. Diese waren erst im Mittelteil nachzulesen. So zum Beispiel auch die Mitteilung, dass es der Zarin von Russland, Katharina der Großen, gelungen war, durch die zweite polnische Teilung einen Gebietszuwachs für ihr Land zu erreichen.

Luise las den Artikel zur Hälfte durch, klappte dann die Zeitung zu und legte sie zu den anderen. Ein Geräusch aus der Wiege forderte ihre Aufmerksamkeit. Ihre Tochter sah sie an. Als Luise sich über das Kind beugte, erstrahlte ein zahnloses Lächeln im Gesicht des Mädchens.

»Warum soll ich mir Gedanken um die Zarin von Russland und gestohlene Bilder machen, wenn ich die schönste Tochter auf Erden habe?«, fragte Luise lachend und hob das Mädchen über ihren Kopf. Dieses fing an zu juchzen und griff in die Haarpracht ihrer Mutter. »Aua, mein Schatz, das tut weh«, lachte Luise und löste vorsichtig die kleinen Händchen von den Haarsträhnen. Dann setzte sie sich in den Ohrensessel und stillte ihr Kind. Voller Liebe schaute Luise ihre Tochter an. »Du bist ein Geschenk des Himmels«, flüsterte sie.

Als das Mädchen satt war, ging sie mit ihm auf dem Arm hinauf zu den Zwillingen. Sogleich kam Jacky und fragte, ob sie das Baby halten dürfte. Luise zeigte ihr, wie sie es richtig auf dem Arm hielt, und setzte sich dann zu Jack an den Tisch.

»Schau, Tante Luise, hier ist ein Schatz vergraben, und morgen Früh werden wir ihn mit Daddy ausbuddeln.«

»Darf ich mitkommen?«, fragte Luise den Jungen.

»Du bist doch eine Frau«, meinte der Vierjährige empört. »Normalerweise gehen Frauen nicht auf Schatzsuche. Nur meine Schwester darf das, denn wir sind Zwillinge.«

»Na, dann will ich euch eine Geschichte erzählen«, sagte Luise, die sich ein Lachen kaum verkneifen konnte. Sie nahm Jacky das Kind wieder ab, da ›Floh‹ einschlief. »Ich bringe das Baby nur in sein Bettchen, dann erzähle ich euch eine spannende Geschichte von einem Piratenschatz.«

Keine fünf Minuten später saß Luise bei den Zwillingen und begeisterte beide mit ihrer Erzählung. Als sie zu Ende erzählt hatte, saß Jack zwar mit hochroten Backen, aber enttäuschtem Blick vor Luise. »Ihr habt niemals den Schatz ausgegraben?«

Luise schüttelte den Kopf.

»Aber Colette hat doch ihren Schatz gefunden«, meinte seine Schwester. »Stell dir vor, Jack: ein Stein mit ihren Anfangsbuchstaben.«

»Pah, ein Stein ist ein Stein. Egal, welcher Buchstabe daraufsteht«, meinte Jack abfällig. »Ich will einen richtigen Schatz finden. Deshalb male ich mir jetzt eine zweite Schatzkarte. Wenn mein Schatz auch im Wasser liegt, dann nehme ich die zweite Karte.«

Seufzend hob Jacky die Schultern, sah verschwörerisch zu Luise und flüsterte: »Mir würde ein Stein reichen.«

Nach dem Abendessen, als die Kinder im Bett lagen, saßen die Erwachsenen bei einem Glas Sherry im Salon. Eigentlich hatte Luise dazu keine Lust gehabt, aber sie konnte sich nicht jeden Abend sofort nach dem Diner zurückziehen.

Das Beisammensitzen hatte den bitteren Beigeschmack einer Pflichtübung. Niemand redete. Alle blickten stur in die Flammen des Kaminfeuers.

Um die Stille zu durchbrechen, sagte Luise: »Ich habe gehört, dass es in dem letzten Jahr mehrere Einbrüche in London gegeben hat. Wisst ihr Näheres?«

Mary verschluckte sich am Sherry und bekam einen Hustenanfall. Bill klopfte ihr vorsichtig auf den Rücken.

»Wie kommst du darauf, dass wir darüber etwas wissen könnten? Wer erzählt dir überhaupt so etwas?«, fragte Bill unwirsch.

Sein aggressiver Ton ließ Luise aufhorchen. Sie würde sich hüten, ihm zu gestehen, dass sie es in den Zeitungen gelesen hatte, die sie von dem ordentlich geputzten Speicher entwendet hatte. Deshalb log sie: »Ich habe es durch Zufall gehört. Als ich in der Post warten musste, haben sich hinter mir zwei Herren darüber unterhalten …« Mehr konnte Luise nicht sagen, denn ein Geräusch schreckte sie hoch.

»Was war das?« Mit weit aufgerissenen Augen sah Mary ihren Mann ängstlich an.

Bill legte den Arm um sie und flüsterte Worte, die Luise nicht verstehen konnte. »Ich sehe mal nach«, sagte sie, ohne sich dabei etwas zu denken, doch wieder fuhr Bill sie grob an: »Das mache ich«, und er verließ das Zimmer.

Luise hörte die Treppenstufe im dritten Stock knarren. »Das Geräusch kam doch von hier. Aus dem Erdgeschoss. Wieso geht Bill nach oben?«, fragte Luise irritiert.

Mary antwortete nicht, sondern sah sie voller Panik und mit ablehnender Haltung an. Verstört schaute Luise wieder in das Kaminfeuer. Eine Viertelstunde verging, ohne dass etwas geschah. Die Atmosphäre im Raum, die schweigende Mary und deren stumme Anklage machten Luise von Minute zu Minute nervöser. Schließlich sagte sie: »Ich schaue nach Bill«, und stand im selben Moment auf. Kurz streifte Luises Blick Mary. Diese schien etwas sagen zu wollen, ließ es dann aber sein. Luise trat hinaus in den Flur und ging in den Eingangsbereich. Da sie die Kinder nicht wecken wollte, rief sie leise Bills Name. Doch selbst der schwache Klang ihrer Stimme war unheimlich in der Empfangshalle. Der Marmor an Wänden und Boden reflektierte ihre Stimme, was gespenstig wirkte.

Luises Hand lag auf dem vergoldeten Geländer der Treppe, als sie in ihren Bewegungen stockte. Um sich konzentrieren zu können, schloss sie für ein paar Sekunden die Augen. Als sie diese wieder öffnete, hatte sie Gewissheit. Ihre Hände wurden feucht und zitterten leicht. Eisige Kälte kroch schleichend ihren Körper hinauf. Ja, da war er wieder: der Geruch, der sie bis in ihre Träume verfolgte. Der Erinnerungen in ihr wachrief, die sie aber nicht einzuordnen wusste. Von dem sie, wenn sie morgens aufwachte, nie wusste, ob er wirklich in der Luft ihres Zimmers hing. Der Geruch, der ihre Nase in die Irre führte. Nun war das Treppenhaus von ihm ausgefüllt. Woher kam er?

Luise raffte ihren Rock und ging langsam Stufe für Stufe hinauf. Um Lärm zu vermeiden, setzte sie vorsichtig einen Fuß vor den anderen. Schummrig erhellte eine kleine Lampe den Gang. Luise schnupperte den Korridor entlang, doch der Geruch verlor sich bereits vor der ersten Tür. Sie ging zurück zum Treppenaufgang. Unverkennbar roch es hier stärker. Luise hatte das Gefühl, dass er aus der dritten Etage nach unten zu strömen schien. Was war hier los? Luise stieg die Treppe weiter hinauf in die Dunkelheit. Wie bei ihrem ersten Besuch im obersten Stockwerk knarrte die Stufe. Vor Schreck hielt sie die Luft an. Als ihr Herzschlag sich beruhigt hatte, ging sie langsam weiter. Kein Licht erhellte den Gang. Hier waren nur der Duft und sie.

Vorsichtig bewegte sie sich an der Wand entlang. Plötzlich konnte Luise zwei Stimmen hören, die vom Dachboden kamen. Mit der Wand als Schutz in ihrem Rücken schlich sie zu der steilen Holztreppe. Unerwartet stand Bill im Dunkeln vor ihr. Luise konnte einen Schrei nicht unterdrücken.

»Was machst du hier oben?«, wollte er wissen. Im Gegensatz zu vorher war seine Stimme nun freundlich.

»Ich habe mir Sorgen gemacht.«

»Das brauchst du nicht. Es ist alles in Ordnung. Lass uns wieder nach unten gehen.« Er ergriff ihren Unterarm und zwang sie so, ihm zu folgen.

Sie sah noch einmal zurück und sagte: »Ich habe Stimmen gehört. Wer ist da oben?«

»Niemand. Du musst dich irren.«

»Wer hat das Geräusch verursacht?«, fragte sie beharrlich weiter. Er zögerte einen Moment, dann antwortete er: »Aladin!«

»Aladin? Die Katze?«, fragte sie zweifelnd.

»Ja, die Katze hat den Regenschirmständer umgerannt.«

»Bill, ich glaube dir nicht. Außerdem kann ich einen Duft wahrnehmen, der vorhin noch nicht da war. Also, jetzt sag mir bitte die Wahrheit. Wer ist hier oben?«

»Ich habe die Katze gerufen und dabei meine Stimme verstellt. Wahrscheinlich hast du deshalb gedacht, dass da noch jemand ist. Der Duft, von dem du redest, ist mein neues Rasierwasser. Es stand auf dem kleinen Tischchen in unserem Korridor. Aladin hat es ebenfalls umgeschmissen. Dadurch ist etwas auf dem Teppich getropft. Ich hoffe, dass sich der Geruch schnell verflüchtigt. Ich habe vergessen, den Flakon ins Bad zu bringen.« Wie ein kleiner Junge zuckte er hilflos mit den Schultern.

191

Luise hätte ihm beinahe geglaubt. Aber dort, wo das Tischchen stand, hatte sie vorher nichts gerochen. Wenn die Flasche tatsächlich dort ausgelaufen wäre, hätte der Duft dort stärker sein müssen. Luise war sich sicher, dass Bill log. Aber warum? Als sie wieder im Parterre waren, verabschiedete sie sich deshalb rasch: »Ich gehe zu Bett. Gute Nacht, Bill.«

Fast erleichtert wünschte auch er ihr eine gute Nacht.

Luise schlief schlecht. Immer wieder fuhr sie schreckhaft aus ihren Träumen auf. Ängstlich blickt sie zur Tür, ob sie auch die Truhe davorgeschoben hatte. Im schwachen Licht des Mondes, der durch die Fenster fiel, konnte sie die Kiste vor der Zimmertür erkennen. Es war schon zu einem allabendlichen Ritual geworden. Bevor sie zu Bett ging, schaute sie unter dem Bett und im Schrank nach, ob sich dort jemand versteckt hatte. Anschließend schob sie die Holztruhe vor die Tür und schloss die Tür ab. Den Schlüssel steckte sie quer. Erst dann fühlte sie sich in ihrem Zimmer sicher.

Beruhigt klopfte Luise ihr Kissen zurecht. Schnell schlief sie wieder ein. Sie hatte das Gefühl, nur Minuten geschlafen zu haben, als sie im Unterbewusstsein spürte, dass irgendetwas nicht stimmte. Mit ängstlichem Herzklopfen öffnete sie langsam die Augen. Sie traute sich kaum zu atmen. Ihre Sinne waren schlagartig hellwach und verrieten ihr, was los war. Der Duft! Er war wieder da und hatte sich in ihrem Zimmer ausgebreitet. Süß und schwer lag er im Raum. Als ob er die Luft zum Atmen verdrängen wollte. Panik breitete sich in ihr aus. Sie spürte, dass da noch jemand war. Sie war nicht mehr allein im Raum. Was sollte sie tun? Sie hatte keine Waffe. Nichts, womit sie sich hätte verteidigen können.

Ihre Tochter! Sie musste ihr Kind zu sich holen. Vorsichtig drehte sie den Kopf zur Wiege. Das Knistern des Leinens an ihrem Ohr empfand sie als so laut und störend, als ob Glas aneinanderrieb. Vor Schreck weiteten sich ihre Augen. Das Mädchen lag nicht mehr in seinem Bettchen. Ohne weiter nachzudenken, warf Luise die Decke zurück, sprang aus dem Bett und ergriff den Kerzenständer, der auf ihrem Nachttisch stand.

»Wer ist hier? Wo ist mein Kind? Was wollen Sie von mir?«, schrie sie in die Dunkelheit.

»Pssst!«, hörte sie aus der Ecke, wo ihr Ohrensessel stand.

Sie wendete den Kopf und erkannte schemenhaft eine im Sessel sitzende Gestalt.

»Wo ist meine Tochter?«, fragte sie nochmals, nun aber mit verhaltener Stimme.

»Luise, bitte, hab' keine Angst.«

Die Stimme! Sie kannte diese Stimme. Schlief sie etwa noch? Das konnte doch nicht sein. Ja, sie musste einen Wachtraum haben. Sicherlich lag sie noch in ihrem warmen Bett, und ihr Kind schlief tief und fest. Wieder sah sie zum Bettchen. Es war leer.

»Luise, deiner Tochter geht es gut. Ich habe sie hier bei mir.«

»Geben Sie mir mein Kind. Bitte!«, presste sie zwischen den Zähnen hervor. Sie zitterte am ganzen Körper. Nur die Angst um ihre Tochter verhinderte, dass sie in Ohnmacht fiel.

Der Fremde machte jedoch keine Anstalten, ihr das Baby zurückzugeben.

»Lass sie noch ein Weilchen bei mir. Es fühlt sich so wunderbar an. Wie damals bei Emily … Hab' keine Angst, Luise. Ich will ihr nichts Böses.«

»Wer sind Sie?«, wisperte sie.

Der Fremde drehte seinen Kopf in ihre Richtung. Aber er saß im Dunkeln, sodass sie nur undeutlich seine Umrisse erkennen konnte.

193

»Hast du mich wirklich nicht erkannt?«

Zögerlich schüttelte sie den Kopf, wusste aber nicht, ob er es sehen konnte. Dann, nach einer Weile des Schweigens, fragte sie: »Wie sind Sie in mein Zimmer gekommen? Und warum? Was wollen Sie von mir?«

»Durch die Tür. Wie sonst?«

»Sie lügen! Das kann nicht sein.«

Entrüstet sah sie zur Tür. Doch die Truhe, die dort hätte stehen müssen, stand an ihrem Platz in der Ecke hinter der Tür. Auch der Schlüssel steckte nicht quer, sondern senkrecht. Hatte sie etwa nur geträumt, dass sie ihr abendliches Ritual vollzogen hatte? Ungläubig schüttelte sie den Kopf und versuchte sich zu erinnern. Jedoch nahmen zu viele Fragen ihre Gedanken gefangen, sodass sie sich nicht konzentrieren konnte.

»Ich zähle bis drei. Wenn Sie mir dann nicht meine Tochter geben, schreie ich so laut, dass es die ganze Straße hört«, drohte sie und musste aufpassen, dass das Aufeinanderklappern ihrer Zähne ihre Angst nicht verriet.

Der Fremde schien davon wenig beeindruckt zu sein. Ein leises: »Tzz, tzz!« war zu hören. Luise glaubte sogar, dass er verhalten dabei lachte. »Luise, Luise, was soll ich darauf sagen? Deine Tochter hat geschrien, als ich im Salon war. Du warst anscheinend so übermüdet, dass du sie nicht gehört hast. Du hast auch mein Klopfen nicht gehört. Deshalb bin ich einfach eingetreten und habe sie auf den Arm genommen. Sie hat sich schnell beruhigt und ist wieder eingeschlafen, sodass es keinen Grund gab, dich zu wecken.«

Luise erinnerte sich an den Tag zurück, als ›Floh‹ schon einmal geweint und sie ihre Tochter erst nach Minuten gehört hatte. So konnte es auch diesmal gewesen sein. Oder log der Mann? Sie rieb sich die Stirn. »Herrgott, ich verliere meinen Verstand«, flüsterte sie. Luise wandte sich wieder der fremden Gestalt zu. Sie kannte die Stimme, auch wenn sie heute müde klang, nicht so kraftvoll wie früher. Aber das konnte nicht sein, denn diese Stimme gehörte einem Freund. Einem Freund, der beerdigt auf dem Friedhof von London lag. Einem guten Freund, dessen Grab sie vor kurzem besucht hatte.

»Und, weißt du nun, wer ich bin?« Der Fremde schien sie scharf zu beobachten. Ihre Gedanken zu erahnen.

Stumm sah sie zu ihm. Ihre Tochter bewegte sich. Luise wollte aufspringen, doch das Kind schmiegte sich nur in die Armbeuge des Mannes und schlief weiter.

»Sie ist ein bildhübsches Kind. Ich glaube, sie gleicht ihrem Vater. Habe ich Recht?«

»Kennen Sie ihren Vater?«, fragte Luise nur, um etwas zu sagen.

Als Antwort hörte sie ein zynisches, verhaltenes Lachen. »Luise, Luise, frag mich doch einfach, ob ich der bin, der in deinem Kopf rumschwirrt.«

»Ich kann nicht. Es ist absurd. Es kann nicht sein. Er ist tot«, flüsterte sie.

Seine Stimme wurde eine Spur aggressiv: »Vielleicht bin ich von den Toten auferstanden. Unser Heiland konnte es. Also warum nicht auch ich?«

Luise traute sich nicht. Doch seine Stimme zwang sie. Deshalb wagte sie, die Frage zu stellen: »Bist du es wirklich, Jack?«

Ein freudloses Lachen erklang. »Na endlich, Luise. Ich dachte schon, du würdest nie fragen. Ja, ich bin es. Der alte Jack Horan. Dessen Gebeine in der Erde verfaulen sollten.«

»Wie kann das sein?« Luises Stimme klang schockiert. Sie wollte nicht glauben, was sie erlebte. Sie kniff sich in den Arm. So, wie sie es als Kind getan hatte, wenn die Geschenke unter dem Weihnachtsbaum gelegen hatten und sie Angst gehabt hatte, alles nur zu träumen. Sie drückte so fest zu, bis es wehtat. Doch der Fremde blieb. Langsam kroch Freude in ihr hoch. Jack! Jack Horan lebte!

195

»Jack!«, flüsterte sie und wollte zu ihm, als er seine Hand hob und sie vom Näherkommen abhielt. »Was hast du? Darf ich einen Freund nicht umarmen?«

Er wandte sein Gesicht ab, obwohl es immer noch im Dunkeln lag. »Ich habe mich verändert, Luise. Es wird dich erschrecken.«

»Warum? Verändern wir uns nicht alle?«

»Du verstehst nicht, Luise. Damals im Gefängnis … man hat mir mein Gesicht zerstört«, erzählte er stockend.

»Ich verstehe nicht. Wer hat dein Gesicht zerstört? Was heißt das?«

Er schaukelte das Kind zärtlich in seinen Armen. Als er endlich antwortete, spürte sie, dass es ihn Überwindung kostete, darüber zu sprechen. Da sie ihre Tochter nicht in Gefahr wusste, setzte sie sich an das Fußende des Bettes und hörte aufmerksam zu.

»Damals, nachdem Duncan, Colette und du nach Australien abgereist seid, setzte eine Welle der Verhaftungen ein. Duncan und ich hatten bereits vermutet, dass Steel einen Maulwurf in unsere Organisation eingeschleust hatte. Dieser war nur ein unbedeutendes Licht in der ›Weißen Feder‹ und konnte nicht viel verraten. Trotzdem hat dieser Mistkerl acht unserer Mitglieder ans Messer geliefert. Unter der Folter muss mein Name gefallen sein. Zum Glück nur in einem lapidaren Zusammenhang. Er war nicht stichhaltig genug, um mich zu verurteilen. Aber es genügte, um mich zwei Wochen einzusperren. Steel war wie besessen davon, mir ein Geständnis zu entlocken. Als er merkte, dass ich nichts preisgeben würde, brachte er mich zu seinen Folterknechten. Und die haben mir ein neues Aussehen verpasst …«

Er sah auf das Kind. Das Mondlicht schien nun direkt in das Zimmer, sodass Luise ihn klarer, wenn auch immer noch nicht deutlich erkennen konnte. Sie erschrak. Sein Gesicht war durch eine Art Maske vom linken Mundwinkel bis zum

Haaransatz verdeckt. Ein schwarzer Handschuh streichelte zitternd über die Händchen ihres Kindes, die zu kleinen Fäusten geballt waren.

Zögernd flüsterte er: »Sie haben meine linke Gesichtshälfte entstellt und meine rechte Hand verkrüppelt. Mein Bein haben sie mir gebrochen, sodass ich nur noch mit Mühe laufen kann. Die Schmerzen sind kaum zu ertragen. Wie du weißt, ist mein Leibarzt nicht mehr erreichbar.« Bitterkeit war aus seiner Stimme zu hören.

»Das tut mir Leid, Jack. Aber du lebst. Allein das zählt.«

»Nein, dass tue ich nicht. Nicht für die Welt da draußen. Die hält mich für tot. Das muss sie auch, sonst würden sie mich jagen und an den Galgen bringen«, presste er wütend hervor.

»Jack, ich kann dir nicht folgen.«

»Luise, ich werde es dir erklären, aber nicht jetzt. Ich kann nicht länger bleiben. Morgen … lass uns morgen darüber reden. Dann musst du mir auch alles über dich und Duncan erzählen. Schlaf jetzt wieder. Es ist noch nicht einmal Mitternacht.« Seine Stimme klang nervös.

Behutsam legte Horan das Kind zurück in die Wiege. Beim Gehen zog er sein Bein nach. Er blickte sich nicht mehr um, als er die Tür schloss.

Luise sah ihm verwirrt hinterher. Der Duft hatte sich genauso verflüchtigt wie Jack Horan. Was hatte das alles zu bedeuten? Und welche Rolle spielten Mary und Bill dabei? Luise war erschöpft. Kurz nachdem sie sich wieder in ihr Bett gelegt hatte, schlief sie, bis der Morgen anbrach.

Beim gemeinsamen Frühstück in der Küche herrschte eine angespannte Atmosphäre. Die Zwillinge schienen davon nichts mitzubekommen. Sie waren zu aufgeregt, denn heute sollte die Schatzsuche stattfinden. Keine zwei Minuten hielten sie still. Sie schaukelten auf dem Stuhl, verschütteten ihre Milch und stritten um ein Stück Brot. Normalerweise hätte Mary längst mit ihnen geschimpft, doch sie schien nichts davon mitzubekommen. Gedankenverloren hielt sie ihre Tasse Tee in beiden Händen, als ob sie sich die Finger wärmen wollte. Dabei blickte sie starr auf den Tisch. Luises Blick wanderte zwischen Bill und seiner Frau hin und her. Bill schien zu ahnen, dass Luise ein klärendes Gespräch verlangte, denn er wich ihren Blicken aus. Nervös fuhr er sich immer wieder durch den roten Bart und sah dem Spiel der Zwillinge zu. Die Stimmung war wie vor einem Gewitter. Endlich hatten die Kinder ihr Frühstück beendet und wollten losgehen. Bill sah auf. Sein Blick kreuzte Marys und Luises. Alle drei deuteten stumm dasselbe an: »Wir müssen reden!«

Mary stand auf, nahm den Korb mit getrocknetem Brot und legte Karotten und zwei Äpfel dazu. Dann holte sie die Jacken der Kinder und half ihnen, sich anzuziehen. In einem ungewohnten, fast liebevollen Ton sagte sie zu den Zwillingen: »Wir Erwachsenen müssen noch etwas besprechen. Ihr dürft deshalb in den Stall gehen und die Pferde füttern. Mike ist auch dort. Vielleicht könnt ihr ihm helfen.«

Zweifelnd sah ihr Sohn sie an. »Und wann gehen wir den Schatz suchen?«

»Etwas später. Wenn die Sonne das Gras getrocknet hat«, meinte Bill und zwinkerte Jack verschwörerisch zu.

Zufrieden mit der Antwort, nahm der Junge den Korb. Seine Schwester half ihm tragen. Lachend gingen sie zum Stall.

Als die Kinder das Haus verlassen hatten, füllte Mary wortlos die Tassen mit heißem Tee. Luise fing einen Blick zwischen dem Ehepaar auf. Er war voller Liebe, aber auch voller Sorge. Die Spannung, die noch vor Minuten den Raum beherrscht hatte, schien verflogen. Erleichterung breitete sich aus.

»Ich bin froh, dass du es endlich weißt«, begann Bill.

»Warum habt ihr es mir nicht sofort gesagt, als ich hier eingezogen bin?«

»Als wir dich in das Haus einluden, war er nicht da. Er war unterwegs. Ich habe dich spontan gebeten zu bleiben. Aus Dankbarkeit für alles, was du für uns getan hast. Ich habe nicht darüber nachgedacht, was es für uns bedeuten könnte. Als er zurückkam, haben wir es ihm zuerst verschwiegen. Wir hatten Angst vor der Konsequenz. Doch er hatte dich auf dem Friedhof gesehen. An dem Wochenende, als wir meinen Bruder besuchten, war er hier im Haus ...«

»Ihr habt davon gewusst? Ich habe Höllenängste ausgestanden. Ich traute mich nicht, es euch zu sagen. Ich glaubte schon, verrückt zu werden, denn ich war mir irgendwann nicht mehr sicher, ob tatsächlich jemand hier gewesen war«, warf Luise ihnen ungehalten vor.

Beide nickten und sahen Luise um Entschuldigung heischend an. »Er wollte nicht, dass wir mit dir darüber sprechen. Auch für uns war es schrecklich. Als wir die Wiege vom Speicher holten, hatte er bereits auf uns gewartet. Er tobte, als ich ihm vorschlug, dir alles zu erzählen. Ich habe ihn noch nie so wütend erlebt. Wahrscheinlich hat das ... das Medikament nicht mehr gewirkt. Letzte Nacht überlegte er es sich anders und wollte dir persönlich alles erzählen. Doch dann bekam er starke Schmerzen. Also ging er wieder und riss dabei den Ständer um. Es war nicht die Katze.«

»... und du besitzt auch kein neues Rasierwasser«, fügte Luise lächelnd hinzu.

Bill grinste: »Ich habe doch wirklich schnell reagiert.«

»Warum hattet ihr solche Angst vor ihm? Jack könnte doch niemandem etwas zuleide tun. Nimmt er Medikamente gegen die Schmerzen?«

Bill räusperte sich. Mary schaute erschrocken wie immer, wenn Luise eine Frage stellte, die ihr unangenehm war.

»Ist da noch ein Geheimnis, das ich nicht wissen darf?«

Mary sah ihren Mann flehend an, doch er erklärte: »Es wäre uns lieber, wenn Mr. Horan dir alles erzählen würde. Heute Abend will er hier mit dir das Diner einnehmen. Dann wird er dir deine Fragen beantworten.«

Jacky kam hereingelaufen und sagte zu ihrem Vater: »Daddy, die Sonne hat das Gras getrocknet. Wir können jetzt endlich gehen.«

Freude blitzte in Bills Augen auf. Er nahm den Beutel mit dem Proviant und meinte zu Mary: »Vielleicht erklärst du Luise, warum wir ihr nichts erzählt haben.«

»Bill!«, rief sie ihm hinterher, doch er war bereits durch die Tür in den Garten getreten und hörte sie nicht mehr.

Luise sah abwartend zu Mary. Seufzend meinte diese: »Ich werde dem Ganzen nichts hinzufügen. Wir warten ab, was dir Mr. Horan erzählt.« Luise gab sich damit nicht zufrieden und wollte etwas erwidern, als Mary genauso abweisend wie sonst sagte: »Meine Güte, Luise, du wirst dich bis heute Abend gedulden müssen.« Dann stand auch sie auf und ging in den Garten.

Luise blickte ihr durch das kleine Fenster in der Tür hinterher. Mary ging in den Nutzgarten und sah nach den ersten grünen Trieben.

Luise atmete tief durch. Sie wusste nicht, was sie von all dem halten sollte. Im Grunde war sie jetzt genauso schlau wie in der letzten Nacht. Bill und Mary hatten ihr nichts verraten. Weder, warum Jack aus seiner Existenz ein Geheimnis machte, noch, warum die Gibsons so verschwiegen und ängstlich waren. Irgendein Rätsel gab es hier. Luise hoffte, dass sie es beim gemeinsamen Essen heute Abend lösen würde.

Am Nachmittag war Luise mit ihrer Tochter spazieren gegangen. Zuerst hatte sie Mary in der Küche ihre Hilfe beim
Zubereiten des Diners angeboten. Doch diese hatte brüsk
abgelehnt. Als Luise ihr dann sagte, dass sie mit dem Kind
hinausgehen wollte, hatte sie Mary die Erleichterung ansehen können.

Nach ihrer Rückkehr badete Luise die Kleine. Die frische Luft hatte ›Floh‹ gut getan. Satt und zufrieden lag sie
mit geröteten Wangen in ihrem Bettchen und schlief rasch
ein.

Mit Sorgfalt bürstete Luise ihr Haar, bis es goldglänzend
in weichen Locken über ihre Schultern fiel. Sie wählte ein
taubenblaues Kleid, das ihre Augenfarbe betonte. Als sie
die ohnehin schon sanft gebogenen Wimpern mit einer kleinen Bürste bearbeitete, hielt sie einen Moment in der Bewegung inne. Für wen machte sie sich hübsch? Für einen
Mann, der ihr Freund war oder gewesen war? Jack hatte
nur wenige Worte mit ihr gesprochen, doch sie hatte gespürt, dass er nicht mehr derselbe war. Konnten Verletzungen einen Menschen derart verändern? Warum hatte die
Gerüchteküche gesagt, dass man ihn getötet hätte? Warum
hatte Steel sie in dem Glauben gelassen, dass Jack tot sei,
wenn es nicht stimmte? Luise konnte kaum abwarten, Jack
ihre Fragen zu stellen.

Ach, wenn doch nur Duncan schon da wäre, dachte
sie.

Als sie ihre Lippen nachzog, ließ sie nachdenklich ihre
Hand sinken. Mehrfach am Tag hatte sie sich gefragt, ob sie
sich freute, Jack heute Abend zu treffen. Doch sie hatte
keine Antwort gefunden. Natürlich war sie glücklich, dass
er noch lebte. Allerdings fehlte das freudige Gefühl in der
Magengegend. Vielleicht war sie von den Andeutungen und
Geheimnissen, die mit seiner Person verbunden waren, zu
sehr verwirrt? Er selbst und die Gibsons hinderten sie daran, sich vorbehaltlos zu freuen. Sie beendete ihr Schmin-

201

ken und strich das Kleid glatt. Dann sah sie nochmals zu ihrer Tochter. Im Schlaf nuckelte die Kleine am Däumchen. Jack Horan lebte, und das allein war wichtig. Ja, sie freute sich auf Jack.

Mit einem glücklichen Lächeln auf den Lippen ging Luise hinunter in das Esszimmer. Nur wenige Kerzen brannten in dem Raum. Das meiste Licht spendete das Kaminfeuer. Der Esstisch war auf seine gesamte Länge ausgezogen, sodass eine gewisse Distanz zwischen den Gesprächspartnern herrschte. Zumal in der Mitte des Tisches ein fünfarmiger Silberleuchter stand, der die Sicht versperrte. Sicherlich hatte Jack diese Anordnung gewollt, um ihr seinen Anblick zu ersparen, dachte Luise.

Die Tafel war nur für zwei Personen gedeckt worden. Das Porzellan mit dem feinen Goldrand, die weiße Leinentischdecke, die geschliffenen Kristallgläser zeugten von ausgesuchter Eleganz. Das Kaminfeuer zauberte flackernden Lichtschein auf die Dekoration.

Plötzlich stand Bill hinter ihr. Mit seiner ausdruckslosen Miene, dem schwarzen Anzug und den weißen Handschuhen wirkte er wie ein Diener. Tatsächlich war er an diesem Abend zu einem solchen geworden. Schweigend führte er Luise zu ihrem Platz und schob ihr den Stuhl zurecht. Kaum saß sie, grüßte Jack vom anderen Ende des Tisches: »Guten Abend, Luise.«

»Jack, ich habe dich nicht kommen hören. Guten Abend.« Luise versuchte, seitlich am Kerzenständer vorbeizuschauen, was aber unmöglich war. Zugleich wurde der erste Gang serviert. Wortlos und in formvollendeter Diskretion stellte Bill die Gemüsesuppe vor Luise. Als Getränke wurden Wasser und ein leichter Weißwein gereicht. Da Luise einen klaren Kopf behalten wollte, nippte sie nur an dem Wein. Schweigend beendeten Jack und Luise die Vorspeise. Bill räumte das Geschirr ab und schloss die doppelflügelige Holztür.

202

Immer wieder versuchte Luise, zwischen den Armen des Kerzenständers hindurch einen Blick auf Jack zu erhaschen. Doch vergebens.

Jack nahm einen Schluck Wein und fragte: »Hast du dir schon einmal gewünscht, tot zu sein? Geplant, deinem Leben ein Ende zu setzen?«

»Nein, natürlich nicht. Warum sollte ich?«, fragte Luise irritiert.

»Vielleicht, weil du einen lieben Menschen verloren hast?«

Sie überlegte einen Moment, dann antwortete sie: »Als mein Vater starb, war da schon ein Gefühl, das man nicht in Worte fassen kann. Natürlich habe ich geglaubt, den nächsten Tag nicht mehr zu erleben, weil der Schmerz einem die Sinne raubt. Aber ich denke, das ist das Leben. Es gehört dazu, dass der Vater oder die Mutter einen irgendwann verlassen. Dass sie gehen müssen.«

»Aber was ist, wenn deiner Tochter etwas zustoßen würde?«

»So etwas kann und will ich mir nicht vorstellen«, antwortete Luise mit fester Stimme.

Sie glaubte, dass er nickte. Sehen konnte sie es nicht. Das schummrige Licht im Raum und der sichtversperrende Kerzenständer gaben ihr das Gefühl, als säßen Jack und sie in zwei verschiedenen Räumen und sprächen durch eine Wand zueinander. Luise spürte, dass sie nervös wurde. Um in den Augen des anderen das lesen zu können, was er nicht aussprach, wollte sie ihrem Gesprächspartner in die Augen sehen können. Ihr reichte es jetzt. Deshalb sagte sie: »Jack, ich weiß nicht, was das hier soll. Warum ist es hier so dunkel? Warum sitzt mein alter Freund so weit weg, dass ich das Gefühl habe, ein Fremder ist mit mir im Raum?«

Es erklang ein verhaltenes Lachen. »Du hast dich nicht verändert, Luise. Du sagst noch immer, was du denkst.«

»Warum sollte ich es nicht tun? Ich setze mich jetzt neben dich.«

»Tue das bitte nicht«, meinte er zaudernd.

»Warum, Jack?«, fragte sie sanft. »Ich weiß, dass du eine Art Maske trägst. Du musst dich weder schämen, noch habe ich Angst davor. Es ist nur wichtig, dass du lebst.« Ohne auf seinen Einwand weiter einzugehen, setzte Luise sich an die rechte Tischseite. Wortlos musterten sie sich. Luise hoffte, dass ihr Gesicht Gleichgültigkeit zeigte, doch innerlich krampfte ihr Herz. Wie sie bereits im Mondlicht hatte erkennen können, bedeckte eine Ledermaske seine linke Gesichtshälfte. Von der Oberlippe bis zum Haaransatz. Sein linkes Auge war gänzlich verdeckt. Spitz stach die Nase hervor. Dort, wo der Maskenrand mit der Haut in Berührung kam, war diese gerötet. Ein zynischer Zug um die Mundwinkel gab seinem Antlitz etwas Hartes. Sie bemerkte den ironischen Glanz in seinem rechten Auge, das ihrem Blick folgte. Luise ließ sich nicht beirren und betrachtete seine Hände. Nur die rechte Hand war von einem schwarzen Lederhandschuh verhüllt.

»Was haben sie dir angetan?«, fragte sie flüsternd und nahm einen Schluck Wasser, um ihn nicht weiter anstarren zu müssen. Luise hatte zuerst befürchtet, dass er schweigen oder ihr zu verstehen geben würde, ihn mit aufdringlichen Fragen zu verschonen.

Doch er antwortete mit klarer, aber emotionsloser Stimme: »Wie ich bereits erwähnte, hatte Steel einen Maulwurf in unsere Organisation eingeschleust. Zum Glück war dieser nicht fähig, den Namen des Anführers der ›Weißen Feder‹ herauszubekommen. Zuerst glaubten sie, dass ich es sei, doch ich stellte mich dumm. Sie konnten mir nichts anhängen und haben mich eine Etage tiefer gebracht … in die Folterkammer. Was da passiert ist, möchte ich dir ersparen, Luise. Trotz der unsagbar großen Schmerzen kam kein Wort von Duncan über meine Lippen. Glaube mir, ich wäre froh

204

gewesen, wenn sie mich umgebracht hätten. Dann wäre ich jetzt bei meiner Frau und meiner Tochter. Doch so friste ich ein Leben im Untergrund und in der Dunkelheit ... Als ich euch den Brief geschrieben habe, wusste ich bereits, dass sie mich bald holen würden. Vorsichtshalber hatte ich mir Gift besorgt ... wie so oft habe ich mich nach dem Tod gesehnt ... nur Duncan gab mir damals immer wieder neuen Lebensmut. Diesmal war er nicht da ... es spielte auch keine Rolle, denn ich war zu feige, das Mittel zu nehmen. Schnell ist es ausgesprochen, dass man seinem Leben ein Ende setzen möchte, doch dadurch ist es noch lange nicht getan. Den Zeitpunkt seines Todes selbst zu bestimmen, ist nicht so einfach, wie man es sich vorstellt.«

»Warum lebst du im Geheimen? Warum durften Mary und Bill mir nichts sagen?«

»Fragen, Fragen, Fragen. Warum bist du so neugierig, meine kleine Luise?«

Die schwere Holztür öffnete sich, und Bill kam mit der Karaffe Wein herein. Als er Luise neben Jack sitzen sah, hob er verwundert eine Augenbraue, sagte jedoch nichts.

»Bringt jetzt das Diner«, sagte Jack leise, jedoch war ein befehlender Unterton herauszuhören.

Nach einer kurzen Zeit stellten Bill und seine Frau Jack und Luise je einen gefüllten Teller auf den Tisch. Diskret zog sich das Ehepaar zurück und schloss leise die Tür.

»Ach, den ganzen Tag habe ich mich auf dieses Essen gefreut. Zum einen, weil ich in netter, wenn auch neugieriger Gesellschaft speisen darf, und zum anderen, weil man mir mein Lieblingsgericht zubereitet hat. Gefüllten, sauren Nierenbraten mit Kartoffelpüree und Bohnengemüse. Ein Gedicht ... warum bist du auf einmal so blass, meine Liebe?«

»Innereien gehören nicht zu meiner Lieblingsspeise.«

»Papperlapapp! Probiere es erst einmal.« Während er das sagte, steckte er sich bereits das erste Stück in den Mund.

205

Da Luise nicht unhöflich sein wollte, schnitt sie sich ein winziges Stückchen ab und kaute vorsichtig. Fragend sah er sie an.

»Wenn ich nicht wüsste, was es ist, würde ich sagen, dass es vorzüglich schmeckt.«

»Es wäre eine Schande, wenn dein Essen den Schweinen zum Fraß vorgeworfen würde.«

Entrüstet wollte sie etwas antworten, doch sie sah den Schalk in seinem Auge. Ja, da war er wieder. Der Jack Horan, den sie vor über zwei Jahren kennen und schätzen gelernt hatte.

»Du hast mir meine Fragen nicht beantwortet«, verwies sie ihn nach einer Weile.

Zugleich verfinsterte sich sein Blick. »Du machst mit deiner Neugierde alles kaputt«, schimpfte er und schob den halb vollen Teller wütend von sich.

»Es tut …«

»Zu spät, meine Liebe. Mir ist der Appetit vergangen. Das Diner ist beendet.«

»Jack, was soll das heißen? Was habe ich getan, dass du mich so behandelst?«

»Gibson«, rief Horan aufgebracht.

Sogleich kam Bill und sah fragend zu seinem Herrn.

»Ihr könnt abräumen. Meine Freude an diesem vorzüglichen Diner wurde mir durch impertinente Fragen genommen. Luise, du weißt immer noch nicht, wann es Zeit ist zu schweigen. Das war schon früher dein Problem.«

»Herrgott, Jack. So beruhige dich doch. Ist es so unverständlich, dass ich wissen möchte, was passiert ist? Du bist schließlich mein Freund. Außerdem glaubte ich, du seiest tot. Du musst mir diese Fragen gestatten.« Horan war aufgestanden. »Bitte, Jack, geh nicht, sondern sprich mit mir. Tu mir das nicht an … bitte nicht so … wie Colette …« Ob Luise es wollte oder nicht, die Tränen rannen lautlos über ihre Wangen. Jacks abstoßende Art hatte sie an ihre Freun-

206

din erinnert. Auch Colette hatte nach dem schrecklichen Vorfall in Australien nicht mit ihr reden wollen. Sie hatte nichts von ihren Qualen preisgegeben und Luise dadurch ein Gefühl der Schuld gegeben.

Als drückte plötzlich ein unsichtbares Gewicht Jack nieder, ließ er seine Schultern hängen. Mit einem Blick wies er Bill an, wieder zu gehen. Erneut schloss sich die Tür. Erschöpft setzte sich Jack an den Tisch. Er hob die Maske einen winzigen Spalt und rieb sich mit dem Lederhandschuh den roten Strich, den das Leder in die Haut gedrückt hatte.

»Sitzt die Maske zu eng?«, fragte Luise vorsichtig.

»Das Leder ist zu dick und zu unbiegsam. Ich habe noch keinen Sattler gefunden, der das ändern könnte.«

»Vielleicht ein Schuster?«

»Daran habe ich auch schon gedacht. Aber das Schuhleder ist zu dünn. Doch mach dir keine Sorgen. Die Maske ist mein geringstes Problem. Erzähl' mir von Colette«, bat er traurig.

Eigentlich wollte Luise nichts erzählen. Nichts von sich und nichts von Colette. Jedes Mal, wenn sie darüber sprach, fiel sie zurück in das Loch der Traurigkeit. Stockend erzählte sie von Colettes Schicksal in Australien. Auch, dass Colette sich in Jack verliebt hatte, von Steel und dass Bobby ihr Bruder war.

Ungläubig schüttelte Jack den Kopf: »Ich kann nicht glauben, dass Bobby dein Halbbruder ist.« Dann wurde er wieder ernst. »Colette war ein netter, wunderbarer Mensch. Ich habe sie sehr geschätzt, aber nicht geliebt. Der Brief, von dem Steel anscheinend gewusst hatte, war zur Tarnung an Colette adressiert gewesen. Es tut mir Leid, wenn sie sich deshalb Hoffnung gemacht hat. Allerdings ist es für mich unverständlich, da ich immer gesagt hatte, dass ich nur meine Frau liebe. Sogar über den Tod hinaus.«

Luise nickte, da sie sich an das Gespräch von damals erinnern konnte.

Dann wurde seine Stimme zornig: »Ich hatte dich gewarnt. Immer wieder hatte ich versucht, es dir auszureden. Dir versucht begreiflich zu machen, dass Australien für zwei junge Damen zu gefährlich ist. Jetzt bist du ohne Colette zurückgekommen«, klagte er sie an.

Luise stützte ihren Kopf in beide Hände. Ihre Finger waren eiskalt, als sie das Gesicht berührten. Jack sprach das aus, was sie seit dem Überfall mit sich herumtrug. Ja, sie war schuld. Wie einen Hammerschlag spürte sie das Schuldgefühl explodieren. Nichts existierte mehr in ihrem Kopf. Nichts interessierte sie in diesem Augenblick. Sie war nicht fähig zu weinen oder zu schreien, noch nicht einmal zu denken. Nur dieser eine Satz war in ihrem Bewusstsein eingebrannt. Nicht die Schwerverbrecher hatten Colette auf dem Gewissen. Nein, sie hatte ihre beste Freundin getötet. Das Gefühl der Schuld presste ihren Brustkorb zusammen. Ihre Beine waren schwer wie Blei. Die Wände des Zimmers schienen immer näher zu kommen. Laufen, dachte sie, einfach nur weglaufen. Den Gedanken entrinnen. Niemals wieder nachdenken.

Mit starrem Blick sah Jack sie an. »Kennst du nun das Gefühl, wenn man sterben möchte?«

Die nächsten Tage dachte Luise viel über das sonderbare Treffen nach. Jack hatte sich an diesem Abend rasch verabschiedet und Luise verwirrt und traurig zurückgelassen. Wieder waren ihre Fragen unbeantwortet geblieben.

In der darauf folgenden Woche hatte sie Jack nicht mehr gesehen. Doch Luise war sich sicher, dass er noch im Haus war. Der Duft seines Rasierwassers verfolgte sie durch sämtliche Räume. Selbst in ihrem Zimmer war er präsent. Obwohl sie den Raum kaum verließ und nachts stets die Truhe vor die Tür schob und absperrte, hatte sie jeden Morgen das Gefühl, dass Horan da gewesen war.

Luise empfand das Haus mit seinen Bewohnern als bedrückend. Sie spürte, dass hier unentdeckte Geheimnisse schlummerten, und das ängstigte sie. Niemand sagte oder tat etwas Böses, jedoch hatte Luise das Gefühl, allen schutzlos ausgeliefert zu sein. Sie verkroch sich regelrecht in ihrem Zimmer. Nur um mit ihrer Tochter spazieren zu gehen, verließ sie dann und wann das Haus. Außerdem ging sie jeden zweiten Tag zur Post, da sie auf eine Nachricht aus Australien hoffte. Doch jedes Mal schüttelte der Mann hinter dem Schalter den Kopf. Auch das zehrte an ihren Kräften. Zumal sie kaum noch aß und zusehends dünner wurde. Jede Einladung der Gibsons zu einem gemeinsamen Diner schlug sie aus. Sie sprach nur noch das Allernötigste mit Bill oder Mary. Luises Tochter war der einzige Lichtblick in ihrem Leben.

Auch das freundliche Wetter konnten Luises trübe Stimmung nicht verdrängen. Ihr Kind schien die schlechte Atmosphäre zu spüren, denn es weinte oft und schlief unruhig. Luise befasste sich gerade mit dem Gedanken, ein anderes Quartier zu suchen, als es an die Zimmertür klopfte. Es war Mary. Überrascht fragte Luise: »Ist etwas mit den Zwillingen?«

Mary schüttelte den Kopf: »Nein, ich möchte mit dir reden. Darf ich hereinkommen?«

»Ich weiß nicht, über was wir reden sollen«, sagte Luise ablehnend, ließ sie jedoch ins Zimmer treten.

Man konnte Mary ansehen, dass es sie Überwindung kostete zu sprechen. Ihre Körperhaltung und ihre Hände, die sie immer wieder aneinander rieb, verrieten ihre Gefühle.

Luise setzte sich auf das Bett und wies Mary den Platz im Ohrensessel zu. Dann wartete sie, was kommen würde.

›Floh‹ lag im großen Bett. Das Kissen im Rücken verhalf ihr zu einer bequemen Lage, sodass sie fast sitzen konnte.

Stumm sah sie die zwei Frauen an. Dann lächelte sie, brabbelte und hielt ihr Stoffpferd hoch, als ob sie darüber etwas erzählen würde.

»Das Pferd sieht fast genauso aus wie das, das du Danny damals geschenkt hast.«

Ein zaghaftes Lächeln umspielte Luises Lippen. »Ja, das stimmt. Die Wollfäden der Mähne sind etwas dunkler.«

Mary nickte, dann sagte sie: »Luise, es fällt mir schwer, und ich weiß nicht, wie ich anfangen soll ... Ich habe in den letzten Tagen viel nachgedacht. Dadurch kamen die Erinnerungen zurück. Ob ich wollte oder nicht. Mir wurde bewusst, dass wir ohne dich immer noch in der Maple Road leben würden. In dem Dreck, dem Elend, mit Menschen, denen es genauso schlecht geht wie uns einst. Aus eigenen Kräften wären wir da niemals herausgekommen. Du hast uns geholfen. Man kann fast sagen, dass du uns gerettet hast. Ebenso ist mir klar geworden, egal, wie belastend die Situation mit Mr. Horan ist, sie ist immer noch besser als das Zimmer unter dem Dach in der Maple Road. Unsere Zwillinge wachsen in einem wundervollen Haus auf, haben genügend zu essen und Kleidung. Außerdem Eltern, die Zeit für sie haben. Ich muss nicht mehr betteln gehen. Bill hat eine gute Arbeit und fühlt sich nicht mehr als Versager. Wir haben uns und sind gesund ... Die erste Zeit, als du hier wohntest, waren meine Gefühle für dich sehr negativ. Du hast mit deiner plötzlichen Rückkehr mein Leben durcheinandergerüttelt und mich gezwungen nachzudenken.« Mary stockte und sah mit müdem, traurigem Blick zu dem Baby, das eingeschlafen war. Verhalten sagte sie dann: »Danny ist zurück in meine Träume gekommen. Jede Nacht ist er da. Ich will nach ihm greifen, ihn zurückholen, aber es geht nicht. Ich sehe sein blasses Gesicht vor mir. Die Augen blau unterlaufen, seinen abgemagerten Körper ...« Mary konnte sich kaum beherrschen. Als Luise sie trösten wollte, wendete sie den Kopf von ihr ab und hielt sie mit ihrem ausgestreckten Arm auf Distanz. »Lass mich, Luise«, flüsterte sie. Als sie sich beruhigt hatte, fuhr sie fort: »Letzte Nacht war er wieder in meinem Traum. Doch er war nicht allein ... seine Geschwister Jack und Jacky waren bei ihm. Alle drei tollten auf einer Wiese. Die Sonne schien warm. Er war nicht mehr blass, seine Haut nicht mehr bläulich. Immer wieder rief er nach den Zwillingen ... Ich fuhr mitten in der Nacht schreiend aus dem Traum auf, denn ich dachte, dass er die Kinder zu sich rufen würde ... dass ich auch sie verlieren würde. Voller Angst bin ich ins Kinderzimmer gelaufen. Doch da lagen sie. Friedlich schlafend, mit einem Lächeln auf den Lippen. Jack wurde wach, rieb sich die Augen und fragte, ob er noch ein bisschen weiterschlafen dürfte. Ich deckte ihn zu und sagte, dass es erst mitten in der Nacht sei und er noch lange schlafen könne. Er meinte, das wäre gut, denn er habe im Traum einen Spielkameraden gefunden. Und mit dem wollte er jetzt den Drachen suchen. Als ich fragte, wer der Junge denn sei, antwortete Jack, dass sein neuer Freund Danny hieße. Daraufhin schlief er wieder friedlich ein.«

Mit aufgerissenen Augen sah Luise zu Mary. »Das kann nicht sein. Das muss ein Zufall sein. Ich habe niemals in Gegenwart der Kinder Dannys Namen erwähnt.«

»Ich weiß, und ich klage dich nicht an, Luise ... In meinen Gebeten habe ich den Herrgott immer und immer wieder gefragt, warum du kommen musstest. Ich dachte, dass er mich bestrafen will ...«

»Wie kannst du so etwas denken, Mary? Was habe ich getan, dass du so redest?«, fragte Luise verärgert.

»Ich kann verstehen, wenn du wütend auf mich bist. Doch lass mich bitte ausreden. Ja, ich habe deine Anwesenheit als Strafe angesehen, denn du brachtest meine Welt durcheinander. Meine Luftblase, in der ich die letzten Jahre gelebt hatte, war zerplatzt. Du warst der Beweis dafür, dass es da noch ein anderes Leben gegeben hatte. Eines, für das ich mich schäme und das ich vergessen wollte … Wie du sicher bemerkt hast, leben wir sehr zurückgezogen. Wir haben kaum Kontakt zu anderen Menschen. Ich glaubte, dass wir uns genügen. Aber das war eine Lüge … Ich weiß, dass Bill gern mal wieder in den Pub gehen würde. Die Zwillinge würden sicherlich gern mit anderen Kindern spielen wollen. Doch aus Angst, jemanden aus der Vergangenheit zu treffen und auf diese angesprochen zu werden, habe ich es verhindert … Jetzt weiß ich, dass der Herrgott mich nicht bestraft hat, als er dich zu uns schickte … sondern er wollte mich damit wachrütteln. Ich habe kein Recht, über das Leben meiner Familie zu bestimmen. Danny ist auch ein Teil meines Lebens, und da gibt es nichts zu vertuschen. Dieser kleine Kerl war ein Geschenk Gottes. Wir müssen unserem Herrn dankbar sein, dass wir unser Kind unter diesen Umständen fast drei Jahre bei uns behalten durften. Vielleicht wären die Zwillinge nie zu uns gekommen, wenn er noch leben würde. Wer weiß das schon? Wenn ich ein Bild über die vergangenen Jahre malen sollte, würden Grau und Schwarz überwiegen. Die Menschen hätten die Mundwinkel nach unten gezogen, und die Bäume trügen keine Blätter. Doch jetzt wird es Zeit, etwas Farbe in unser aller Leben zu bringen. Und diese Farben hast du neu gemischt, Luise. Durch deine Anwesenheit haben sich immer buntere Farben in mein Bild gedrängt. Und dafür danke ich dir. Mein Herz ist so frei wie schon lange nicht mehr. Meine Liebe zu meiner Familie kennt nun keine Grenzen mehr. Mein Leben wird neu geschrieben.«

Mary sprach immer noch verhalten, doch ihre Augen sprühten zum ersten Mal seit langem voller Lebensfreude, voller Optimismus, es zu schaffen. Luise umarmte die Frau, deren Aura langsam immer heller wurde, und hoffte, dass etwas davon auf sie überspringen würde.

Nachdem Mary mit Luise gesprochen hatte, wurde das Leben in dem Haus tatsächlich fröhlicher. Jedoch wussten die Erwachsenen, dass es trotz der Ehrlichkeit niemals mehr wie früher werden würde. Zu viel hatte jeder in den letzten Jahren erlebt, von dem vieles unerfreulich gewesen war.

Tage später baten die Gibsons Luise, auf die Zwillinge aufzupassen. Für Luise war es selbstverständlich, die Kinder zu hüten. Als sie das nervöse Verhalten ihrer Freunde bemerkte, fragte sie nach. Fast unverständlich flüsterte Bill: »Wir wollen zum Friedhof.«

Bevor das Ehepaar das Haus verließ, kreuzten sich kurz die Blicke der beiden Frauen. Luise konnte Angst in Marys Augen erkennen. Sie umarmte Mary und sagte leise an deren Ohr: »Das schaffst du.«

Stumm nickte diese, und ein schwaches Lächeln huschte nun über ihr Gesicht.

Luise ging zu den Zwillingen. Jacky spielte mit ihren Puppen, und Jack malte wieder mal eine Schatzkarte. Obwohl die ersten beiden keinen Erfolg gebracht hatten, hatte er die Hoffnung nicht aufgegeben, doch noch einen Schatz zu finden. Lächelnd nahm sich Luise vor, mit Bill zu reden, um gemeinsam eine Kiste mit Glasperlen zu vergraben. Sie konnte sich lebhaft das Gesicht des Jungen vorstellen, wenn er diese finden würde.

Weil beide Kinder beschäftigt waren, ging Luise hinunter zu ihrer Tochter, da diese sicher gleich ihren Mittagsschlaf beenden würde. Als sie das Zimmer betrat, stellten sich ihre Nackenhaare. Horans Duft war im Zimmer gegenwärtig. Außerdem war es im Zimmer ruhig. Zu ruhig. Keine Atemgeräusche, nur geisterhafte Stille. Sie sah in das Bettchen. Es war leer. Wo war ihr Kind?

213

Mit wehendem Rock ging sie schnellen Schrittes in die Küche. Nichts! Im Wohnsalon – nichts! Im Esszimmer – nichts! Luise war kurz davor, hysterisch zu werden. Mit der rechten Hand fächelte sie sich frische Luft zu. Sie ging nochmals in den Wohnbereich. Sie wollte nicht laut rufen, um die Zwillinge nicht zu erschrecken. Schreiende, weinende Kinder im Doppelpack konnte sie jetzt beim besten Willen nicht gebrauchen. Sie war sich sicher, dass Jack das Kind hatte. Wohin war er gegangen? Wo sollte sie suchen?

Ratlos setzte sie sich. Stand wieder auf, überlegte. Ging ein paar Schritte, setzte sich wieder. Es gab so viele Orte, an die er mit dem Kind hätte hingegangen sein können. Im Haus war er gewiss nicht, denn ihre Tochter würde sicherlich weinen, wenn ein fremder Mann sie auf den Arm nähme. Zumal, wenn der Fremde so aussah wie Jack. Mit dieser schwarzen Maske. Ihr Blick blieb an der Tageszeitung heften, die auseinandergebreitet auf dem Tisch lag. Nur um etwas zu tun, knickte sie die Blätter ordentlich in der Mitte und fügte Blatt für Blatt zueinander. Als alle Seiten den Nummern nach aufeinander lagen, faltete sie das Titelblatt zusammen. Erstaunt las sie die Überschrift und den Artikel:

»Polizei verfolgte Diebesbande …dabei kam es zum Kampf. Ein Verbrecher wurde getötet, die anderen konnten entfliehen.

Die Polizei ist sich nun sicher, dass alle sechzehn Einbrüche von ein und derselben Bande begangen wurden … Man vermutet, dass jemand aus den besseren Kreisen Informationen an die Diebe weiterleitet …Die Belohnung über sachdienliche Hinweise, die zur Ergreifung der Täter führen, wird verdoppelt …«

Entrüstet schüttelte Luise den Kopf. Sechzehn Einbrüche! Doch dieses Problem hatte die Londoner Polizei zu lösen. Sie musste sich um ihre Tochter kümmern. In der Hoffnung, dass Jack das Kind genauso leise zurückgebracht hatte, wie er es geholt hatte, ging sie zurück ins Zimmer. Das Bettchen war leer. Luise atmete tief durch, denn sie spürte, dass sie kurz davor war, nun doch zu schreien. Sie ging zu den Zwillingen, die immer noch beschäftigt waren und von Luises Aufregung zum Glück nichts mitbekamen. Plötzlich gab es einen verhaltenen Knall im Haus. Nicht aufschreckend laut, eher dumpf, und er kam von oben. Natürlich! Der Dachboden! Luise ermahnte die Kinder, im Spielzimmer zu bleiben, und versprach, gleich wiederzukommen. Dann stürmte sie die Treppe hinauf. Um sich nicht zu verraten, übersprang sie die knarrende Stufe. Sie wusste nicht, warum, aber sie wollte nicht, dass Jack gewarnt wurde. Mit angehaltenem Atem erklomm sie die Stiege zum Dachboden. Sie lauschte an der alten Holztür. Jack war tatsächlich hier oben. Sie hörte ihn leise sprechen. Nein, er sang! Vorsichtig drückte Luise die Türklinke herunter und trat ein. Horan hatte sie nicht bemerkt. Er saß vor dem Bett, auf dem ihre Tochter lag, und er sang der Kleinen ein Kinderlied vor. Erstaunt blieb Luise stehen. Die Situation wirkte grotesk. »Warum hast du meine Tochter auf den Speicher gebracht?«, fragte sie ihn zornig.

»Pst!«, flüsterte er und hielt den Zeigefinger vor den Mund. »Sie ist eingeschlafen.« Er schien mit ihr gerechnet zu haben, denn er wirkte nicht überrascht.

Um sich davon zu überzeugen, dass es ihrem Kind gut ging, kam Luise langsam näher.

Seine Atemzüge waren ruhig und gleichmäßig. Doch ihre Tochter hatte andere Kleidung an. Über ihrem Strampelanzug hatte er ihr einen purpurnen Mantel und eine gleichfarbige Mütze angezogen.

»Jack, was soll das alles? Warum bist du hier in Bills ...«

Plötzlich fiel es ihr wie Schuppen von den Augen. Nicht Bill verzog sich hierher, um ungestört zu sein, nein, es war Jacks Reich. Luise schaute sich in dem Raum um. Alles schien wie bei ihrem ersten Besuch. Wieder sah sie zu Jack, der sie beobachtete. Als sich ihre Blicke kreuzten, veränderte sich sein Gesichtsausdruck. Stumm winkte er ihr näher zu treten. Zögernd folgte sie seiner Aufforderung. Trotzdem blieb sie in einigen Schritten Abstand vor ihm stehen. Doch er winkte sie noch näher heran. Ihr Herz pochte schneller. Die Situation war ihr unheimlich. Sie spürte, dass etwas nicht stimmte. Als sie dicht vor ihm stand, konnte sie seinen strengen und doch süßlichen Atem riechen. Er roch nach Tabak und noch nach etwas anderem. Sein rechtes Auge blickte wirr. Das Weiß im Augapfel war leicht gelb verfärbt. Schweiß stand auf seiner Stirn.

Luise wurde übel vor Angst. »Jack, lass mich meine Tochter in ihr Bettchen legen. Hier oben ist es zu kalt für sie«, versuchte sie, an seine Vernunft zu appellieren.

»Sarah, was hast du? Emily geht es gut. Ich habe ihr den warmen Mantel angezogen, damit sie nicht krank wird. Siehst du, ich habe auch an das Mützchen gedacht. Dann habe ich ihr unser Schlaflied vorgesungen. Weißt du denn nicht mehr?« Er summte die Melodie und wog seinen Körper im Takt.

Er ist verrückt geworden!, schoss es Luise durch den Kopf. Oh, Gott, wie kommen wir hier unbeschadet wieder raus?

Sein Summen wurde lauter. Jack ergriff Luises Hände und wirbelte sie herum. Dann lachte er laut und sah sie durchdringend an. Sein Blick hatte sich verändert. Luise konnte an seiner Körperhaltung und in seinem Auge Verlangen erkennen.

Mit dem schwarzen Handschuh fuhr er ihr fast zärtlich die Wange entlang. »Du bist so schön, Sarah! ... Weißt du, wie schön du bist?«, seufzte er.

Luise wusste, dass sie jetzt einen klaren Verstand brauchte und sich ihrem Angstgefühl nicht hingeben durfte. Sie schloss für einen Moment die Augen, um ihre Gedanken zu ordnen. Panik breitete sich in ihrem Kopf aus. Ihr Körper erstarrte vor innerer Kälte. Als sie die Augen wieder öffnete, trübten Tränen ihren Blick. Sie blinzelte sie einfach weg. Luise schaute in Jacks Gesicht. Seine Züge verhärteten sich, aber nur für einen winzigen Moment. Dann kam die Gier in sein Auge zurück. Er ging auf sie zu, die linke Hand nach ihr ausgestreckt. »Sarah, hab keine Angst. Ich will dir nichts Böses. Schau, wie unser kleiner Schatz schläft. Komm zu mir, Liebling!«

Oh Duncan, wo bist du nur? Warum bist du nicht da? Hilf mir!, schrie Luise innerlich und war kurz davor, laut loszuschreien. Dann wurde ihr Kampfgeist geweckt, und sie dachte: Nein, Jack, ich bin zu intelligent, als dass du mich in die Enge treiben könntest. Das bist nicht du, der da vor mir steht. Dieser Jack wird weder mich noch mein Kind bekommen, schwor sie sich.

Jacks Gesicht beugte sich bis auf wenige Zentimeter zu ihrem vor. Sein Auge verengte sich, als ob er nachdenken würde.

»Jack«, flüsterte Luise, zuerst zaghaft, dann mit fester Stimme. »Ich bin nicht Sarah. Ich bin Luise!«

Als sie das sagte, erstarrten seine Gesichtszüge. Doch dann lachte er laut los und schlug sich auf die Oberschenkel. »Ha, ha, du bist nicht Sarah! Wie lustig, wie lustig!« Seine Lippen verzogen sich zu einem Lächeln, von dem sein Auge unberührt blieb. Leise und bedrohlich sagte er: »Ich werde mich nicht noch einmal wiederholen. Komm jetzt hierher!«

Die Angst um ihr Kind ließ ihren Widerstand weichen. »Jack, ich kann nicht. Die Zwillinge sind allein im Spielzimmer. Lass mich nach ihnen sehen. Ich bring Emily in ihr Bettchen und komme wieder. Dann sind wir ungestört. Bitte, Jack, lass mich das Baby in sein Bettchen bringen.«

Luise erkannte eine Mischung aus leichter Besorgnis und Furcht in Jacks Gesichtszügen. Doch genauso schnell glich sein Gesicht wieder einer starren Maske. »Du lügst, Sarah! Wir haben keine Zwillinge im Haus.«

Entschlossen ging sie auf ihn zu. »Das stimmt, Jack. Wir haben keine Zwillinge, aber unsere Freunde Bill und Mary ...« Luise konnte gar nicht so schnell reagieren, wie er ihr eine schallende Ohrfeige gab. Nur mit Mühe vermochte sie sich auf den Beinen zu halten.

»Pfui Teufel. Du solltest dich schämen, deinem Ehemann zu widersprechen.« Zorn flackerte in Horans Blick auf. Müde wischte er sich über Mund und Stirn. Dann fing er wieder an, das Lied zu summen. »Ist sie nicht wunderhübsch, unsere Prinzessin. Ich werde sie beschützen. Niemals wird ihr etwas Böses geschehen. Nein, nein. Ich werde sie beschützen.« Plötzlich brach er in Tränen aus. Er warf den Kopf zurück und weinte wie ein Kind. Das Weinen wurde lauter. Als Horan an seiner Maske zerrte, gaben die Lederschnüre nach, und er riss sie sich herunter. Luise schrie auf. Ihre Tochter fing an zu jammern. Sie wollte zu dem Mädchen, doch Jack war schneller und nahm es hoch. Entsetzt blickte Luise die entstellte Fratze an, die ihr Kind in den Armen hielt. Sein Anblick stieß sie ab. Das linke Augenlid hing schlaff herunter. Wulstige Narben zogen sich wie Spinnenbeine über die Wange. Die Haut schien dünn wie Pergament und war feuerrot.

»Was glotzt du so? Bin ich dir nicht mehr schön genug? Muss ich mir eine andere Hure suchen?«

Die Worte schockierten Luise. Doch er tat ihr auch Leid. Ohne Zweifel. Was hatten sie diesem Mann nur angetan? Was musste er ertragen, dass er sich so verändert hatte? Wie gern hätte sie ihn in den Arm genommen. Ihn getröstet. Ihm gezeigt, dass sie ihn noch genauso als Freund schätzte wie früher. Doch es ging nicht. Furcht hielt sie zurück. Das Einzige, was jetzt zählte, war, ihr Kind heil wieder in ihr Zimmer zu bringen.

»Jack, ich bin deine Freundin. Bitte gib mir jetzt mein Kind, dann können wir über alles reden …«

Behutsam legte er die Kleine zurück auf das Bett. Luise konnte sehen, wie sich die Augen ihrer Tochter mit Tränen füllten und die kleinen Lippen bebten. Jeden Moment würde sie weinen. Luise musste das verhindern, denn Jack war gereizt. Wenn nun auch noch ein schreiendes Kind ihn nerven würde, was würde er dann tun?

Sie wollte sich auf das Bett setzen, doch Jack stellte sich davor. »Du bist also meine Freundin? Dann beweise es mir!«, forderte er sie auf. Die Gier war in seinen Blick zurückgekehrt. Selbst sein verhaltenes Lachen dröhnte in Luises Ohren, als ob er laut schreien würde. Sein Gesicht kam näher. Als sie ihn mit der Hand abwehren wollte, drehte er ihr kurz entschlossen den Arm auf den Rücken. Wieder roch sie seinen Atem, und jetzt wusste sie auch, woher sie den süßlichen Geruch kannte. Er musste Opium genommen haben.

Die fratzenhafte Hälfte seines Gesichtes rieb sich an ihrer weichen Haut. Luise schloss die Augen. Sie musste an Colette denken. An das, was Männer ihr angetan hatten. Luise betete, dass er ihr nicht wehtun würde. Das es bald vorbei sein würde.

Es war in dem Moment vorbei, als Jack auf sie fiel und Luise mit zu Boden riss. Im gleichen Augenblick fing das Kind an zu schreien.

Als Luise die Augen wieder öffnete, beugte sich Bill über sie. Er hielt einen Knüppel in der Hand.

»Alles in Ordnung?«, fragte er erschüttert.

Sie nickte. Bill half ihr aufzustehen. Sie lief zu ihrem Kind und nahm es tröstend in die Arme. Ohne Jack eines Blickes zu würdigen, stieg sie die Treppenstufen hinab und lief in ihr Zimmer. Hier legte sie das immer noch weinende Kind auf das Bett. Dann schob sie die Truhe vor die Tür und schloss ab. Mit großer Anstrengung hievte sie noch den

Ohrensessel vor die Truhe. Erst dann fühlte sie sich sicher. Sie zog ihrer Tochter das Mäntelchen und die Mütze aus und schloss beides im Kleiderschrank weg. Nur langsam beruhigten sich Mutter und Kind. Erst, als sie ihre Tochter an die Brust legte, hörte das Mädchen auf zu schluchzen. Kurze Zeit später war es erschöpft eingeschlafen. Es merkte nicht einmal, dass seine Mutter es frisch machte und ihm neue Kleidung anzog. Dann legte Luise das Kind in die Wiege und deckte es sorgsam zu.

Als sie das Mädchen versorgt hatte, spürte Luise, dass sie am ganzen Körper zitterte. Ihre Zähne klapperten aufeinander, und sie hatte das Gefühl, zu Eis zu erstarren. Jetzt fühlte sie auch das Brennen auf der Wange. Ein Blick in den Spiegel bestätigte ihr, dass ihre Gesichtshälfte feuerrot und leicht geschwollen war. Auch schmerzte ihr Kopf.

Alles erschien Luise wie in einem Albtraum. Jack war nicht mehr Herr über sich selbst. Einerlei, aus welchen Gründen er sich so verändert hatte und ob sie Mitleid für ihn empfand, sie musste fort, denn sie war in diesem Haus nicht mehr sicher. Morgen, wenn ihre Tochter ausgeschlafen und sie sich selbst ausgeruht hatte, würde sie gehen. Doch wohin sollten sie? »Verflucht, Duncan! Warum tust du uns das an? Wann kommst du uns endlich holen?«, jammerte Luise und drückte das Gesicht ins Kissen, damit die Tochter das Weinen ihrer Mutter nicht hörte.

Luise fühlte sich ausgebrannt und leer. Sie schaffte es nicht einmal mehr, ihre Kleider auszuziehen. Nur mit Mühe streifte sie die Schuhe von den eiskalten Füßen. Dann kroch sie unter die Bettdecke und zog diese bis zu den Ohren. Mit ihrem Atem versuchte sie, warme Luft unter die Decke zu hauchen.

Sie merkte nicht mehr, wie sie einschlief. Selbst das Klopfen an der Tür nahm sie nicht mehr wahr.

Mehrmals in der Nacht schreckte Luise hoch. Immer wieder vergewisserte sie sich, dass ihr Kind in seiner Wiege lag.

Um sich selbst zu beruhigen, nahm sie ihre Tochter zu sich ins Bett. Erst, als sie den kleinen Körper spürte und die regelmäßigen Atemzüge hörte, schlief Luise schließlich traumlos ein.

Es war später Morgen, als es zaghaft an ihre Tür klopfte. Zuerst wusste Luise nicht, wo sie war und was passiert war, doch die Erinnerung kam schnell zurück. Verängstigt sah sie zu ihrem Kind, das immer noch schlief. Zärtlich strich sie ihm über die Wange. »Was hätte ich nur getan, wenn dir etwas passiert wäre?«, flüsterte sie. Als es wieder klopfte, diesmal etwas lauter, wischte sie die Tränen fort und stieg aus dem Bett.

»Wer ist da?«

»Ich bin es – Bill.«

»Was willst du?«

»Geht es dir gut? Wir machen uns Sorgen.«

Sie seufzte. »Warte einen Moment.«

Bill hörte ein Poltern und Rücken, dann wurde geöffnet.

»Ja, mir geht es gut«, sagte Luise, doch ihr Gesichtsausdruck strafte sie Lügen. Auch ihr Aussehen sagte eher das Gegenteil. Die Kleidung war zerknittert, das Haar hing ihr im Gesicht. Die Wange war immer noch gerötet und leicht geschwollen.

»Möchtest du nicht zu uns in die Küche kommen und frühstücken? Eine Tasse heißer Tee tut dir sicherlich gut.«

»Nein, nicht im Moment. ›Floh‹ schläft, und ich möchte sie nicht wecken. Sie braucht ihren Schlaf.«

»Luise, es tut mir so Leid. Wir haben das nicht ahnen können ...«

»Mag sein, dass ihr es nicht habt ahnen können, aber ihr hättet mich vor ihm warnen können. Es war sicher nicht das erste Mal, dass er im Opiumrausch war ...«

»Du weißt davon?«

»Jetzt weiß ich es. Das Geschehene ist nicht mehr rückgängig zu machen. Ihr könnt sicher verstehen, dass ich eure Gastfreundschaft nicht länger beanspruchen möchte und heute Nachmittag in die Pension zurückgehe.«

»Das musst du nicht. Es wird sicherlich nichts mehr passieren.«

»Kannst du mir und meiner Tochter das garantieren?«, fragte sie ihn ungehalten. »Hast du so viel Macht über Jack Horan, dass du ihn von uns fernhalten kannst? Du zitterst doch schon, wenn nur sein Name fällt. Ihr seid von ihm abhängig, Bill! Hast du das vergessen, oder hat sich seit gestern etwas geändert? Ich glaube nach dem, was passiert ist, dass niemand vor ihm sicher ist. Er ist nicht mehr der Jack Horan, den ich kannte und liebte. Er ist zu einem Ungeheuer geworden und das nicht nur äußerlich.«

Erschrocken sah Bill Luise an. Nicht nur wegen ihrer Worte, sondern auch wegen der eisigen Kälte, mit der sie zu ihm sprach. Hilflos meinte er: »Vielleicht ist es wirklich das Beste, wenn du in die Pension ziehst.«

»Bill, nach dem, was passiert ist, habe ich ein Recht zu wissen, was sein Geheimnis ist.«

Bevor er antwortete, ließ er sich einen Moment Zeit. Als ob er abwägen würde, was er antworten sollte. Dann seufzte er, kraulte sich in seinem Bart und sah Luise an. »Wenn ›Floh‹ wach ist, komm zu uns in die Küche.« Mehr sagte er nicht, sondern drehte sich um und ging die Treppe nach oben.

Luise verschloss die Tür, verzichtete jedoch darauf, die Truhe davorzuschieben.

Ihre Tochter lag wach im Bett. Sie sah ihre Mutter mit ängstlichen Augen an. Leicht zogen ihre Mundwinkel nach unten.

Luise streichelte sie sanft. Die Kleine schien in ihren Augen zu lesen. Nach ein paar Sekunden brabbelte sie los, und ihr Gesichtchen strahlte wieder. Überglücklich, dass das Mädchen keine Angst mehr hatte, legte Luise das Kind an die Brust. Als sie wenig später ein flaues Gefühl in der Magengegend spürte, nahm sie ›Floh‹ auf den Arm und ging in die Küche. Blass saßen Mary und Bill am Tisch. Die Zwillinge räumten gerade ihr Frühstücksgeschirr in die Spüle.

»Guten Morgen, Tante Luise. Ist ›Floh‹ wieder gesund?«

Fragend sah Luise die Gibsons an. Mary half ihr und sagte: »Jack und Jacky haben das Baby letzten Abend weinen hören. Wir haben ihnen erklärt, dass es Bauchweh hatte.«

Luise nickte. Sie hatte verstanden. An die Zwillinge gewandt sagte sie: »Ja, es geht ihr heute schon bedeutend besser. Möchtet ihr mit ›Floh‹ im Esszimmer spielen?«

»Au ja, ich hole meine Puppe«, rief Jacky.

»Aber mein Schwert bekommt sie nicht. Nachher macht sie es noch kaputt!«, meinte Jack.

Nun huschte ein Lächeln über Luises Gesicht. »Jack, ›Floh‹ ist noch ein Baby, deshalb darf sie nicht mit Schwertern spielen.« An das Mädchen gewandt fügte sie hinzu: »Jacky, das ist sehr nett von dir, aber auch für deine Puppe ist sie noch zu klein. Vielleicht erzählt ihr beiden ihr eine Geschichte? Ihr könntet eine Decke holen, und dann legen wir sie hier auf den Boden, damit sie euch sieht.«

»Ich hole die Decke«, rief Jack und stürmte davon.

»Und ich hole das Bilderbuch«, sagte seine Schwester und lief ihm nach.

»Diese Kinder sind ein wahres Geschenk. Passt gut auf sie auf. Ich vermisse sie jetzt schon.«

»Du musst nicht gehen, Luise«, meinte Mary und ergriff Luises Hand. »Doch, Mary, ich muss!«, antwortete diese und entzog Mary ihre Hand wieder.

»Jack ist normalerweise nicht so. Das Opium ist schuld daran …« Bill stockte einen Moment, doch dann sprach er weiter: »Ich vermute, dass dein Kind ihn an seine Tochter Emily erinnert hat … Du musst wissen, dass er sehr einsam ist. Niemand darf erfahren, dass er noch am Leben ist …«

»Aber warum, Bill?«

Er schluckte und sah zu den Kindern, die vereint auf dem Teppich saßen. Luise spürte, dass er mit sich haderte. Mary nahm ihm die Entscheidung ab und sagte an Luise gewandt: »Damals, als er an dem Pranger gestanden hatte, haben seine Freunde von der Organisation einem Toten das Gesicht unkenntlich gemacht und ihn gegen Mr. Horan ausgetauscht. Der Wachmann wurde bewusstlos geschlagen, sodass es keinen Zeugen gab. Der Tote wurde als Jack Horan beerdigt. Deshalb ist er dazu verdammt, ein Leben in der Unterwelt zu fristen.«

»Warum geht er nicht aus London fort? Er könnte doch von vorne anfangen«, meinte Luise verständnislos.

»Du weißt, Luise, er würde nirgendwo auf der Welt hingehen, selbst, wenn du ihm ein Königreich versprechen würdest. Sein Platz ist hier in London. Hier, wo seine Lieben beerdigt sind und wo er ihre Gräber besuchen kann.«

»Herrgott, sie sind tot und werden dadurch auch nicht wieder lebendig. Man braucht doch kein Grab, um an seine Lieben zu denken.«

»Nein, das braucht man nicht. Aber ich möchte nicht in der Fremde vermodern. Hier ist mein Platz und sonst nirgends.«

Nur kurz verspannten sich Luises Schultern, als sie die Stimme hörte. Sie sah auf. Jacks und Luises Blick verhakten sich ineinander. Luise wusste ihre Tochter sicher neben sich. Zwar im anderen Zimmer, doch nah bei ihr und weit genug entfernt von Horan. Ihre Haltung wurde kerzengerade. Nie wieder würde sie ihm gestatten, ihre Schwäche auszunutzen.

Er schien ihre Ablehnung zu spüren. Seine Mundwinkel zeigten verächtlich nach unten. Doch dann meinte er: »Luise, was gestern passiert ist, tut mir Leid. Es wird nicht wieder vorkommen ...«

»Versprich nichts, was du nicht halten kannst. Ich müsste eigentlich zur Polizei gehen ...«

Als sie das sagte, verdunkelte sich sein Auge. Sein Gesicht wurde aschfahl. Die Stimme hatte nichts mehr mit Jack Horan gemein: »Ich will dich warnen, meine Liebe. Solltest du mein Geheimnis ausplaudern, wirst du deine Tochter nicht wieder sehen.« Ihr Gesichtausdruck verriet ihm, dass sie verstanden hatte. Er musste die Worte nicht laut aussprechen, denn sie hatten sich bereits in Luises Seele eingebrannt.

Aus dem Zimmer schwappte Kinderlachen zu ihnen herüber. Das blanke Entsetzen war auf den Gesichtern der Gibsons zu erkennen. Sie sahen sich schweigend an, und beide schienen das Gleiche zu denken. Was würde Horan ihnen antun, wenn er den Verdacht hätte, dass sie ihm gegenüber nicht mehr loyal wären?

Langsam erhob sich Luise und ging auf Jack zu. Die Fratze wurde wieder von der schwarzen Maske verdeckt. Kurz vor ihm blieb sie stehen. Ihr Gesicht war nur eine Armeslänge von seinem entfernt, als sie zu ihm sprach: »Du drohst mir? Meinem Kind? Du, der du die Hoffnung aller Kinder in den Waisenhäusern warst, willst dich an einem Baby vergreifen? Was ist aus deinen Idealen geworden? Was aus der Organisation? Hat denn nichts mehr einen Wert für dich?«

»Was glaubst du, Luise? Nach all dem, was ich durchgemacht habe. Bist du wirklich so naiv und denkst, dass alles noch so ist wie zuvor? Die Organisation ›Weiße Feder‹ ist tot. Genauso tot wie Jack Horan, der Anwalt. Mich interessieren die Kinder nicht mehr. Es war sowieso alles sinnlos. Wir haben uns damals etwas vorgemacht. Die wenigen, die wir gerettet haben, waren nichts im Gegensatz zu denen, die gequält, ausgenutzt und getötet wurden. Ich muss an mich denken und sonst an niemanden. Deshalb beherzige meinen Ratschlag, denn ansonsten kann ich für nichts garantieren.«

»Wage nicht, meine Tochter nur noch einmal zu berühren, Mr. Jack Horan.« Am liebsten hätte sie ihn angespuckt, doch sie blickte starr in sein gesundes Auge. »Was ist aus dir nur geworden?«, fragte sie mit fester Stimme. Nichts konnte sie in seinem Gesicht erkennen. Keine Regung, kein Gefühl. Luise drehte sich wortlos um und ging zu den Kindern. Dort nahm sie ihre Tochter auf den Schoß und las den Zwillingen vor. Sie würdigte Horan keines Blickes mehr und tat, als ob er nicht mehr anwesend sei. Trotzdem hörte sie zu, als er Bill fragte: »Ist mein Pferd gesattelt?« Sein Ton war grob und ließ vermuten, dass er zornig war.

»Jawohl, Mr. Horan. Mike wartet im Stall auf Sie. Ihre Sachen sind ebenfalls dort.«

Stille. Dann schlug eine Tür zu. Jeder im Raum schien aufzuatmen. Luise beendete die Geschichte und legte ihr Kind zurück auf die Decke. Dann setzte sie sich wieder an den Tisch zu den Gibsons. Stumm stierte jeder in seine Tasse mit dem erkalteten Tee.

»Wo reitet er hin?«, fragte Luise leise, als ob er nebenan wäre.

»Sein Opiumvorrat geht zur Neige.«

»Und?«, wollte Luise weiter wissen.

Laut stöhnte Bill: »Du gibst einfach nicht auf, nicht wahr?«

»Du hast seine Drohung gehört. Glaubst du wirklich, ich würde mich trauen, irgendjemandem davon zu erzählen?«

»Er reitet zur Küste. Näheres weiß ich auch nicht. Weder, wo es ist, noch, wen er dort trifft. Meistens bleibt er eine Woche weg.«

»Was hat er gesagt, als er gestern wieder zu sich gekommen war?«

»Ich hatte Angst vor den Konsequenzen. Doch er war weder böse, noch hat er getobt. Nichts. Ich bin mir nicht einmal sicher, ob er überhaupt weiß, was gestern passiert ist. Ich werde ihn aber auch nicht fragen«, erklärte Bill.

»Lebt er in dem Haus?«

»Lass es jetzt gut sein, Luise. Du weißt, was du wissen musst. Alles andere geht dich nichts an und uns auch nicht«, meinte Mary in einem Ton, der keine weiteren Fragen zu dulden schien.

Doch Luise ließ nicht locker: »In Australien gibt es das Gerücht, dass die ›Weiße Feder‹ immer noch existiert. Stimmt das?«

»Luise, gib endlich Ruhe.« Mary war im Gespräch aufgestanden und räumte den Tisch ab. Sie zeigte Luise demonstrativ, dass sie kein Interesse mehr an einer Konversation hatte.

Doch Luise bohrte weiter. »Es interessiert mich, schließlich war mein Mann der Gründer dieser Organisation, deshalb …«

»Ach, ich bitte dich, Luise. Du tust ja gerade so, als ob du daran beteiligt gewesen wärst. Soweit ich mich erinnern kann, hast du deinen Mann bis zum Tag eurer Hochzeit nicht einmal gekannt. Du hast ihn nur als Mittel zum Zweck benutzt …«

»Das ist nur die halbe Wahrheit«, unterbrach Luise sie, »anscheinend hast du vergessen, dass mein Bruder ebenfalls in der Organisation tätig war und deshalb deportiert wurde …«

»Du verdrehst alles so, wie du es brauchst …«, konterte Mary zynisch.

»Mary, jetzt reicht es. Was ist in dich gefahren? Warum keifst du wie ein altes Marktweib?«, fuhr Bill dazwischen.

Beschämt setzte sich Mary wieder. Die Hände vor sich gefaltet, starrte sie auf die Tischplatte. »Ich habe Angst.

Mr. Horan ist nicht erst seit gestern unberechenbar. Was passiert mit uns, wenn er erfährt, dass Luise alles weiß?«, fragte sie ihren Mann.

Über den Tisch ergriff er ihre Hand. »Er wird es nicht erfahren, und wenn doch, was soll schon geschehen? Er braucht uns, denn er kann sonst niemandem vertrauen. Die Gesellen, die er um sich geschart hat, würden für einen Whisky ihre Mutter verkaufen. Uns wird nichts geschehen. Glaube mir.« Bill sprach leise und besonnen zu seiner Frau. Seine Ruhe schien sich auf sie zu übertragen.

»Das glaubst du tatsächlich«, stellte sie fest, und als er nickte, entspannten sich ihre Gesichtszüge. »Dann erzähl ihr, was sie wissen will. Sie gibt sowieso keine Ruhe.« Mary sah Luise nun freundlich an und goss jedem heißen Tee nach.

Bill kraulte sich wie immer im Bart, dann sagte er: »Vergiss sogleich wieder, was ich dir jetzt erzählen werde. Sonst könnte es ungeahnte Folgen für uns alle haben. Nicht wegen Jack, sondern wegen der Gestalten, die in seinem Umfeld leben.«

Verwirrt und geschockt sah Luise zu den Gibsons. Sie nickte Bill zu. »Kein Sterbenswörtchen kommt über meine Lippen«, versprach sie.

Kurz sahen sich die Gibsons an, dann begann Bill zu sprechen: »Du hast es bereits von ihm gehört. Die ›Weiße Feder‹ existiert nicht mehr in der Form, in der du sie kennst, oder in der Vorstellung, wie dein Mann sie gegründet hat. Niemand weiß Genaues. Kinder werden nicht mehr befreit, und andere Aktionen finden auch nicht mehr statt. Sie ist in Vergessenheit geraten. Nur ab und zu findet man ein Flugblatt. Vergilbt und vom Winde verweht. Trotzdem weiß ich, dass einige der Anhänger aus frühen Tagen nur darauf warten, dass jemand kommt und die ›Weiße Feder‹ wiederbelebt. Bis dahin leben sie unerkannt in London. Nach Horans Befreiung wurde er in ein sicheres Versteck gebracht, wo er seine Verletzungen auskurieren konnte. Du hast sein Gesicht gesehen. Glaube mir, es sieht jetzt richtig hübsch aus. Damals habe ich nicht damit gerechnet, dass er überlebt. Seine Qual muss unvorstellbar gewesen sein. Da ich größere Mengen Opium für ihn brauchte und deshalb unnötige Fragen vermeiden wollte, ging ich in die Unterwelt. Niemand durfte wissen, dass Jack Horan befreit worden war und lebte. Ich erhoffte mir bei den richtig bösen Jungs Stillschweigen. Doch schnell sprach sich auch dort herum, dass Jack noch lebte, vor allem, als Jack begann, sich selbst das Mittel zu besorgen. Der Oberste dieser Ganoven, der mir damals einen größeren Opiumvorrat besorgt hatte, köderte Jack mit kleinen Portionen davon. Als Horan nicht mehr ohne sie leben wollte und wahrscheinlich auch nicht mehr konnte, schlug er ihm einen Handel vor. David Clifford, so dessen Name, wollte von Jack Informationen ...«

Irritiert sah Luise von ihrer Teetasse hoch. »Welche Informationen könnte Jack geben, die für einen Ganoven von Bedeutung sein könnten?« Abrupt stellte sie die Tasse auf den Unterteller, dass das Porzellan klapperte. »Die Schlagzeilen in der Zeitung ... Die Überfälle ...«

»Ich dachte, du hast darüber ein Gespräch belauscht?«, fragte Mary erstaunt.

Luises Gesicht überzog eine leichte Röte. »Ich habe euch belogen. Ich war auf dem Dachboden und habe dort die Zeitungen entwendet. Verwundert habe ich gelesen, dass seit Monaten eine Einbruchserie London in Atem hält. Merkwürdig war allerdings, dass es sich hauptsächlich um Richter handelte, die man überfallen hat. Nie im Leben hätte ich daran gedacht, dass Jack etwas damit zu tun hätte. Wieso bestiehlt er diese Menschen?«

»Informationen gegen Opium. So lief es jedenfalls am Anfang. Schließlich kannte Jack alle Opfer persönlich und war bei vielen schon zu Hause gewesen, sodass er einiges

229

wusste. Außerdem sah er darin eine Möglichkeit, sich bei Richtern, Staatsanwälten und allen anderen, die mit dem Gesetz zu tun haben, zu rächen. Er wollte Rache dafür, dass sie die Augen geschlossen haben, als Steel ihn in den Folterkerker warf. Genugtuung war das eine Motiv, Opium das andere. Dann änderte Clifford die Vereinbarung. Er wollte zwar weiterhin Informationen von Jack, aber das Opium verweigerte er ihm. Als Gegenleistung bot er sein Stillschweigen über Jacks Existenz. Als Jacks Opiumvorrat sich dem Ende zuneigte, ging er erneut zu Clifford. Doch der verhöhnte ihn nur. Mittlerweile hatte sich die Bande um den König der Unterwelt in zwei Lager gespalten. Diejenigen, die auf Cliffords Seite standen, und diejenigen, die Jack zugetan waren. Clifford wurde ermordet. Von wem? Keine Ahnung. Seitdem ist Jack König der Unterwelt und besorgt sich sein Opium selbst – direkt an der Küste, um unerkannt zu bleiben. Um alles zu finanzieren, bestiehlt er weiterhin die Richter und Reichen in der Stadt. Von einem Gesetzesvertreter hat er sich in einen Gesetzlosen verwandelt ... Ich kann in deinen Augen deine Frage erkennen, Luise. Du willst wissen, warum wir ihm trotzdem die Treue halten ... Sicher, wir leben durch ihn ein angenehmes Leben, doch das ist nicht der einzige Grund ... Jack tut uns Leid, Luise. Mein Herz blutet, wenn ich an sein jetziges Leben denke. Wir drei haben Jack Horan als einen wunderbaren Menschen kennen gelernt. Wenn er nun vor mir steht, dann sehe ich nicht sein zerstörtes Antlitz. Ich höre nicht seine befehlende Stimme, in der stets eine Drohung mitklingt. Ich sehe den alten Jack vor mir. Einen Mann, der an alle anderen und nie an sich dachte. Der, der für jeden sein Leben gegeben hätte. Er gab mir damals das Vertrauen an die Menschen zurück. Auch ihm haben wir unser Leben zu verdanken. Deshalb werden wir ihn nie verraten oder im Stich lassen. Vorausgesetzt, er bedroht meine Familie nicht.«

Stille herrschte in der Küche. Jeder hing seinen Gedanken nach. Auch aus dem Esszimmer kamen keine Geräusche mehr. Die Kinder waren beim Spielen eingeschlafen. Liebevoll deckten Luise und Mary die Zwillinge und das Baby zu.

»Danke, dass ihr mir alles erzählt habt. Ich werde jetzt meine Sachen packen. Bringst du mich dann bitte zur Pension, Bill?«

»Natürlich, Luise.«

Jack hatte genug gehört. Er wusste nun, dass von den drei Personen keine Gefahr ausgehen würde. Bills Schlusssatz hatte ihn in seinem Herzen berührt, doch er durfte sich keine Gefühle mehr erlauben. Diese Zeit war vorbei. Gefühle bedeuteten Verletzbarkeit, und die konnte er nicht gebrauchen.

Es war damals eine clevere Idee gewesen, sein Haus mit mehreren Geheimtüren zu versehen. Eine davon befand sich hinter der Bücherwand im Esszimmer. Eine andere in Luises Zimmer. Durch sie konnte er unbemerkt in ihr Zimmer gelangen und sie beim Schlafen beobachten. Außerdem gab es eine im Schlafzimmer der Gibsons und eine im Weinkeller. Alle waren mit einem Geheimgang verbunden, und dieser konnte nur durch eine versteckte Tür im Stall betreten werden. Manchmal war es von Nutzen, wenn man wusste, was die Menschen über einen redeten oder dachten, ohne dass sie es ahnten.

Er ging den Gang unbemerkt zurück, zwängte sich durch die Tür und ging zu seinem Pferd, das gesattelt außerhalb der Sichtweite der Gibsons auf ihn wartete. Es war Zeit, zur Küste aufzubrechen. Der Weg bis dorthin war weit.

London, Mitte Februar 1794

Seit drei Tagen wohnte Luise mit ihrer Tochter in der Pension ›Goldener Löwe‹. Die Unterkunft war ihr nicht fremd. Als sie das erste Mal nach England gekommen war, hatte sie mit Colette hier gewohnt. Luise hatte sich ebenfalls im ›Goldenen Löwen‹ einquartiert, nachdem sie aus Kapstadt in London angekommen war. Jetzt war es bereits der dritte Aufenthalt. Die ersten beiden Male hatte sie sich hier wohl gefühlt, doch heute erschien es ihr eng und unpersönlich. Seit sie mit ihrer Tochter eingezogen war, hatte es Bindfäden geregnet. Für England war dies nichts Ungewöhnliches, doch Luise konnte mit ihrer Tochter nicht an die frische Luft gehen. Das Mädchen war quengelig, und sie selbst wurde unzufrieden. Luise fühlte sich wie eine Löwin im Käfig. Wenn das Kind endlich schlief, ging sie in dem kleinen Zimmer hin und her. Ihr fiel die Decke auf den Kopf. Ab und zu schaute sie zum Himmel, ob sich nicht ein dünner Sonnenstrahl durch die dicke, graue Wolkendecke gekämpft hatte, aber er blieb trüb. Luise zwang sich zur Ruhe und setzte sich in den Sessel. Wie eine Fremde saß sie auf der äußersten Kante des Möbelstücks. Dann lief sie wieder hin und her und wartete sehnsüchtig, dass endlich ihre Tochter wach wurde.

Aus Angst vor Horans Drohung wollte sie mit fremden Menschen keinen Kontakt haben und nahm deshalb sogar ihre Mahlzeiten allein in ihrem Zimmer ein. Zuerst hatte sich die Pensionswirtin über die zusätzliche Arbeit beschwert. Wo käme sie hin, wenn sie jedem ihrer Gäste das Essen hinterhertragen würde. Doch Luise schob das Argument vor, dass ihre Tochter meist zu den Essenszeiten schlief. Nur deshalb machte die Wirtin eine Ausnahme. Nun war Luise isoliert von den übrigen Gästen und hatte mehr Zeit zum Grübeln. Immer wieder kehrten ihre Gedanken zu Jack Horan zurück. Er war der Grund, warum sie keine Ruhe fand. Es war nicht zu leugnen, dass seine Drohung sie beunruhigte. Ihre einzige Hoffnung war Duncan. Wenn er käme, würde alles wieder so wie früher werden. Doch bis dahin musste sie durchhalten. Nicht nur nervlich, sondern auch finanziell.

In den Wochen bei den Gibsons hatte sie Geld sparen können. Deshalb brauchte sie noch keine Not zu leiden. Aber was wäre, wenn Monate vergehen würden, bis Duncan käme? Dann müsste sie sich eine Arbeit suchen. Doch wohin sollte sie mit ihrem Kind?

Luise nahm ihren kleinen Lederbeutel und leerte den Inhalt auf dem Bett aus. Sie zählte auf der Decke kleine Geldbeträge ab. Einen für die Pension, einen für das Alltägliche, einen für das Notwendige, einen für den Notfall, falls sie einen Arzt brauchen würden. Das Ergebnis war unbefriedigend. Sie verschob einzelne Geldstücke, doch es blieb kümmerlich. Keine zwei Monate würde sie überstehen können. Vielleicht sollte sie zurück nach Australien reisen? Sie zählte alle Geldstücke. Auch für die Überfahrt reichte es nicht. Niemals käme sie mit ihrer Tochter wieder nach Hause. Dann kam ihr eine Idee. Wenn sie wieder auf der ›Miss Britannia‹ reisen würde, könnte sie Kapitän Fraser sicherlich die Überfahrt erst in Port Jackson bezahlen. Aber auch das war unmöglich. Genauso wie ihr Plan, nach Deutschland weiterzureisen. Denn was wäre, wenn Duncan bereits auf dem Weg hierher war? Sie würden sich verpassen. Es würden abermals Monate, vielleicht sogar Jahre vergehen, bis sie sich wieder sehen würden. Nein, so bitter es für sie auch war, sie musste in London ausharren.

Luise legte das Geld zurück in den Beutel und versteckte ihn unter der Matratze. Erschöpft legte sie sich hin und versuchte, etwas zu ruhen. Fragen und Ängste ließen ihr Herz schneller schlagen.

Irgendwann schlief sie ein und träumte. Träumte von einem Haus mit Garten, in dem hunderte Blumen blühten.

Die Sonne schien und vertrieb die grauen Wolken. Ein blauer Himmel kam zum Vorschein und machte das Bild ihres Traumes perfekt.

Es war kein langer Schlaf. Auch kein tiefer oder erholsamer, aber es war ein sinnvoller Schlaf. Als Luise die Augen wieder öffnete, schlug ihr Herz bis zum Hals. Doch dieses Mal vor Freude. Wie hatte sie das vergessen können? Es war doch nahe liegend. Duncan stammte aus London. Er besaß hier ein großes Haus. Mitten in der Stadt, in dem er auch seine Praxis gehabt hatte. Jetzt war das Haus unbewohnt. Sie könnte das Geld für die Pension sparen und dort einziehen. Zum ersten Mal seit Tagen verzog sich Luises Mund zu einem Lächeln. Doch wer konnte ihr sagen, wo Duncans Haus stand? Duncan war ein angesehener Arzt in dieser Stadt gewesen. Es gab bestimmt Menschen, die sich an ihn erinnerten. Die müsste sie nur finden. Vielleicht kannte sogar Mrs. Miller an der Rezeption die Straße.

Erleichterung ließ Luise entspannen. Sie hatte andere Situationen gemeistert. Diese wäre eine der einfachsten. Ja, sie würde in Duncans Haus auf ihn warten. In dem Haus ihres Mannes, das nun auch ihr Heim werden würde. Ihre Tochter und sie brauchten nicht mehr in diesem engen, dunklen Zimmer zu wohnen. Luise würde ihr Heim mit bunten Blumensträußen gemütlich dekorieren. Ihr Essen auf dem eigenen Herd zubereiten. Ein Kribbeln ließ sie erschaudern. Sie konnte es kaum erwarten, ihrer Tochter davon zu erzählen.

$$\mathcal{Q}\!\!\!\!\!\!\!\text{---}\,\mathcal{Q}\,\text{---}\,\mathcal{Q}$$

Müde und hungrig kam Luise mit dem Kind zurück in die Pension. Niemand, den sie gefragt hatte, hatte ihr einen Hinweis auf die Straße geben können, in der sich Duncans Anwesen befand. Tag um Tag lief sie kreuz und quer. Doch London war eine riesige Stadt – aufgeteilt in zweiunddreißig Stadtbezirke, die so genannten Boroughs, die rechts und links der Themse lagen.

Langsam erkannte sie, dass es im Grunde ein aussichtsloses Unterfangen war. Doch da nun der Gedanke von einem eigenen Haus Besitz von ihr ergriffen hatte, gab Luise so schnell nicht auf. Jeden Tag nach ihrer Heimkehr strich Luise die Straßen auf einer Liste aus, auf der sie die Straßennamen aufgeschrieben hatte. Mrs. Miller war ihr dabei behilflich gewesen, damit sie keine Straße vergaß oder doppelt ablief. Im näheren Umfeld der Pension konnte sie bereits alle Wege abhaken. Doch nun wurden die Entfernungen länger. Das hieß, dass sie diese unmöglich zu Fuß ablaufen konnte. Das bedeutete wiederum, dass sie Geld für eine Droschke ausgeben musste.

Luise zählte gerade den Inhalt ihres Geldsäckchens, als es unerwartet an der Zimmertür klopfte. Schnell schob sie das Geld zurück in das Behältnis und verstaute es unter dem Kopfkissen. Während sie die Tür öffnete, sagte sie: »Ja, Mrs. Miller, was …«

Doch da stand nicht Mrs. Miller, die Pensionswirtin. Erstaunt sah sie ihren Gast an.

»Guten Tag, Luise. Darf ich hereinkommen?«

»Natürlich, Mary.«

Mary schaute in die Wiege, in der das Mädchen schlief. »Sie ist schon wieder gewachsen«, stellte sie fest.

Luise nickte zustimmend. »Es ist schön, dass du uns besuchen kommst. Seit Wochen habe ich mit niemandem ein Gespräch geführt. Du hast doch sicher Zeit? Ich werde uns bei Mrs. Miller Tee und Kekse besorgen. Bitte pass auf ›Floh‹ auf.«

Luise ließ Mary keine Zeit zu antworten. Glücklich über den Besuch, rauschte sie mit wehendem Rock zur Tür hinaus. Mary lächelte ihr hinterher. Ja, auch sie war froh, Luise wieder zu sehen, auch wenn sie nicht ohne Grund gekommen war.

Eine Stunde später waren die Kekse gegessen, der Tee getrunken und die Neuigkeiten erzählt. Luise hatte unbeschwert über die Zwillinge lachen können und gespannt Marys Erzählungen gelauscht. Zwischenzeitlich war auch ihre Tochter aufgewacht und saß glucksend bei Mary auf dem Schoß.

»Es wird Zeit, dass ich wieder gehe.« Mary zögerte einen Augenblick. Dann fügte sie hinzu: »Mr. Horan hat mir eine Nachricht für dich mitgegeben … Ich hatte ihn um Erlaubnis gefragt, dich sehen zu dürfen … Bitte missverstehe es nicht … aber Bill und ich wollen seinen Ärger nicht provozieren und deshalb … Als ich heute meinen Mantel nahm, lag ein Brief darauf … an dich adressiert.«

Alle Farbe wich aus Luises Gesicht. Die schönen Stunden mit Mary, das unbeschwerte Geplauder hatten nun einen Beigeschmack bekommen. Auch die Bilder, die die Zwillinge für ›Floh‹ gemalt hatten, konnten ihr das schlechte Gefühl nicht nehmen. Mit zittriger Hand nahm Luise das Kuvert entgegen. »Wartet er auf eine Antwort?«

»Das kann ich dir nicht sagen. Ich habe ihn seit zwei Tagen nicht gesehen. Ich bleibe, bis du den Brief gelesen hast … falls er eine Antwort erwartet.«

Seufzend setzte sich Luise. Es brauchte nur Jacks Name zu fallen, und alles Blut schien aus ihr zu weichen. Ihre Finger waren taub, als sie den Umschlag öffnete. Schon wieder waren es geschriebene Worte, die ihr Leben verändern würden. Obwohl sie deren Inhalt nicht kannte, ahnte sie es. Sie hatte es bei jedem Schriftstück, das sie in den letzten Jahren bekommen hatte, gespürt. Das Testament und der Brief ihres Vaters. Jacks Brief nach Australien. Colettes Abschiedszeilen. Selbst ihre eigenen geschriebenen Worte an ihren Mann. Stets war eine Veränderung damit verbunden gewesen. Meist zum Negativen.

Was wollte Jack von ihr? Sie faltete das Blatt Papier auseinander und las. Ihre Augen wurden immer größer. »Das gibt es doch nicht ... Woher weiß er das?«

Erschrocken sah Mary zu Luise. Doch diese sah sie lachend an und reichte ihr den Brief zum Lesen.

Als Luise die Glocke läutete, wurde sofort geöffnet. Eine ältere Dame mit gütigen Augen stand vor ihr. Luise wollte sich gerade vorstellen, als die Frau mit der weißen Schürze und dem ebenso weißen Häubchen fragte: »Mrs. Fairbanks?«

Luise nickte überrascht.

»Ich habe Sie erwartet.«

»Ach ja?«, fragte Luise erstaunt.

»Wir haben einen Brief erhalten, in dem Ihre Ankunft angekündigt wurde. Nur das Datum Ihres Erscheinens hatte einen Spielraum von zwei Tagen. Zum Glück sind mein Mann und ich rechtzeitig mit allem fertig geworden. Ist das Ihr ganzes Gepäck?«

Wieder nickte Luise.

»Dann darf ich Sie herzlich in Ihrem Heim begrüßen. Mein Name ist Mrs. Moore«, sagte die Dame und trat zur Seite, damit Luise hereinkommen konnte. »Mein Mann wird Ihre Koffer in Ihr Schlafzimmer bringen. Später werde ich den Inhalt in die Schränke einräumen. Kommen Sie bitte hier entlang, in die Wohnküche. Ich habe gerade Wasser aufgesetzt. Möchten Sie auch einen Tee?«, fragte sie und lächelte Luise freundlich an. Voller Wärme blickte sie auf das Kind in Luises Arm. »Ihre Tochter?«

Luise bejahte.

»Meine Tochter bekommt im Sommer ihr erstes Kind. Ich kann es kaum erwarten. Ihre Tochter gleicht ihr.«

237

Luise wusste nicht, wen Mrs. Moore meinte. Wollte auch nicht danach fragen, sondern folgte still der Frau, die voranging. In der Küche pfiff bereits der Wasserkessel. Luise setzte sich an den Tisch. Die Kleine quietschte vergnügt und strampelte auf dem Schoß ihrer Mutter. Mrs. Moore füllte die Teetassen.

»Wer hat Ihnen gesagt, dass ich kommen werde?«, fragte Luise neugierig.

»Wir haben einen Brief von einer Anwaltskanzlei an der Küste, aus Brighton, erhalten. Darin stand, dass Sie die Ehefrau von Doktor Fairbanks seien und beabsichtigen, hier einzuziehen. Ihr Mann würde erst in einigen Monaten nachkommen. Außerdem war diesem Brief Geld beigelegt, damit wir das Haus für Sie wohnlich herrichten.«

Erstaunt hob Luise eine Augenbraue. Obwohl sie im Grunde nichts mehr wunderte. Als Mary ihr den Brief von Jack überreicht hatte, war sie über dessen Inhalt überrascht gewesen, der nur aus der Adresse von Duncans Haus bestand. Keine weiteren Worte. Vor Freude wäre sie am liebsten zu Horan gegangen. Hätte ihn gern umarmt und sich bedankt. Das war wieder der alte Jack Horan. Der, dem andere Menschen wichtig waren. Jedoch wusste Luise auch, dass diese freundliche Gemütswandlung schnell ins Negative umschlagen konnte. Deshalb schrieb sie einige Dankessätze auf ein Blatt Papier und bat Mary, ihm diese Zeilen auszuhändigen. Seitdem hatte sie von Horan nichts mehr gehört.

Die Tür ging auf, und ein älterer Mann mit schlohweißem Haar kam herein. »Ah, Mrs. Fairbanks nehme ich an? Ich bin Mr. Moore.« Er wollte ihr die Hand zur Begrüßung reichen. Als er seine schmutzigen Hände sah, lächelte er verlegen und ging zum Spülstein. »Hast du Mrs. Fairbanks schon alles erklärt?«, wandte er sich an seine Frau.

»Nein, wir wollten zuerst eine Tasse Tee trinken. Möchtest du auch eine, Henry?«

Mrs. Moore goss allen frischen Tee ein. Währenddessen erklärte Mr. Moore einiges, was das Haus betraf.

»Feuerholz habe ich gehackt. Es reicht mindestens bis Weihnachten …«

Stunden später war Luise allein mit ihrer Tochter in dem riesigen Haus. Die Moores hatten ihr angeboten, dass sie sich jederzeit an sie wenden könnte. Aber Luise war bestrebt, es allein zu schaffen. Jack hatte an alles gedacht und ihr sogar die Speisekammer füllen lassen. Selbst das Kinderbettchen hatte er nicht vergessen.

Der Abend senkte sich über das Land. Luise war erschöpft und glücklich. Da ihre Tochter bereits schlief, ging auch sie zu Bett. Das Tageslicht war noch nicht gänzlich verschwunden. Es reichte aus, um den Schlafraum so weit zu erhellen, dass sie die Gegenstände erkennen konnte. Sie klopfte ihr Kissen im Rücken zurecht, strich die Decke über ihrem Körper glatt und setzte sich auf. Luise konnte es nicht fassen. Sie lag im Schlafzimmer ihres Ehemannes. In seinem Bett.

Ihr Blick wanderte durch das Zimmer. Über dem Bett spannte sich ein cremefarbener Stoffhimmel, der von gedrehten Holzstützen getragen wurde. Eingewebte Blüten in seidigem Garn schimmerten im Restlicht des Tages. Auf der gegenüberliegenden Seite stand eine Herrenkommode mit vielen Schubläden. Darüber hing ein goldener Spiegel, der dem Raum Größe verlieh. Die Glastür an der linken Wand führte auf einen kleinen Balkon. Davor stand ein dunkelgrüner Ohrensessel mit einem passenden Hocker. Rechts neben dem Bett standen die Wiege ihrer Tochter und dahinter ein Nachtschränkchen mit einer schwarzen Marmorplatte. Neben der Zimmertür stand ein wuchtiger Kleiderschrank aus dem gleichen Holz wie die übrigen Möbel.

Luise spürte, wie ihre Augen zufielen. Fast zärtlich strich sie über den Bezug des Kopfkissens. Sie sog den frischen Duft der Wäsche ein. Luise war so glücklich, dass alle Worte dieser Welt ihren Zustand nicht hätten beschreiben können. Sie konnte es fast nicht glauben, doch sie lag in Duncans Bett. Wie wunderbar, wie geborgen sie sich fühlte. Sie war daheim und wusste, dass bald der Tag kommen würde, an dem sie nicht mehr allein zu Bett gehen müsste.

Ein Sonnenstrahl kitzelte Luise wach. Sie musste nicht lange überlegen, wo sie war. Wohlig streckte sie sich und gähnte laut. Sofort erhielt sie Antwort. Ihre Tochter war ebenfalls wach und quietschte zurück. Das Mädchen sah sie mit lachenden Augen an und streckte ihr die Ärmchen entgegen. Sofort nahm Luise ihre Tochter zu sich ins Bett und stillte sie.

Während das Kind gierig trank, sagte Luise zu ihr: »Nachher erkunden wir das restliche Haus. Mal sehen, ob dein Vater bei den anderen Räumen ebenso viel Geschmack bewiesen hat.«

Nachdem beide angekleidet waren und auch Luise gefrühstückt hatte, nahm sie das Kind auf den Arm und ging den Korridor entlang. Obwohl die Türen verschlossen waren, war der Gang sonnendurchflutet. Sie schaute nach oben und sah erstaunt, dass die Spitze des Daches aus Glas bestand. Luise öffnete eine Zimmertür und betrat ein Studier- und Lesezimmer. Mitten im Raum stand eine dunkelrote Chaiselongue, die zum Verweilen einlud. Große Regalwände waren mit Büchern gefüllt. Sogar auf Französisch und Latein waren einige geschrieben. Die meisten davon waren medizinische Fachbücher.

Luise erinnerte sich an Duncans und ihren ersten gemeinsamen Ausritt in die Wildnis Australiens. Sie war verblüfft über das Wissen ihres Mannes gewesen. Duncan hatte ihr erklärt, dass er es als seine Pflicht ansähe, sich weiterzubilden. Er läse Belletristik genauso wie Fachliteratur oder Reiseberichte.

Als Luise die Bücherregale durchstöberte, erweckte ein in Leder gebundenes Buch ihre Aufmerksamkeit. Es hob sich durch seine Größe von den übrigen Werken ab. Vorsichtig zog sie es heraus und hielt ein Buch über Leonardo da Vinci in ihren Händen.

Schon ihr Vater hatte diesen berühmten Maler, Bildhauer und Naturforscher, der im 16. Jahrhundert gelebt hatte, verehrt. Besonders das Abendmahl war zu da Vincis Zeit eine Revolution gewesen. Luises Vater hatte ihr erklärt, dass der Künstler da Vinci schon damals Licht und Schatten bei seiner Maltechnik berücksichtigt hatte. Sie schlug eine Seite auf und las ein Zitat von da Vinci, das durch die fetten Buchstaben hervorstach: ›Nur der Augenblick ist zeitlos‹.

Eine einfache Feststellung, über die man sich kaum Gedanken macht, die aber zum Nachdenken anregte. Denn, wie lange dauert solch ein Augenblick? Einen Moment? Eine Sekunde? Einen Wimpernschlag? Luise stellte das Buch vorsichtig zurück ins Regal.

Seufzend ließ sie ihren Blick durch den Raum schweifen. So viele Werke. Sie nahm sich vor, jeden Abend ein paar Seiten in einem Buch zu lesen. Allerdings wollte sie sich einen spannenden Roman aussuchen.

Die Tür zum nächsten Zimmer klemmte. Erst als sich Luise dagegenlehnte, sprang das Schloss auf. Der Raum war verdunkelt. Die Luft, die ihr nun leicht entgegenströmte, roch weder abgestanden noch muffig. Ein Hauch von Rosenduft kroch in Luises Nase hoch. Dicke, dunkelblaue Vorhänge hinderten das Licht, hier einzudringen. Ihre Tochter quengelte und schien sich vor der Dunkelheit zu fürchten.

»Psst, mein kleiner Schatz. Mami macht schnell die Vorhänge auf … Ich glaube, es wird Zeit, dass ich dir einen Namen gebe. Doch welchen?«, fragte Luise gedankenverloren, als sie nach der Kordel für die Gardinen tastete. Endlich fand sie diese und zog die Vorhänge zur Seite. Als sie sich umdrehte und den gesamten Raum vor sich sah, verschlug es ihr den Atem. Das eindringende Licht ließ die hellblauen Seidentapeten silbrig glänzen. Weiße, hochglänzende Möbel reflektierten den Sonnenschein. Zwei Eckvitrinen standen wie mächtige Säulen in den gegenüberliegenden Zimmerecken. In der einen lagen erlesene Einzelteile wertvollen Porzellans, in der anderen Damen- und Herrenschmuck. Die Art, wie die Teile in den Glasvitrinen zur Schau gestellt wurden, erinnerte Luise an ein Museum. Wem diese Sachen wohl gehört hatten?

Ein riesiger fünftüriger Schrank nahm fast die gesamte Länge der rechten Wand ein. Von Neugierde getrieben, öffnete Luise eine der Türen. Wieder hielt sie den Atem an. Ballroben in schillernden Farben, mit Federn verzierte Capes füllten diesen Teil des Schrankes aus. Aufgereihte Schuhe, Handtaschen und Hutschachteln standen hinter der zweiten Tür. Manche sahen aus, als ob sie nie getragen worden wären. Hinter den beiden nächsten Türen hingen Herrenanzüge, Ausgehfracks mit passenden Mänteln, Hüte und Handschuhe. Die letzte Tür verbarg keine Kleidungsstücke. Auf Regalbrettern lagen Bilder, Notizblätter, Parfümflaschen und vielerlei kleine persönliche Utensilien. Auch hier gab es keine Hinweise, wem diese Gebrauchsgegenstände gehörten. Luise schloss die fünf Schranktüren und drehte sich nachdenklich um. Als sie den Blick hob, schauten zwei Augenpaare von einem Gemälde freundlich lächelnd auf sie. Augen, die ihr nicht fremd waren. Erstaunt sah sie ihre Tochter an. Diese Ähnlichkeit war unverkennbar. Jetzt verstand sie Mrs. Moores Bemerkung, als sie sagte, dass die Kleine ihr glich. Luise hob ihre Tochter hoch und zeigte ihr die Bilder.

»Dein Vater hat hier anscheinend ein Gedenkzimmer für deine Großeltern geschaffen. Was für eine schöne Idee«, flüsterte Luise ehrfürchtig.

Sie betrachtete die Bilder genauer. Duncans Vater hatte ebenso taubenblaue Augen wie sein Sohn. Auch das Lächeln war gleich. Unter dem Gemälde stand in goldener Schrift: *Ernest Fairbanks*.

Seine Mutter hatte ihre dunkelblonden Haare zu einem weichen Knoten festgesteckt. Ihre Augen schienen lächelnd auf ihr Enkelkind zu schauen. Ihre Hände, die im Schoß gefaltet waren, waren ebenso feingliedrig wie die ihres Sohnes. Als Luise die goldene Schrift las, hatte sie endlich eine Antwort auf ihre Frage gefunden.

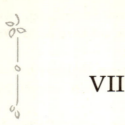

VII

Auf der ›Golden Wave‹, Ende Februar 1794

Die Schiffsglocke läutete die zwölfte Stunde ein. Mitternacht. Bis auf die Wachmannschaft schlief jeder an Bord der ›Golden Wave‹.

Wie in den Nächten zuvor stand Duncan allein an Deck und hing seinen Gedanken nach. Je näher der Schoner der englischen Küste kam, desto öfter tobten widersprüchliche Gefühle in ihm.

Das Schiff hatte vor einer Stunde den Ärmelkanal erreicht und kämpfte sich durch die raue See des bretonischen Küstengewässers. Der Kapitän schätzte, dass sie in drei Tagen den Zielhafen erreichen würden. Bei dieser Meldung hatte Duncans Herz heftig zu schlagen begonnen. Er freute sich, endlich die Heimat wieder zu sehen. Außerdem war er froh, von diesem Schiff zu kommen. Auch der Gedanke, seine Frau bald wieder zu sehen, machte ihn glücklich. Trotzdem schlug das Herz nicht nur vor Freude, sondern auch vor Furcht.

»Kannst du wieder nicht schlafen?«, fragte eine besorgte Stimme hinter ihm.

»Du anscheinend auch nicht«, antwortete Duncan und drehte sich zu Bobby um. Sie teilten sich eine Kajüte, und fast jeden Abend ging Duncan nach seinem Ziehsohn zu Bett. Meist graute schon der Morgen, wenn er sich endlich in die Koje legte. Doch oft trieb ihn die Unruhe wieder vom Lager hoch.

»Willst du mit mir reden, Duncan? An Land haben wir vielleicht keine Gelegenheit mehr dazu.« Vor Tagen hatte Bobby ihn bereits ansprechen wollen, doch er hatte sich nicht getraut. Duncan mochte es nicht, wenn seine Person Gesprächsthema war, und reagierte meist abweisend. Doch Bobby wusste aus Erfahrung, dass Reden hilfreich sein konnte. Er hatte es am eigenen Leib erlebt. Damals im Gefängnis. Innere Einsamkeit konnte die Seele zerfressen.

Duncan sah Luises Bruder an. Dann nickte er und fragte ihn: »Was willst du hören?«

»Sage mir, was dich betrübt. Warum du keinen Schlaf findest. Warum du, je näher wir der Heimat kommen, kaum noch redest und fast nichts mehr isst. Erkläre es mir. Ich weiß, ich habe weder deine Lebenserfahrung noch deine Bildung. Aber vielleicht kann ich dir trotzdem helfen.«

Nun lächelte Duncan und sah ihn stolz an. Der Junge hatte sein Herz auf dem rechten Fleck. Er interessierte sich für den Menschen und war nicht ignorant. Dazu brauchte man weder Bildung, noch musste man grau und weise sein. Duncan antwortete zurückhaltend: »Ich habe Angst, Bobby. Angst, deine Schwester wieder zu sehen«, und er wandte seinen Blick hinaus auf den Küstenstreifen, wo man in der Ferne die Lichter der Städte erkennen konnte, die sich im Wasser widerspiegelten.

»Aber warum? Schließlich ist Luise der Grund unserer Reise. Ich dachte, du würdest dich freuen.«

»Sicherlich. Doch es ist viel Zeit vergangen.«

»Natürlich, über ein Jahr. Doch wovor hast du Angst? Vor ihren oder vor deinen Gefühlen?«

Erschrocken über diese Frage, antwortete Duncan spontan: »Vor beiden.« Doch noch zögerte er, sich gänzlich zu offenbaren. Er war es nicht gewohnt, über seine Gedanken, Wünsche und Ängste zu sprechen. Duncan spürte aber

245

auch, dass alles zusammen ihn belastete. Deshalb beschloss er, seinen Kummer zu erklären. Verlegen kratzte er sich am Hinterkopf: »Wo soll ich anfangen?«

»Erzähle, ich werde es sortieren.« Der Junge war so verdammt vernünftig und reif und machte es Duncan leicht.

Wieder sah dieser aufs Meer hinaus und sagte leise: »Ich habe versagt, Bobby. Einfach nur versagt. Das wird mir von Tag zu Tag deutlicher. Ich hätte Luise sofort folgen müssen. Aber ich war wütend und enttäuscht. Verletzt, weil sie mich verlassen hatte, ohne mir den Grund zu nennen. Wie du siehst, haben mir meine Bildung und Lebenserfahrung nichts genutzt. Sicher, meine Enttäuschung kann man vielleicht verstehen, schließlich stellt man sich eine Heimkehr anders vor. Trotzdem – ich hätte meine Frau so gut kennen müssen, um zu wissen, dass sie nicht aus einer Laune heraus gegangen war. Ich hätte spüren müssen, dass sie mir eine Nachricht dagelassen hatte. Aber ich habe nur das geglaubt, was ich gesehen habe. Und diesen Brief habe ich nicht gesehen.« Er ballte die Fäuste und boxte auf die Reling: »Dafür, dass Elisabeth den Brief vernichtet hat, könnte ich sie umbringen ... Ich glaube ihr nicht ... Sie hat die Zeilen gelesen und weiß, warum Luise gegangen ist ... Bobby, ich habe die Frau, die ich über alles liebe, verraten. Unsere Liebe verraten. Könnte ich ihr verdenken, wenn sie mich nicht mehr sehen will? Was ist, wenn sie jetzt einen anderen liebt? Jemanden, der zu ihr steht, der sie beschützt? Über ein Jahr ist vergangen ...« Duncan schwieg einige Sekunden. »Sie ist ein wunderbarer Mensch. Warum sollen das nicht auch andere Männer bemerken? Vielleicht bringt sie jetzt ein anderer Mann zum Lächeln ...« Wieder hielt Duncan einen Augenblick inne. Seine Augen brannten nicht nur vor Müdigkeit. »Vom ersten Augenblick an habe ich gewusst, dass sie es ist. Sie ist die Frau, für die es sich zu leben lohnt.«

246

Bobby stutzte einen Augenblick, dann meinte er: »Als Kind dachte ich immer, Elisabeth sei die Frau deines Lebens. Abgesehen davon, dass du sie jetzt umbringen könntest«, fügte er lächelnd hinzu und entspannte damit die Situation.

»Du weißt, dass ich ihr kein Haar krümmen könnte. Elisabeth ist eine interessante Frau in einer atemberaubenden Verpackung. Aber nur auf den ersten Blick. Ich muss gestehen, als ich sie das erste Mal gesehen habe, wollte ich sie vom Fleck weg heiraten und habe den lieben Gott angefleht, er möge mir nur diesen einen Wunsch erfüllen und mir diese Frau zu meinem Eheweib geben. Elisabeth wollte sich damals nicht festlegen, sondern teilte nur das Bett mit mir. Ich hoffte und glaubte, dass die Zeit sie an mich binden und sie meinen Antrag annehmen würde. Ich war geblendet von so viel Schönheit. Wir lebten bereits ein Jahr zusammen, als du zu uns kamst. Da bemerkte ich zum ersten Mal, dass sie wirklich nur ein schöner Schmetterling war, mit viel Eigenliebe ausgestattet. Ein Kind, das ihr Leben durcheinanderwirbelte, störte sie. Elisabeth war gegen deine Adoption. Auch der Organisation stand sie zweifelnd gegenüber. Am Anfang fand sie es spannend, doch schon bald wurde ihr alles zu anstrengend. Wir hatten kaum Zeit für Vergnügen im Leben. Was ich nicht vermisste, da ich euch Kindern helfen wollte. Als ich merkte, dass diese Frau oberflächlich war, erkalteten meine Gefühle für Elisabeth. Das konnte sie nicht ertragen. Irgendwann merkte ich, dass der schöne Schmetterling von einer Blüte zur anderen flatterte. Dort bekam sie Anerkennung und Bestätigung. Als ich das erkannt hatte, war ich froh, dass der liebe Gott nicht alle Wünsche erfüllt, und ich trennte mich von ihr. Sie hat sich nicht verändert. Sie lebt heute noch dieses Leben … Sicherlich, es gab danach noch andere Beziehungen. Für eine Nacht und manchmal auch für zwei. Doch nichts fürs Leben. Dann rief mein

Freund Jack Horan mich zu sich. Deine Schwester war überfallen worden und lag ohnmächtig in Jacks Wohnzimmer. Sofort, als ich sie sah, spürte ich, dass sie es ist. Nie werde ich ihren Anblick vergessen. Die blonden Haare waren ihr in die Stirn gefallen. Lange Wimpern zauberten Schatten auf ihre Wangen und ein rosa Mund ... am liebsten hätte ich sie wachgeküsst. Wochen später unterbreitete Jack mir seinen Plan. Luise suchte einen sicheren Weg nach Australien, um ihren unbekannten Bruder zu suchen. Keiner ahnte damals, dass du das Objekt dieser Suche warst. Jedenfalls zeigte mir ihr Verhalten, dass sie nicht nur schön, sondern auch ein guter Mensch ist. Deshalb stimmte ich Horans Vorschlag zu, Luise zu heiraten. Sie kannte mich nicht. Hatte mich vorher nicht gesehen – bei unserem ersten Zusammentreffen war sie ja ohnmächtig gewesen. Du kannst dir sicher vorstellen, wie schrecklich die Hochzeitszeremonie war. Auf der langen Reise nach Australien redeten wir kaum miteinander und gingen uns so weit wie möglich aus dem Weg. Doch manchmal ließ es sich nicht vermeiden, dass wir uns auf der ›Miss Britannia‹ begegneten. Das war jedes Mal, als ob sich ein Gewitter entladen würde. Luise will immer das letzte Wort haben ...« Duncan lachte in sich hinein, als ihm einige ihrer Dialoge einfielen. Dann sah er Bobbys grinsendes Gesicht. »Ich weiß, ich habe dir diese Geschichte schon mehrfach erzählt ...«

»Du liebst meine Schwester wirklich.«

Jetzt sah Duncan seinem Sohn, Schwager und Freund in die Augen, und Bobby war erschüttert. Ein Blick voller Qualen ließ Duncans Gefühle zum ersten Mal für ihn sichtbar werden. Angst, Trauer, Liebe und Tränen machten ihn in diesem Moment so verletzbar. Ihn, Gründer und Oberhaupt der ›Weißen Feder‹. Ihn, der seine Gefühle stets unterdrücken musste. Als Arzt, wenn er Leben rettete, und als ›Weiße Feder‹, wenn er Kinder befreite. Nie durfte er seine Emotionen ausleben. Stets musste er das starke Vorbild sein und sich unter Kontrolle haben. Bobby war sich sicher, dass niemand zuvor diese Seite an Duncan Fairbanks kennen gelernt hatte.

Luise hätte Bobby eines Besseren belehren können. Denn als Duncan in Australien Horans letzten Brief erhalten hatte, das letzte Lebenszeichen vor Jacks gewaltsamem Tod, hatte er auch Luise seine Gefühle offenbart. Hätte Bobby das gewusst, hätte er auch Luise besser einschätzen und vielleicht Duncans Ängste mildern können. Aber so konnte er nur Vermutungen anstellen und hoffen, dass Luise ihren Mann genauso liebte wie Duncan seine Frau.

Kurz rieb sich Duncan über die Augen und schaute wieder aufs Meer. Leise sagte er dann: »Sie ist der Grund, warum ich atme. Warum ich leben will. Du weißt, dass ich fast jeden Abend von der Farm weggeritten bin. Weißt du auch, warum?«

Bobby zuckte kurz mit den Schultern.

»Ich habe es in meinem Bett nicht mehr ausgehalten. Nicht eine Nacht habe ich darin schlafen können. Vielleicht habe ich es mir eingebildet, aber ihr Geruch war noch da. Dieser Duft brachte Erinnerungen zurück. Manchmal habe ich sie sogar neben mir gespürt. Ich glaubte, wahnsinnig zu werden.« Nach einigen schweigsamen Minuten sagte er mit monotoner Stimme: »Ich will Luise zurück. Zurück in meinem Leben.«

»Was ist so besonders an Luise? Was hat dich an ihr fasziniert, dass du glaubst, sie zum Leben zu brauchen. Erkläre es mir, damit ich sie besser kennen lerne«, bat Bobby seinen Schwager.

Ein Lächeln machte sich auf Duncans Gesicht breit. Er wischte sich mit beiden Händen über die Haare und verschränkte für einen Augenblick die Hände im Genick. Sein Lächeln wurde breiter, dann antwortete er: »Sie ist so ge-

249

gensätzlich wie Feuer und Eis oder Regen und Sonne. Luise ist stark, kann aber auch Schwächen zulassen. Ich liebe es, mit ihr über Gott und die Welt zu diskutieren. Sie kann anschmiegsam sein wie eine Katze, doch im nächsten Moment zeigt sie ihre Krallen. Ich weiß, dass ich mich auf sie verlassen kann, denn sie ist Gefährtin und Freundin. Sie kann zickig und bockig sein, aber auch großzügig und tolerant. Wehe, wenn sie wütend ist, dann geht man ihr besser aus dem Weg. Sie liebt die Stimmung vor einem Unwetter, wenn der Wind zunimmt und die dunklen Wolken übers Land hinwegjagen. Ihr Lachen ist ansteckend, und wenn sie weint, hast du das Bedürfnis, sie zu beschützen. Sie besitzt alle Stärken, aber auch alle Schwächen. Sie ist nicht vollkommen und doch perfekt. Für mich ist sie einzigartig ... Ja, das ist sie«, betonte er noch einmal wie zu sich selbst. »Wenn ich nur die Zeit zurückdrehen könnte ... Ich hoffe, es ist nicht zu spät.«

Stunden waren vergangen. Langsam verdrängte die Sonne den Mond von seinem Platz am Himmel. Beide Männer starrten auf das Meer, das sich langsam von der Schwärze der Nacht befreite und in ein leuchtendes Blau wechselte. Duncan legte den Arm um Bobbys Schulter, drückte ihn freundschaftlich und zeigte ihm seine Dankbarkeit.

Bobby hätte ihm gerne gesagt, dass alles gut werden würde. Doch er wusste, es würde wie eine Floskel klingen. Er musste warten, bis er Luise gegenüberstand, dann würde er die Antwort kennen. Aber um Duncan aus seiner Traurigkeit herauszureißen und seinen alten Kampfgeist zu mobilisieren, meinte Bobby: »Wenn du sie wirklich so sehr liebst, musst du es ihr sagen. Egal, was in London sein wird, egal, welche Barrieren zwischen euch stehen könnten. Du darfst es nicht verschweigen.«

Duncan nickte. Seine Hände waren eiskalt, und seine Schultern schmerzten. Kaum drei Tage hatte er Zeit, ruhiger zu werden und sich auf das Wiedersehen vorzubereiten. Eine bleierne Müdigkeit überfiel ihn. Zum ersten Mal war Duncan froh, dass die Nacht noch einige Stunden andauern würde.

VIII

Im Haus von Duncan und Luise Fairbanks, 14. März 1794

Luise schlich sich hinaus aus dem Schlafzimmer und schloss leise die Zimmertür. Ihre Tochter war endlich eingeschlafen. Seit mehreren Nächten hatten beide kaum Schlaf finden können, da das Kind wieder Zähnchen bekam und deshalb ständig quengelte. Nun war die Kleine übermüdet eingeschlummert, und Luise fühlte sich wie gerädert. Ein Blick in den Spiegel sagte ihr, dass auch sie dringend Schlaf und Ruhe brauchte. Gern hätte Luise sich einfach nur aufs Bett gelegt und ausgeruht, aber es war erst zwei Uhr mittags, und die täglichen Arbeiten riefen. Erschöpft sah sie aus dem Küchenfenster. Zu allem Übel lockte seit Tagen die Sonne wieder dazu, sich in den Garten zu setzen, um dort die Lebensgeister wieder zu beleben. Noch zögerte Luise, ihrem Drang, nach draußen zu gehen, nachzugeben, denn die Windeln mussten ausgewaschen und die trockene Wäsche zusammengelegt werden. Außerdem wollte sie Essen vorbereiten, das Frühstücksgeschirr wegräumen und noch einiges mehr fiel Luise ein, was sie zu tun hatte. All das musste geschehen, bevor ihr Kind wach wurde. Luise atmete laut aus und sah dabei den Wäschekorb an. Dann blickte sie nochmals zum Fenster hinaus in den sonnendurchfluteten Garten, als ob sie Vergleiche ziehen würde. Energisch ging sie schließlich geradewegs in den Anbau, wo ein Korbsessel stand, den sie bei einer ihrer Erkundungen durchs Haus entdeckt hatte.

Mit einem feuchten Tuch befreite sie den Stuhl von dem Staub, der sich in den letzten Jahren darauf breit gemacht hatte, und zog ihn hinaus in den Garten. Dann nahm sie zwei Treppenstufen auf einmal und blieb schwer atmend vor der Schlafzimmertür stehen. Sie wartete, bis sich ihr Herzschlag normalisiert hatte, und öffnete dann behutsam die Tür, um sich aus dem Zimmer eine Decke zu holen. Luise blickte in das Bettchen ihrer Tochter, die immer noch fest schlief. Ein Lächeln umspielte Luises Lippen. Wie eine Diebin schnappte sie nach der Decke und verschwand ebenso leise wieder aus dem Zimmer. Eilig rannte sie die Treppe hinunter in den Garten, um jeden Sonnenstrahl auszunutzen.

Als sie entspannt in dem bequemen Korbsessel saß und die kuschelige Decke unter ihrem Körper festgesteckt hatte, atmete sie ein paar Mal tief ein und aus. Zufriedenheit breitete sich in ihrem Körper aus, und so lauschte sie aufmerksam den Vögeln, die melodisch sangen.

Zum ersten Mal, seit sie vor knapp zwei Wochen ins Haus gezogen war, betrachtete sie den Garten genauer. Er erschien ihr riesengroß, da sie von ihrem Platz aus die Begrenzung nicht erkennen konnte.

Nicht weit von ihr entfernt war ein großzügig angelegter Teich, dessen Mitte eine cremefarbene Marmorstatue zierte. Verwundert betrachtete Luise die Figur, die ein Einhorn darstellte, das auf seinen Hinterhufen stand. Die Vorderhufe zeigten in die Luft, als ob es jemanden in die Flucht schlagen wollte. Jedoch sahen die Augen weder gefährlich noch aggressiv aus. Der Künstler hatte es fertig gebracht, dem Tier sanfte Gesichtszüge zu geben. Die Mähne hing weit über den Hals und schien im Wind zu wehen. Sein Schweif reichte bis zum Boden, sein Horn in der Mitte der Stirn war gedreht und spitz. Man hatte das Gefühl, dass es gleich davongaloppieren würde. Luises Blick schweifte nach rechts zum Ufer, und erst jetzt sah sie die kleinen Koboldfiguren, die unter einer großen Tanne standen. Sie schienen dem Einhorn zuzuwinken, damit es ihnen folgte. Die Szene sah aus wie in einem Märchenbuch.

Dann blickte Luise zur anderen Seite des Teiches, wo die Zweige einer Trauerweide am Uferrand bis in das Wasser reichten und einen natürlichen Unterschlupf für die Enten bildeten, die paarweise ihre Runden zogen.

Dicke, große Kastanien und Haselnussbäume spendeten großzügig Schatten. Bunte Blumenbeete waren wie Farbkleckse auf dem Grundstück verstreut. Alles sah gepflegt aus, sodass Luise schlussfolgerte, dass sich während Duncans Abwesenheit ein Gärtner um das Anwesen gekümmert haben musste.

Entspannt schloss sie die Augen und sog die frische Luft in ihre Lungen. Die Sonne wärmte ihr Gesicht, und Luise spürte, dass die Müdigkeit sie überrollte.

Sie wollte es nicht und versuchte, sich dagegen zu wehren, aber auch in ihren Tagträumen musste sie wieder an Duncan denken. Um ihn zu verdrängen, presste sie die Augen fest zusammen, bis Lichtblitze hinter ihren Augenlidern zuckten. Trotzdem schob sich das Bild ihres Mannes vor ihre Augen, und die Sehnsucht nahm von ihren Gedanken Besitz. Deutlich konnte sie sein fein geschnittenes Gesicht, seine blaugrauen Augen, seine dunklen Haare, seinen schlanken Körper und die langen, muskulösen Beine erkennen. Sogar die kleine Narbe an der Wange war zu sehen.

Um sich die Trennung von diesem Bild zu erleichtern, versuchte sie, Groll gegen Duncan zu hegen. Aber es endete damit, dass ihr Körper sich nach seinen Berührungen verzehrte und die Erinnerungen an seine leidenschaftlichen Küsse sich in den Vordergrund drängten. Sie fühlte, wie seine Zungenspitze an ihren Zähnen entlangglitt und eine Gänsehaut auf ihre Arme zauberte. Luise spürte seinen Blick mit ihren Augen verschmelzen, wenn er zärtlich ihren

Körper streichelte. Fühlte seine Hände ihren Körper entlangwandern, wenn er ungeduldig die Kleider von ihr streifte, und hörte seine verführerischen Worte, wenn aus Luises Mund nur noch Verlangen sprach.

Luise spürte, wie die Hitze der Lust in ihre Wangen stieg. Aber sie wusste auch, wenn sie wieder ihrer Sinne mächtig war, dass sie um einiges trauriger sein würde. So lange lebte sie nun schon allein. Musste sich mit dem täglichen Leben und den dazugehörigen Problemen auseinander setzen und konnte niemanden um Rat oder Hilfe bitten. Sie konnte nur hoffen, dass ihr Mann bald kommen würde. Doch sie sehnte sich schon so lange danach und fragte sich jedes Mal, warum kein Lebenszeichen von Duncan kam. Wenn er ihren Brief gelesen hatte, dann wüsste er von ihrer Schwangerschaft und könnte doch ahnen, dass sie ihn brauchte. Über ein Jahr hatte sie ihn nicht mehr gesehen, nichts von ihm gehört. Im Grunde konnte das nur heißen, dass er tot ... Nein, sagte sie energisch zu sich selbst. Das darfst du nicht einmal denken. Doch auch von Joanna kam keine Nachricht, obwohl sie bestimmt schon Luises Zeilen bekommen haben musste. Interessierte es denn niemanden, wie es ihr und dem Kind ging? Elisabeth betitelte sich doch als ihre Freundin, warum schrieb sie nicht wenigstens ein paar Worte?

Jeden zweiten Tag ging Luise zur Poststation, um nachzufragen, ob ein Brief postlagernd dort wartete. Doch jedes Mal vergebens. So viele Nächte hatte sie sich in den Schlaf geweint. Zu viele Nächte gegrübelt, bis ihr Kopf schmerzte und sie nicht mehr denken konnte. Doch immer öfter gesellten sich zu Traurigkeit und Selbstmitleid Wut und Enttäuschung und drängten die Tränen zurück.

Erschöpft von den widersprüchlichen Gefühlen, glaubte sie, wieder zu träumen. Seit Monaten war es immer derselbe Traum, doch heute war etwas anders. Zum ersten Mal seit langem konnte sie wieder Duncans Duft wahrnehmen. In den letzten Monaten hatte sie versucht, sich an den Duft seiner Haut, seines Rasierwassers zu erinnern. Heute roch sie ihn so intensiv, wie schon lange nicht mehr. Als ob der Wind ihn herüberwehen würde, vermochte sie Zeder, einen Hauch von Orange und einen herben und doch süßlichen Duft von Zimt wahrzunehmen. Luise glaubte sogar, seine Stimme zu hören. Leise, fast schüchtern. Sie wollte nicht wach werden. Diesen Traum nicht verlieren, auch wenn sie glaubte, dass sie langsam wahnsinnig werden würde. Dann hörte sie wieder die Stimme sprechen, jetzt etwas lauter: »Hallo, Lady!«

Das war sein Name für sie gewesen, mit dem er sie oft geneckt hatte. Tränen schossen in Luises Augen. Sie vergaß zu atmen, nicht sicher, ob sie wachte oder ob sie träumte.

Dann sagte die Stimme noch einmal: »Hallo, Lady, wie geht es dir?«

Langsam öffnete sie ihre Augen. Es war endlich wahr. Es war kein Traum mehr. Er war gekommen. Zu ihr gekommen. Langsam erhob sie sich und trat hinter den Sessel. Sie wusste nicht, warum, aber sie brauchte diese Mauer zwischen sich und ihrem Mann. Ihre Knie wurden weich, und sie musste sich am Stuhl festhalten.

Duncan erschrak, als er seine Frau wieder sah. Sie schien übernächtigt zu sein. Dunkle Schatten umrahmten ihre blauen Augen, die früher voller Lebensfreude gefunkelt hatten. Heute blickten sie erschöpft und melancholisch. Luise wirkte dünn, fast zerbrechlich in dem dunklen Kleid, das an ihr ungewohnt war, da sie immer farbenfrohe Kleidung gemocht hatte. Die Wangenknochen traten spitz hervor. Ihre Haare waren ohne Glanz. Sie hatte wenig mit der strahlenden Frau gemein, in die er sich verliebt hatte, und doch war er glücklich, sie gefunden zu haben. Er wollte sie in die Arme nehmen, ihr Gesicht mit Küssen bedecken. Sich für alles entschuldigen, das sie erlitten haben musste. Aber er konnte nicht. Ihre Körperhaltung, der Ausdruck ihrer Augen hinderten ihn daran, näher zu kommen.

Hundert-, nein, tausendmal hatte er sich dieses Wiedersehen ausgemalt. Nun standen sie sich gegenüber, und keiner sagte ein Wort. Dann konnte Duncan etwas erkennen, was ihm fremd war. Eine gewisse Härte in ihrem Blick, eine gewisse Ernsthaftigkeit in ihrem Gesichtsausdruck. Seine Euphorie wich Angst. Wie sehr hatte Luise sich verändert? Er las Ablehnung in ihrem Blick. Wollte sie ihn nicht mehr? Freute sie sich nicht, dass er endlich gekommen war? Gab es vielleicht doch jemand anderen? Was würde er geben, ihre Gedanken zu kennen!

Luise hatte in Duncans Gesicht ebenso gelesen wie er in ihrem. Sie sah sein Entsetzen und seine Enttäuschung. Sollte sie ihm einfach um den Hals fallen und wieder dort anfangen, wo sie vor so vielen Monaten aufgehört hatten? Sie hatte sich so oft ihr Wiedersehen ausgemalt, es sich in bunten Bildern vorgestellt. Sie hatte sich für diesen besonderen Tag hübsch machen wollen. Ihm bei einem gemeinsamen Diner mit Kerzenlicht ihre unveränderte Liebe gestehen und von ihm das Gleiche hören wollen. Doch ausgerechnet heute musste er kommen. Hätte er nicht vorher Bescheid geben können? So viele Monate war er fort gewesen und kam nun ohne Ankündigung. Er hätte sich doch denken können, dass sie Zeit brauchte. Zeit, sich damit auseinander zu setzen, alles zu planen.

Zorn kroch in Luise hoch. Sie fühlte sich unwohl, hässlich und der Situation ausgeliefert, und daran war er schuld. Er ganz allein!

Duncan hingegen sah blendend aus. Er schien die Strapazen der langen Reise gut überstanden zu haben. Sein Gesicht war braun gebrannt. Dadurch wirkten seine Augen noch strahlender. Die Haare hatte er zu einem Zopf zusammengebunden. Eine dunkle Strähne fiel ihm in die Stirn. Sein Körper schien unverändert muskulös, denn seine Jacke spannte über seinen Oberarmen, wenn er sich bewegte. Die dunklen Hosen brachten seine langen Beine vollends zur Geltung, und das weiße Hemd gab ihm eine gewisse Eleganz.

Herrgott, er sah so verdammt gut aus, und er roch so verdammt gut, dass Luise sich ihm am liebsten an den Hals geworfen hätte. Sie umklammerte noch stärker die Sessellehne, bis die Handknochen weiß durch ihre Haut schimmerten. Luise war froh, dass der Stuhl wie ein Schutzwall zwischen ihnen stand.

Dann erinnerte sich Luise an ihr eigenes Spiegelbild. Schatten unter ihren Augen, glanzlose Haare, die sie einfach zusammengesteckt hatte. Ihr dunkles Kleid, das ihre Blässe unterstrich und am Rock befleckt war. Oh Gott, was sollte Duncan von ihr denken? Sie musste furchtbar für ihn aussehen! Luise schämte sich. Anstatt im Garten zu liegen, hätte sie ein heißes Bad nehmen und saubere Garderobe anziehen können.

Doch dann stemmte sie die Hände in die Hüfte und sah ihn herausfordernd an. Warum fragte er nicht nach dem Kind? Er war Vater geworden. Irgendetwas stimmte hier nicht. Was war in Australien vorgefallen? Sie hätte Duncan nur fragen müssen. Aber sie schwieg. Hatte sie ihm nicht alles geschrieben? Was aber, wenn er diesen Brief nicht gelesen hatte? Seltsam! Sie hatte niemals in den vergangenen Monaten über die Möglichkeit nachgedacht, dass er nicht wisse, warum sie Australien verlassen hatte. Dass er von seiner Tochter keine Ahnung hätte.

Duncan bemerkte Luises veränderten Gesichtsausdruck, konnte ihn aber nicht deuten, und so blieb auch er weiter stumm. Bobby und er waren erst vor einer Stunde aus Plymouth angekommen und direkt zu seinem Haus gefahren. Der Zweitschlüssel für die Haustür war hier im Garten unter einer der Koboldfiguren versteckt. Deshalb waren Bobby und er durch die kleine Tür im Zaun in den Garten getreten, die Luise nicht einsehen konnte. Sein Herzschlag hatte einen Moment ausgesetzt, als er Luise im Korbsessel erkannte, denn damit hatte er überhaupt nicht gerechnet. Obwohl er es jetzt als normal empfand, dass seine Frau in seinem Haus wohnte. Wo sollte sie sonst wohnen? Allerdings hatte Duncan immer angenommen, dass sie nach Deutschland weitergereist war. Und nun standen sie sich gegenüber, und beide schienen mit einer Situation konfrontiert worden zu sein, die sie sich anders vorgestellt hatten.

Bobby stand diskret hinter einem Baum verborgen. Diese frostige und fast feindselige Begrüßung hatten weder er noch Duncan erwartet. Nun stand sich das Ehepaar schon minutenlang sprachlos gegenüber und taxierte sich nur mit Blicken, von denen Luises immer wütender wurden. Bobby war verwirrt. Sollte er gehen? Oder sollte er vermitteln? Bobby beschloss, noch ein paar Minuten versteckt zu warten.

Er musterte seine Schwester und war froh, dass Luise seinen Blick nicht sehen konnte, denn auch er war enttäuscht. Bobby hatte sich Luise anders vorgestellt. Sie sah nicht so aus, wie Duncan sie beschrieben hatte. Bobby hatte sich seine Schwester wie eine Prinzessin aus seinen Kindergeschichten vorgestellt, und Duncans Schilderungen hatten seine Vorstellungen jedes Mal aufs Neue genährt. Wenn er an Luise dachte, dann hatte er sie sich immer auf einem Schimmel sitzend vorgestellt. Mit Augen, die vor Lebens-

259

energie sprühten und so blau wie Saphire leuchteten. Mit goldblonden Haaren, die gelockt bis in die Mitte ihres Rückens fielen. Bobby sah sie stets in einem weißen, glitzernden Kleid. Die Schwester, die hier im Garten stand, sah so zerbrechlich aus und blass, als ob sie krank sei. Die letzten Monate schien es ihr nicht gut gegangen zu sein. Was war nur vorgefallen? Allerdings zeigten ihre Körperhaltung, der Blick, mit dem sie unverwandt ihren Mann taxierte, und ihre fest zusammengepressten Lippen, dass sie keineswegs so schwach war, wie es schien.

Da sich weder Duncan noch Luise zu einem ersten Schritt entschließen konnten, trat Bobby aus seinem Versteck heraus und sagte: »Da ihr zwei euch nur anschweigt, darf ich mich selbst vorstellen? Guten Tag, Luise, ich bin Bobby, dein Bruder!«

Luise hatte den Blick nicht von Duncan gewandt. Als nun Bobby vor sie trat, drehte sie langsam den Kopf in die Richtung, aus der die Stimme kam. Aber sie schien den Sinn der Worte nicht zu begreifen. Erst als Bobby wiederholte, wer er war, erlöste eine Ohnmacht sie von dem Druck in ihrem Kopf.

Duncan konnte sie gerade noch auffangen und setzte sie in den Korbsessel. Bobby rannte ins Haus und kam mit einem feuchten Tuch zurück, mit dem Duncan seiner Frau das Gesicht kühlte. Luise erwachte, und sofort kullerten die Tränen.

Endlich konnte Duncan Luise in die Arme nehmen, und nun brachen alle Schleusen vollends. Doch so unverhofft, wie die Tränen kamen, so schnell versiegten sie, und Luise schob Duncan von sich weg. Verwirrt schaute er sie an. Sie erhob sich von dem Korbsessel, wischte sich energisch die Tränen weg, fuhr sich mit der Hand durch die Haare und strich ihren Rock wieder glatt. Dann sah sie Duncan an, und wieder sprühte ihr Blick Funken. Sie streckte Bobby ihre Hand entgegen, die er nahm. »Es tut mir Leid, aber ich weiß nicht, wie ich mich dir gegenüber verhalten soll. Ich habe mir unser erstes Zusammentreffen anders vorgestellt.«

»Ich denke, jeder von uns hat das!«, antwortete Bobby.

»Lasst uns ins Haus gehen und miteinander reden«, schlug Duncan vor. Erwartungsvoll sah er zu den beiden.

Bobby hob zweifelnd die Schultern und wartete auf Luises Antwort.

»Das geht nicht«, war das Einzige, was sie sagte.

»Warum nicht?«, fragten Bobby und Duncan wie aus einem Mund.

Nun drehte Luise sich zu ihrem Mann und sagte mit fester Stimme: »Es gibt seit kurzem jemanden in meinem Leben. Dieser jemand braucht jetzt seine Ruhe und darf nicht gestört werden.«

Duncan wurde blass. Bobby sah ihn voller Mitleid an, denn nun schien Duncans größte Befürchtung wahr geworden zu sein.

Luise beobachtete ihren Mann und wartete auf seine Reaktion. Er weiß es nicht, fuhr es ihr augenblicklich durch den Kopf. Verstört schaute sie auf den Boden, damit er ihre Panik nicht erkennen konnte. Wie konnte das sein? Wo war er die vergangenen Monate gewesen? Zu Hause sicher nicht, denn dann hätte er es wissen müssen. Allein sein entsetzter Gesichtsausdruck und sein enttäuschter Blick zeigten Luise, dass seine Gedanken in eine andere Richtung gingen. Als sie ihre Gefühle wieder unter Kontrolle hatte, fragte sie ihn: »Möchtest du diese Person kennen lernen?«

Duncan wurde noch eine Spur blasser und verkrampfte seine Hände ineinander. Luise konnte sich ein schadenfrohes Lachen kaum verkneifen.

261

Er hatte es geahnt. Kein Wunder, dass er sich immer mieser gefühlt hatte, je näher sie der Küste gekommen waren. Wie konnte sie ihm das antun? Warum sollte er seinen Nachfolger kennen lernen? Daran hatte er kein Interesse. Und jetzt war dieser Kerl anscheinend auch noch hier – in seinem Haus. Duncan musste sich zusammenreißen, damit er nicht laut losschrie, als Bobby plötzlich meinte: »Ja, warum nicht?«

Entsetzt sah er Bobby an. War der Junge von allen guten Geistern verlassen worden? Was dachte er sich dabei?

Doch Bobby hatte einen stummen Wink seiner Schwester aufgefangen, von dem er zwar nicht wusste, was er bedeutete, aber es schien ihr wichtig zu sein, dass Duncan ihr folgen sollte. Luise schritt vorweg ins Haus, die erste Etage hinauf.

»Jetzt sag bitte nicht, dass er in meinem Schlafzimmer, etwa auch noch in meinem Bett liegt?«, regte sich Duncan nun doch auf, und seine Stimme wurde mit jedem Wort lauter.

Auch Bobby wunderte sich, aber er schwieg lieber, um seinen Schwager nicht zu reizen. Luise sagte nichts. Vor der Schlafzimmertür legte sie den Zeigefinger auf ihren Mund, damit Duncan still wurde. Dann öffnete sie vorsichtig die Tür.

Im Zimmer waren die Vorhänge zugezogen, und die Augen brauchten einige Sekunden, bis sie sich an das dämmrige Licht gewöhnt hatten. Duncan und Bobby blickten direkt zu dem breiten Bett, das unberührt war. Nun trat Luise zur Seite, sodass die Wiege sichtbar wurde. Zärtlich sagte sie zu ihrem Mann: »Ich möchte dir deine Tochter vorstellen!«

Duncan wusste nicht, ob er sie richtig verstanden hatte. Für Luise war es jetzt ganz offensichtlich, dass er nichts von ihrer Schwangerschaft gewusst haben konnte. Aber was war passiert? Erwartungsvoll schaute Luise zu ihrem Mann, dem die Knie zitterten. Langsam ging er zu dem Bettchen und schaute hinein.

Er sah in ein friedlich schlafendes Gesichtchen, mit einer kleinen Stupsnase und rosigen Wangen. Mit leuchtenden Augen sah er zu Luise und Bobby. Die beiden hatten sich auf die Bettkante gesetzt, als ein glucksender Laut zu hören war. Erschrocken sah Duncan wieder in die Wiege und konnte nun nicht verhindern, dass sein Herz Purzelbäume schlug. Das Mädchen war wach geworden und schaute ihn an. Es waren seine Augen, die ihn freundlich anblickten, und es war sein Lächeln, das ihm entgegenstrahlte. Sie war unverkennbar seine Tochter. Fragend sah er zu Luise, die nickte, denn sie ahnte, was er wollte. Vorsichtig schlug er die Decke zurück und sah fasziniert auf das Wesen, das vor Wonne quiekte und strampelte. Behutsam nahm er das Kind aus der Wiege.

»Ist sie gesund? Sie hat so heiße Wangen.«

»Sie bekommt Zähne.«

Voller Stolz zeigte Duncan Bobby das Kind. Dieser musste die kleinen Hände begutachten, die kleine Stupsnase, den zarten Flaum auf dem Köpfchen.

»Wie heißt sie?«, wollte Bobby wissen.

Fragend sah Duncan Luise an, weil er erst jetzt bemerkte, dass er den Namen seiner Tochter noch nicht wusste.

»Ich habe auf dich gewartet, Duncan. Gewartet, damit wir gemeinsam einen Namen aussuchen. In der Zwischenzeit habe ich sie ›Floh‹ genannt. Aber als du nicht kamst, musste ich mir allein Gedanken machen. Keiner der üblichen Namen hat mir gefallen. Keiner hat zu ihr gepasst. Also habe ich wieder gewartet, in der Hoffnung, dass du bald kommen würdest. Bis vor zwei Wochen, schließlich konnte ich doch nicht ewig ›Floh‹ zu ihr sagen. Durch Zufall habe ich den passenden Namen gefunden, und ich hoffe, du bist damit einverstanden …«

Obwohl sie ihn nicht beschuldigte oder die Worte ärgerlich sprach, fühlte er sich schuldig und wirkte zerknirscht. Luise war schwanger gewesen, und er hatte geglaubt, dass sie ihn schändlich verlassen hatte. Sie hatte alles allein durchstehen müssen, und er hoffte, dass sie bei der Geburt nicht zu sehr gelitten hatte.

Luise holte ihn zurück aus seinen Gedanken: »Ihr Name ist Madeleine!« Gespannt sah sie ihren Mann an, der sie nun überrascht anschaute.

»Madeleine«, wiederholte er und schüttelte den Kopf. »Das war der Name meiner Mutter«, flüsterte er und sah seine Frau ergriffen an. Seine Augen waren voller Liebe.

Bobby erhob sich, streichelte seiner Nichte über die spärlichen Haare und ging zur Tür. »Ich kümmere mich um das Essen«, sagte er zu den beiden gewandt, war sich aber sicher, dass sie ihn nicht hörten. Bevor er hinausging, blickte er sich nochmals um. Da saß sie, die kleine, junge Familie Fairbanks. Nun hatte Bobby keine Bedenken mehr, denn er wusste, dass alles gut werden würde. »Es geht immer ein Stück weiter«, sagte er zu sich selbst und ging hinunter in die Küche.

Duncan wollte sich von seiner Tochter nicht mehr lösen. Erst als sie unruhig wurde und hungrig anfing zu weinen, gab er Luise das Kind.

»Ich muss sie stillen«, sagte sie zu ihm in der Erwartung, dass er nun gehen würde.

Doch er fragte: »Darf ich bleiben?«

Sie antwortete nichts. Sondern setzte sich in den Ohrensessel, knöpfte ihre Bluse auf und gab dem Kind die Brust.

Duncan konnte seinen Blick nicht von den beiden wenden. Er hatte Angst, dass er alles nur träumen und jeden Augenblick auf dem Schiff wach werden würde. Doch es war Realität. Er war Vater einer wundervollen Tochter und immer noch Ehemann einer wunderbaren Frau. Sein Herz quoll über vor Liebe und Stolz. Dennoch fühlte er sich unbehaglich. Er wusste nicht, wie er sich Luise gegenüber verhalten sollte. Gerne hätte er sie in den Arm genommen, geküsst und fest an sich gedrückt. Ihr gezeigt, wie sehr er sie liebte. Doch er hatte Angst, sie zu berühren und dadurch alles zu überstürzen. Sie war Mutter geworden und hatte sich sicherlich verändert. Jetzt wusste er auch, warum sie müde aussah. Warum sie ausgelaugt wirkte. Leise sagte er: »Luise …«, doch weiter kam er nicht, denn sie schüttelte den Kopf und flüsterte: »Später.« Dann reichte sie ihm das Kind. Sie knöpfte sich die Bluse wieder zu und setzte sich zu Duncan aufs Bett. Er schäkerte mit seiner Tochter, die laut lachte und irgendwann erschöpft einschlief. Trotzdem behielt er das Kind auf dem Arm. Er konnte sich nicht satt sehen an der Kleinen.

»Kannst du dich noch an den Tag zurückerinnern, als Paul, unser Vorarbeiter auf ›Second Chance‹, aus dem Gefängnis entlassen wurde?«, fragte er. Sie nickte. »Nie werde ich seinen Gesichtsausdruck vergessen«, erklärte er, »als Paul endlich seinen jüngsten Sohn kennen lernen durfte. Er wollte sich von dem Kind nicht mehr trennen und behielt es stundenlang auf dem Schoß. Nicht einmal im Traum hätte ich mir vorstellen können, dass es so ein berauschendes Gefühl ist, sein eigenes Kind auf dem Arm zu haben …« Er konnte nicht weitersprechen, denn Tränen raubten ihm die Luft. »Danke!«, war das Einzige, was er noch sagen konnte.

Luise ließ ihren Mann mit seiner Tochter allein. Sie wollte ihm die Möglichkeit geben, sich mit der ungewohnten Situation vertraut zu machen. Sie selbst hatte Monate Zeit gehabt, sich mit ihrem neuen Lebensabschnitt zu beschäftigen. Er aber war innerhalb weniger Augenblicke Vater geworden. Obwohl seine Augen vor Freude und Glück strahlten, wollte sie ihm Gelegenheit geben, allein darüber nachzudenken.

Viele Ängste hatten Luise während der Schwangerschaft beherrscht. Als Doktor Caesare ihr dann mitteilt hatte, dass das Kind nur durch einen Kaiserschnitt zu retten sei, wäre sie lieber gestorben, als ihr Kind in Gefahr zu bringen.

Zaghaft strich sie sich über ihr Kleid. Dort, wo verdeckt nur noch die lange Narbe von der schweren Geburt zeugte. Wie würde Duncan reagieren, wenn er alles wusste und den roten Strich über ihrem Bauch sehen würde? Würde es ihn abstoßen? Sie selbst hatte damals nur mit Mühe ihre Wunde versorgen können, weil sie diese verabscheute. Doch jetzt, nach rund sechs Monaten, war sie gut verheilt, und Luise musste Pedro Caesare ein Kompliment aussprechen.

Damals hatte sie kurz vor dem Eingriff gesehen, wie er mit einem silbernen Kästchen in der Hand den Raum verlassen hatte. Aber sie hatte nicht gewusst, wohin er gegangen war. Tage später hatte er ihr verraten, dass er sich von Giuseppe Zingale hatte zeigen lassen, wie er eine flache Naht nähen musste, und er hatte sein Können bewiesen. Die Wunde war perfekt geschlossen worden. Keine dicke, unansehnliche Wulst zog sich jetzt über ihren Bauch, sondern eine flache, kaum ertastbare, feine Naht. Als ob er den feinsten Stoff zusammengenäht hätte.

Gedankenverloren fixierte Luise einen Punkt auf dem Bild an der Wand vor ihrem Schlafzimmer. Das Blumenmotiv verschwamm vor ihren Augen, und die bunten Farben verliefen ineinander. Nur das Kobaltblau stach klar heraus. Das plötzliche Erscheinen ihres Mannes hatte sie minutenlang in einen Schock versetzt. Doch nun war sie nur noch glücklich, dass er endlich da war. Sie spürte, wie eine innere Ruhe sie überkam. Stärke und Freude kehrten langsam in ihren Körper zurück. Duncan und sie hatten sich nur einen kurzen Moment umarmt. Das hatte schon gereicht, um das Feuer in ihr wieder zu entfachen. Diese Sekunden hatten ihr gezeigt, dass sie ihren Mann immer noch liebte. Ihn immer noch begehrte. Jedoch, wie würde das erste Mal der körperlichen Liebe nach so einer langen Zeit sein? Schließlich war sie nun nicht nur seine Ehefrau und Geliebte, sondern auch die Mutter seiner Tochter. Würde das sein Verlangen nach ihr mindern? Seiner Liebe war sie sich sicher, denn sie hatte sie in seinen Augen erkennen können. Auch ihre Liebe zu ihm war eher gewachsen. Aber dennoch. Würde er ihren Körper, dem man die Spuren einer Schwangerschaft ansah, immer noch attraktiv finden?

Ihre Liebesnächte vor der Schwangerschaft waren wild und stürmisch gewesen. Oft hatte Luise das Gefühl gehabt, unter seinen Händen lichterloh zu brennen. Duncan hatte es verstanden, ihr Blut in Wallung zu bringen. Ihr Töne und Worte zu entlocken, für die sie sich nachher genierte. Doch er hatte ihr jedes Mal das Gefühl gegeben, die Frau seines Begehrens zu sein. Er hatte ihr dies gezeigt, indem er sie an seinen Erfahrungen hatte teilhaben lassen. Gemeinsam hatten sie immer wieder Neues erfahren, und später hatte allein schon der Gedanke an all die liebestollen Spiele ihren Körper erregt.

Bei diesen Erinnerungen kribbelte es in Luise, doch sie durfte sich jetzt nicht von ihrem Verlangen leiten lassen, sondern musste einen kühlen Kopf bewahren und hoffen, dass sich alles von selbst regeln würde.

Luise ging ins Esszimmer, wo sie erstaunt in der Tür stehen blieb. Der Tisch war festlich gedeckt. Brennende Kerzen zauberten eine romantische Atmosphäre. Aus der

Küche strömte ein aromatischer Duft, und jemand klapperte mit dem Geschirr. Luise ging dem Duft nach und fand Bobby mit hochrotem Gesicht vor dem Herd stehen und seine Soße probieren.

»Das hast du von unserem Vater geerbt«, begrüßte Luise ihren Bruder. Fragend sah er sie an. »Die Leidenschaft fürs Kochen. Duncan hat mir erzählt, dass du schon als junger Bursche in der Küche Rezepte ausprobiert hast. Ich glaube, dass einem diese Begeisterung schon in die Wiege gelegt wird. Man kann zwar einfache Dinge erlernen, aber für große braucht man Leidenschaft.«

Bobby sah seine Schwester lächelnd an und sagte, ohne auf ihr Thema einzugehen: »Ich bin froh, dass wir uns gefunden haben!«

Luise nickte, ging auf ihn zu und umarmte zum ersten Mal in ihrem Leben ihren ›kleinen‹ Bruder, der einen Kopf größer war.

»Ja, ich bin Duncan unendlich dankbar, dass er dich zu mir gebracht hat.«

»Ich war so gespannt auf dich. Du musst mir alles über Zuhause, über Vater und über dich erzählen.«

»Ja, das werde ich. Aber auch deine Geschichte will ich hören. Wie deine Mutter war. Wie es dir im Waisenhaus ergangen ist.«

»Oh je, Luise. Damit könnte ich ein ganzes Buch füllen.«

»Hervorragende Idee!«

»Was?«

»Das Buch.«

Er lachte laut auf. »Vielleicht später einmal. Im Moment muss ich mich um das Essen kümmern, sonst war alle Mühe umsonst.«

»Darf ich dir helfen?«

Er nickte und zeigte ihr, was sie tun konnte. Während der gemeinsamen Küchenarbeit erzählte Luise ihrem Bruder von Gut Wittenstein in Worms. Beschrieb ihm das Haus, die

Menschen, die dort lebten, und die Weinberge. Wissbegierig stellte er immer wieder Fragen. Kaum hatte sie eine beantwortet, folgte die nächste.

»Ich werde mich jetzt etwas frisch machen, damit mein Äußeres zu diesem opulenten Mahl passt«, sagte Luise und schob eine Haarsträhne aus dem verschwitzten Gesicht.

»Ich habe in Duncans Weinkeller eine Flasche französischen Champagner gefunden. Damit werden wir nachher anstoßen«, meinte ihr Bruder und zwinkerte ihr schelmisch zu.

»Warum warten?«, fragte Duncan, der am Türrahmen lehnte.

Luise wollte etwas fragen, doch er kam ihr zuvor. »Sie schläft ruhig und fest. Ich habe ihr ein Mittel gegeben, das ihr das Zahnen erleichtert.«

Beruhigt sah sie ihn an. Wenn er da war, schien alles so leicht. Er hatte alles im Griff, für alles eine Lösung parat. Das machte das Leben so unkompliziert.

Duncan ging zu dem Sektkühler und öffnete mit einem lauten Knall die erlesene Flasche.

Die drei Menschen standen inmitten der Küche – jeder ein Glas Champagner in der Hand – und lächelten sich glücklich an. Niemand, der dieses Bild sah, hätte vermuten können, dass das Böse in der Unterwelt darauf lauerte zuzuschlagen.

Es war klamm und kalt in den Katakomben. Selbst das Feuer in dem mannshohen Kamin konnte die Feuchtigkeit nicht verdrängen, die sich in den Kleidern der Männer festgesetzt hatte und schon seit Monaten dafür sorgte, dass der Husten ihre Lungen quälte.

Jack Horan stand an den Kamin gelehnt und dachte nach. Der letzte Raubzug hatte nicht genügend Beute einge-

269

bracht. Man würde bald wieder zuschlagen müssen. Außerdem ging sein Opiumvorrat rapide zu Ende. Schneller als sonst, denn die normale Dosis reichte für ihn schon lange nicht mehr. Er musste sich wieder zur Küste aufmachen, wo die Boote der Asiaten vor Anker lagen. Ihm graute vor dem langen Ritt. Aber er konnte keinen seiner Männer schicken. Nur er wusste, wo es die beste Qualität zu kaufen gab. Niemand würde es wagen, ihn übers Ohr zu hauen und ihm schlechte Ware anzudrehen. Vor ihm hatten die Opiumhändler Angst.

Es wurde unruhig im Raum. Einige seiner Männer kamen von ihren Patrouillen zurück. Silberauge ging auf Horan zu. Er war am längsten dabei. Seinen Namen hatte er Steels Folterknechten zu verdanken. Sie hatten ihm sein rechtes Auge ausgebrannt. Seitdem füllte eine Silbermünze die dunkle Augenhöhle aus. Trotz der Folter hatte er geschwiegen, und deshalb vertraute Jack ihm ohne Vorbehalte.

»Duncan Fairbanks ist zurück«, meldete er Horan.

Dieser schwieg einen Moment. Starrte ins Feuer und meinte dann: »Es war abzusehen, dass er irgendwann wieder auftauchen würde. Wo ist er? Bei ihr?«

Silberauge nickte.

Horan kniff sein Auge zusammen und schien zu überlegen. »Geben wir den zwei Turteltauben etwas Zeit, bevor ich sie mit meinem Besuch beehre. Ein Grund mehr, sofort zur Küste aufzubrechen. Sorge dafür, dass mein Pferd gesattelt wird. Bill Gibson soll alles Notwendige zusammenpacken. Diesmal wird es nur ein kurzer Aufenthalt. Die Huren müssen bis zum nächsten Mal warten«, sagte Horan und lachte finster in sich hinein.

Silberauge nickte und wollte seinen Auftrag sofort ausführen, als Jack ihn zurückhielt: »Lass Duncan rund um die Uhr beobachten. Wenn ich zurückkomme, will ich über jeden seiner Schritte informiert werden.«

270

Damit entließ Jack ihn und wandte sich wieder dem Feuer zu. Der helle Schein flackerte unruhig auf seinem Gesicht. »Das wird ein Fest, mein lieber Freund, wenn wir uns wiedersehen!«, sagte er und warf ein dickes Holzscheit in den Kamin.

Luise lag in ihrem Bett. Lautlos rannen Tränen über ihre Wangen und versickerten in dem geblümten Leinen ihres Kopfkissens. Warum hatte sie jedes Mal das Gefühl, dass sie zehn Schritte rückwärts lief, sobald sie einen vorwärts gemacht hatte? Es war ein so netter Abend gewesen. Hätte er nicht auch als netter Abend enden können?

Vor dem Diner hatte Luise sich gebadet. Ihre frisch gewaschenen Haare fielen in weichen Wellen bis zur Mitte ihres Rückens. Das bordeauxrote Kleid mit cremefarbener Stickerei am Saum und an den Ärmeln hatte vorteilhaft ihre schlanke Gestalt betont. Auch die Perlenkette mit den passenden Ohrringen hatte ihrem hellen Teint geschmeichelt. Luise betonte ihre blauen Augen durch einen feinen Strich mit dem Kohlestift. Dank des rosa Lippenfetts hatte sie sich endlich wieder attraktiv gefühlt. Die anerkennenden Blicke der beiden Männer hatten es ihr bestätigt.

Das Essen war köstlich gewesen. Ihr Bruder hatte sich bei der Zubereitung der erlesenen Speisen selbst übertroffen. Das Fleisch war zart, der Wein ausgezeichnet und das Dessert ein Gedicht gewesen. Luise hatte schon lange nicht mehr so gut und so viel gegessen.

Die Stimmung war wunderbar gewesen. Jeder schien von seinen Ängsten losgelöst und konnte ungezwungen mit dem anderen umgehen. Man hatte weder Probleme gewälzt, noch sich über die letzten Monate unterhalten. Bobby hatte ein paar Anekdoten aus seiner Kindheit zum Besten gegeben, worüber sie herzhaft lachen mussten. Es schien alles perfekt. Bis zu dem Zeitpunkt, als Bobby ohne abzuwägen oder nachzudenken erwähnt hatte, dass Duncan und er Luise am Tag ihrer Abreise auf dem Schiff ›Miss Britannia‹ hatten stehen sehen. Die ungewohnte Menge Alkohol hatte seine Zunge gelöst, sodass er munter drauflosgeplaudert hatte, ohne sich dessen bewusst gewesen zu sein.

Da Luise langsam müde wurde, hatte sie zuerst nicht reagiert. Doch als Duncan Bobby ins Wort gefallen war und nervös gehustet hatte, war sie aufmerksam geworden und hatte ihren Bruder gebeten, seine Worte zu wiederholen.

»Weißt du nicht mehr, Luise? Am Tag deiner Abreise … Wir haben uns nur um Minuten verpasst …«

Duncan war ihm wieder ins Wort gefallen, worauf Luise ihn ungehalten angefahren hatte: »Lass ihn reden, Duncan!«

Sie hatte einen kurzen Augenblick gebraucht, um sich zu fangen und zu verstehen, was Bobby gerade gesagt hatte. Dann hatte sie sich verwundert ihrem Mann zugewandt: »Du bist an dem Tag zurückgekommen, an dem ich abgereist bin? Du warst die ganze Zeit in Australien und bist mir erst jetzt gefolgt?«

Genau diese Situation hatte Duncan vermeiden wollen. Er hatte gehofft, dass Bobby so schlau sei, nichts zu erwähnen. Genervt hatte Duncan zu ihm gesehen, der anscheinend immer noch nicht verstand, was falsch gelaufen und warum die Stimmung gekippt war.

Luise hatte immer noch ungläubig ihren Mann angestarrt. Warum?«, hatte sie ihn leise, fast flüsternd gefragt.

Er hatte nach Worten gesucht. Aber jedes Wort hätte nur verdeutlicht, welch ein Narr er gewesen war. Wie dumm und arrogant und wie wenig er seiner Frau vertraut hatte. Er hatte geschwiegen, denn jede Erklärung wäre wie ein Schlag in Luises Gesicht gewesen.

Luise hatte nach Fassung gerungen. Als er nicht geantwortet hatte, hatte sie die Selbstbeherrschung verloren und geschrien: »Weißt du, was ich durchgemacht habe? Nicht nur, dass ich seit Monaten allein mit dem Kind klarkommen musste. Ich bin fast verrückt geworden aus Sorge, dass dir etwas passiert sein könnte, dass du vielleicht tot sein könntest. Doch du bliebst auf der Farm? Ich habe dir einen Brief dagelassen, der alles erklärt hat …«

»Luise, bitte beruhige dich. Elisabeth hat den Brief unterschlagen. Ich hatte keine Ahnung, warum du weggegangen bist«, versuchte sich Duncan zu verteidigen und machte dann den entscheidenden Fehler: »Elisabeth hat mir immer wieder aufs Neue gesagt, dass du mich verlassen hast, weil du es in Australien nicht mehr ausgehalten hättest. Dass du ›Second Chance‹ als Belastung empfunden hättest. Es klang überzeugend. Nur durch Zufall habe ich von dem Brief erfahren. Aber der Inhalt blieb mir fremd, denn Elisabeth erklärte mir, dass sie ihn ungelesen vernichtet habe. Ich konnte nicht ahnen, dass du ein Kind erwartest. Wie hätte ich das auch wissen sollen? Was hätte ich denn tun sollen?«, hatte er zerknirscht gefragt und sich in seinen Argumenten gewunden.

»Du hast Elisabeth mehr vertraut als mir?« Luises Stimme hatte gedroht zu versagen. »Ebenso schlimm ist, dass auch ich dieser Schlange vertraut habe und sie als Freundin wähnte«, meinte sie mehr zu sich selbst. Dann hatte sie ruhig gefragt: »Habe ich dich je angelogen? Jemals hintergangen?« Als er nicht geantwortet hatte, hatte sie ihn angeschrien und jegliche Contenance vergessen: »Antworte mir!« Luises Gesicht hatte die Farbe gewechselt.

Duncan hatte erschrocken zu seiner Frau gesehen, dann den Kopf geschüttelt.

»Du hättest deinem Herzen und deinem klaren Menschenverstand folgen sollen«, hatte sie kraftlos geflüstert. Lautlos hatte sie vor Enttäuschung geweint, dann hatte sie resigniert den Stuhl zurückgestoßen und den Raum verlassen.

Luise war, zwei Treppenstufen auf einmal nehmend, in ihr Zimmer gelaufen. Dort hatte sie ihr Kleid abgestreift und es achtlos in eine Ecke geworfen. Nachdem sie ihr Nachthemd übergezogen hatte, war sie weinend in ihr Bett gekrochen. Damit das Baby durch ihr Schluchzen nicht geweckt wurde, hatte Luise die Bettdecke über den Kopf gezogen und sich ihrer Enttäuschung hingegeben.

Sie fühlte sich einsamer, als in der Zeit, in der sie allein gewesen war. Ihr Kopf dröhnte, und ihre Augen brannten. Sie wollte nicht mehr nachdenken. Nur noch schlafen. Ihr Körper schien zentnerschwer auf der Matratze zu liegen, sodass sie kaum die Arme heben konnte. Eine Weile lag sie nur so da, verscheuchte alle Gedanken und wartete, dass sie einschlafen und endlich in die Traumwelt gleiten konnte. Doch nichts geschah. Ihre Sinne blieben hellwach. Ihr Körper jedoch war bleischwer.

Zaghaft klopfte es an die Tür. Als sie nicht antwortete, wurde das Klopfen stärker, und eine Stimme flüsterte: »Luise, bist du noch wach? Ich bin es, Bobby!«

Sie antwortete nicht, wollte nicht reden. Auch kein Mitleid.

Als Bobby wieder nach ihr rief, hatte sie Angst, dass er das Kind wecken würde, und öffnete die Tür. Sie machte ihm ein Zeichen, leise zu sein.

»Luise …«, flüsterte er.

»Hat er dich geschickt?«, unterbrach sie ihn.

Ihr Bruder schüttelte den Kopf. »Er ist weggegangen.«

»Was willst du?«, fragte sie.

»Es war meine Schuld«, fing er an. »Hätte ich meinen Mund gehalten …«

»Rede kein dummes Zeug. Duncan hat Elisabeth vertraut und mir zugetraut, dass ich ihn böswillig verlassen habe. Wie würdest du dich fühlen?« Luise war in ihr warmes Bett zurückgekrochen und zog die Decke bis zum Kinn. Ein Schauer überlief sie.

Bobby hob das Kleid vom Boden auf und legte es ordentlich über den Stuhl. Dann setzte er sich ans Fußende des

Bettes und winkelte das linke Knie an. Das andere Bein hing locker über der Bettkante. »Ich kann dich verstehen, Luise. Du hast wirklich Grund, enttäuscht zu sein. Aber du darfst Duncan nicht verstoßen oder verdammen. Auch er hat in der Zeit der Trennung gelitten.« Er erzählte ihr von den vergangenen Monaten. Angefangen von der Verfolgung der Verbrecher, dem brutalen Überfall auf Duncan, von Bobbys Befreiung. Einfach alles, was er wusste, und was er nicht wusste, reimte er sich zusammen und berichtete ihr auch davon. Luise unterbrach ihn nicht, sondern hörte nur zu.

Als er geendet hatte, machte sich betretenes Schweigen breit. Bobby schien auch auf keine Reaktion zu warten, sondern meinte nur: »So, nun weißt du alles.«

Sie nickte. Obwohl sie nur zugehört hatte, war sie erschöpft. Als sie aus dem Bett aufstand, sagte sie zu ihrem Bruder: »Ich geh in die Küche und mache mir eine Tasse ...«

»... heißen Kakao«, ergänzte er den Satz.

Fragend sah sie ihn an.

»Das ist auch mein Lieblingsgetränk. Dein Mann hat mir erzählt, dass man dich mit heißer Schokolade aufmuntern kann. Das hätten wir also gemeinsam«, sagte er lächelnd.

»... und noch etwas!«, fügte sie hinzu und streckte ihm den Fuß mit dem Muttermal in Form eines Sternes entgegen.

»Rate mal, wer ihn auch hat!«, wollte sie wissen.

Zuerst schaute er fragend, doch dann sagte er: »Nein, das glaube ich nicht!«

»Doch! Madeleine hat ihn exakt an der gleichen Stelle und in derselben Form.«

Lautlos lachend schüttelte Bobby vor Begeisterung den Kopf.

»Möchtest du nun auch heiße Schokolade?«

»Nein, danke. Ich habe einen kleinen Brummschädel und gehe jetzt sofort ins Bett. Wir sehen uns morgen beim Frühstück.« Er ging auf sie zu, gab ihr einen brüderlichen Kuss auf die Wange und drückte sie an sich.

Luise genoss das warme Gefühl, das diese Geste in ihr hervorrief. Sie hatte einen Bruder, und das war das Schönste, was sie in den letzten Stunden gefühlt hatte. Gleichzeitig gingen sie aus dem Zimmer. Der eine die Treppe hoch, die andere die Treppe hinunter.

In der Küche war es dunkel. Nur die verglimmenden Holzscheite im Ofen erhellten spärlich den Raum. Selbst im Dunkeln kannte sie sich in der Küche aus und brauchte kein zusätzliches Licht. Sie griff zielstrebig nach dem Topf, goss etwas Milch hinein und rührte Schokolade dazu, bis diese flüssig wurde. Der Ofen spendete noch genügend Hitze, sodass die Milch die richtige Temperatur bekam.

»Kann ich bitte auch eine Tasse bekommen? Der Whisky schmeckt mir heute nicht«, sagte eine Stimme hinter ihr.

Erschrocken dreht Luise sich um. Undeutlich konnte sie die Konturen ihres Mannes erkennen, der in dem Sessel neben der Tür zum Garten saß. Auf dem kleinen Marmortisch mit dem geschwungenen gusseisernen Fuß standen eine angebrochene Whiskyflasche und ein halb gefülltes Glas. Das Mondlicht fiel durch das Oberlicht in der Tür und ließ seine Haare schwarz glänzen. Wortlos reichte sie ihm ihre Tasse und erhitzte nochmals Milch mit Schokolade.

Luise wollte schweigend wieder gehen, als er einfach zu erzählen anfing und sie so zum Bleiben zwang. Sie setzte sich an den Küchentisch mit der schweren, grob gescheuerten Holzplatte und hörte ihm zu. Duncan erzählte, was sie bereits von Bobby gehört hatte. Allerdings verschwieg sie ihm das. Sie wollte wissen, ob ihr Duncan wirklich alles erzählen würde. Außerdem hatte sie keine Lust, etwas zu sagen. Jedes Wort würde sie unnötige Kraft kosten.

Duncan berichtete ihr, wie die vergangenen Monate ohne sie verlaufen waren. Fügte Einzelheiten hinzu, die Bobby auf keinen Fall hatte wissen können. Auch von Elisabeth schien er wirklich alles zu berichten.

Als er geendet hatte, hielt Luise ihre Tasse mit dem inzwischen erkalteten Kakao noch immer unberührt in den Händen. Was sollte sie sagen? Was wollte er hören? Stumm trank sie die abgekühlte Schokolade und ging zum Spülstein, um die Tasse und den Topf gründlich auszuwaschen. Luise spürte seine Blicke im Rücken.

»Luise, glaube mir, wenn ich die Uhr zurückdrehen könnte, würde ich es tun. Ich war ein Idiot. Ich kann dich nur bitten, mir zu verzeihen«, bat er kleinlaut.

Als sie nicht antwortete, sondern immer noch mit dem Rücken zu ihm am Spülstein stand, flehte er leise: »Gib mir eine Chance, Luise. Verstoße mich nicht!«

So ähnlich hatte er sie schon einmal angefleht. Damals, als sie ihre erste Nacht gemeinsam verbracht hatten. Vor scheinbar unendlichen Monaten in der Wildnis Australiens. Kurz zuvor hatte er ihr verraten, dass er das Oberhaupt der ›Weißen Feder‹ war. Auch damals war sie in einen Zwiespalt der Gefühle geraten und hatte nicht gewusst, was sie tun sollte. Eindringlich, fast verzweifelt hatte er gefleht, dass sie von nun an nicht nur auf dem Papier verheiratet sein sollten, sondern als Mann und Frau auf der Farm zusammenleben sollten.

Diesmal war es anders. Viel hatte sich seit jener Nacht verändert. Sie hatte sich geändert.

»Ich muss nach oben. Madeleine wird gleich wach werden«, sagte sie ruhig und wollte aus der Küche gehen.

»Fühlst du denn gar nichts mehr für mich?«, fragte er.

Jetzt drehte sie sich um und sie wusste, dass sich ihre Blicke in der Dunkelheit trafen. Aber sie blieb stumm, denn ihre Stimme versagte.

Als sie nicht antwortete, versprach er ihr leise: »Du brauchst keine Angst zu haben, Luise. Ich werde nichts einfordern, was du mir nicht bereit bist, freiwillig zu geben. Ich möchte nur neben dir liegen. Dich ansehen, dich fühlen. Ich möchte morgen Früh wach werden und dich neben mir spüren. Mehr will ich nicht … Fühlst du denn keine Sehnsucht hier drinnen?«

Sie ahnte, dass er auf sein Herz zeigte. Am liebsten hätte sie ihn wieder angeschrien. Natürlich spürte sie diese Sehnsucht. Auch sie brauchte seine Nähe, seine Liebe, wollte ihn neben sich spüren. Aber sie war nicht fähig, ihm das zu sagen. Luise atmete laut aus. Sie ging zur Tür hinaus, blieb noch einen Moment am Treppenabsatz stehen, um dann langsam hinauf ins Schlafzimmer zu gehen.

Madeleine schlief ruhig. Anscheinend hatte das Nelkenöl, das Duncan seiner Tochter gegeben hatte, die Schmerzen gelindert, und so holte sie den versäumten Schlaf der vergangenen Tage nach.

Da das Kind sich freigestrampelt hatte, deckte Luise ihre Tochter zu. Zärtlich strich sie ihr über das Köpfchen. Wie sollte ihrer beider Leben weitergehen?

Luise musste sich eingestehen, dass Duncans Worte sie zum Nachdenken zwangen. Auch er musste sich allein, einsam und verzweifelt gefühlt haben. Sie konnte seine Enttäuschung und seine Verständnislosigkeit nachvollziehen, als er von seiner Verfolgungsjagd nach Vandiemensland, die anscheinend sehr gefährlich verlaufen war, zurückgekommen war und seine Frau nicht mehr vorgefunden hatte. Natürlich hatte er sich das Wiedersehen mit ihr, auch das erste Treffen zwischen ihr und ihrem Bruder Bobby, anders vorgestellt. Luise musste erkennen, dass ihn keine Schuld traf, wie sie zuerst geglaubt hatte. Es waren Verkettungen von unglücklichen Umständen gewesen, die dazu geführt hatten, dass sie kostbare Zeit verschwendet hatten, weil beide letztendlich dem Verstand mehr vertraut hatten als ihren Herzen.

Luise hörte, wie jemand mit schweren Schritten die Treppe hinaufkam. Wenn sie nicht gewusst hätte, dass es nur Duncan sein konnte, hätte sie geglaubt, ein alter Mann würde mühsam die Stufen bezwingen. Vor der angelehnten Zimmertür blieb er stehen und fragte mit leiser Stimme: »Schläft sie?«

Luise sah ihn an und nickte. Er schien im Badezimmer im Erdgeschoss gebadet zu haben, denn seine Haare schimmerten feucht. Duncan trug nun ein weites Leinenhemd, das bis zum Bauchnabel geöffnet war, legere Hosen und war barfüßig.

Wortlos trat Duncan in den Raum und schloss lautlos die Tür. Beide setzten sich auf die Bettkante und sahen dem schlafenden Kind zu. Plötzlich fing Luise an zu erzählen. Mit gedämpfter Stimme nannte sie nun ihre Gründe, warum sie Australien verlassen hatte. Und nach einer kurzen Pause schilderte sie auch die dramatischen Umstände von Madeleines Geburt. Alles sprudelte aus Luise heraus. Sie gab ihren Gefühlen eine Stimme. Selbst von der Narbe und ihrem Widerwillen sprach sie. Nur von Jack Horan erzählte sie ihm nichts. Das war in diesem Moment nicht wichtig und hatte Zeit bis morgen. Es ging in diesen Minuten nur um sie beide.

Als Luise geendet hatte, wagte sie nicht, zu ihrem Mann zu schauen. Duncan legte seinen Zeigefinger unter ihr Kinn und drehte sanft ihren Kopf zu sich, damit sie sich in die Augen sahen. »Selbst, wenn du schielen würdest und nur ein Bein hättest ... Ich liebe dich, Luise. Ich bin so unendlich stolz auf dich und dankbar. Du bist für mich das Wichtigste auf der Welt, und das hat nichts damit zu tun, dass du mir diese wunderbare junge Dame geschenkt hast. Ich liebe dich so, wie du bist, und wünsche mir nichts sehnlicher, als dass wir unsere zweite Chance ergreifen und eine Familie werden. Du brauchst keine Angst zu haben. Ich werde dir alle Zeit der Welt geben, die du brauchst ... Ich werde auf dich warten.«

Behutsam legte er seinen Arm um Luises Schultern. Erschöpft von all den Worten, legte sie ihren Kopf an seine

Brust. Sie schloss die Augen und fühlte sich geborgen. Luise spürte, wie er ihr einen Kuss auf ihr Haar hauchte, und da wusste sie, dass es richtig gewesen war, ihm alles zu erzählen. Als sie wieder aufblickte, sah sie in die Augen ihrer Tochter, die ihre Eltern zu beobachten schien und nun anfing, laut zu glucksen.

Duncan fragte nun nicht mehr, ob er bleiben durfte. Es war alles gesagt, und es gab nun keinen Grund mehr, sich zu trennen. Er wollte nichts weiter, als nur das Gefühl genießen, daheim angekommen zu sein. Luise legte sich auf ihre Seite des Bettes, Duncan auf die andere und das Kind nahmen sie zwischen sich. Als Madeleine Hunger bekam und den auch lauthals verkündete, öffnete Luise ihr hellgelbes Baumwollnachthemd und legte das Kind an die Brust. Duncan hatte seinen rechten Arm nach oben ausgestreckt, seinen Kopf darauf gelegt und schaute ihnen zu. Wie schon so viele Nächte zuvor, schlief Madeleine an der Brust ihrer Mutter ein. Luise genoss das Gefühl dieses Zusammenseins und ließ das Kind bei sich. Sie sah zu Duncan, der ebenfalls seine Augen geschlossen hatte, und war verblüfft über die Ähnlichkeit von Vater und Tochter. Glücklich entspannte Luise sich und glitt in das Reich der Träume.

Es war mitten in der Nacht, als Luise erwachte. Madeleine lag nicht mehr neben ihr. Erschrocken sah sie zur Wiege, wo ihre Tochter friedlich schlummerte. Beruhigt kuschelte sie sich wieder unter ihre Decke. Als sie sich umdrehte, sah sie in Duncans Augen.

»Kannst du nicht schlafen?«, fragte sie ihn flüsternd.

»Ich hatte Angst, mich im Schlaf auf das Kind zu legen, deshalb habe ich Madeleine in ihr Bett gelegt ... Wie geht es dir?«

Luise lächelte in sich hinein. »Gut!«

»Weißt du, dass du wunderhübsch bist, wenn du schläfst?«

Wieder lächelte sie, ohne ihm eine Antwort zu geben. Er lächelte ebenfalls, denn er wusste, dass sie ihn verstanden hatte. »Komm zu mir«, bat er sie leise.

Erschrocken weiteten sich ihre Augen für einen Moment. Aber seine, die sie sanft anblickten, nahmen ihr die Angst, und deshalb rutschte sie unter seine Bettdecke. Sein Leinenhemd stand immer noch offen, und so bettete sie ihren Kopf auf seine Brust. Duncan legte den Arm um sie und streichelte zärtlich ihren Oberarm, dann ihre Wangen. Luise spürte, wie die vermisste Wärme ihren Körper durchflutete.

Zuerst blieb sie ganz ruhig liegen, doch dann hob sie ihre Hand und kraulte seine Brust. Für den Bruchteil einer Sekunde hörte Duncan auf zu atmen und verkrampfte sich leicht, doch dann entspannte auch er sich.

Beide sagten kein Wort. Nach einigen Minuten küsste Luise seine Brustwarzen und hob ihr Gesicht seinem entgegen.

Sie konnte seine Augen in der Dunkelheit erkennen und er die ihren – und beide lasen in ihnen.

Ganz langsam näherte sich sein Gesicht, bis sich ihre Lippen trafen. Erst war es nur ein zärtlicher Kuss. Dann küsste Duncan jeden Zentimeter von Luises Gesicht und ihren Hals. Sanft und ohne Eile. Als er spürte, dass Luise bereit war für mehr, verschloss er ihren Mund aufs Neue mit seinen Lippen. Bereitwillig öffnete sie unter einem leichten, kaum hörbaren Stöhnen ihren Mund. Ihr Körper erbebte unter seinem Kuss und unter seinen Händen, die ihren Oberkörper streichelten und ihren Nacken kraulten. Duncan hatte ihr zwar versprochen, sie nicht zu bedrängen, jedoch hatte er nicht vergessen, wie er ihr Blut in Wallung bringen konnte. Er ließ ihr Zeit und bremste sein eigenes Verlangen.

Sie lagen einige Minuten nebeneinander, in denen er mit ihrem Haar spielte, so wie er es früher gern getan hatte, als er plötzlich heiser flüsterte: »Zeig' sie mir!«

Erschrocken sah sie ihn an, denn sie wusste, was er meinte. Sie zögerte, und als sie in seinen Augen nur Liebe erkennen konnte, setzte sie sich langsam auf, öffnete dann das Nachthemd und zog es über den Kopf, verschränkte jedoch die Arme vor ihren nackten Brüsten. Zu viel Zeit war vergangen, als dass sie sich ihm zwanglos hätte zeigen können. Er hatte sie zwar schon beim Stillen gesehen, aber dies hier war etwas anderes.

»Hab' keine Angst!«, ermunterte er sie.

Luise rutschte wieder unter die Bettdecke. Zuerst ertastete Duncan die Narbe unter der Decke. Sie zuckte bei jeder Berührung leicht zusammen. Es tat nicht weh, aber das Gefühl war ihr fremd. Als er sie bittend ansah, nickte sie und schloss ihre Augen. Duncan schlug die Decke nun zurück.

Von dem unteren Ansatz der Brüste bis zum Schambereich zog sich ein roter, glänzender Strich. Luise hatte nicht übertrieben. Sein Kollege Pedro Caesare hatte eine Meisterleistung vollbracht, und Duncan war ihm dankbar. Nicht für sich, sondern für seine Frau, deren Leben mit solch einer Narbe leichter war als mit einer unansehnlichen Wulst.

Wieder überrollten Duncan Schuldgefühle, weil er nicht an Luises Seite gewesen war und sie die Ängste allein hatte durchstehen müssen. Er erlaubte sich diese Gefühle nur einen kurzen Augenblick, denn es war vorbei und nicht mehr zu ändern. Er wollte die Zukunft planen, in der Gegenwart leben, die Vergangenheit ruhen lassen.

Erst jetzt öffnete Luise ihre Augen, und er sah Tränen glitzern. Er schlug die Bettdecke über sich und seine Frau und rutschte ganz nah an sie heran. Duncan umarmte sie und presste sie so fest an sich, dass Luise Angst hatte, keine Luft mehr zu bekommen.

»Oh Luise, mein Liebling … Das habe ich mir in den vergangenen Monaten so sehr gewünscht. Dich einfach nur in den Armen zu halten«, flüsterte er ihr ins Ohr. Er küsste ihren Nacken, und wieder verschmolzen ihre Lippen. Seine Hände wanderten unter die Bettdecke, wo er ihren Körper streichelte. Das Blut rauschte Luise in den Ohren, ihr Becken vibrierte, und ihr Atem ging nur noch keuchend.

Der Morgen graute bereits, als sich ihre Körper vereinigten.

Als Luise erwachte, war die Seite neben ihr leer. Auch ihre Tochter war nicht mehr im Zimmer. Genussvoll streckte sie sich und hätte vor Glück die ganze Welt umarmen können.

Die Tür war nur angelehnt, und so drangen Stimmen zu ihr, gefolgt von freudigem Lachen und begleitet von einem köstlichen Duft nach Eiern und gebratenem Speck.

Sie schwang sich aus dem Bett, ging ins Bad, kleidete sich an und hüpfte übermütig die Treppe hinunter.

In der Küche saß Duncan mit seiner Tochter auf dem Schoß und konnte nur mit Mühe verhindern, dass Madeleine nach seinem Frühstück griff. Bobby stand wieder am Herd und rührte Eier in die Pfanne. Sie umarmte ihren Bruder und gab ihm einen Kuss auf die Wange. Dann begrüßte sie ihre Tochter und mit einem zärtlichen Kuss ihren Mann.

Bobby strahlte sie an, ebenso wie Duncan, der ihr wissend zuzwinkerte, worauf sich Luises Wangen leicht röteten. Zum Glück wurde alle Aufmerksamkeit wieder auf Madeleine gelenkt, die es nun doch geschafft hatte, eine Scheibe Brot zu ergattern, um diese in den Mund zu stecken.

»Ich glaube, du kannst ihr langsam etwas zufüttern«, meinte Duncan lachend und erntete lautes Geschrei, als er seiner Tochter das Brot wieder wegnahm.

Luise erlöste ihn von dem Schreihals und setzte sich auf den Stuhl, auf dem letzte Nacht Duncan gesessen hatte.

Duncan hatte Bobby am frühen Morgen überglücklich verraten, dass zwischen ihm und Luise alles wieder in

Ordnung sei. Was Bobby sich längst zusammengereimt hatte, denn er hatte Duncan aus dem Schlafzimmer kommen sehen.

Die Männer unterhielten sich über ihre Pläne für diesen Tag, als Luise das Wort ergriff: »Duncan, Bobby, ich muss euch noch etwas mitteilen.«

Beide drehten sich zu ihr. Sie hielt Madeleine hoch und klopfte zärtlich den Rücken des Kindes.

»Es wird vielleicht ein Schock sein, und ihr werdet es mir nicht glauben wollen … mir ging es jedenfalls so … aber … Jack Horan ist nicht tot … er lebt!«

Mit aufgerissenen Augen sahen die Männer sie sprachlos an. Nur für ein paar Sekunden lähmte die Nachricht ihren Mann. Dann leuchteten seine Augen. Welche Freude! Sein alter Freund Jack Horan lebte! Wie oft hatte Duncan sich Vorwürfe gemacht, den Freund verlassen zu haben. Viele Nächte hatte er mit dem Schicksal gehadert und nun diese Überraschung!

»Ich kann es nicht fassen«, rief Duncan laut lachend und schlug sich vor Freude auf die Oberschenkel. »Wie geht es ihm? Wie konnte so ein Missverständnis entstehen, dass man sogar in Australien erzählte, er sei ermordet worden? Ich werde sofort zu ihm gehen. Welch schöne Nachricht!«

Luise fühlte sich unwohl, da sie die Freude ihres Mannes dämpfen musste. »Duncan, das ist noch nicht alles.« Fragend sah er zu seiner Frau. »Bobby, könntest du bitte Madeleine in ihr Bettchen bringen?«

Das Kind war eingeschlafen und hing schwer in Luises Armen. Bobby nahm seine Nichte zärtlich hoch und brachte sie hinauf. Als er wieder am Tisch saß, begann Luise zu erzählen. Vom Tag ihrer Ankunft bei den Gibsons und deren sonderbarem Verhalten bis zu dem Moment, als Luise Jack wieder sah. Auch, dass er nicht mehr der gute, alte Freund Jack, sondern dass aus ihm ein drogenabhängi-

284

ger Bandit namens Jack geworden war. Dass das Böse ihn beherrscht. Luise erzählte alles, nur dass er gedroht hatte, das Kind zu entführen und ihr Gewalt anzutun, das behielt sie für sich. Der freudige Glanz war aus Duncans Augen verschwunden und Fassungslosigkeit zu erkennen. Sie wollte ihn nicht noch mehr quälen.

»Weißt du, wo ich ihn finden kann?«, fragte ihr Mann.

»Wenn er dich sehen will, wird er dich finden, Duncan. Ich nehme an, dass seine Späher ihm längst deine Rückkehr berichtet haben. Außerdem ist Jack öfters außerhalb der Stadt. Meistens, wenn er neues Opium braucht.«

»Das entspricht nicht Jacks Charakter! Früher hätte er sich lieber selbst geopfert, als jemandem etwas Böses anzutun. Ich verstehe es nicht. Siehst du die Sache vielleicht ein wenig zu negativ, Luise?«

»Duncan, hast du mir nicht zugehört? Es geht darum, dass er aus seinem neuen Leben ein Geheimnis macht. Er haust in der Unterwelt und hat die übelsten Gestalten um sich versammelt, die nächtliche Raubzüge veranstalten. Auch hat er die Ideale der ›Weißen Feder‹ verraten und sogar ins Negative gedreht. Die Grundsätze eurer Organisation! Und schließlich kommt dazu, dass er Opium konsumiert und deshalb nicht mehr Herr seiner Sinne ist«, versuchte sie, ihrem Mann die Lage zu verdeutlichen. Allerdings konnte Luise nachvollziehen, dass er es nicht sofort verstand.

»Die Überfälle auf diese Familien … gibt es da keine Zweifel? War er daran beteiligt?«, fragte Duncan fassungslos.

»Ja, es ist wirklich so«, bestätigte sie leise.

Duncan stand auf und holte sich frischen Kaffee. Fragend sah er Luise und Bobby an. Wortlos schoben sie ihm die Tassen entgegen, die er füllte. Dann stellte er die Metallkanne zurück auf den warmen Ofen und schaute aus dem Küchenfenster über dem Spülstein.

285

Auch heute würde es ein schöner Tag werden. Die Vögel zwitscherten bereits, und die Sonne ließ den Boden trocknen, der vom Morgentau noch feucht war.

Luise beobachtete ihren Mann, der seinen Kaffee im Stehen trank. Bobby folgte ihrem Blick und wartete, was Duncan als Nächstes sagen würde.

»Warum ist er so geworden? Was war der Grund?« Duncan drehte sich zu seiner Frau um.

»Ich habe seine Verletzungen gesehen. Im Kerker haben sie sein Gesicht entstellt, seine Hand zertrümmert und sein eh schon kaputtes Bein mehrmals gebrochen. Steels Folterknechte haben Jack schreckliche Schmerzen zugefügt. Bill hat es mir erzählt, als Jack ...« Sie stockte, doch dann entschied sie sich, keine Geheimnisse mehr vor ihrem Mann zu haben, und erzählte ihm schonungslos alles über Jack Horan.

Als Luise geendet hatte, presste Duncan stöhnend seine Luft aus den Lungen und schüttelte ungläubig den Kopf. Mitfühlend nahm Bobby die Hand seiner Schwester. Schnell wandte Duncan sein Gesicht ab, denn wieder gewannen seine Schuldgefühle Oberhand. Doch Luise hatte für einen Bruchteil sein vor Schmerz verzerrtes Gesicht sehen können, und er tat ihr Leid. Allerdings war das Thema letzte Nacht besprochen worden, und nun galt es, in die Zukunft zu schauen. Die würde jedoch nicht ohne Jack Horan verlaufen.

»Ich werde zu den Gibsons gehen und Bill fragen, wo ich Jack treffen kann. Ich möchte nicht warten, bis er mich aufsucht, sondern schnellstmöglich mit ihm sprechen. Herrgott noch mal, ich bin hin- und hergerissen. Was du mir schilderst, ist ... ich finde einfach keine Worte dafür. Dass Jack dir dermaßen gedroht hat ... dich dieser Angst ausgesetzt hat, ist für mich unbegreiflich. Ich verstehe das nicht ... Seine Tochter Emily ging ihm über alles. Als das Unglück passierte, dachte ich, dass er sich das Leben nehmen würde, weil er sie so sehr geliebt hatte. Nun droht er meiner Frau und meinem Kind? ... Er war nie so, Luise. Du hast ihn doch auch als einen liebevollen, selbstlosen, hilfsbereiten Mann erlebt. Wenn ich an ihn denke, sehe ich nur meinen Freund, meinen Vertrauten vor mir. ›Wir zwei gegen den Rest der Welt‹, so haben wir uns stets gefühlt, wenn wir die Kinder befreit haben. Ich kann mir beim besten Willen nicht vorstellen, dass dieser Freund nicht mehr existiert. Sein angeblicher Tod war für mich schwer zu ertragen, aber das war eine klare Situation, die akzeptiert werden musste. Doch das hier ist wie eine Spukgeschichte ... Unbegreiflich«, sagte er leise.

»Ich weiß, Liebling. Wenn es nicht so furchtbar wäre, müsste man Mitleid mit ihm haben. Sein Gesicht hat nichts mehr mit dem früheren gemein. Er kann die Schmerzen nur ertragen, indem er Opium nimmt. Wüsste jemand von seiner Existenz, würde man ihn hängen. Also lebt er stets im Untergrund. Vor niemandem hat er mehr Achtung, am allerwenigsten vor sich selbst. Aber trotz allem konnte ich mehrere Male den alten Jack erkennen. Den Jack, den wir beide lieben. Doch er lässt ihn nur selten an die Oberfläche ... Ich denke, er ahnt, dass ich dir alles erzählen werde. Hoffentlich hat dies keine Folgen für uns«, sagte Luise, und ihre Stimme zitterte leicht.

Bobby nahm sie in den Arm und versicherte ihr, dass Duncan und er sie und das Kind mit ihrem Leben beschützen würden.

»Luise, weißt du, ob von der alten Mannschaft der ›Weißen Feder‹ noch jemand da ist? Alle werden wohl nicht ihre Prinzipien verloren haben«, meinte Duncan bitter.

Luise hob ihre Schultern: »Ich kann es dir nicht sagen. Nachdem Jack mir gedroht hatte, habe ich mich nur zum Einkaufen und zum Gang zur Post aus dem Haus getraut. Ich weiß, dass er mich beobachten lässt. Deshalb bin ich überzeugt, dass Jack weiß, wann du zurückgekommen bist.«

Duncan vergrub sein Gesicht in beide Hände und stöhnte leise: »Oh nein, oh nein, was hat er nur alles ertragen müssen? Armer Jack! Das hat er wirklich nicht verdient!«

Zwar legte Luise tröstend den Arm um ihren Mann, aber sie wusste, dass, wenn Duncan Jack erst einmal erlebt hatte, er diesen Trost nicht mehr nötig haben würde.

IX

Bei dem Ehepaar Gibson, 15. März 1794, mittags

»Ich sagte Ihnen bereits, dass ich Mr. Horan sprechen möchte und nicht eher wieder gehen werde, bis Sie mir sagen, wo ich ihn finden kann.«

»Doktor Fairbanks«, schaltete sich jetzt Mary Gibson ein, »mein Mann sagt Ihnen die Wahrheit. Mr. Horan lebt nicht in diesem Haus und kommt nur selten vorbei. Irgendwann steht er vor uns oder lässt uns über einen Boten Nachrichten zu kommen. Bitte glauben Sie uns. Wenn Mr. Horan mit Ihnen sprechen will, dann wird er sich bei Ihnen melden. Mehr können wir Ihnen nicht sagen.«

»Ist er in der Stadt?« Duncan ließ nicht locker.

Bill zuckte mit den Schultern: »Vielleicht. Vielleicht aber auch nicht.«

»Herrgott, bin ich hier im Theater?«, stöhnte Duncan genervt. Er registrierte nicht zum ersten Mal, dass sich Bill und seine Frau nervös ansahen. Marys Lippen bildeten eine dünne Linie. Duncan glaubte, Schweiß auf ihren Handflächen glitzern zu sehen. Er ließ sich und ihnen einen Moment Zeit, um die Gedanken neu zu ordnen. Dann fasste er beide scharf ins Auge und zwang sie, ihn anzublicken: »Wollen Sie wirklich ein Leben lang in Angst leben? Wenn ich bedenke, was er meiner Frau angedroht hat. Wie er sie einschüchtern konnte, dass sie sich nicht einmal mehr vor die Tür gewagt hat. Was hat er Ihnen angedroht, wenn Sie ihn verraten? Will er Ihnen das hier wegnehmen?« Duncan

289

machte eine allumfassende Handbewegung. »Ist das alles es wirklich wert, allein und isoliert zu leben? Denken Sie an Ihre Kinder! Noch sind sie klein und stellen keine Fragen. Aber was wird in ein paar Jahren sein? Wollen Sie die Türen und Fenster zumauern, damit die Welt aus diesem Haus draußen bleibt?«

»Sie haben keine Ahnung, Doktor Fairbanks!« Mary spuckte das ›Doktor Fairbanks‹ regelrecht aus und machte den Unterschied zwischen ihnen klar. »Wie sieht der Weg aus, den Sie uns hier schmackhaft machen wollen? Wieder zurück ins Elendsquartier? Wieder feuchte Wände, nichts zu essen, schlechte Kleidung, keine Medizin? Kein anständiges Bett? Wir kennen dieses andere Leben. Doch Sie haben es nie gelebt.« Ihre Augen blickten voller Zorn auf Duncan.

»Mary, beherrsche dich bitte.« Beschwichtigend legte Bill die Hand auf den Arm seiner Frau. Dann wandte er sich an den Doktor. »Natürlich wollen wir das hier nicht mehr missen, Doktor Fairbanks, aber das ist es nicht allein. Sie müssen wissen, dass Mr. Horan ein sehr einsamer Mann ist. Er tut uns Leid. Weil Ihre Frau ihm drohte, zur Polizei zu gehen, hat er überreagiert. Mr. Horan ist kein schlechter Mensch. Auch jetzt nicht. Ich glaube, dass das Opium schuld daran ist, dass er manchmal nicht mehr er selbst ist. Außerdem hat er keine andere Wahl. Das Gesinde, das sich um ihn geschart hat, zwingt ihn dazu, böse Dinge zu tun. Mehr möchte ich dazu nicht sagen … Zeitweise habe ich das Gefühl, die Wände in diesem Haus haben Ohren«, fügte er flüsternd hinzu.

Duncan hatte ihm aufmerksam zugehört. Nun hob er verwundert eine Augenbraue und drehte sich ruckartig um. Starr sah er ins Esszimmer auf die Bücherwand. Kurz überlegte er. Dann sprach er zu Bill, obwohl er ihm den Rücken zugedreht hatte. »Falls Mr. Horan sich in den nächsten Tagen bei Ihnen meldet, sagen Sie ihm Folgendes: Ab Mitternacht kostet der Cognac doppelt so viel.« Dann erst drehte sich Duncan wieder zu dem Ehepaar um.

»Weiß Mr. Horan, was damit gemeint ist?«, wollte Bill skeptisch wissen.

Ein Grinsen zog Duncans Mundwinkel leicht nach oben. »Oh ja, das weiß er.« Duncan nahm seinen blauen Mantel, den er beim Kommen über einen Stuhl gelegt hatte, und setzte seinen Hut auf.

»Danke für das Gespräch«, sagte er höflich zu dem Ehepaar, war jedoch mit seinen Gedanken woanders.

Auf der Straße schaute er nach allen Seiten, konnte aber nichts Ungewöhnliches feststellen.

»Ich weiß, dass du hier irgendwo bist, mein alter Freund«, flüsterte Duncan zu sich selbst. Ruhig rückte er seinen Hut zurecht und machte sich auf den Heimweg. Er brauchte sich nicht zu beeilen. Bis Mitternacht hatte er noch viel Zeit.

Im Haus von Duncan und Luise Fairbanks, 15. März 1794, nachts

Je näher der Zeiger auf die zwölf Uhr zuschritt, desto mulmiger wurde es Duncan. Den Tag über war er guter Dinge gewesen und hatte mit Madeleine gespielt. Das von Luise und Bobby zubereitete Diner hatte ihm vorzüglich geschmeckt. Duncan hatte seiner Frau aufmerksam zugehört, als sie ihrem Bruder verschiedene Dinge über Weinanbau erklärte. Doch nun konnte er nicht leugnen, dass die Nervosität wuchs.

Schließlich hatte er Luise und Bobby erklärt, was er vorhatte, und sie gebeten, zu Bett zu gehen. Er wollte ungestört sein. Außerdem wäre Bobbys hitziges Temperament in dieser Situation nicht hilfreich.

Wieder schaute Duncan auf seine Taschenuhr. Dann verglich er die Zeit mit der Standuhr. Halb zwölf. Würde Jack heute kommen? Hatte er überhaupt hinter der geheimen Tür gelauscht? Duncan hörte in Gedanken erneut Bills Worte: »… er ist ein einsamer Mann … das Opium ist schuld … er ist nicht so …«

Gab es Hoffnung, dass Jack wieder zu sich selbst finden würde?

Duncan formulierte in seinem Kopf Fragen und Argumente, die er später vielleicht brauchen würde. Doch Bills Worte lenkten ihn wieder ab und ließen ihn grübeln. Luise hatte gedroht, Jack anzuzeigen. War es da nicht verständlich, dass dieser sich wehrte? Sicher, er hätte andere Worte finden können. Aber Duncan konnte sich vorstellen, dass Jack sich in die Ecke gedrängt gefühlt, wahrscheinlich selbst Angst gehabt hatte. Duncan kannte diese Situationen, in denen man nicht mehr ein noch aus wusste. Man wurde dünnhäutig und aggressiv.

Zehn Minuten vor zwölf. Duncan strich sich nervös durch die Haare. Er ging auf und ab. Vor dem goldumrahmten Spiegel, der über dem Tisch mit den Kristallflaschen hing, blieb er stehen. Fairbanks betrachtete sein Spiegelbild. »Wie würdest du dich fühlen, wenn du an Jacks Stelle wärst?«, fragte er sich leise. »Einsam, hässlich, verbittert … verraten.«

Ja, so würde er sich fühlen. Das Wesen eines jeden Menschen würde sich unter Folter und Verrat verändern. Das lag auf der Hand. Niemand würde der Mensch bleiben, der er einmal gewesen war.

Trotzdem durfte man sich seinem Schicksal nicht ergeben. Man musste versuchen, aus dem Dunkel wieder ans Licht zu kommen. Doch das konnte man nicht alleine schaffen. So etwas konnte nur mithilfe von Familie und guten Freunden gelingen.

Duncan goss sich einen Cognac ein.

»Für mich bitte auch einen«, sagte eine Stimme hinter ihm.

Er sah hoch und erblickte Jack Horan im Spiegelbild.

Duncan lächelte ihn an, auch wenn die Maske ihn erschreckte. Er drehte sich um und ging auf Jack zu. Dieser machte einen Schritt zurück. Duncan ignorierte die Abwehr, umarmte seinen Freund und klopfte ihm auf die Schulter. »Jack, du lebst tatsächlich. Ich bin überaus glücklich, dich zu sehen.«

»So, bist du das?«, fragte Jack.

Auch diese Worte beachtete Duncan nicht, sondern gab Jack sein Glas und goss für sich einen neuen Cognac ein. »Wollen wir uns setzen?«, fragte er nun und zeigte zu den zwei Sesseln mit dem Tisch dazwischen.

Jack nickte und schwieg. Er wärmte das bauchige Glas zwischen seinen Händen.

Um zu vermeiden, dass Duncan auf dessen schwarzen Handschuh starrte, erhob der Arzt seinen Schwenker und sagte: »Auf die alten Zeiten, mein Freund«, und prostete Jack zu. Duncan spürte, wie der Alkohol in seiner Speiseröhre kratzte. Er räusperte sich. Nicht nur, weil es in seiner Kehle brannte, sondern auch, um Zeit zu gewinnen.

Hier saßen alte Freunde, die sich fremd geworden waren. Duncan hatte keinerlei Ahnung, wie er mit Jack ein Gespräch anfangen sollte. Zwar schreckte Jacks Aussehen ihn nicht ab, aber er hatte Skrupel, ihn darauf anzusprechen, da er ihn nicht verletzen wollte. Doch wie könnte er ihm sonst zeigen, dass er ihn als Freund immer noch schätzte und ihm helfen wollte? Duncan hatte Hemmungen zu fragen, wie es ihm ginge, und ihn somit auf die Vergangenheit anzusprechen. Stumm drehte auch er sein Kristallglas zwischen den Handflächen hin und her.

Dann kam Jack ihm zu Hilfe: »Das war ein schlauer Schachzug von dir, mich mit unserer Parole zu locken. Dass du noch an die Geheimtür gedacht hast … nach so langer Zeit.«

Duncan hörte den spitzen Ton heraus. Doch er hatte sich fest vorgenommen, sich durch Jack nicht provozieren zu las-

293

sen. »Es schien ziemlich schwer, mit dir in Kontakt zu treten. Also musste ich mir etwas einfallen lassen …« Nun ergriff Duncan die Gelegenheit und fragte: »Wie geht es dir?«

Horan hob überrascht eine Augenbraue und sah seinen Freund an. Duncan wartete auf eine unwirsche Reaktion, doch er täuschte sich. Ruhig antwortete der Angesprochene mit einer Gegenfrage: »Was glaubst du, Doktor?«

Nun blickte Duncan hoch und sah ihn kritisch an. Das Licht war zu schwach, sodass er Jacks Pupille nicht klar erkennen konnte. Trotzdem wagte er eine Diagnose zu stellen. »Deine Maske sitzt zu eng. Ich vermute, dass unter dem Maskenrand eine tiefe, gerötete Druckstelle ist, weil das Leder zu hart ist. Das kann Kopfschmerzen verursachen. Außerdem staut sich das Blut an dieser Stelle, wodurch deine Haut sich stets warm anfühlt, als ob sie entzündet sei. Auch sieht sie trocken aus. Der Druck und die Hauttrockenheit verursachen Juckreiz. Wenn du dem nachgibst und kratzt, können sich die Stellen entzünden. Bedeckst du Verbrennungen mit der Maske?« Jack nickte stumm. »Dann wird das Gewebe vernarbt sein und spannen. Ist deine Hand auch verbrannt?«

»Verbrannt und mir fehlt der Ringfinger«, antwortete er sachlich.

Duncan atmete laut aus. Seine Augen verrieten sein Mitgefühl. »Ich habe solche Verstümmelungen schon behandelt. Auch hier jucken die Narben. Du hast das Gefühl, als ob der fehlende Finger noch da wäre, denn er scheint zu schmerzen. Die Stummelkuppe reagiert empfindlich, wenn du gegen sie stößt. Das Beste ist dieser Lederhandschuh, der sie schützt. Ich kann mir allerdings vorstellen, dass du dich mit dem Handschuh unsicher fühlst …« Jetzt hatte Duncan keine Hemmungen mehr, seinen Freund von oben bis unten genauer zu betrachten. »Du ziehst dein Bein stärker nach als früher …«

»Ist das ein Wunder? Sie haben es mit dem Hammer zerschlagen.«

294

»Es tut mir Leid, Jack ...«

Horan stöhnte innerlich. Hätte er gesunde Beine gehabt, wäre er aufgesprungen und gegangen. Er wollte kein Mitleid, kein *es tut mir Leid* hören. Zwar hatte Duncan seinen Zustand genau analysiert, aber helfen konnte ihm niemand. Auch sein Freund, der Arzt, nicht.

Unverhofft sagte Duncan: »Du nimmst Opium, Jack.«

Dieser sah ihn provozierend und auch fragend an.

»Luise hat es mir erzählt ... Du weißt, dass dies keine Lösung ist ...«

Nun stand Jack auf und sah seinen Freund wütend an.

»Ist es das, was du zu sagen hast? Willst du mich erst *be*urteilen und dann *ver*urteilen? Wenn ich das gewusst hätte, wäre ich nicht gekommen ... ganz bestimmt nicht«, fügte er leiser hinzu.

»Glaubst du, dass ich dich nur sehen will, um mit dir zu trinken, Jack? Du bist mein Freund. Ich will dir helfen.«

»Das ist nett von dir. Aber einem Toten kann man nicht mehr helfen«, meinte dieser zynisch.

»Du bist verbittert, Jack, und das frisst deine Seele auf. Du bist auf der dunklen Seite des Lebens gelandet und musst wieder an die Sonne.«

»Sehr poetisch, Duncan. Natürlich lebe ich auf der Schattenseite ... Aber ich brauche weder deine Hilfe noch dein Mitleid. Für das, was ich zu Luise gesagt habe, möchte ich mich in aller Form entschuldigen. Du weißt, dass ich ihr und dem Kind nie etwas antun könnte. Es war ein schlechter Tag für mich ... aber egal, ich gehe jetzt.«

Jack trank den letzten Schluck. Duncan wollte ihn noch nicht gehen lassen und schenkte nach. Diese Wiedersehensfreude durfte nicht abrupt zu Ende gehen. Duncan war überzeugt, dass die Hülle des neuen Jacks sehr dünn war. Wenn er ihn zum Nachdenken bringen könnte, hoffte Duncan, dass diese leichte Umhüllung Risse bekommen und der alte Jack wieder sichtbar werden würde. Er musste alles versuchen, ihm zu helfen. Medizinisch ebenso wie psychisch.

»Jetzt reagier nicht weibisch und setz dich.« Duncan schlug einen anderen Ton an. Weder mitleidig noch verständnisvoll, sondern rau, so wie früher. Es hatte Wirkung. Jack setzte sich wieder, und beide Männer prosteten sich zu.

»Ich habe einen wunderbaren Rotwein …«, meinte Duncan genussvoll.

»Dann her damit.«

»Dachte ich mir, dass du nicht nein sagen würdest. Deshalb habe ich ihn bereits geöffnet. Geben wir ihm noch eine halbe Stunde. Dann ist er fällig.« Duncan zögerte, dann fragte er: »Jack, erlaubst du mir eine Frage?«

»Was soll ich antworten? Du stellst sie sowieso«, grinste dieser in sein Glas, das er zu den Lippen führte.

»Angenommen, ich wäre du …«

»Wie meinst du das?«

»Bevor du kamst, habe ich mich im Spiegel betrachtet und mich gefragt, was mein Freund Jack Horan tun würde, wenn ich in dieser Situation wäre. Würde er ignorant sein? Wäre ich ihm egal geworden?«

Erschrocken sah Jack zu ihm. »Wie kannst du so etwas annehmen? Nein, natürlich nicht«, antwortete er brüsk.

Duncan baute sich in voller Leibesfülle vor seinem Freund auf und fragte ihn mit scharfer Stimme: »Warum glaubst du dann von mir, dass ich dich im Stich lassen könnte? Dich ignorieren würde? Das kränkt mich, Jack. Vor nicht allzu langer Zeit hatten wir Träume und Ziele. Was ist aus denen geworden?«

Jack zuckte mit den Schultern. »Das Leben hat sich verändert. Wir haben uns verändert.«

»Das kann ich nicht akzeptieren, Jack. Das klingt zu einfach. Warum haben wir, hast du dich damals entschlossen, der ›Weißen Feder‹ beizutreten?«

»Oh, nein, Duncan. Ich will nicht darüber nachdenken. Ich muss gehen. Den Wein trinken wir ein anderes Mal.« Er stand auf.

Duncan ahnte, warum dieser plötzliche Aufbruch kam. Er hatte beobachtet, dass Jacks Hand leicht zu zittern begonnen hatte, als er das Glas zum Mund führte. Außerdem waren seine Handbewegungen fahrig. Er war sich sicher, dass Jack wieder Opium brauchte. Duncan tat, als ob er ihn nicht gehört hätte, und holte zwei Gläser. Der erlesene Rotwein schimmerte blutrot. Duncan schnupperte am Glasrand. »Es wäre schade, ihn verkommen zu lassen. Auf die Freundschaft.«

Jack hob ebenfalls das schwere Kristall und nahm einen Schluck. Er ließ den Wein über die Zungenränder laufen und schnalzte mit der Zunge. »Wahrlich ein erlesener Tropfen.« Dann kippte er den Rest hinunter.

Duncan taxierte ihn aus den Augenwinkeln. Anscheinend beruhigte Jack der Alkohol. Ohne zu zögern, goss Duncan nach. Dann stellte er sich lässig an den Kaminsims und fragte: »Kannst du dich an Alice erinnern?«

Nur kurz überlegte Jack, dann fragte er: »Alice, deine Cousine? Ja, natürlich. Sie ist sehr früh verstorben. Wurde nur vierzehn Jahre alt. Warum fragst du?« Seine Worte klangen mittlerweile undeutlich. Auch das zweite Glas hatte Jack bereits geleert. Trotzdem schenkte er sich nach.

»Sie war der Grund, warum ich Arzt wurde«, erklärte Duncan. »Als sie erkrankte und keine Rettung mehr in Aussicht war, schwor ich mir, dass ich alles Erdenkliche tun wollte, damit ein solch junger Mensch nicht sterben muss.«

»Das ist sehr ehrenhaft von dir. Aber gegen manche Krankheiten ist nun mal kein Kraut gewachsen. Oder hast du als Arzt alle heilen können? Erinnere dich nur an den kleinen Danny Gibson. Auch er musste sterben.« Duncan nickte. »Ja, das stimmt. Aber ich hätte ihm helfen können, wenn ich ihn früh genug behandelt hätte. Als ich kam, hatte er bereits eine schwere Erkältung. Außerdem war sein Körper zu geschwächt.«

»Entschuldige bitte, Duncan. Auch, wenn du von seiner Krankheit gewusst hättest, nicht jeder hat das nötige Kleingeld, um sich einen Arzt leisten zu können.«

»Das wissen wir beide, Jack. Außerdem können wir gut reden, denn schließlich sind wir mit dem besagten goldenen Löffel im Mund geboren worden.«

Jeder hing seinen Gedanken nach, dann wollte Duncan wissen: »Warum bist du Anwalt geworden?«

Mit glasigem Auge sah Jack hoch. Als die Frage zu ihm vorgedrungen war, antwortete er: »Aus Tradition. Mein Vater war Anwalt, mein Großvater, sogar mein Urgroßvater.«

»Ist das der einzige Grund? Immerhin hättest du die Tradition brechen können. Ich kannte deinen Vater. Er hätte dich nie dazu gezwungen.«

Jack überlegte. »Ja, das hätte er wahrscheinlich nicht. Ich erinnere mich an ein Ereignis, das mich sicherlich geprägt hat. Als Dreizehnjähriger hatte ich meinen Vater und Großvater zu einer Gerichtsverhandlung begleitet. Es ging dabei um eine reiche, arrogante Dame, die einen Handwerker beschuldigte, fehlerhaft gearbeitet zu haben. Schon als Kind konnte ich erkennen, dass sie die Rechnung aus Prinzip nicht bezahlen wollte. Ich sehe sie heute noch vor mir. Stechende Augen, die von einem riesigen Hut fast verdeckt wurden. Und eine furchtbare, schrille Stimme. Es war pure Machtausübung dieser Frau, denn das Möbelstück war ohne Makel. Trotzdem fand sie kleine Mängel. Auf dem Flur hörten wir, wie der Meister seinem Handwerker drohte, den Verlust vom Lohn abzuziehen. Du weißt, Duncan, Löhne sind karg bemessen. Fehlt etwas, dann nagen viele am Hungertuch. Der Handwerker flehte, doch der Meister blieb hart. Mein Vater und Großvater diskutierten diesen Fall noch beim Diner. Ich fragte sie, warum sie dem armen

Menschen nicht helfen würden. Mein Großvater meinte, dass jeder unter sich bleiben müsste. Reiche Anwälte vertreten reiche Klienten. Arme Leute bekämmen leider selten Hilfe. Ich verstand es nicht. Doch mein Vater fügte hinzu, dass sie ihr Gesicht verlieren würden, wenn sie den einfachen Leuten helfen würden. Die Bessergestellten würden solche Anwälte nicht mehr engagieren. Das würde niemand riskieren wollen. Für mich hat das grausam geklungen, und ich habe damals den Entschluss gefasst, Anwalt zu werden, um auch den Arbeitern helfen zu können.«

»Und, hast du es getan?«

»Was soll die Frage, Duncan? Du weißt am besten, dass ich geholfen habe. Zwar nicht als Mr. Jack Horan, so doch als Mr. Carpenter.«

»Wie geht es Mr. Carpenter?«, wollte Duncan wissen.

Erstaunt sah Jack ihn an. Sein Gesicht und sein Hals waren durch den Weingenuss leicht gerötet. Auch schien er selbst im Sitzen zu wanken. »Er ist tot. Genauso wie Jack, Sarah und Emily Horan.« Sein Gesichtsausdruck verfinsterte sich von einer Sekunde zur anderen. »Meiner Frau und meinem Kind haben all die guten Vorsätze nichts genutzt. Sie sind beide tot ...«, schrie er.

»Jack, ich bitte dich. Es war ein Unfall ... keiner konnte etwas dafür, dass die Kutsche in den Fluss stürzte. Niemand trägt Schuld«, versuchte Duncan ihn zu besänftigen. Die Maske schien Horan zu drücken. Er schob den Zeigefinger unter den Rand und fuhr auf und ab. »Jack, lass mich dein Gesicht sehen. Vielleicht kann ich dir helfen.«

»Mir ist nicht mehr zu helfen. Denkst du, ich weiß nicht, wohin dieses Gerede führen soll? Akzeptiere endlich, dass sich alles geändert hat, und hör auf, mich bekehren zu wollen. Ich brauche dieses verdammte Opium, um die Schmerzen leichter ertragen zu können. Daran wirst auch du nichts mit deinem Samaritergefasel ändern«, presste er zwischen den Zähnen heraus.

»Jack, du bist mein Freund. Ich werde alles versuchen, um dir zu helfen. Ob du es willst oder nicht«, sagte Duncan in ruhigem Ton. Es fiel ihm schwer, nicht selbst die Beherrschung zu verlieren. Am liebsten hätte er seinem alten Gefährten die Sturheit herausgeprügelt. Doch er wusste, dass er seine Worte mit Bedacht wählen musste. Als Jack keine Reaktion zeigte, meinte Duncan: »Ja, Jack. Emily und Sarah sind tot. Viel zu früh wurden sie aus dem Leben gerissen. Es ist schwer, mit solch einem Schicksal fertig zu werden. Du hast alles Recht der Welt, darüber verzweifelt und auch wütend zu sein. Das ändert aber nichts an der Tatsache, dass du lebst. Auch Mr. Carpenter lebt noch in dir. Es ist leicht zu sagen, dass du und er gestorben sind. Doch das wäre zu einfach, und es entspricht nicht deinem Wesen. Ich akzeptiere es auf keinen Fall.« Duncan holte etwas aus einem Schrank. »Hier, mein Freund. Dies ist eine Salbe. Julian Deal hat sie aus Kräutern der Aborigines hergestellt. Damit hat er mir mein Leben gerettet, als man mich lebensgefährlich verletzt hatte ...« Erschrocken musterte Horan ihn. »Ja, auch ich habe einiges in der vergangenen Zeit erlebt und überlebt. Doch jeder sieht sein Schicksal als das Schlimmste an. Der Blick für das Gegenüber wird dadurch getrübt. Man muss aufpassen, dass man nicht in dem Wasser der eigenen Tränen ertrinkt ... Nimm die Salbe. Reibe sie dünn auf die verletzte Wange und deine Hand. Massiere damit auch deinen Fingerstumpf. Du wirst sehr bald Linderung spüren. In diesem kleinen Leinensäckchen befinden sich getrocknete Kräuter. Ich kenne ihre Wirkung, doch nicht ihre Zusammensetzung. Sobald du spürst, dass du Opium brauchst, brüh dir damit einen starken Sud. Vorsicht, er schmeckt, als ob ich dich vergiften wollte. Trink ihn lauwarm, dann kann man ihn ertragen ...«

»Ich brauche weder deine Medizin noch deine gut gemeinten Ratschläge«, meinte Jack und schob die Medikamente auf die andere Seite des Tisches.

300

Zynisch, aber doch leise antwortete Duncan: »Ich habe keinen Dank von dir erwartet. Trotzdem nimmst du diese Dose und den Beutel.«

Die einstigen Freunde sahen sich herausfordernd an. Dann verzogen sich Jacks Mundwinkel leicht zu einem Grinsen. »Du warst schon immer ein sturer Kerl.«

Duncan hatte den Rest Wein auf die zwei Gläser verteilt. Er erhob seines und sah Jack starr in das gesunde Auge. »Auf immer während Freundschaft.«

Zögerlich antwortete dieser: »Auf immer während Freundschaft.«

Duncan fiel ein Stein vom Herzen.

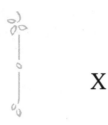

X

London, 15. März 1794, nachts

Jack irrte durch die dunklen Gassen von London. Es nieselte, doch das störte ihn nicht. Er musste wieder einen klaren Kopf bekommen. Der Alkohol hatte ihn leicht benebelt. Doch dadurch spürte er auch seine Schmerzen nicht mehr. Der Abend hatte ihn aufgewühlt, deshalb konnte er jetzt noch nicht in seine Unterkunft zurückgehen. Das Gespräch hatte ihn nachdenklich gestimmt, und Duncans letzter Satz hatte ihn geschockt.

Nachdem Jack die Kräuter und die Salbendose in seine Manteltasche gesteckt hatte, wollte er wortlos wieder gehen, doch Duncan hatte ihn zurückgebeten und eine Frage gestellt. Diese ließ ihn nun nicht mehr los.

»Was würde Sarah sagen und tun, wenn sie noch leben würde?«, wollte sein Freund wissen.

Dies hatte er sich selbst nie gefragt. Nicht einmal daran gedacht. Doch einmal laut ausgesprochen, ließ sie ihn nicht mehr los.

Seine Frau Sarah war eine Rebellin gewesen. Was sie sich in den Kopf gesetzt hatte, hatte sie durchzusetzen versucht. War der Weg auch noch so steinig, sie war ihn gegangen. Schon als Kind hatte sie für ihr Leben kämpfen müssen. Sie kam nicht aus der besser gestellten Welt, nicht einmal aus der Mittelschicht. Sie kam von ganz unten. Aus dem Arbeiterviertel. Jack hatte ihrem Bruder vor Gericht geholfen. Horan war als Mr. Carpenter unter diesen Menschen bekannt. Er stellte ihnen seine Erfahrung und Arbeitszeit als Anwalt kostenlos zur Verfügung. Verfasste Schriftsätze, lehrte sie ihre Rechte in der Gesellschaft oder steckte ihnen ein paar Pennys zu.

Damals hatte Sarah plötzlich vor ihm gestanden. Für Jack war es Liebe auf den ersten Blick gewesen. Doch fast ein Jahr hatte er damit verbracht, ihr zu beweisen, dass er es ehrlich meinte. Dann hatte sein Werben Erfolg gehabt und sie endlich ja gesagt. Damit sie in seiner Welt in Ruhe leben konnte, hatte Jack sie als eine Dame aus Mittelengland vorgestellt. Zuerst hatte sich Sarah gegen diese Lüge gewehrt, denn sie hatte ihre Wurzeln nicht verleugnen wollen. Allerdings hatte sie sehr schnell verstanden, dass diese Lüge Vorteile brachte und die Wahrheit ihr geschadet hätte. Ihr Glück war vollkommen gewesen, als Emily geboren wurde. Dann war das Unfassbare geschehen: Sie waren mit der Kutsche unterwegs gewesen und hatten es eilig gehabt. Plötzlich war ihnen ein anderes Gefährt in die Quere gekommen. Die Pferde hatten bei regennassem Kopfsteinpflaster gescheut und waren ausgerutscht. Nichts hätte die Kutsche mit dem Gespann mehr anhalten können. Sie war in die Themse gestürzt. Erst Tage später hatte man ihre Leiche gefunden. Sarah hatte immer noch ihre Tochter umschlungen gehalten. Jack hatte schwer verletzt überlebt. Doch als Krüppel gezeichnet und stets an die Tragödie erinnert.

Ja, dachte er, Sarah würde ihn an seiner Schulter packen und schütteln. Sie würde mit ihm schimpfen, weil er sich seinem Schicksal ergab. Mit ihr an seiner Seite wäre er nie so tief gesunken. Doch warum darüber nachdenken?

Er schaute sich um. Erschrocken stellte er fest, wohin er gegangen war. Sofort erkannte er die Stelle wieder. Sein Herz schlug schneller. Genau hier war damals das Unglück passiert.

Der Regen kräuselte die Wasseroberfläche der Themse. Silbrig spiegelte sich der Halbmond darin. Er sah das Ge-

303

sicht seiner Frau vor sich im Nebel der Erinnerungen und verlor sich in ihnen.

Plötzlich hörte Horan ein Wimmern. Als er niemanden sehen konnte, glaubte er an eine Täuschung. Er sah zu der Stadtmauer, die im schwachen Mondlicht bedrohlich wirkte. Feucht glänzten die Steine. Er drehte sich um und wollte zurückgehen, als undeutliche Wortfetzen an sein Ohr drangen. Nun schaute er genauer. Tatsächlich. Dort in der Mauernische saß jemand.

Vorsichtig ging er darauf zu: »Wer ist da?«, rief er verhalten. Seine Worte hallten in der Dunkelheit lauter nach, als er sie ausgesprochen hatte. Keine klare Antwort, sondern wieder nur Wimmern. Beherzt ging er einige Schritte auf die Person zu. Jetzt konnte er sie deutlich erkennen. Ein Mädchen kauerte auf dem Boden, die Arme vor den Leib gepresst. Es bewegte seinen Körper vor und zurück, als ob es große Schmerzen hätte.

»Was ist mit dir?«

»Bitte helfen sie mir …«, keuchte es.

Horan trat näher. Das matte Mondlicht erhellte schwach die Stelle, doch die Dunkelheit sog das Licht gierig auf. Trotzdem reichte es, dass Jack das blutbefleckte Kleid erkennen konnte. Erschrocken fragte er: »Um Himmels willen, was ist passiert?«

Mühsam kniete er langsam nieder, um in Augenhöhe mit dem Mädchen zu sein. Dessen Lippen waren fest aufeinandergepresst. Tiefe Augenringe gaben seinem weißen Gesicht etwas Gespenstiges. Die Augen der Kleinen blickten ihn an, doch sahen sie durch ihn durch. Jack sah suchend in alle Richtungen. Niemand war da, der ihm hätte helfen können. Er war allein im Regen.

Das Mädchen sagte nichts, sondern winselte leise und bewegte im Takt dazu seinen Körper. Jacks Hosenbein, auf dem er vor ihm kniete, fühlte sich plötzlich warm und nass an. Erst jetzt bemerkte er die kleine Blutlache auf dem Boden. Sein Herzschlag beschleunigte sich. Was sollte er tun?

»Wo wohnst du?« Keine Antwort. »Soll ich jemanden rufen?«

Wieder kam kein Wort über die Lippen der Kleinen.

»Kannst du aufstehen und gehen?«

Ihre Augen sahen ihn an, doch seine Worte drangen nicht zu ihr durch. Mühsam richtete Horan sich wieder auf. Sein Bein schmerzte, doch er ignorierte es.

»Komm«, sagte er und versuchte, das Mädchen hochzuziehen. Als ein tiefes Stöhnen aus der Kehle der Kleinen drang, ließ er erschrocken von ihr ab. Ohne länger zu überlegen, zog er sie nun mit einem Ruck zu sich und hievte sie über seine Schulter. Sie war leicht. Für ihre Größe viel zu leicht. Durch das dünne Kleid konnte er ihre Rippen spüren. Trotzdem strauchelte er. Er merkte den Alkoholgenuss vom Abend. Aber er konzentrierte sich auf das verletzte Mädchen und fand rasch sein Gleichgewicht wieder. So schnell es ihm möglich war, ging er mit der menschlichen Last von dannen.

Keuchend humpelte Horan durch die menschenleeren Straßen von London. Es wäre leichter für Jack gewesen, wenn er sich mit jemandem die Last hätte teilen können. Doch es war besser so, auch, wenn die Kleine ihm die letzte Kraft raubte. Von ihr hörte er keinen Laut. Er befürchtete, dass sie sterben würde. Trotzdem trug er sie weiter und hoffte, dass es noch nicht zu spät war. Der Gedanke beschleunigte seine Schritte.

Der Nieselregen hatte seine Kleidung mittlerweile vollständig durchnässt. Der Schweiß der Anstrengung lief ihm in sein Auge. Er zwinkerte ihn weg. Jack spürte, dass seine Muskeln von den Strapazen zitterten und brannten. Sein

305

Bein schmerzte höllisch. Doch er ignorierte alle Pein. Endlich erreichte er die Haustür. Mit letzter Kraft schlug er die Faust dagegen. Als die Hand schmerzte, verlagerte er sein Gewicht für einen Augenblick auf das kranke Bein und trat mehrmals gegen das Portal.

Endlich sah er Licht durch das Oberfenster scheinen. Die Tür wurde aufgerissen, und ein verschlafener Duncan schimpfte ärgerlich: »Wer ist so unverschämt …« Doch als er Jack erkannte, verstummte er.

Nachdem Jack sich das Blut von den Händen gewaschen hatte, ging er in den Wohnsalon. Hier hatte er den Abend beendet, und hier schien er den neuen Tag zu beginnen.

Horan ging zu dem Tischchen, auf dem die Kristallflaschen gefüllt mit Cognac und Whisky standen. Er wollte sich gerade einen Drink eingießen, als er sein Gesicht im Spiegel sah. Bartstoppeln ließen seine Haut um Kinn und Mund fleckig erscheinen. Das schwarze Leder seiner Maske hatte sich mit Wasser vollgesogen und glänzte. Sie drückte stärker als sonst.

Er löste die Lederbänder und nahm die Maske erleichtert ab. Mit der Fingerspitze rieb er über die gerötete Druckstelle. Die Haut darunter war schuppig und juckte. Er kratzte nur leicht, doch das Jucken verstärkte sich.

Zögernd nahm er die kleine Metalldose aus seiner Manteltasche. Der runde Deckel ließ sich leicht abheben. Eine grünliche Paste kam zum Vorschein. Er zerrieb die fettige Substanz zwischen den Fingern. Horan konnte nicht sagen, ob sie wohl roch. Zu viele Düfte entströmten ihr.

Er nahm eine erbsengroße Menge auf die Fingerkuppe und verteilte die Creme auf seine entstellte Gesichtshälfte. Gierig sog die trockene Haut die Salbe auf. Sogleich verspürte er eine angenehme Kühle. Das Jucken ließ langsam nach. Auch spannte das Narbengewebe nicht mehr und wurde geschmeidig.

Horan sah die Flasche mit dem schottischen Malt an. Im Grunde hatte er keine Lust, etwas zu trinken. Der Griff danach war einem Reflex gleich. Nachdenklich drückte er den Verschluss wieder auf den Hals der Flasche. Bleierne Müdigkeit überkam ihn. Erschöpft legte er sich auf das kleine Sofa. Seine Beine waren viel zu lang, doch das störte ihn nicht. Er wollte nur für ein paar Minuten die Augen schließen. Nur einen Augenblick ausruhen, um dann zu Duncan zu gehen und nach dem Mädchen zu sehen.

Jack musste fest eingeschlafen sein. Als er wieder erwachte, schlug die Zimmeruhr bereits fünfmal. Langsam verdrängte der neue Tag die Nacht. Er rieb sich den Schlaf aus den Augen.

»Möchtest du eine Tasse Tee?«

Erschrocken sah Jack Luise im Zimmer stehen, die ihn anscheinend beobachtet hatte. Wortlos nickte er und griff nach der Maske, um sein Antlitz zu verdecken. Sie reichte ihm eine gefüllte Tasse.

»Wie geht es dem Mädchen?«, fragte er, ohne sie anzusehen.

»Duncan ist noch bei ihr. Sie hat viel Blut verloren … Ihre Verletzungen haben mich an Colette erinnert«, flüsterte sie ergriffen. Fragend sah er sie an. Sie berichtete ihm, was sich in Australien zugetragen hatte. Erschüttert ruhte sein Blick auf ihr.

Schweigend tranken sie den Tee.

»Glaubst du, dass man die Kleine auch missbraucht hat?«

»Das weiß ich nicht. Sie ist höchstens zwölf Jahre alt und war schon schwanger. Eine Pfuscherin hat ihr das Kind

307

weggemacht. Das Mädchen wäre verblutet, wenn du ihr nicht geholfen hättest«, sagte Luise mit unverkennbarer Achtung in ihrer Stimme.

»Darf ich zu ihr gehen?«

»Sicherlich. Allerdings wird sie schlafen. Duncan hat ihr Deals Kräuter verabreicht.«

»Ach ja, die Kräuter …«, murmelte Jack.

»Wie geht es dir?«, wollte Luise wissen.

»Das weiß ich noch nicht«, antwortete Jack leise. Dann ging er aus dem Zimmer.

Zaghaft klopfte Horan an die Tür. Duncan öffnete und ließ ihn eintreten. Das Gesicht des Mädchens war so weiß wie das Leinentuch, das seinen Körper bedeckt. Es sah so jung und unschuldig aus. Jedoch hatte es wahrscheinlich schon mehr erlebt als manche erwachsene Frau. Sein Schlaf war unruhig. Horan konnte die Lider der Kleinen flackern sehen. Auch wimmerte sie leise. Als Jack die blutgetränkten Tücher sah und den metallischen Geruch des Blutes wahrnahm, schüttelte es ihn. »Wird sie überleben?«

Erschöpft hob Duncan die Schultern und ließ sie wieder fallen: »Das werden die nächsten Stunden entscheiden. Wir müssen abwarten. Ich brauche nun erst mal eine Tasse Tee. Möchtest du auch eine?«

»Nein, danke. Ich habe bereits mit Luise Tee getrunken.«

Während sich Duncan die Hände an einem Tuch abputzte, sah er überrascht hoch. »Mit Luise? Das ist gut.«

»Wasser … bitte«, flüsterte ein zartes Stimmchen.

Sogleich hielt Horan dem Mädchen ein Glas an die blassen Lippen.

»Nicht zu viel«, riet Duncan. Er tränkte ein Tuch mit Wasser und gab es Jack. »Damit kannst du ihre Lippen befeuchten. Ich komme gleich zurück.«

Jack nickte. Als Duncan nach der Türklinke griff, fragte das Mädchen schwach: »Wie ist Ihr Name, Herr?«

Duncan konnte spüren, wie Jack die Luft anhielt. Doch dann hörte er ihn sagen: »Carpenter … Jack Carpenter!«

Anstrengende Wochen folgten. Nicht nur für das Mädchen, das Rachel hieß. Fieberschübe und Wundentzündungen erforderten eine intensive Betreuung.

Duncan war erstaunt über die Zähigkeit seiner Frau. Nichts war ihr zu viel. Luise wechselte sorgsam die Verbände, flößte dem Mädchen warme Brühe ein und saß stundenlang am Bett, um Wadenwickel zu machen. In dieser Zeit kümmerte sich Bobby um Madeleine und um die Mahlzeiten.

Bei Horan aber hatte das Schicksal des Mädchens eine Veränderung bewirkt. Er wollte leben.

Nachdem sicher war, dass Rachel das Schlimmste überstanden hatte, bat Jack seinen Freund um ein intensives Gespräch. Anschließend überlegten sie gemeinsam, wie Jack von dem Opium loskommen könnte. Nach einer gründlichen Untersuchung schätzte Duncan die Chancen hoffnungsvoll ein. Jacks Körper zeigte noch keine typischen Symptome der Abhängigkeit. Duncan hatte in einem Arztbuch, in dem Berichte aus aller Welt zusammengetragen worden waren, nachgelesen, dass Menschen durch den regelmäßigen Gebrauch von Opium stark abmagerten und ohne Appetit waren. Auch gab es einen Unterschied, ob man das Mittel schluckte oder inhalierte. Rauchte man es, wurden der Geist benebelt und die Wahrnehmung getäuscht. Da viele diesen Zustand als angenehm empfanden, wurde der tägliche Gebrauch der Opiumpfeife selbstverständlich. Doch Jack schluckte die kleinen Kügelchen, um

309

die Schmerzen im Körper zu betäuben und nicht seinen Geist. Da das Opium bitter schmeckte, vermischte er es mit Zimt. Jack sollte nun ein anderes Mittel gegen die Schmerzen nehmen. Duncan setzte seine Hoffnung in die Kräuter der Aborigines.

Fairbanks besaß ein kleines Jagdhaus auf dem Land. Nicht weit entfernt von London, aber doch so abgelegen, dass sie ungestört waren. Jack sollte keine Möglichkeit bekommen, sich das Opium zu beschaffen. Er durfte das Jagdhaus die nächsten Wochen nicht verlassen. Auch durfte niemand zu ihm, deshalb wurden die Fenster mit Brettern zugenagelt. Die Tür bekam ein Doppelschloss. Um jederzeit den Sud aufbrühen zu können, stand heißes Wasser griffbereit auf dem Feuer. Duncan brachte sämtliche Bücher in die Hütte, die ihm nützlich sein konnten. Manchmal beschlich ihn Angst vor der eigenen Courage. Er hatte so etwas noch nie praktiziert und wusste nicht, was auf ihn zukommen würde. Allerdings ahnte er, dass es hart werden würde. Nicht nur für Horan. Duncan hatte nachgelesen, dass das Schlimmste das Verlangen nach dem Opium sei. Manche mordeten sogar, um ihre Gier zu stillen. Die Männer hatten vereinbart, dass Duncan Jack sogar ans Bett fesseln würde, wenn es vonnöten sei. Sie rechneten mit mehreren Tagen, bis sich der Körper umgestellt hätte.

Bevor die beiden Männer in das Jagdhaus zogen, erklärte Horan Rachel, was er vorhatte. Trotz seiner Maske hatte sie ihm gegenüber niemals Angst oder Abscheu gezeigt. Das hatte Jack aufgewühlt und ihm bewusst gemacht, dass das Aussehen nicht das Wichtigste im Leben eines Menschen war. Rachel war noch zu schwach, um aufzustehen, trotzdem schien sie stärker als er selbst. Sie machte ihm Mut und bestärkte ihn in seiner Absicht.

Bevor er sich von ihr verabschiedete, fragte sie ihn: »Mr. Carpenter, darf ich Ihr Gesicht ohne Maske sehen?«

»Warum?«, fragte er erstaunt.

»Weil ich wissen möchte, ob Sie diese wirklich benötigen.«

Zweifelnd sah er sie an.

»Ich glaube, dass die Maske Ihr Gesicht böser aussehen lässt, als Sie in Wirklichkeit sind.«

Zögerlich band Jack die Ledermaske ab. Langsam hob er den Blick und sah sie beschämt an. Sein Augenlid war schlaff und hing herunter. Seitdem er mit Duncans Creme regelmäßig das Narbengewebe massierte, war es geschmeidiger geworden. Es spannte nicht mehr, und auch der Juckreiz quälte ihn nicht länger. Nur die rote Druckstelle war gleich geblieben.

Rachel musterte intensiv sein Aussehen. Sie legte dabei den Kopf schief. Als sie ihn mit dem Finger berühren wollte, zuckte er zurück, ließ sie aber gewähren. »Wer hat Ihnen so etwas angetan?«, fragte sie neugierig.

»Böse Menschen.« Mehr sagte er nicht, doch sie nickte wissend.

Rachel hatte ihnen noch nicht viel von sich preisgegeben. Auch, wer der Vater ihres toten Kindes war, hatte sie nicht verraten. »Ich kenne auch solche bösen Menschen«, flüsterte sie, ohne den Blick von Jacks Gesicht zu nehmen.

»Willst du mir von ihnen erzählen?«

Stumm schüttelte sie den Kopf. »Wenn Sie wieder gesund sind … dann vielleicht.«

Horan nickte. Allein für sie wollte er wieder der alte Jack werden. Um sie vor dem Abschaum der Menschheit da draußen zu beschützen. Damit sie den Rest ihrer Kindheit und Jugend friedlich verbringen konnte. Dafür wollte er sorgen.

Als er seine Maske wieder überstreifen wollte, meinte sie: »Ich finde nicht, dass Sie diese brauchen. Aber die Menschen auf der Straße könnten sie anstarren …«

Ein Lächeln umspielte seine Lippen, als er die Lederbänder hinter seinem Kopf verknotete.

311

Zum Abschied umarmte er die Kleine. Sie drückte ihr Gesicht gegen seine Schulter. Ein Gefühl der Wärme durchströmte seinen Körper, und er schloss glücklich seine Augen.

Es war Duncans und Luises letzte gemeinsame Nacht für mehrere Wochen. Voller Leidenschaft hatten sie sich geliebt. Nun lagen sie erschöpft nebeneinander. Duncans Finger fuhren zärtlich die Konturen an Luises Hals hinunter zur Brust. Er lachte leise auf, als Luise erschauerte und eine Gänsehaut ihren Körper überzog.

»Sollen wir noch einmal alles durchsprechen?«

»Bitte nicht«, stöhnte sie und drehte ihren Kopf zu ihm. »Sollte etwas Unvorhergesehenes eintreten, dann schicke ich Bobby. Mach dir keine Sorgen, Duncan. Ich war lang genug auf mich allein gestellt. Ich weiß, was ich zu tun habe.«

»Davon bin ich überzeugt.« Duncan sah auf seine Taschenuhr, die auf dem Nachttisch lag.

»Musst du schon gehen?«

»Nein, Liebling, wir haben noch viel Zeit«, antwortete Duncan. Sein Mund kam näher und verschmolz mit ihrem zu einem langen sinnlichen Kuss.

»Wir machen dich kalt, du Hurensohn«, drohte einer von Jacks Ganoven. Sein Gesicht war wutverzerrt. Die übrigen der Bande stimmten ein und ballten ihre Fäuste. Jason zog sogar sein Messer, um die Ernsthaftigkeit der Worte zu unterstreichen.

»Du kannst mir nicht drohen, McKenzie. Niemand von euch kann das. Denkt ihr, ich wäre so dumm und würde herkommen, ohne mich abgesichert zu haben?«, fragte Jack uneingeschüchtert und mit zynischem Zug um die Mundwinkel.

Ein Raunen ging durch die Schar der Männer.

»Es wird keine Raubzüge mehr geben. Ist das jetzt klar?«

»Was willst du dagegen machen? Wir können die feinen Herren auch ohne dich ausnehmen.« Wieder war zorniges Gemurmel zu hören.

»Genau so ist es. Wir brauchen dich nicht«, sagte der mit dem Messer und hieb die Waffe vor Horan in den Holztisch.

Jack sah ihn mit kaltem Auge an und sagte mit eisiger Stimme: »Sollte einer von euch die Hand gegen mich erheben, kommt ihr alle hinter Gitter. Dafür habe ich gesorgt.«

Fassungslose Stille folgte. Doch die währte nicht lange. »Wie willst du Krüppel dich gegen uns wehren? Spar dir deine Drohung.« Hämisches Lachen begleitete die Worte.

Horan kannte seine Jungs bestens. Sie waren dumm, naiv und brutal, wenn es dabei um ihr eigenes Leben ging. Aber auch leicht einzuschüchtern. Er hatte sich alle eventuellen Szenen ausgedacht, die entstehen könnten. Auch auf diese war er vorbereitet gewesen. So schnell, dass es kaum wahrzunehmen war, sprang er auf und zog von seinem Stock die Kappe der Spitze ab. Darunter kam ein spitzes Messer zum Vorschein. Diese Waffe hielt er seinem Gegenüber an die Kehle. Die anderen wichen zurück. »Ich habe alle eure Namen notiert. Sowie die eurer Huren und Hurenbälger. Sämtliche Verstecke habe ich aufgelistet. Dieses Schriftstück wurde bei einem Anwalt hinterlegt, von dem ihr nicht einmal wisst, dass es ihn gibt. Melde ich mich nicht jede Woche unter einem geheimen Kennwort bei diesem Mann, geht das Stück Papier direkt zur Polizei. Dann seid ihr und eure Familien fällig.« Mit einem Ruck riss er sich mit der freien Hand die Maske vom Gesicht. Erschrocken starrten die Männer ihn an. Kaum einer hatte jemals die Verletzung gesehen.

»Wenn ihr im Folterkerker seid, könnt ihr euch glücklich schätzen, wenn ihr schnell sterben dürft.«

»Aber was ist mit der Beute?«, krächzte der, der die Messerspitze noch immer am Hals spürte.

313

Jetzt ließ Horan die Waffe langsam sinken, sah ihm aber immer noch fest in die Augen. Dann drehte er sich um und holte eine Kiste, die bis jetzt unbemerkt in einer Ecke gestanden hatte. »Ich habe für jeden die gleiche Summe abgezählt …«

»Das ist ungerecht. Kevin hat immer nur Schmiere gestanden, während wir die Arbeit gemacht haben«, brüllte einer aus der hinteren Reihe zornig.

»Das kann man so oder so sehen. Hätte Kevin geschlafen, während ihr in die Häuser eingedrungen seid, müsste ich heute wahrscheinlich nur die Hälfte der Beute verteilen. Denn ein Teil der Männer würde bereits am Galgen baumeln.«

Zustimmendes Gemurmel erklang. Horan verteilte die Geldsäckchen. Als die Männer den Inhalt zählten, wurde ihr Grinsen breiter. Jeder schien mit seinem Beuteanteil zufrieden.

»Versauft nicht alles in der nächsten Kneipe. Es könnte auffallen, wenn ihr mit dem Geld um euch schmeißt. Es ist genug, um in der nächsten Zeit sorgenfrei zu leben. Und jetzt verschwindet. Ich will euch nie wieder sehen. Habt ihr verstanden?«

Lachend verließen die Männer den Raum. Nur Silberauge blieb zurück.

»Was willst du?«, fragte Horan ihn.

»Wenn Sie Hilfe brauchen, rufen Sie mich. Ich werde kommen.«

Horan legte ihm eine Hand auf die Schulter. »Das weiß ich. Danke, aber den Weg, den ich jetzt zu gehen habe, muss ich alleine gehen.«

Duncan hatte geahnt, dass es für Jack die Hölle werden würde. Die Sucht nach dem Opium war so groß, dass er Jack tatsächlich tagelang ans Bett fesseln musste. Wahrscheinlich hätte dieser ihn sonst umgebracht. Zeitweise war er nicht mehr Herr seiner Sinne. Er schrie, tobte, beleidigte und weinte. Manchmal flüchtete Duncan in den nahen Wald, weil er es nicht länger ertragen konnte. Jack bekam Fieberschübe und Kälteschauer. Sein Körper schwitzte das Gift heraus. Er stank zum Himmel. Ab und zu goss Duncan einen Eimer warmes Wasser über ihn aus, da er sonst keine Luft mehr bekommen hätte. Nach zwei Wochen hatte Jack das Schlimmste überstanden. Sein Geist klarte auf. Sein Körper hatte einige Kilos verloren. Trotzdem ging es ihm nicht schlecht. Als er glaubte, wieder nach Hause zu können, bekam er eine starke Grippe. Husten und Schnupfen plagten ihn. Seine Mandeln waren dick geschwollen. Wieder musste er das Bett hüten und wurde ungeduldig. Nur mit Mühe konnte Duncan ihn überzeugen, dass er noch warten musste.

Seit drei Wochen lebte Rachel bei den Fairbanks. Dank Luises Fürsorge ging es ihr von Tag zu Tag besser. Langsam fasste sie Vertrauen, und ihre Zurückhaltung ließ nach. Bald kam der Tag, an dem sie das Bett verlassen durfte. Sie setzte sich in die Küche und spielte mit Madeleine.

Luise beobachtete das Mädchen, das immer noch blass war. »Möchtest du eine Tasse warme Milch mit Honig trinken?«

»Gerne, Mrs. Fairbanks.«

»Nenne mich bitte Luise. Mrs. Fairbanks klingt so alt.«

Rachel kicherte, als Luise ihr Gesicht verzog. Madeleine stimmte in das Gelächter mit ein, indem sie ihre Händchen nach Rachel ausstreckte und in hohen Tönen quiekte.

»Ob mein Baby auch so hübsch geworden wäre?«, fragte das Mädchen unerwartet. Erschrocken sah Luise zu ihr. Sie tat beschäftigt und rührte Honig in die angewärmte Milch. Anscheinend hatte Rachel diese Frage mehr sich selbst gestellt. »Vielleicht sieht mein zweites Baby so hübsch aus.«

Was sollte Luise ihr antworten? Die Wahrheit? Dass man sie so schlimm verletzt hatte, dass sie keine Kinder mehr bekommen konnte? Dass sie froh sein konnte, überhaupt noch zu leben? Sollte sie ihr noch mehr Leid zufügen? Rachel sollte ihre Jugend nun unbeschwert genießen können, ohne sich Gedanken über die Zukunft zu machen. Das Mädchen sollte das Erlebte erst einmal verkraften. Irgendwann später war noch früh genug, ihr die Wahrheit zu sagen.

»Natürlich wirst du wunderschöne Kinder bekommen.«

Ein Strahlen erhellte Rachels Gesicht. Die grünen Augen leuchteten.

»Darf ich dich auch etwas fragen?«

Während Rachel einen vorsichtigen Schluck aus der Tasse nahm, nickte diese.

»Hast du keine Familie, die sich um dich sorgt? Jemand, den man aufsuchen sollte, um ihm mitzuteilen, dass es dir wieder gut geht?«

Erschrocken sah das Kind Luise an. Sein Gesicht wurde eine Spur blasser, und seine Hand zitterte. »Nein«, flüsterte sie mit leiser Stimme, »da gibt es niemanden, den ich meine Familie nennen kann … Bitte bringen Sie mich nicht wieder zu den bösen Menschen zurück …« Ihre Augen füllten sich mit Tränen.

Luise nahm sie in die Arme: »Fürchte dich nicht, Rachel. Du musst niemals wieder dorthin. Das verspreche ich dir.«

Erleichtert sah das Kind auf.

Luise strich ihr über die kastanienbraunen Haare. Dann sagte sie sanft: »Ich weiß, Rachel, dass du Angst hast. Aber das brauchst du nicht. Doch es ist wichtig, dass du mir sagst, wer diese Menschen sind. Sie dürfen nicht ungestraft davonkommen.«

Rachel antwortete nicht. Sie stand auf und ging zu dem Fenster, das in den Garten zeigte. Sie blickte nach draußen, ohne sich zu bewegen. Es schien, als ob sie die Wolkenfetzen beobachtete, die am Himmel entlangjagten. Doch an der Anspannung in ihren Schultern konnte Luise erkennen, dass sie einen inneren Kampf mit sich ausfocht. »Wenn Sie diese bestrafen, werden sie wissen, dass ich sie verraten habe«, sagte sie leise, ohne sich umzudrehen. »Dann werden sie kommen und mich holen.«

»Rachel, du brauchst nie wieder etwas zu befürchten. Ich werde dich vor ihnen beschützen. Sogar mit meinem Leben«, sagte Bobby, der im Türrahmen stand und mitgehört hatte. Er wusste zwar nicht, was im Leben des Mädchens vorgefallen sein könnte, doch er kannte dieses Gefühl: Angst zu haben und ihr schutzlos ausgeliefert zu sein. Zu oft hatte er es selbst gespürt.

Rachel drehte sich zu ihm um. Forschend sah sie ihn an. Ernst blickten ihre Augen in seine. Dann wurde ihre Miene sanft, und sie nickte. Ja, hier war sie in Sicherheit. Niemand würde ihr hier wieder wehtun.

Luise, Rachel und Bobby setzten sich an den Tisch. Madeleine war auf der Decke eingeschlafen. Leise fing das Mädchen an zu erzählen. Ungläubig hörten Bobby und Luise der Kleinen zu. Immer wieder stockte ihre Erzählung. Ihre Stimme zitterte, und auch ihre Hände blieben nicht ruhig auf der Tischplatte liegen. Als sie geendet hatte, war blankes Entsetzen in Bobbys Gesicht zu erkennen. Luise wischte sich die Tränen fort. Rachel war erschöpft von den vielen Worten und der Erinnerung. Trotzdem ging es ihr gut, denn die Last auf ihrer Seele war nun nicht mehr so groß. Luise brachte sie in ihr Bett und deckte sie sorgsam zu. Ergriffen hauchte sie ihr einen Kuss auf die Stirn. »Träume etwas Schönes, mein Engel«, flüsterte sie, denn Rachel war bereits eingeschlafen.

Zurück in der Küche, setzte sie sich zu Bobby. Madeleine war aufgewacht und saß bei ihrem Onkel auf dem Schoß.

»Ich würde jeden umbringen, der meinem Kind so etwas antut.«

Bobby nickte. »Wir müssen die beiden anderen Mädchen befreien … Schnellstmöglich … deshalb gehe ich zu Duncan in den Wald … Diese Mistkerle werden dafür büßen.«

»Ja, das werden sie.«

Am nächsten Tag ritt Bobby zu Duncan und berichtete ihm alles, was Rachel ihnen erzählt hatte. Während sich Fairbanks vor dem Haus mit seinem Ziehsohn unterhielt, schlief Jack benebelt durch den Sud nach dem Rezept der Aborigines. Wieder hatte er das Schlimmste überstanden, doch war er noch nicht geheilt.

Ungläubig schüttelte Duncan den Kopf. »Du hast vollkommen Recht, Bobby. Wir müssen die Mädchen da herausholen. Das Problem ist nur, dass ich hier nicht wegkann. Jack ist noch nicht stabil genug, dass ich ihn allein lassen oder ihn schon nach Hause bringen könnte. Ich schätze, dass wir noch mindestens zwei Wochen in der Hütte bleiben müssen …« Er seufzte leise, doch in seinem Inneren tobte der immer wiederkehrende Zorn auf Menschen, die zu so etwas fähig waren.

»Jeder Tag verlängert die Qualen der Kinder«, war Bobbys Einwand. Nach einer Weile des Überlegens meinte der Junge: »Wir könnten alles vorbereiten. Vielleicht jemanden als Spion in die Fabrik einschleusen, damit wir mehr erfahren.«

»Keine schlechte Idee, Bobby. Aber wen?« Duncan dachte angestrengt nach. Dann sagte er: »Male das geheime Zeichen der ›Weißen Feder‹ an die fünf Mauern. Warte drei Tage, dann geh zu unserem Versteck. Sollten mindestens zehn Männer erscheinen, werden wir die Organisation wieder neu beleben.«

318

Plötzlich knarrte die Tür der Jagdhütte. Jack stand schwankend vor ihnen. Seine Augen blickten glasig. Die Wangen waren eingefallen. Durch den ungepflegten Bart und die tiefdunklen Augenrändern sah er aus, als ob er für ein Theaterstück übernächtigt geschminkt worden wäre. Er räusperte sich, doch seine Stimme war zu einem metallischen Gekrächze geworden: »Geh in den ›Schwarzen Falken‹. Frag nach einem Mann mit Namen ›Silberauge‹. Du erkennst ihn, weil seine rechte Augenhöhle mit einem Silberstück ausgefüllt ist. Sag ihm: ›Die Pferde brauchen einen neuen Stall.‹ Dann weiß er, dass ich dich schicke. Erkläre ihm die Situation und was du weißt. Er soll sich bei dem Dreckskerl in der Fabrik als Arbeiter anbieten und alles ausspionieren, was von Nutzen sein kann … Aber Bobby, sag ihm nicht, wo ich bin oder wie es mir geht. Sag ihm, dass ich ihn in zehn Tagen unter der Brücke treffen werde.«

Zweifelnd sah Duncan seinen Freund an: »In zehn Tagen?«

»Mehr Zeit haben wir nicht. Ich werde es schaffen«, sagte Jack, bevor ihn ein Hustenanfall überfiel.

Rachel musste Luise beschreiben, in welcher Fabrik sie gearbeitet hatte und wo die Mädchen versteckt wurden. Wie viele Leute dort lebten und wie die Räume aussahen. Luise schrieb alles sorgfältig auf und fertigte eine Skizze der Räumlichkeiten an.

In der Zwischenzeit suchte Bobby nach dem Mann mit dem Silberstück im Auge. Am zweiten Tag im ›Schwarzen Falken‹ sah er ihn an einem der Tische sitzen. Mit gemischten Gefühlen ging Bobby zu dem Kerl, der ihn um fast zwei Köpfe überragte. Sein Oberkörper war breit und muskulös. Der Kopf kahl rasiert. Ein Schnauzbart, der an den Seiten bis zum Kinn hinunterreichte, verlieh seinem Gesicht etwas

Wildes und Einschüchterndes. Eine Horde angetrunkener Männer stand um ihn herum. Erst beim Näherkommen sah Bobby, warum alle grölten. Silberauge saß einem anderen gegenüber, der von gleicher Statur war. Sie erprobten sich im Armdrücken. Der Gegner schien stärker, denn Silberauges Hand lag fast auf der Tischplatte. Doch plötzlich stieß der Unterlegene einen Schrei aus, mobilisierte seine Kräfte und drückte mit gefletschten Zähnen seinen Herausforderer auf den Tisch. Geschrei und Gejohle war der Preis für den Sieg. Außerdem ein paar Pfund, die der Gewinner willig in die Hosentasche steckte. Der Verlierer klopfte Silberauge anerkennend auf die Schulter. »Du bist mir eine Revanche schuldig.«

»Jederzeit, Big Belly.«

Bobby stand noch da, als alle anderen sich bereits einen freien Platz an der Theke suchten.

Missmutig grunzte Silberauge in seine Richtung. »Was glotzt du so?«

»Entschuldigen Sie, Mister. Ich soll Ihnen etwas ausrichten.«

Gespannt sah Silberauge in die Richtung des Jungen.

»Ach ja? Was sollst du mir sagen? Und von wem?«

»Die Pferde brauchen einen neuen Stall.«

Silberauges Gesichtsausdruck wurde um einiges grimmiger. Die Augen waren nur noch dünne Schlitze, durch die er den Jungen betrachtete. »Wessen Pferde?«

Bobby überlegte schnell. Wessen Pferde? Das hatte Jack ihm nicht gesagt. Was sollte er antworten? Doch dann kam ihm die Idee: »Die, die in zehn Tagen unter der Brücke warten werden.«

Nun warf Silberauge seinen glänzenden Schädel zurück und lachte lauthals. Dann gab er dem Jungen zwei Pennys: »Hier, für deine Dienste. Sag ihm, dass ich tatsächlich einen neuen Stall habe. Ich werde die Pferde in zehn Tagen in Empfang nehmen.«

320

Damit ließ er ihn stehen und gesellte sich zu seinen Saufkumpanen an die Theke. Doch Bobby hatte ihm noch nicht alles gesagt, deshalb ging er ihm nach.

»Was gibt es noch?«, fragte Silberauge rüde.

»Ich soll Ihnen noch etwas mitteilen …« Weiter kam er nicht, denn er wurde am Kragen gepackt. »Du kleiner Nichtsnutz. Ich habe dir bereits gesagt, dass ich die Pferde gut versorgen werde. Du brauchst mich nicht daran zu erinnern, dass sie frisches Heu und Stroh brauchen.«

Bobby wusste nicht, wie ihm geschah. Die anderen im Pub krakeelten und feuerten Silberauge an. Erst draußen, hundert Meter vor dem Eingang zum ›Schwarzen Falken‹, ließ er den Jungen los.

»Merke dir eines, Bürschchen. In solchen Spelunken haben sogar die Gläser Ohren. Deshalb sage an solchen Orten nie, was andere nicht hören dürfen.« Seine Stimme klang verhalten, aber nicht unfreundlich. »Was sollst du mir noch von ihm sagen?«

Ebenso leise erklärte Bobby die Situation. Bei jedem zweiten Wort nickte der bullige Mann. »Wenn ich ihn treffe, weiß ich mehr«, sagte er und ließ Bobby stehen, nicht ohne ihm laut Verwünschungen hinterherzurufen.

Erleichtert verließ Bobby diesen Ort.

Nur ehemalige Verbündete der Organisation ›Weiße Feder‹ kannten die Zeichen, die Bobby bei Nacht an die fünf Mauern gemalt hatte. Anderen Betrachtern würden sie nur als Schmiererei auffallen.

Nach drei Tagen ging er zu dem geheimen Ort außerhalb der Stadtmauern von London. Es war ein Kellergewölbe in einem heruntergekommenen Wohnhaus. Niemand verirrte sich dorthin, der hier nichts zu suchen hatte.

Wer das Zeichen verstand, wusste von dem Versteck und kannte auch die Uhrzeit, um die sich die Mitglieder immer trafen. Genau um 1.37 Uhr nachts. Nicht früher, aber auch nicht viel später. Mit gemischten Gefühlen wartete Bobby allein in dem kalten und nassen Kellergemäuer. Er versteckte sich hinter einem Stapel verfaulten Holzes, um nicht sofort gesehen zu werden. Da er nicht wusste, wen er zu erwarten hatte, hielt er dies für eine kluge Idee.

Pünktlich versammelten sich die ersten acht Gestalten in dem unterirdischen Raum. Alle hatten dunkle Kapuzen über ihren Kopf gezogen. Sie begrüßten sich verhalten, doch konnte man ihre Freude spüren. Immer mehr kamen hinzu. Als Bobby sicher sein konnte, dass keine Gefahr drohte, gesellte er sich dazu, ohne dass es den Anwesenden auffiel. Auch er war durch eine schwarze Haube nicht zu erkennen. Nach wenigen Minuten zählte Bobby fast dreißig Anwesende.

Doch was sollte er jetzt mit ihnen anstellen? Duncan hatte vergessen, ihm zu sagen, wie es nun weitergehen sollte.

Exakt um 1.45 Uhr wurde die Tür versperrt, und zwei Personen trugen den faulenden Holzstapel ab. Unter diesem erschien eine kleine hölzerne Truhe, die sich problemlos öffnen ließ. Kein Schatz kam zum Vorschein, sondern einzelne Blätter. Die Schriftstücke wurden an jeden verteilt.

»Wie viele sind wir?«, fragte jemand, dessen Stimme durch die Kapuze gedämpft klang.

»Vierunddreißig«, rief jemand.

»Dann wird die ›Weiße Feder‹ wieder aktiv.«

Man klatsche sachte in die Hände, um die Entscheidung zu begrüßen.

»Legt eure Blätter aneinander, sodass sie einen Sinn ergeben.«

Man drehte und schob, wechselte und buchstabierte die Seiten nach einem bestimmten Code. Dann konnte man den Inhalt der Nachricht entziffern:

»Wieder sind es unschuldige Kinder, die unter unserem System zu leiden haben. Fabrikbesitzer halten sie weiterhin wie Sklaven gefangen, und niemand stört sich daran. Deshalb ist die ›Weiße Feder‹ ihre einzige Hoffnung und Rettung.
Zwei junge Mädchen brauchen unsere Hilfe.
Haltet euch bereit!

Die Männer unterschrieben mit ihrem Kennwort, das aus zwei Buchstaben und einer dreistelligen Zahl bestand. Bobby wusste, dass Duncan eine Liste hatte, auf der man jeder Kennung einen Codenamen zuordnen konnte. So konnte man mit jedem Mitglied in Kontakt treten. Anschließend wurden die Blätter mit der Nachricht verbrannt. Nur der Zettel mit den Kennwörtern wurde in der Kiste eingeschlossen, die Holzbretter obendrauf gepackt. Man sperrte die Tür wieder auf. Ohne ein weiteres Wort ging jeder seines Weges.

Nur Bobby und eine vermummte Gestalt blieben zurück. Es war die Person, die gesprochen und mitgeholfen hatte, den Stapel zu entfernen. Sie sagte nichts, sondern verschloss die Tür wieder. Bobby war mit ihr gefangen.

»Was wollen Sie von mir?«, fragte der Junge vorsichtig und versuchte, seiner Stimme einen festen Klang zu geben.

»Ich könnte Sie fragen, was *Sie* noch hier wollen.«

Bobby konnte sich noch so anstrengen. Er konnte die Stimme keiner bekannten Person zuordnen. Sie war durch die Kapuze zu sehr entfremdet. Angst kroch in ihm hoch, genauso wie die Kälte.

Plötzlich zog die fremde Person die Kapuze herunter und fing laut an zu lachen. Ungläubig starrte Bobby sie an.

»Luise? Verdammt, du hast mir einen schönen Schrecken eingejagt.«

»Das konnte ich spüren«, lachte sie immer noch.

»Was machst du hier?«

»Gestern habe ich den beiden Männern frische Lebensmittel in den Wald gebracht. Duncan hat mir von eurem Plan erzählt, und dabei kam mir diese Idee …«

»Weiß er davon?«, wollte ihr Bruder ungläubig wissen.

»Natürlich. Allerdings war er nicht sehr begeistert. Da er jedoch nicht hier sein kann, hat er meinem Vorschlag zugestimmt. Zumal jemand die Blätter in die Kiste legen und das Wort bei dem Treffen führen musste. Lass uns die Liste holen, damit du sie Duncan bringen kannst.«

Wieder wurde der Holzstapel entfernt, die Kiste geöffnet und das Blatt Papier entwendet. Sorgsam legten sie anschließend Brett für Brett zurück.

»Hoffentlich lauert uns keiner auf«, meinte Bobby ängstlich.

»Lass ihn ruhig draußen stehen, bis er krumme Beine bekommt. Er wird uns nicht sehen. Folge mir.«

In der dunkelsten Ecke des Raumes standen Holzträger an der Wand. Dahinter befand sich eine kleine Nische, die kaum sichtbar war. Hier war eine Tür versteckt.

Bobby und Luise zwängten sich hinter die Träger und verließen den Raum durch einen Gang, der ins Nachbarhaus führte. Dort war der Ausgang ebenfalls von einem Holzstapel verdeckt und kaum einsehbar. Durch die Kellerluke kamen sie ins Freie. Die mondlose Nacht verschluckte die beiden Gestalten in ihrer schwarzen Bekleidung.

Erleichtert kamen Luise und Bobby nach Hause. Rachel hatte über den Schlaf von Madeleine gewacht und war schließlich selbst in Luises Bett eingeschlafen. Da Luise das Mädchen nicht wecken wollte, legte sie sich zu ihr auf Duncans Bettseite. Zärtlich strich sie dem Kind eine Strähne aus der Stirn. Luise war mit dem heutigen Abend sehr zufrieden. So viele Menschen wollten wieder helfen. Duncan würde begeistert sein. Schon bald würden sie die anderen Mädchen aus den Fängen dieses widerlichen Fabrikanten befreien. Am liebsten wäre Luise direkt zu ihm gegangen. Doch sie musste sich in Geduld üben. Schließlich war die Polizei auf Seiten der Fabrikbesitzer. Mit Geld konnte man alles kaufen, sogar das Gesetz. Und was sie vorhatten, war gesetzeswidrig. Deshalb mussten sie auf einen günstigen Moment warten. Nicht mehr lange, dann war es so weit. Glücklich lächelnd schlief Luise ein.

Zwei Tage früher als geplant kamen Jack und Duncan in die Stadt zurück. Die beiden Männer hatten sich erst bei Dunkelheit aus dem Wald getraut. Jack hatte in der Hütte keine Ruhe mehr gehabt und wollte endlich handeln.

Überglücklich schloss Luise ihren Mann in die Arme. Jack hingegen begrüßte sie zurückhaltend. Dieser akzeptierte ihre kritische Haltung ihm gegenüber. Er wusste, dass er sich ihr nach seiner Drohung erst wieder beweisen musste, bevor sie ihn so wie früher in die Arme schließen würde. Zwar sah Jack mitgenommen aus, doch leuchtete sein Auge wie einst. Jack konnte es kaum erwarten, Rachel zu sehen, genauso wie Duncan sich nach Madeleine gesehnt hatte. Doch die Mädchen schliefen bereits. Enttäuscht schauten die Männer in deren Zimmer.

»Ich glaube, es wäre besser, ihr nehmt erst ein Bad und kultiviert euch. Die Kinder könnten sich sonst vor euch fürchten«, grinste Luise und zog ihrem Mann an seinem Bart.

Es war fast Mitternacht, als Jack und Duncan gesättigt und zufrieden in der Küche saßen. Bobby ging hinaus und kam mit einem eingewickelten Gegenstand zurück. Er legte ihn vor Jack auf den Tisch. Fragend sah dieser den Jungen an.

»Es war Luises Idee. Sie hat sie anfertigen lassen.«

Vorsichtig wickelte Jack den Inhalt aus. Es war eine neue Gesichtsmaske. Diese war aus weichem, dünnem Leder gefertigt worden, das die Farbe seiner Haut hatte. Dankbar sah Jack Luise an. Er zog die starre, schwarze Maske vom Gesicht und band sich die neue, anschmiegsame am Hinterkopf fest. Bobby reichte ihm einen Spiegel. Es war Jack einerlei, wie er aussah. Wichtig war für ihn, dass die Maske von Luise kam und dass sie nicht mehr drückte.

XI

In einer Londoner Textilfabrik, 29. April 1794

Niemand konnte Luise davon abhalten, an der Befreiung der Kinder teilzunehmen. Auch Duncan war diesmal aktiv beteiligt und nicht wie früher beobachtend im Hintergrund geblieben.

Bobby und ein anderes Mitglied der ›Weißen Feder‹ standen Schmiere. Silberauge war ihr Verbündeter, indem er ihnen im Innern der Fabrik alle Türen öffnete. Dank Luises Skizze fanden sie sich in dem großen Gebäude schnell zurecht. Von Rachel wussten sie, dass es eine verborgene Tür hinter einem Schrank im Keller gab. Diese Tür führte zu einem fensterlosen Raum, der kleiner als eine Pferdebox war. Hier kauerten unterernährt und mit den Wunden von Peitschenhieben übersät die beiden Mädchen. Rebecca, die Jüngere, schrie ängstlich auf, als sich die Tür öffnete. Julia, die Zehnjährige, war mehr tot als lebendig.

Als Luise die Mädchen sah, stockte ihr der Atem. Duncan befürchtete, dass seine Frau in Ohnmacht fallen würde, da Eitergeruch den Rettern den Atem verschlug. Doch Luise hielt sich tapfer. Beruhigende Worte murmelnd, wickelte sie die Kinder in die mitgebrachten Decken. Silberauge und Duncan trugen sie zu der Kutsche, die im Dunkeln bereits wartete. Luise und Bobby fuhren mit den Kindern nach Hause, um sie sofort medizinisch zu versorgen – Duncan hatte sie auf alles vorbereitet. Sie konnten die Taten, die jetzt folgten, den anderen überlassen.

In einem weiteren Kellerraum lagen acht Jungen im Alter von zehn bis vierzehn Jahren, angekettet auf dem nackten Boden. Ohne Decke, ohne Stroh. Nur den Lehm unter sich und mit dünnen Hemden bekleidet. Sie wurden von ihren Eisenketten befreit und rasch von Duncan nach Verletzungen untersucht. Aber außer Schlaf und Essen fehlte ihnen nichts.

Ein Fuhrwerk brachte sie aus der Stadt heraus. Sie würden die nächsten Monate in einem Kinderheim wohnen, in dem schon früher alle befreiten Kinder untergebracht worden waren. Jedes Kind durfte bis zum sechzehnten Lebensjahr dort bleiben. Dann konnte es die Organisation selbst mit unterstützen oder gehen, wohin es wollte. Ein Teil der Kinder wurde von Familien adoptiert, wie mit den Zwillingen Jack und Jacky geschehen. Außer ihnen waren in den letzten Jahren keine neuen Kinder hinzugekommen. Das würde sich ab diesem Tag ändern.

Noch einmal suchten die Helfer der ›Weißen Feder‹ die Räumlichkeiten ab, ob irgendwo weitere Kinder versteckt worden waren. Das Treiben der Männer innerhalb der Fabrikmauern war bislang unbemerkt geblieben. Lautlos wie Schatten bewegten sie sich durch die Gebäude. In der riesigen Produktionshalle legten die Männer Wachs, Fett und Stroh als Brennmaterial aus. Außerdem würde das viele Holz, das hier in den Ecken stand, ihre Absicht unterstützen.

Jack Horan hatte sich auf die Suche nach der Unterkunft des Fabrikanten gemacht, der für das Leid der Kinder verantwortlich war. Er fand ihn betrunken und schnarchend in seinem Bett liegend. Neben ihm lag sein Weib mit dicken Brüsten und fettem Hinterteil – ebenso betrunken und schmutzig wie ihr Mann. Ihre Körper dünsteten den Geruch nach Kohl und Bärlauch aus. Horan versuchte, sich mit der Hand Luft zuzufächeln. Als er mit dem Fuß gegen die Bettkante stieß, rülpste die Dicke und schmatzte im Schlaf.

Es kribbelte Jack in den Fingern, beiden das Leinentuch über den Kopf zu ziehen und zu warten, bis sie kein Geräusch mehr von sich gaben. Doch er war kein Mörder, deshalb piekste er mit seiner Stockspitze abwechselnd die Frau und den Mann. Trotzdem dauerte es eine Weile, bis beide schnaubend wach wurden.

Erschrocken sah der Mann Horan an. Dieser hatte zum Einschüchtern die schwarze Maske übergestreift, die unheimlich wirkt, weil man nicht wusste, wie sein Gesicht darunter aussah. Das schummrige Licht des Mondes ließ seine Erscheinung schauriger wirken.

»Wer sind Sie? Wie sind Sie hier hereingekommen?«, fragte der Alte.

»Was wollen Sie? Wir haben kein Geld!«, keifte das Weib und zog sich das schmutzige Tuch bis zum Hals.

Horan schüttelte den Kopf: »So viele Fragen. Tzz, tzz«, schnalzte er mit der Zunge. Als der Mann sich in dem Bett aufrappeln wollte, drückte Horan ihn mit dem Stock aufs Lager zurück. »Liegen bleiben.«

»Ah, er will mich vergewaltigen …«, krächzte das Weib und zog die Decke eine Spur höher.

Verächtlich sah Horan zu ihr rüber, sodass sie sofort verstummte.

»Jetzt sagen Sie, was Sie wollen«, winselte ihr Mann unterwürfig.

»Ich habe gehört, hier finden Würfelspiele statt. Mit einem erschwinglichen Einsatz, aber frischem Gewinn.« Die Worte *frisch* und *Gewinn* sprach er besonders bedächtig und mit Betonung aus.

»Ah, ein Kenner sind Sie.« Wieder wollte der Alte aus dem Bett steigen, aber Horan hielt ihn erneut mit seinem Stock zurück. Der Mann roch Geld, deshalb wehrte er sich nicht, sondern legte sich willig auf die befleckte Matratze zurück.

»Kann ich den Gewinn sehen?«, fragte Horan listig.

»Jung sind sie und unberührt.«

»Unberührt?«, hakte Jack nach.

Der Alte grinste hämisch. »Sie werden zufrieden sein.«

Plötzlich kroch Qualm durch die Tür die Decke entlang.

»Was ist das?«, schrie der Mann. »Es brennt …«

»Ach ja, das vergaß ich zu erwähnen. Ihre Fabrikhallen brennen.« Kalt lächelnd sah er das Ehepaar an.

»Verdammt, wer sind Sie? Lassen Sie mich sofort aus diesem Bett.«

Horan zwang ihn, weiter liegen zu bleiben. Da erschien Silberauge in der Tür.

Sofort schrie die Alte ihm zu: »Bring ihn um. Er trachtet nach meinem Leben.«

Doch der bullige Mann stellte sich mitten in den Türrahmen und verschränkte seine Arme.

»Was soll das? Hilf uns, du Schwachkopf.«

Mittlerweile hatte der Qualm die obere Raumhälfte gefüllt. Langsam kroch er nun abwärts.

»Wir werden verbrennen …«

»Haltet euer Maul und hört mir zu«, zischte Horan. »Wir wissen von euren Machenschaften und auch, was ihr den Kindern angetan habt. Solltet ihr das nicht lassen, werden wir wiederkommen, und dann gibt es keine Gnade. Diesmal brennt eure Fabrik, das nächste Mal …« Mehr sagte Horan nicht, sondern zog seine Maske ab.

»Herr, Gütiger«, schrie der Mann.

»Ich habe keine Angst vor Ihnen, Narbengesicht. Ich weiß jetzt, wie Sie aussehen, und werde Sie bei der Polizei anzeigen. Dann brennen Sie ein zweites Mal. Sie zwei machen mir keine Angst«, keifte die Alte voller Wut.

Das war Silberauges Stichwort. Er sprang auf sie zu, zerrte sie an den Haaren hoch und schrie: »Du blöde Kuh. Wir sind Hunderte. In der ganzen Stadt verstreut. Auch bei der Polizei. Wir werden dich beobachten. Jeder deiner Schritte und jedes deiner Worte wird kontrolliert. Wage ein falsches Wort zu sagen, und das, was du den Kindern angetan hast, wird nichts sein im Gegensatz zu dem, was dich erwartet.« Immer noch zog er an ihrem Schopf. Um seiner Drohung

Nachdruck zu verleihen, nahm er die Münze aus der Augenhöhle. Dann zerrte er die Alte unter ihrem Geschrei noch näher zu sich heran und zwang sie, in seine schwarze Augenhöhle zu blicken. Er gab der Alten eine schallende Ohrfeige, dass sie sich wimmernd unter das Laken verkroch.

Horan hatte dem Schauspiel wortlos zugesehen. Er band sich die Maske wieder fest und verließ mit Silberauge den Raum.

Als der Mann ihnen Schimpfwörter der übelsten Sorte hinterherrief, ging Silberauge nochmals zurück. Horan hörte ein dumpfes Geräusch. Als er zurückkam, lächelte Silberauge hinterhältig und massierte seine rechte Faust.

Zwei Tage später war in der Zeitung zu lesen:

Fabrikhalle durch defekten Ofen bis auf die Grundmauern abgebrannt. Wie durch ein Wunder wurde der Fabrikbesitzer nebst Gattin nur leicht verletzt.

Die Kinder, die dort gearbeitet hatten, wurden mit keinem Wort erwähnt.

Im Haus von Duncan und Luise Fairbanks, Mai 1794

Sieben Tage kämpfte die zehnjährige Julia um ihr Leben. Luise versorgte sie unermüdlich. Sie selbst schlief kaum, aß wenig und gönnte sich keine Pause. Julias Wunden heilten nur langsam, da sie tief und entzündet waren.

Nach weiteren zwei Wochen ging es aufwärts. Aber nicht die äußerlichen Wunden waren das Problem, sondern die seelischen. Luise fühlte sich um Monate zurückversetzt, als Colette in einem ähnlichen Zustand gewesen war. Doch diesmal erkannte Luise den Feind, der Selbstschutz hieß. Julia war in ihre Welt abgedriftet, in der es keinen Schmerz und keine bösen Menschen gab. Sie sprach nicht mehr und starrte nur vor sich hin. Rebecca, die Siebenjährige, hatte Angst, ihre Freundin zu verlieren. Stundenlang saß sie am Bett und erzählte der Älteren Geschichten. Doch weder Rebecca noch Rachel konnten ihr ein Wort oder ein Lachen entlocken. Endlich waren die Wunden abgeheilt, und Julia durfte das Bett verlassen. Tage später schlug Luise den Mädchen vor, im Garten ein Picknick zu veranstalten, denn sie verfolgte einen Plan.

Es war ein herrlicher Sommertag. Bunte Schmetterlinge flatterten von Strauch zu Strauch, Bienen summten ihr Lied, und die Vögel zwitscherten eine Melodie dazu.

Luise hatte eine Decke auf dem Rasen ausgebreitet. Auf einem Tablett standen Limonade, Obst und Kekse bereit. Madeleine quiekte vor Wonne, als sie mit den Mädchen im Freien saß. Luise führte auch Julia hinaus in die Sonne. Regungslos betrachtete diese das Treiben um sich herum.

»Luise«, sprach Rachel sie an, »Rebecca und ich haben im Haus etwas vergessen. Wir gehen es holen. Passt du auf Madeleine auf?«

»Natürlich, Liebes.«

Luise und Julia setzten sich zu Luises Tochter auf die Decke.

Eine Weile nachdem die Mädchen im Haus verschwunden waren, sagte Luise zu der Zehnjährigen: »Oh je, ich habe vergessen, das Essen vom Ofen zu nehmen. Passt du bitte auf Madeleine auf, Julia?«

Luise glaubte, einen erschrockenen Blick zu sehen. Ohne eine Antwort abzuwarten, setzte sie Julia ihre Tochter auf den Schoß und ging ins Haus. Von dem Küchenfenster aus hatte sie eine gute Sicht auf die beiden. Auch Jack, Bobby und Duncan sowie Rachel und Rebecca standen dort und beobachteten die Szene im Garten.

Luise hatte in den vergangenen Tagen einige Male bemerkt, dass Julias Gesichtszüge weicher wurden, wenn Madeleine bei ihr war. Deshalb war ihr der Gedanke gekommen, das große und das kleine Mädchen zusammenzubringen.

Zuerst passierte nichts, doch dann zog Madeleine sich an Julias Ärmel hoch. Als sie es geschafft hatte, brabbelte sie in ihrer Babysprache munter drauflos. Dann patschte sie mit ihren Händchen in Julias Gesicht und hüpfte auf und ab. Immer sich dem Arm der Großen festhaltend. Doch von der Zehnjährigen kam keine Reaktion. Enttäuscht schaute Luise Duncan an, der sie tröstend umarmte. Dann erklang ein Lachen. Madeleine zog Julia an den Haaren und quiekte dabei. Vorsichtig versuchte sich die Große zu befreien. Als sie es geschafft hatte, drückte sie das Kind liebevoll an sich.

Tränen stiegen in Luises Augen hoch. Glücklich schmiegte sie sich an ihren Mann. Einige Minuten später ging sie in den Garten zurück und setzte sich zu den beiden Kindern auf die Decke.

Julia sah sie traurig an: »Wo werden Sie uns hinschicken … jetzt, da ich wieder gesund bin, Mrs. Fairbanks?«

Luise hatte es bereits geahnt. Julia hatte Angst, abgeschoben zu werden. Furcht, zurück in die Fabrik zu müssen.

Horan war es, der Julia eine Antwort gab. Schon vor Tagen hatte er mit Duncan beschlossen, dass er ein neues Kinderheim gründen würde. In den vergangenen Wochen waren weitere sieben Kinder befreit worden, und es würden noch mehr werden. Jack wollte sich um Adoptionen kümmern, geeignete Ehepaare finden und auf ihre Elternfähigkeit prüfen. Er hatte beschlossen, dass Rachel, Julia und Rebecca bei ihm bleiben konnten. Wenn sie damit einverstanden wären, würde er sie adoptieren.

Als er ihnen sein Vorhaben verriet, erschallte freudiges Kinderlachen im Haus der Familie Fairbanks. Aber nicht nur die Mädchen hatten Grund zur Freude. Auch Jack lachte, wenn auch leise, als Luise ihren alten Freund umarmte.

Dieser Abend wollte kein Ende nehmen. Nachdem die Mädchen müde und glücklich eingeschlafen waren, merkten auch die Erwachsenen ihre Erschöpfung und gingen zu Bett.

Luise rollte sich in die Arme ihres Mannes. Zärtlich hauchte er ihr einen Kuss auf die Stirn.

»Ich bin unglaublich stolz auf dich, Luise. Du scheinst jede Situation mühelos zu meistern. Du hast die Stärke eines Mannes, gepaart mit dem Verständnis einer Frau. Auch dein Verhalten Jack gegenüber zeugt von wahrer Größe …«

»Was ist nur in dich gefahren?«, fragte sie ihn leise lachend, um Madeleine nicht zu wecken.

»Eigentlich wollte ich dir nur sagen, dass ich dich über alles liebe.«

»Dann sag es doch einfach.«

»Du weißt, darin bin ich nicht besonders gut. Doch ich kann es dir zeigen«, flüsterte er und kroch zu ihr unter die Decke.

Der Sommer ging und der Winter kam. Ebenso der nächste Frühling. Madeleines erster Geburtstag wurde gefeiert, und schon stand wieder Ostern vor der Tür. Das kleine Mädchen lief nun alleine durchs Haus und hielt alle auf Trab.

Duncan hatte seine Praxis wiedereröffnet und vom ersten Tag an ein volles Wartezimmer. Luise unterstützte ihn, wo sie nur konnte.

Horans Kinderheim auf dem Land war fertig gebaut. Überall wirbelten Kinder durch das Anwesen und steckten

Jack mit ihrem Lachen an. Rachel, Julia und Rebecca waren vollkommen genesen. Auch hatten ihre Albträume nachgelassen. Manchmal stand Jack einfach nur da und beobachtete die Mädchen und seine anderen Kinder. Was wäre aus ihm geworden, wenn er nicht so gute Freunde gehabt hätte? Niemals hatte er geglaubt, dass er noch einmal so viel Freude und Glück empfinden würde.

Die Gibsons bewohnten weiterhin sein Haus in London. Gemeinsam mit Bill hatte Jack den Dachstuhl umgebaut, sodass er mit seinen drei Mädchen eine angenehme Unterkunft hatte, wenn sie zu Besuch vom Land in die Stadt kamen. Zwar traute er sich selten, bei Tag durch die Straßen von London zu gehen, aber das belastete ihn nicht weiter. Ihm genügte es, wenn er mit seinem Freund Duncan bei einem Whisky über neue Pläne und alte Zeiten plaudern konnte.

Mary und Luise verband endlich wieder eine unkomplizierte Freundschaft. Groß war die Freude, als Mary von einem gesunden Jungen entbunden wurde. Luise übernahm gerne die Patenschaft für den kleinen William.

Nur Bobby hatte seine Erfüllung noch nicht gefunden und pendelte zwischen Jack Horan und den Fairbanks hin und her.

Bei jeder Zusammenkunft der ›Weißen Feder‹ trafen sich mehr Mitstreiter. Schnell hatte die Kunde die Runde gemacht, dass die Organisation wieder aktiv war.

Zwar waren seit Julias und Rebeccas Befreiung viele Kinder den Fängen der Ausbeuter entrissen worden, aber noch fristeten hunderte ein trauriges Leben.

Silberauge war ein wichtiger Verbündeter der ›Weißen Feder‹ geworden. Durch sein barbarisches Aussehen traute man ihm alles Schlechte zu, sodass er schnell das Vertrauen der Vorarbeiter in den Fabriken gewann. Niemand schöpfte

Verdacht, dass er nur kam, um sie auszuspionieren. Damit er unverdächtig wirkte, ließ er sich ab und zu bei einer Befreiungsaktion von einem der Mitglieder der Organisation ein blaues Auge verpassen. Auch veränderte er stetig sein Aussehen. Mal trug er eine Augenklappe, dann stutzte er sich den Bart. Sein Einfallsreichtum kannte keine Grenzen.

Zwar waren die Fabrikbesitzer und ihre Vorarbeiter vorsichtig geworden, doch sie quälten weiter, und ihre Methoden wurden immer hinterhältiger. London war eine riesige Stadt, sodass die Organisation nicht überall sein konnte. Deshalb war Duncan froh über jeden, der sie unterstützte. Und es wurden stetig mehr.

London, August 1795

Es war einer dieser heißen Sommertage, die man nur ertragen konnte, wenn die Sonne bereits untergegangen war.

Entspannt saß das Ehepaar Fairbanks in der Gartenlaube, in der es angenehm kühl war. Duncan rauchte seinen traditionellen Feierabendzigarillo, wie er ihn nannte. Luise schaute zum Himmel und versuchte, Sternenbilder zu erkennen.

»Glaubst du, dass wir hier in England dieselben Sterne sehen wie in Australien?«

»Diese Frage kann ich dir leider nicht beantworten. Man könnte es annehmen, weil die Erde rund ist. Doch Australien liegt auf der anderen Seite der Erdkugel, deshalb bin ich überfragt.«, meinte Duncan nachdenklich. Zwischen zwei Zügen an seinem Zigarillo fragte er dann: »Denkst du oft an Australien?«

Luise blickte weiter zum Himmel. Dann nickte sie: »Nicht ständig. Manchmal überkommt mich dieses Fernweh. Zum Beispiel, wenn Joanna schreibt, dass Rose heiraten wird oder Paul Junior schon in der Schule ist. Dann vermisse ich sie alle. Außerdem würde ich gerne wieder stundenlang durch die Wildnis reiten. Ohne Begrenzung. Nicht wie hier, wo ein Zaun neben dem anderen steht und man nicht vorwärts kommt. Gerne würde ich bei der Weinlese dabei sein. Oft frage ich mich, wie viele Fässer dieses Jahr gefüllt werden. Ich würde Madeleine gerne die Kängurus im Busch zeigen und den Ort, an dem wir zu Hause waren. Ja, in solchen Momenten vermisse ich Australien.« Liebevoll sah sie ihren Mann an und fügte hinzu: »Doch ich will nirgendwo anders sein als bei dir. Egal, wie die Stadt oder der Kontinent heißen.«

Lächelnd ergriff Duncan ihre Hand. Er war nachdenklich geworden. Nach einer Weile sagte er: »Es ist verwunderlich, dass du deine Sehnsucht so ausdrückst. Denn es ist genau das, was ich empfinde. Auch ich bin glücklich in deiner Nähe, egal, wo das ist. Aber immer öfter denke ich an Australien. An unsere Freunde, an unsere Farm. Ich vermisse die Wildnis, sogar unseren Freund, den Aborigine. Ich bin hin- und hergerissen von meinen Gefühlen. Wir haben auch hier Freunde, die ich vermissen würde, wäre ich auf dem neuen Kontinent. Doch dann tröste ich mich damit, dass wir hier eine wichtige Aufgabe haben. Wir geben den unterdrückten, misshandelten Kindern wieder Hoffnung, die fast zwei Jahre verloren gewesen war. Wir haben ihnen gegenüber eine Verpflichtung, die wir nicht vernachlässigen dürfen. Dennoch wäre auch ich gerne auf ›Second Chance‹«, sagte er mit einem leichten Seufzer in der Stimme.

Wieder zogen die Monate ins Land. Luise und Duncan waren ausgefüllt von der Verpflichtung gegenüber den Kindern und der Arztpraxis.

Der Winter lag in seinen letzten Zügen. Madeleine war ein vergnügtes Mädchen, das alles nachredete, was sie von den Erwachsenen aufschnappte. Allerdings waren es nicht immer die schönen Worte, die sie sich merkte. »So Mist«, waren ihre Lieblingsworte, die sie richtig einzusetzen verstand. Egal, ob etwas herunterfiel, die Suppe zu heiß war oder sie ins Bett musste. Alles wurde mit »So Mist« kommentiert. Am Anfang lachten die Erwachsenen, doch dann versuchte Luise, ihrer Tochter diese Unart abzugewöhnen. Allerdings mit mäßigem Erfolg. Denn mittlerweile hatte Madeleine ein neues Wort gelernt, und nun hieß der Satz: »So großer Mist.«

London, Frühjahr 1796

Endlich war der Schnee geschmolzen und die ersten Knospen ergrünten. Immer öfter ließ sich die Sonne blicken und trocknete die Erde. Die Menschen erwachten aus ihrem Winterschlaf und verließen ihre Häuser. Auch Madeleine quengelte. Sie wollte mit ihrer Mutter in den Park gehen, denn sie hatte nicht vergessen, dass dort ein Karussell stand, auf dem sie fahren wollte.

Duncan ließ für seine Frau die Kutsche einspannen. Luise fuhr bei den Gibsons vorbei, um Mary mitzunehmen. Doch ihr Jüngster hatte eine leichte Erkältung, sodass sie zu Hause bleiben musste. Luise nahm dafür die Zwillinge mit, wofür Mary ihr einen dankbaren Blick zuwarf.

Mit drei ausgelassenen Kindern spazierte Luise durch die Grünanlagen. Vor dem Karussell setzte sie sich auf eine Bank. Die Zwillinge waren fast sieben Jahre alt und kehrten vor Madeleine ihre Überlegenheit heraus. Bald hatte das Mädchen genug von Jacks und Jackys erzieherischen Belehrungen. Sie war in Tränen aufgelöst und weigerte sich, mit den Zwillingen weiterhin zu spielen. Luise putzte ihrer Tochter gerade das Näschen und wischte ihr die Tränen fort, als hinter ihr eine Stimme erklang.

»Wie ich sehe, ist es eine Tochter geworden.«

Erschrocken dreht sich Luise um und stieß einen Freudenschrei aus. Vor ihr stand das Ehepaar Reeves, das sie seit Kapstadt nicht mehr gesehen hatte. Erfreut begrüßte man sich.

»Ich glaubte, Sie wären wieder nach Australien zurückgekehrt«, sagte Luise.

»Wie das Schicksal nun mal spielt ...« Lächelnd zuckte Clark Reeves mit den Schultern. »Zuerst wurde meine Großmutter krank. Die alte Dame war anschließend ans Bett gefesselt, und wir haben sie bis zu ihrem letzten Atemzug gepflegt. Und nun erwarten wir unser erstes Kind. Zwar haben wir mit Schwangeren auf hoher See schon Erfahrungen gesammelt, trotzdem haben wir beschlossen, in London zu bleiben.«

Etwas betreten wegen der Anspielung auf ihre Schwangerschaft, schaute Luise zu Peggy, die daraufhin herzhaft lachte. Sie bückte sich zu dem kleinen Mädchen hinunter und fragte sie: »Wie heißt du?«

»Maklän«, war die Antwort.

»Sie heißt Madeleine, nach ihrer Großmutter.«

»Ein wunderschöner Name. Fährst du kein Karussell?«

Das Kind schüttelte seine blonden Haare. »Jack, so großer Mist«, erklärte sie und hob dabei ihre Händchen, um ihre Worte zu unterstreichen.

»Ich gebe es auf«, seufzte Luise lachend. »Das ist momentan ihr Lieblingssatz, den sie überall benutzt. Sie meint damit Jack und Jacky, die Kinder meiner Freundin Mary«, erklärte Luise. Sie setzte sich auf die Bank und lud die Reeves ein, Platz zu nehmen.

»Erzählen Sie uns, Mrs. Fairbanks, wie ist es Ihnen ergangen?«

Luise berichtete, dass sie mehrere Wochen in Kapstadt verweilt hatte. Nur von der dramatischen Geburt erwähnte sie aus Rücksicht auf Peggys Zustand nichts. Doch dafür erzählte sie voller Begeisterung von ihrem Mann und ihrem wunderbaren Leben in London.

Madeleine quengelte, und Peggy bot sich an, den Kindern eine Zuckerstange zu kaufen. Mit Jubel folgten ihr die drei.

»Was machen Sie in London? Arbeiten Sie hier?«, fragte Luise Clark Reeves interessiert.

»Dank des Erbes meiner Großmutter können wir ein sorgenfreies Leben führen. Das ist zwar angenehm, zuweilen aber langweilig. Mir fehlt die Herausforderung.« Kurz musterte er sie und schien in ihrem Gesicht zu lesen. Dann fragte er: »Erinnern Sie sich an unser Gespräch in der Kutsche in Kapstadt?«

Luise nickte.

»Wäre ich nach Australien zurückgegangen, hätte ich meinen Vater unterstützt, den Aborigines zu helfen. Doch hier gibt es nichts, für das es sich zu kämpfen lohnt. Obwohl das Gerücht umgeht, dass die ›Weiße Feder‹ wieder aktiv ist. Sie soll den Fabrikanten auf die Finger klopfen. Mehr weiß ich nicht. Leider kenne ich niemanden, der mir Auskunft erteilen kann. Vor allem muss man vorsichtig sein, wem man sich anvertraut«, sagte er und senkte seine Stimme. Skeptisch sah er zu Luise. Dann sagte er: »Mit Ihnen kann ich darüber sprechen. Ich kenne Ihre Einstellung und hoffe, dass diese immer noch nicht von meiner abweicht.«

Luise versicherte ihm ihre Zustimmung.

»Das wäre eine Aufgabe nach meinem Herzen. Etwas, das mich fordern würde. Unterdrückte Kinder zu retten«, meinte er voller Inbrunst.

Luise nickte nachdenklich. Kurz überlegte sie, dann flüsterte sie geheimnisvoll: »Auch ich habe gehört, dass die Organisation wieder Kinder befreit …«

»Das ist ja wunderbar«, wisperte er begeistert. Seine Augen begannen wie damals in Kapstadt zu leuchten. »Wissen

340

Sie, wer mir weiterhelfen kann? Wen ich kontaktieren kann?«

»Wie kommen Sie darauf, dass ich Näheres weiß?«, fragte sie erschrocken.

»Entschuldigen Sie bitte. Ich dachte nur … wissen Sie, meine Großmutter, der liebe Gott hab sie selig, sagte immer: ›Wer nicht fragt, dem kann man auch nicht antworten.‹«

»Welch weiser Satz, Mr. Reeves«, stimmte Luise zu. »Doch was würde Ihre Frau dazu sagen, wenn Sie sich der Sache anschlössen? Sicherlich ist solch ein Unterfangen nicht ungefährlich.«

Nun grübelte er. »Da mögen Sie Recht haben, Mrs. Fairbanks. Doch ich weiß, dass meine Peggy mich unterstützen würde. Sie ist eine starke Person, auch wenn sie zierlich wirkt. Nein, ich denke, da gäbe es keine Schwierigkeiten.«

»Nun ja, sie erwartet ihr erstes Kind. Vielleicht wäre sie nicht begeistert, ihren Mann in Gefahr zu wähnen«, hakte Luise nach.

Reeves seufzte: »Ja, auch damit mögen Sie Recht haben. Da mich niemand gefragt hat, ob ich die Organisation unterstützen möchte, stellte sich diese Frage bisher nicht für mich. Werden Sie und Ihre Familie wieder nach Australien zurückkehren?«, wechselte er das Thema.

Seufzend sah Luise zu Peggy, die mit zufriedenen Kindern zurückkam. Jedes der drei hatte eine klebrige Zuckerstange in der Hand. »Ich hatte gehofft, dass die Sehnsucht nach diesem Kontinent im Laufe der Zeit schwächer werden würde. Doch je länger ich in England lebe, desto öfter denke ich an Australien. Besonders, wenn es hier unaufhörlich regnet und alles grau in grau ist. Doch mein Mann hat hier seine Verpflichtungen. Die Patienten zählen auf ihn.« … und nicht nur die, fügte sie in Gedanken hinzu.

»Ja, das ist wohl wahr. Zuweilen zeigt sich unser Land nur von seiner schwermütigen Seite. Doch die Jahreszeiten haben auch ihren Reiz. Jetzt, da ich bald Vater werde, erkenne ich, dass England einem heranwachsenden Kind sehr viel mehr Möglichkeiten bietet, sich zu entfalten. Da steckt der neue Kontinent doch noch in den Anfängen.«

Als ob sie sich stundenlang nicht gesehen hätten, begrüßte Reeves liebevoll seine Frau. Madeleines Gesicht glänzte vom Zucker. Sie streckte Luise ihre klebrigen Händchen entgegen.

»Ich glaube, wir müssen uns auf den Heimweg machen«, meinte Luise lächelnd und hielt ihre Tochter auf Armeslänge von sich.

»Es war nett, Sie wieder getroffen zu haben, Mrs. Fairbanks. Vielleicht haben Sie und Ihr Gatte einmal Zeit, bei uns vorbeizuschauen.«

»Ich würde mich sehr darüber freuen«, fügte Peggy strahlend hinzu. Man tauschte die Adressen aus und ging seines Weges.

⁂

»Liebes, ich möchte dich etwas fragen …«, fing Clark Reeves vorsichtig an. Als er die Frage gestellt hatte, sah er seine Frau hoffnungsvoll an.

»Wie kommst du darauf? Gerade heute?«, wollte Peggy wissen.

»Es ist ein Gefühl, dass mich dazu veranlasst, dich nach deiner Meinung zu fragen.«

Peggy seufzte vernehmlich. Sie wusste, dass dieses Thema den Abend ausfüllen würde.

⁂

Als Madeleine gebadet im Bett lag und schlief, ging Luise zu ihrem Mann in die Bibliothek.

Seit ihrem Treffen im Park ging ihr das Gespräch mit Clark Reeves nicht aus dem Sinn. Eine Idee spukte in ihrem Kopf.

Duncan war vertieft in ein Buch über Astrologie. Luise setzte sich zu ihm auf das Sofa und kuschelte sich an seine Schulter.

»Duncan?«, fragte sie leise.

»Mmh«, raunte er.

»Könntest du dir vorstellen, hier alles hinter dir zu lassen und zurück nach Australien zu gehen?«

Lächelnd legte er einen Arm um sie, das Buch auf den Knien balancierend. »Liebling, du weißt, dass dies nicht so einfach gehen würde.«

»Ja, das weiß ich. Doch nehmen wir einmal an, es wäre unkompliziert, könntest du es dir vorstellen?«

Nun klappte er das Buch zu und legte es vor sich auf den Tisch. »Ist deine Sehnsucht so groß?«, fragte er sanft, als spräche er mit einem Kind, und sah sie dabei an.

Sie nickte.

»Oh Luise, das tut mir Leid.« Er zog sie an sich und streichelte ihr über den Rücken. »Vielleicht solltest du ein paar Tage ausspannen. In letzter Zeit war alles ein bisschen zu viel für dich. Fahre mit Madeleine zu Jack aufs Land ins Kinderheim. Die Mädchen würden sich sicher freuen. Gleich morgen Früh werde ich ihm eine Depesche schicken.«

Ihre Begeisterung hielt sich in Grenzen. »Wenn du meinst«, sagte sie mit freudloser Stimme.

Er schob sie auf Armeslänge von sich: »Luise, wir können hier nicht fort. Das Thema brauchen wir nicht zu diskutieren. Ich muss auch nicht die Gründe aufs Neue erläutern. Die kennst du am besten.«

»Ich habe dir bereits von dem Ehepaar Reeves berichtet ...«

»Und?«, wollte er wissen, als sie kurz stockte.

Luise nahm sich ein Herz und erzählte von dem Gespräch mit Clark Reeves. »... schon in Kapstadt habe ich mir vorstellen können, dass er die Organisation leiten könnte«, beendet sie ihren Bericht.

Duncan sah sie ungläubig an. »Was erzählst du da? Wie kannst du annehmen, dass jemand, der keinerlei Ahnung und Erfahrung hat, ein idealer Nachfolger für mich sein könnte? Wahrscheinlich glaubt er, dass er wie Robin Hood durch die Lande zieht und die Armen rettet. Nein, Luise, das kannst du dir aus deinem Kopf schlagen.«

Sie war enttäuscht. Er hätte wenigsten nachdenken können, statt sofort abzulehnen. Beim Hinausgehen meinte sie: »Kann es sein, dass du Angst hast, ersetzbar zu sein?«

Verblüfft blickte er ihr nach.

Eine Woche später fuhr Luise mit ihrer Tochter aufs Land in das neue Kinderheim. Duncan und sie hatten in den Tagen vor ihrer Abreise nur das Notwendigste geredet. Ihr letztes Gespräch lag wie eine Kluft zwischen ihnen. Sie waren die ganze Woche getrennt voneinander zu Bett gegangen. Oft schlief Luise bereits oder stellte sich schlafend, wenn Duncan ins Bett kam. Beim Abschied in London hatte er lediglich gemeint, dass die Luftveränderung ihr sicher gut tun würde. Sie fragte ihn nicht, ob er nachkommen würde.

Jack und seine Töchter standen auf der Treppe, um Luise und Madeleine herzlich zu begrüßen. Rachel, Rebecca und Julia wuchsen zu hübschen und fröhlichen Mädchen heran. Sie umgarnten sofort Madeleine, die ihnen ihren neuesten Wortschatz präsentierte. Jack umarmte Luise.

»Kann es sein, mein Lieber, dass du ein paar Pfund mehr auf den Rippen hast?«, lachte Luise und boxte ihm schelmisch in den Bauch.

»Die Mädchen haben ihre Leidenschaft für das Kochen und Backen entdeckt. Pfannkuchen mit Blaubeermus. Wer kann da schon widerstehen?«, seufzte er.

Aus allen Richtungen drangen Kinderlachen und auch Geschrei zu Luise. »Wie viele Kinder sind momentan hier untergebracht?«, fragte sie interessiert.

»Achtzehn«, stöhnte er, als er einen Ball im Flug auffing.

Ein etwa siebenjähriger Junge kam mit rotem Gesicht angerannt, um das Flugobjekt zu holen.

»Sean, wie lautet eine Regel unseres Hauses?«

»Die Hände vor dem Essen zu waschen?«, sagte der Knabe fragend.

»Ja, diese Regel gibt es auch. Aber eine andere besagt, dass Ballspiele vor der Eingangstür nicht erlaubt sind. Also ab in den Garten mit dir und deinen Freunden.« Jack warf dem Jungen den Ball zu, der daraufhin mit den anderen in den hinteren Teil des Grundstückes verschwand.

»Was hältst du von einer heißen Tasse Tee? Pfefferminze. Selbst gepflückt in unserem Nutzgarten.«

»Eine wunderbare Idee.«

Lächelnd hakte sich Luise bei Jack unter und ging mit ihm ins Haus. Sie schaute kurz nach ihrer Tochter. Madeleine saß in dem Mädchenzimmer und malte mit den Großen.

Luise ging zu Jack in dessen Büro. Hier waren sie ungestört. Vor dem Fenster standen ein kleines Sofa, ein Ohrensessel und ein Hocker. Alle Möbelstücke waren aus braunem Leder gearbeitet. Ein kleiner Holztisch stand mitten in der Sitzgruppe. Der Schreibtisch hatte seinen Platz vor der Terrassentür, sodass Jack in den Garten blicken konnte, wenn er arbeitete. Mehrere Akten stapelten sich auf der Arbeitsplatte. »Sind das Adoptionsunterlagen?«, fragte Luise.

Jack folgte ihrem Blick. »Nicht nur. In zwei Ordnern sind Rechnungen und Bankpapiere.«

Er nahm einen Schluck Tee, dann fragte er: »Kommt dein Gatte am Wochenende nach?«

Luise schüttelte den Kopf. »Nein, das glaube ich nicht.«

»Ist wieder eine Aktion geplant, von der ich noch nichts weiß?«

Wieder verneinte sie. Kleinlaut sagte sie: »Wir haben uns gestritten.«

Überrascht sah Jack auf. »Bist du deshalb hergekommen?«

345

»Duncan hat es vorgeschlagen. Er meinte, ich bräuchte Entspannung.«

»Ist das so?«

Wortlos zuckte sie mit den Schultern.

»Luise, Ehestreitigkeiten gibt es in den besten Familien. Darüber würde ich mir keine großen Sorgen machen. Ich finde es lobenswert, wenn er darauf bedacht ist, dass du dich erholst. Ganz Unrecht hat er nicht, Luise. Im Gegensatz zu mir hast du einige Kilos abgenommen. Auch bist du etwas blass um die Nase.« Augenzwinkernd fügte er hinzu: »Einerlei, aus welchem Grund ihr gekommen seid, wir freuen uns darüber.«

Dankbar sah Luise ihn an.

Das Wetter lud zum Spazierengehen ein. Luise genoss die wärmende Sonne. Doch egal, wo sie war oder was sie tat, es gab nur einen Gedanken, der sie beschäftigte. Wie sollte sie Duncan dazu bringen, wenigstens einmal mit Clark Reeves zu sprechen? Er musste ihn einfach kennen lernen. Erst dann durfte er sich ein Urteil bilden. Aber Duncan war voreingenommen, und das ärgerte Luise. Natürlich war ihr die ›Weiße Feder‹ ebenso wichtig wie ihm. Natürlich konnte sie die Argumente ihres Mannes zu bleiben verstehen. Doch Verständnis brachte sie keinen Schritt weiter. Luises Gedanken drehten sich im Kreis. Selbstzweifel kamen. Vielleicht war sie zu egoistisch?

Sie ging zurück zum Haus. Schon auf den weißen Treppenstufen vernahm sie Männerlachen aus dem Wohnsalon. Luise hörte ihre Tochter freudig quieken. Schnellen Schrittes ging sie in den Salon. Duncan stand mitten im Raum, hob seine Tochter über seinen Kopf und drehte sich mit ihr im Kreis. Madeleine schrie vor Begeisterung auf.

Die gute Laune steckte auch Luise an. Lachend ging sie zu ihrem Mann, dessen Augen vergnügt blitzten. Keuchend setzte er seine Tochter auf den Boden und nahm seine Frau in die Arme. Liebevoll schmiegte sie sich an ihn.

»Seit wann bist du hier?«, fragte sie.

»Seit fast zwei Stunden. Ich wollte gerade nach dir suchen. Geht es dir gut, Liebes?« Er hielt sie etwas von sich weg und sah sie forschend an.

»Jetzt geht es mir gut. Wie lange wirst du bleiben?«

»Nur bis morgen. Ich möchte etwas Wichtiges mit dir und Jack bereden.«

»Du hast es dir also anders überlegt? Oh, ich freue mich.« Luises Augen glänzten, als sie ihren Mann umarmte.

»Was soll ich mir überlegt haben?«, fragte Duncan.

Irritiert sah sie zu ihm. »Das mit Australien und Clark Reeves«.

»Luise, fang bitte nicht schon wieder damit an. Ich will diesen Mann nicht kennen lernen. Ich möchte darüber nicht mehr reden. Ich dachte, dass ich mich schon zu Hause deutlich darüber geäußert hätte.« Verärgert wandte er sich von ihr ab und ging zu Jack ins Büro.

Luises gute Stimmung war verflogen. Sie hatte wirklich angenommen, dass er gekommen war, weil er einlenken wollte.

Das Abendessen fand in frostiger Stimmung statt. Luise und Duncan sprachen kaum ein Wort miteinander. Die Konversation fand fast ausschließlich zwischen den Männern statt. Doch auch die beiden redeten nur das Notwendigste.

Da alle Kinder bereits zu Bett gegangen waren, herrschte eine gespenstige Ruhe im Haus. Als das Diner beendet war und die Haushälterin den Tisch abgeräumt hatte, lud Jack seinen Freund zu einem schottischen Malt und einem Zigarillo ein. Dazu wollten sie auf die Terrasse gehen. Luise ergriff die Gelegenheit, um sich für die Nacht zu verabschieden. Eine bleierne Müdigkeit hatte von ihr Besitz ergriffen. Die Streitigkeiten mit ihrem Mann machten ihr mehr zu schaffen, als sie sich eingestehen wollte. Sie gab Jack und Duncan einen flüchtigen Kuss auf die Wange und wünschte ihnen eine gute Nacht, als ihr Mann meinte: »Interessiert es dich nicht, wie unsere nächste Aktion verlaufen wird?«

»Doch, natürlich. Aber da sie noch nicht heute Nacht stattfinden wird, kannst du sie mir morgen beim Frühstück erklären.« Luise drehte sich um und ließ ihn einfach stehen. Tränen schossen ihr in die Augen. Was bildete er sich ein? Sie als desinteressierte, dumme Gans hinzustellen. Und das vor Jack. Was war nur los mit ihnen?

Als sie die Bettdecke über sich zog, klapperten ihre Zähne aufeinander. Die Anspannung raubte ihr die letzte Kraft. Frierend schlief sie ein.

Mitten in der Nacht wurde sie wach, weil Duncan zu ihr ins Bett gekrochen kam. Er murmelte unverständliche Worte. Sein Atem roch nach Alkohol.

»Duncan, du bist betrunken und hast deine Kleider noch an. Duncan, bitte … zieh dich aus …«

Doch dieser sagte nur lallend: »Ich liebe … dich.« Kaum waren die drei Worte gesagt, war er schnarchend eingeschlafen.

Luise zog die Bettdecke über ihn. Als sie sich auf ihre Seite drehen wollte, umfasste ihr Mann im Schlaf ihre Taille und zog sie dichter zu sich heran. Widerstand war zwecklos.

Die Kinder und Luise saßen bereits beim Frühstück, als ein verkaterter Jack erschien. Wenige Minuten später kam stöhnend Duncan an den Tisch. Beide hatten rote Augen und einen Brummschädel. Nicht ohne Schadenfreude registrierte Luise deren Widerwillen zu essen. Als Madeleine anfing, in höchsten Tönen zu singen, hielten sich beide Männer die Ohren zu. Luise hatte Mitleid mit ihnen und schickte die Kinder nach draußen.

»Meine Güte, was habt ihr getrunken, dass es euch so schlecht geht?«, fragte sie lachend.

»Eine Flasche Malt und ein paar Gläser aus der zweiten Flasche«, zählte Jack kleinlaut auf und schüttelte sich dabei.

»War die Wiedersehensfreude so groß?«

»Wir haben geredet und geredet. Dabei haben wir nicht gemerkt, wie viele Gläser es waren. Erst eben habe ich nachgesehen. Aber ...«, Jack hob seinen Zeigefinger in die Luft, »... es hat sich gelohnt.«

Verständnislos sah Luise zu ihm.

»Das, meine Liebe, kann dir dein Mann sicher besser erzählen. Auf mich müsst ihr verzichten. Ich lege mich noch eine Stunde hin, sonst überstehe ich den Tag nicht.«

Fragend sah Luise Duncan an. Der hatte seine Ellbogen auf den Tisch und dann seinen Kopf auf die Hände gestützt.

»Dieser hinterlistige Kerl hat mich so betrunken gemacht, dass ich einwillige. Das zeugt wahrlich von keiner ehrlichen Freundschaft, Mr. Horan«, rief Duncan Jack hinterher, der bereits den Raum verlassen hatte.

Er kam noch einmal wankend zurück, die eine Hand an seinen schmerzenden Kopf gepresst. »Du willst es doch genauso. Außerdem war es ein schöner Abend. Das müsste dir die Kopfschmerzen wert sein«, stöhnte er, als er sich wieder auf den Weg in sein Schlafzimmer begab.

»Duncan, was habt ihr beide ausgeheckt?«

»Bitte, Luise, sprich leiser. Ich werde es dir heute Mittag erklären und mich jetzt auch noch etwas hinlegen.«

Als er ihren enttäuschten Blick sah, nahm er sie vorsichtig in die Arme. »Dein Clark Reeves bekommt die Chance zu

349

beweisen, ob er die ›Weiße Feder‹ leiten kann. Wenn ich mir wirklich sicher bin, dass er dazu fähig ist, werden wir nach Australien zurückkehren.« Er hauchte ihr einen Kuss auf die Lippen und ließ eine sprachlose Luise zurück.

Luise wartete ungeduldig, bis die beiden Männer wieder erscheinen würden. Aus der einen Stunde wurden mehrere. Die Wohnzimmeruhr schlug bereits vier Mal, als sich Duncan frisch gebadet und rasiert zu ihr auf die Terrasse setzte. Sogleich wurde er von den vier Mädchen belagert. Madeleine gab nicht eher Ruhe, bis ihr Vater mit ihr im Garten Blumen pflückte. Als sie einen Strauß kleiner Margeriten zusammenhatten, knüpfte Julia einen Blütenkranz für ihre Schwestern und Madeleine. Schließlich war Duncan entlassen und konnte endlich mit Luise reden. Sie wollte nun genau wissen, was die Männer letzte Nacht beschlossen hatten. Aber Duncan schwieg. Einige Minuten später gesellte sich Jack hinzu. Auch er sah deutlich besser aus als am Morgen.

Nach scheinbar endlosen Minuten fragte Jack: »Hast du es ihr erklärt?«

Duncan nickte.

»Das stimmt nicht«, widersprach Luise, »er hat mir nur gesagt, dass er Clark Reeves testen will. Und wenn er sich eignet, wir wieder nach Australien reisen werden. Mehr nicht.«

»Mehr gibt es auch nicht zu erklären.«

»Deshalb habt ihr die halbe Nacht zusammengesessen und euch betrunken? Das glaube ich nicht. Ihr müsst doch darüber geredet haben, wie der Test stattfinden soll. Das Beste wäre eine Befreiung. Ich müsste mit Peggy reden, damit sie weiß, was sie als Frau dazu beitragen kann. Außerdem müsst ihr beide ihn persönlich kennen lernen. Und wann soll das stattfinden?« Luise hatte mehr zu sich gespro-

350

chen und war mit ihren Gedanken schon weiter. »Außerdem ist ein Hausstand aufzulösen. Das bedeutet viel Arbeit. Was ist mit Bobby? Weiß er davon?«

Die Männer sahen sich an. »Ich habe dir doch gesagt, dass sie logisch wie ein Mann und praktisch wie eine Frau denkt«, lachte Duncan.

Am nächsten Morgen würde Duncan zurück nach London reiten. Luise würde ihm in drei Tagen folgen, da sie Rachels dreizehnten Geburtstag noch mitfeiern wollte.

Am Abend vor ihrer Abreise saßen Jack und Luise ein letztes Mal auf der Terrasse. Ein leichter Wind spielte mit den Blättern, als Horan meinte: »Bald heißt es wieder Abschied nehmen. Dieses Mal wird es wohl für immer sein.«

»Das haben wir auch beim ersten Mal gedacht, Jack.«

»Ja, das stimmt. Zum Glück war es aber nicht so. Durch eure Rückkehr habt ihr mein Leben gerettet. Ich weiß nicht, was sonst aus mir geworden wäre«, sagte er leise.

Luise antwortete nicht. Sie wollte den Schmerz nicht mehr zulassen, den die Erinnerung zurückbrachte. Stattdessen meinte sie: »Dann wärst du das nächste Mal an der Reihe, uns in Australien zu besuchen. Auch du musst dir einen Stellvertreter suchen, der hier deine Arbeit weiterführen kann. Nicht für immer. Für zwei, drei Jahre. Bevor die Mädchen heiraten und ihre eigenen Familien gründen.«

»Damals, als du mir vor eurer Pension sagtest, dass du nach Australien gehen würdest, habe ich schon einmal diesen Plan gefasst ...«

Erstaunt sah Luise ihn an, denn davon hatte sie nichts gewusst. Aufmunternd lächelnd meinte sie: »Dann wird es Zeit, dass du ihn dieses Mal umsetzt. Ich verlasse mich darauf, Mr. Jack Horan.«

Er zögerte kurz, doch dann nickte er und gab ihr sein Wort.

351

Luise und Duncan überlegten, ob sie Clark Reeves einen geheimen Brief mit Anweisungen zukommen lassen sollten. Alles müsste genauestens erklärt werden. Das hätte aber bedeutet, einen seitenlangen Brief schreiben zu müssen. Eine andere Möglichkeit wäre, dass Luise sich als Mitglied der ›Weißen Feder‹ zu erkennen geben und ihm persönlich alles erklären würde. Aber was wäre, wenn sich anschließend herausstellen würde, dass Clark ungeeignet ist? Das hätte zur Folge, dass er Luise verraten oder bedrängen könnte, ihm eine zweite Chance zu geben. Deshalb schieden beide Möglichkeiten aus.

Schließlich sagte Duncan: »Ich werde mich mit ihm treffen. An einem geheimen Ort und vermummt. Silberauge und Bobby werden aufpassen, damit uns niemand in die Quere kommt. So kann ich Reeves besser einschätzen und mir leichter ein Urteil bilden.«

Luise fuhr nervös über ihre Rockfalten: »Das ist ein gefährliches Vorhaben, Duncan. Als Oberhaupt der Organisation solltest du dich dieser Gefahr nicht aussetzen. Lass Bobby gehen.«

»Du zweifelst also doch an der ehrenvollen Absicht von Mr. Reeves?«

»Natürlich nicht. Aber niemand kann in einen Menschen hineinsehen.«

»Ich muss gestehen, dass ich auf ihn neugierig geworden bin. Deshalb werde ich gehen. Ich bin gespannt, was er mir zu erzählen hat.«

Am nächsten Morgen fand Clark Reeves eine Nachricht unter seiner Haustür. Ohne Absender und mit seltsamem Inhalt.

Zuerst wurde er daraus nicht schlau. Als er dann verstand, erschallte ein lautes Lachen im Haus.

»Ich wusste es«, sagte er. »Ich habe es von Anfang an geahnt.«

Clark Reeves konnte seine Aufregung nur schwer unterdrücken. Pünktlich zur vereinbarten Zeit war er an dem geheimen Ort erschienen. Hier, wo sich nie ein Sonnenstrahl hin verirrte, roch es muffig. Das Gemäuer war feucht und die Luft eisig. Die Kälte kroch langsam an ihm herauf. Reeves wartete mehr als zwanzig Minuten auf die Person, die ihn hierher bestellt hatte.

War das die erste Prüfung? Seine Geduld? Die Beine wurden schwer. Er sah sich um. Kein Stuhl, kein Fass, noch nicht einmal ein Stein, auf den er sich hätte setzen können. Er trat von einem Bein auf das andere. Clark wollte sich gegen eine Wand lehnen, ließ es aber, als er den grüngrauen Schimmel darauf entdeckte. Die Sekunden vergingen wie Minuten und die Minuten wie Stunden. Plötzlich sagte eine Stimme hinter ihm: »Verzeihen Sie meine Verspätung, Mr. Reeves.«

Erschrocken drehte sich Reeves um und erblickte eine schwarz vermummte Gestalt. Duncan grinste unter seiner Kapuze, als er Reeves' erschrockenen Gesichtsausdruck sah. Er hatte versteckt hinter den Holzbohlen gestanden. Durch die schwarze Kleidung und das schwache Licht im Raum hatte er sich von der Dunkelheit kaum abgehoben. Das hatte ihm Zeit gelassen, Clark Reeves zu beobachten. Was fand Luise an diesem Mann? Er sah eher wie ein Schreiberling aus. Sein Haar akkurat gescheitelt. Sein Schnauzer glänzte vor Bartfett, sodass die Enden spitz nach oben standen. Nervös drehte Reeves seinen Hut in den Händen. Was sollte er mit so einem Kerl? Duncans Haltung zeigte Ablehnung.

Reeves' Puls begann zu rasen. Wie lange hatte ihn die Gestalt schon beobachtet? Um seine Nervosität zu überspielen, erklärte er forsch: »Ich warte schon geraume Zeit auf Sie. Sagen Sie mir bitte, was Sie von mir wollen.«

»Können Sie sich das nicht denken?«

Reeves wippte seinen Kopf von rechts nach links, als ob er angestrengt überlegen würde. Dabei starrte er den Maskierten an. Er konnte dessen Augen nur undeutlich durch die schwarzen Löcher wahrnehmen. Nicht einmal die Augenfarbe vermochte er zu erahnen. Jedoch spürte er, dass der Blick des Fremden auf ihm ruhte. Langsam verflüchtigte sich seine Nervosität. Er fühlte, dass keine Gefahr von diesem Mann ausging. »Wie soll ich Sie nennen?«, fragte er Duncan.

Der zuckte mit den Schultern. »Wie es Ihnen beliebt.«

»›Weiße Feder‹?«

»Das ist der Name einer Organisation. Nennen Sie mich … Thomas.«

»Ah, einer der Apostel. Thomas, auch der Zweifler genannt. Thomas zweifelte an der Osterbotschaft. Woran zweifeln Sie? An meiner Zuverlässigkeit, nicht wahr?«

»Ich bin erstaunt, Mr. Reeves. Sie sind nicht nur bibelfest, sondern auch gut im Kombinieren. Aber interpretieren Sie nicht zu viel in einen einfachen Namen?«

»Haben Sie Nachsicht mit mir. Schließlich ist das hier eine außergewöhnliche Situation. Ich glaube, dass alles einen tieferen Sinn hat. Woher wissen Sie von meinen Ambitionen? Von Luise Fairbanks?«

»Nun enttäuschen Sie mich, Mr. Reeves. Niemals würde ein Anhänger der Organisation einen Namen nennen. Egal, ob die Person dazugehört oder nicht. Man weiß nie, wer sich unentdeckt noch im Raum befindet oder vor der Türe lauscht.«

Kaum hatte er das letzte Wort gesagt, trat eine bis dahin ebenfalls verdeckte schwarze Gestalt in den Raum. Gleichzeitig öffnete sich die Tür, und ein weiterer vermummter Mann kam hinzu.

Das Herz schlug Reeves bis zum Hals. Das war unheimlich.

Duncan sah den Schweiß auf Reeves' Stirn glänzen. Das Schauspiel schien Wirkung auf ihn zu haben, obwohl Bobby und Silberauge nur zufällig zum richtigen Zeitpunkt erschienen waren. Später würden sie darüber lachen, doch jetzt galt es, die Prüfung fortzusetzen. »Warum wollen Sie der Organisation beitreten?«

Reeves überlegte nicht lange. Er hatte diese Frage erwartet. »Weil ich diese armen Kinder retten will. Diese unterdrückten Kreaturen den Fängen der Fabrikbesitzer entreißen will«, sagte er voller Leidenschaft.

»Sehr heldenhaft. Ist das alles?«

»Was noch? Das ist das Wichtigste«, antwortete Reeves hitzig. Doch klang auch Zögern in seiner Stimme mit. Die drei unbekannten Männer verunsicherten ihn. Was erwarteten sie von ihm? Plötzlich nagten Zweifel an ihm. Wollte er wirklich Mitglied der ›Weißen Feder‹ werden?

Duncan sah ihn grübeln und wusste, dass Reeves untauglich war. Er hatte keinerlei Ahnung, um was es ging. Verstand den Sinn nicht. Wie konnte Luise nur annehmen, dass dieser Mann ein fähiger Nachfolger sein könnte? Duncan empfand weitere Fragen als Zeitverschwendung. Schweigend standen sich die Männer gegenüber.

Reeves spürte, dass er versagt hatte. Dass die Gestalten enttäuscht waren. Doch bevor er aufgab, wandte er sich an Duncan: »Ich weiß, dass ich Sie enttäuscht habe. Zwar kenne ich Ihre Motivation nicht, aber lassen Sie mich eines hinzufügen. Die Tage vor diesem Treffen habe ich versucht, mich in die Kinder hineinzufühlen, hineinzudenken. Natürlich ist Rettung wichtig. Daran gibt es keinen Zweifel. Aber sicher ist auch, dass die ›Weiße Feder‹ nicht überall sein kann. Nicht allen gleichzeitig helfen kann. Deshalb empfinde ich es wichtiger, den Kindern Hoffnung zu geben.

Hoffnung, gerettet zu werden. Wahrscheinlich ist dies ein Beitrag, der den Kindern hilft, die Torturen zu ertragen. Wenn man ihnen diese Hoffnung nimmt, was würde ihnen dann bleiben?«

Duncan war beeindruckt. Damit hatte er nicht gerechnet. Reeves drehte sich wortlos zur Tür, um den Raum zu verlassen.

»Warten Sie, Mister ... Haben Sie Interesse, mehr zu erfahren?« Duncan sah Reeves Augen aufblitzen und bekam ein mulmiges Gefühl in der Magengegend. Anscheinend war doch jeder Mensch ersetzbar.

Die Aktion war gefährlich und schwierig. Die Fabrikbesitzer waren vorsichtig geworden. Sie misstrautem jedem und schienen die Gefahr zu wittern. Doch Duncans Verbündeter Silberauge, dessen eigentlicher Name Robert Swann lautete, ein Name, den jeder zu harmlos für ihn empfand, war auch bei diesem Unterfangen behilflich.

Nur durch Zufall hatte die ›Weiße Feder‹ entdeckt, dass in einer Porzellanfabrik Kinder schon mit vier Jahren schwere und gefährliche Arbeit verrichten mussten. Dreizehn Kinder unter zehn und dreiundzwanzig über zehn Jahren waren von ihren Eltern an Matthew Reibey verkauft worden. Der Fabrikbesitzer ließ die Kinder mit bloßen Händen fertige Porzellanteile in eine giftige Glasur tauchen, die das tödliche Gift Bleioxid enthielt. Swann hatte bei den Jüngsten bereits Vergiftungserscheinungen festgestellt.

Als die vermummten Männer die Fabrikhalle stürmten, war Reeves in der ersten Reihe dabei. Jeder hatte eine Aufgabe zugewiesen bekommen. Er sollte mit fünfzehn anderen Männern die Werkzeuge zerstören, mit denen ausschließlich die Kinder arbeiteten. Währenddessen zeigte

Silberauge Duncan und fünf weiteren Mitgliedern der ›Weißen Feder‹ die Unterkünfte der Kinder. Wie immer bewegten sie sich lautlos. Um die Kinder zu beruhigen, ging Swann zuerst allein zu ihnen. Zu dem Mann mit dem Geldstück im Auge hatten sie Vertrauen gefasst und würden ihm folgen. Fünf der Kinder waren so schwer krank, dass sie aus eigener Kraft das Gebäude nicht verlassen konnten. Trotzdem hatte Silberauge beobachtet, dass auch sie arbeiten mussten. Sonst setzte es Schläge. Vor der Tür wartete Duncan mit seinen Leuten, bis Swann ihnen Bescheid geben würde. Keine fünf Minuten später kam ein Pfiff als Zeichen, dass die Männer kommen konnten.

Im Raum der Kinder stank es nach Erbrochenem und Urin. Es verschlug den Männern den Atem. Zorn machte sich in ihren Köpfen breit über das, was sie sahen. Abgemagerte Kinder lagen auf dünnem Sackleinen. Kein Stroh, keine Decke wärmte sie. Doch die Befreier mussten ihre Gefühle unterdrücken, da jede Minute zählte. Rasch sah Duncan nach den Schwächsten. Ein Blick genügte, um zu wissen, dass für sie keine Rettung möglich war. Er konnte nur später dafür sorgen, dass sie ein anständiges Begräbnis erhielten und nicht irgendwo verscharrt würden. Die Kinder sahen ihn aus erschrockenen, unschuldigen Augen an. Ihre Haut war fahl. Entkräftet kauerten sie am Boden.

Doch etwas war sonderbar. Die Stille, die herrschte, war verdächtig. Auch von den Kindern kam kein Laut. Noch nicht einmal ein Husten war zu hören. Was war hier los? Duncan erfuhr die Antwort, als aus einem Nebenraum acht grimmig aussehende Männer herausstürmten. Einige hatten Knüppel in der Hand, zwei schwangen Eisenketten, und drei waren sogar mit Messern bewaffnet.

»Sag' den Kindern, dass ihnen nichts passiert, Swann. Sie sollen zusammenrücken und ruhig bleiben«, gab Duncan mit verhaltener Stimme Anweisung.

Voller Hass sahen die Fremden Silberauge an. »Ich wusste, dass wir dir nicht trauen dürfen. Verräter!«, spuckte ihn einer der Fabrikarbeiter an.

Sogleich schwang ein anderer den Knüppel und schlug Swann auf den Rücken. Dieser sackte stöhnend in die Knie. Der Schlag war das Signal für eine wilde Prügelei. Die Kinder wimmerten und krochen in die hinterste Ecke des Raumes. Die Kapuzen behinderten die Retter und so warfen sie die lästige Verkleidung ab. Duncan und seine Leute wussten, dass es hier um Leben und Tod ging. Swann hatte sich aufgerichtet, wurde jedoch von einer Eisenkette getroffen und fiel zurück auf den Boden. Als Duncan zu ihm rüberschaute, vergaß er für den Bruchteil einer Sekunde seine Deckung und wurde von einem Messer in die Seite getroffen. Er schrie auf und spürte sofort Blut unter seiner Kleidung. Ein stechender Schmerz verwirrte ihm die Sinne. Die Stimmen der anderen drangen verzerrt an sein Ohr. Er spürte nicht mehr, dass er hart auf den Boden fiel. Swann lag wenige Meter von ihm entfernt und rührte sich nicht mehr. Plötzliches lautes Geschrei schärfte Duncans Sinne. Aus den Augenwinkeln konnte er Reeves erkennen, der vor den Angreifern stand. So schnell, dass man kaum seinen Bewegungen folgen konnte, trat er dem Ersten in den Bauch. Sogleich sackte dieser geräuschlos zusammen. Dann drehte Reeves sich einmal um seine eigene Achse und kickte dem zweiten an die Schläfe. Auch dieser fiel tonlos zusammen.

Mittlerweile lagen Duncans Leute niedergestreckt auf dem Boden. Die übrigen Mitglieder aus der Halle kamen angerannt, um zu helfen. Doch Reeves gab ihnen Zeichen stehen zu bleiben.

Fünf der Angreifer blieben übrig. Sie umkreisten Reeves und schwangen ihre Waffen von einer Hand in die andere. Reeves verfolgte ihre Bewegungen. Böse lachend fragte er: »Ist das alles, war ihr könnt? Unschuldige Kinder quälen und mit Waffen spielen.«

»Was quatschst du da, Mann?«, brüllte einer der Angreifer, und ehe sich Reeves versah, traf ihn ein Holzknüppel am Oberarm. Er schrie auf und fasste sich an die getroffene Stelle.

Trotzdem machte Reeves ein paar Drehungen und stieß spitze, hohe Schreie aus. In Sekundenschnelle lagen alle stöhnend am Boden. Prüfend sah sich Reeves um. Keines seiner Opfer stellte mehr eine Bedrohung dar. Fragend sah er dann nach den Mitstreitern. Als Reeves wahrnahm, dass keiner zu wissen schien, was zu tun war, zögerte er nicht lange und übernahm das Kommando.

»Ihr fünf«, sagte er und zeigte mit dem Finger auf die, die er meinte, »tragt die schwächsten Kinder nach unten. Die übrigen Kinder werden euch folgen. Alle anderen helfen unseren Männern auf die Beine.«

Swann war ohne Bewusstsein. Zwei zerrten ihn hoch und schleiften ihn aus dem Raum. Bobby half Duncan auf die Beine. Der wandte sein Gesicht von Reeves ab, damit dieser ihn später nicht erkennen konnte. Niemand sagte ein Wort. Reeves hatte die Verantwortung übernommen. Er gab Anweisungen, als ob er schon immer solche Aktionen geleitet hätte.

Als Duncan sicher in der Kutsche saß, schickte er Bobby zurück in die Fabrik. Der Junge sollte ihm später berichten, wie Reeves die Aktion zu Ende geführt hatte.

Erschrocken presste Luise ihre Hand auf den Mund, als sie ihren Mann sah. Seine Kleidung war an der linken Seite rot verfärbt. Sie fragte und sagte kein Wort, sondern holte rasch eine Schüssel Wasser und Verbandzeug. Nachdem Duncan seine eigene Stichverletzung untersucht hatte, zwinkerte er ihr zu. »Nur eine Fleischwunde. Sieht schlimmer aus, als es ist.«

Unter seiner Anweisung desinfizierte und nähte Luise die Wunde. Anschließend fuhren beide zu dem Haus, in dem die geretteten Kinder untergebracht waren. Nur wenige Mitglieder kannten die Adresse, sodass sie hier in Sicherheit waren.

Swann war mittlerweile aus seiner Ohnmacht erwacht. Außer blauen Flecken an verschiedenen Körperteilen und einem Brummschädel ging es ihm gut. Er tröstete die Kinder, von denen einige unter Schock standen und weinten. Andere hatten sich auf ihr zugewiesenes Lager gelegt und waren eingeschlafen, kaum dass sie zugedeckt waren.

Duncan sollte Recht behalten. Fünf Kinder starben im Laufe der Nacht.

Kaum hatte Luise das Haus betreten, half auch sie unermüdlich, die Wunden der Kinder zu versorgen, sie zu waschen und ihnen saubere Kleidung anzuziehen. Als sie einen Achtjährigen zudeckte, klammerte sich das Kind einige Sekunden an sie. Tränen standen in ihren Augen, als sie zu Duncan ging. Zum Glück hatte seine Wunde aufgehört zu bluten, doch schmerzte die Naht. Blass und müde sah er zu seiner Frau auf.

»Ich denke, dass wir alles getan haben. Lass uns nach Hause fahren«, sagte diese.

»Ich muss noch einen Plan aufstellen …«

»Nein, mein Lieber. Das kannst du morgen auch noch tun.«

Duncan nickte und legte den Arm um Luise. Dann gingen sie zu ihrer Kutsche.

Als Duncan am nächsten Tag erwachte, war es schon fast Mittag. Bobby saß bei Luise in der Küche und hatte eine große Portion Eier mit Speck vor sich. Duncan setzte sich stöhnend zu ihnen an den Tisch. Sogleich hatte auch er sein Frühstück vor sich stehen.

»Wie geht es dir?«, fragte Bobby.

»Besser«, lautete die knappe Antwort. »Wie geht es den Kindern?«

»Ich denke, dass sie es nicht fassen können, endlich frei zu sein. Einige weinen nur, andere reden ununterbrochen. Alle haben einen riesigen Appetit. Die Köchin kann nicht genug Essen zubereiten ... Die fünf armen Seelen haben wir am Ende des Geländes beerdigt. Reverend Paul hat einige Worte gesprochen.«

Zwischen zwei Bissen nickte Duncan. »Ich werde später alle Kinder gründlich untersuchen.«

»Ihr habt mir noch nicht erzählt, was gestern passiert ist. Wie hat sich Mr. Reeves verhalten?«, wollte Luise wissen. Ihre Frage klang kleinlaut, aus Angst vor der Antwort.

Schweigend sahen sich Bobby und Duncan an.

»Ist er etwa tot?«, fragte Luise erschrocken, als die beiden nichts sagten.

Gleichzeitig schüttelten sie den Kopf. Dann grinste Bobby: »Du wirst nicht glauben, was passiert ist ...«

Er beschrieb den Kampf der vergangenen Nacht. Als er geendet hatte, strahlten Luises Augen: »Das kann ich wahrhaftig nicht glauben. Mr. Reeves hat alleine alle Männer niedergestreckt? Und dann auch noch alles geregelt? Ich wusste es.« Triumphierend sah sie ihren Mann an.

Duncan räusperte sich. »Was geschah, nachdem wir gegangen waren? Was tat Reeves?«, wollte er von Bobby wissen.

»Er nahm sich eine Kiste, setzte sich darauf und wartete, bis die Fabrikarbeiter wieder zu Bewusstsein kamen.«

»Wo warst du?«, wollte Luise von ihrem Bruder wissen.

»Ich sollte Duncan berichten, also habe ich mich versteckt, damit Reeves nicht merkte, dass ich ihn beobachtete.«

»Schlauer Junge«, lobte Duncan.

361

»Als alle Arbeiter wieder wach waren und stöhnend ihre Köpfe hielten, sprach Reeves zu ihnen. Seine Stimme klang ruhig und fest, sodass niemand an der Ernsthaftigkeit seiner Worte zweifeln konnte. Er sagte genau dieselben Sätze, die du immer zu sagen pflegst …« Grinsend sah Bobby Duncan an.

»Ach ja? Was pflege ich zu sagen?«, fragte Duncan irritiert.

»Dass wir jeden Einzelnen kennen und ihre Familien auch. Dass ihre Schritte beobachtet werden. Dass unsere Spione überall und sie nirgends sicher sind. Und dass wir uns rächen werden, wenn sie einen von uns verraten würden … und so weiter …«

Duncan konnte seine Anerkennung nicht verbergen: »Reeves«, fragte er Bobby, »hat sich also ehrbar geschlagen?«

Bobby geriet ins Schwärmen: »Reeves«, antwortete er, »hat mit Leichtigkeit alle acht Männer zu Fall gebracht. So einen Kampfstil habe ich bis gestern nur einmal gesehen. Das war im Gefängnis auf Vandiemensland. Ein Chinese hatte Fleisch gestohlen und war erwischt worden. Sechs Aufseher hatten ihn gestellt und wollten ihn mit Knüppeln bestrafen. Innerhalb weniger Sekunden lagen alle auf dem Boden. Der Dieb hatte sie mit den gleichen Fußtritten umgehauen wie gestern Reeves die Männer.«

Bobby war aufgesprungen, stieß einen spitzen Schrei aus und versuchte, mit seinem rechten Bein in die Luft zu kicken. Er verlor allerdings das Gleichgewicht und landete unsanft auf dem Boden.

»Was wirst du nun tun, Duncan?«, fragte Luise und sah ihn erwartungsvoll an.

Mit finsterer Miene antwortete er: »Zuerst kümmere ich mich um die Kinder. Anschließend möchte ich meine Tochter sehen.«

Luise ließ sich von Duncans schlechter Laune nicht einschüchtern. »Du weißt, was ich meine, Duncan.«

»Herrgott, natürlich weiß ich das. Aber bitte gib mir ein paar Tage Zeit, bis meine Wunde verheilt ist«, antwortete er gereizt.

Behutsam klopfte sie ihm auf die Schulter. »Mehr wollte ich von dir nicht hören, mein Lieber.«

Fünf Tage später las Luise ihrem Mann einen Zeitungsartikel vor:

> *Wie die Polizei bestätigte, liegt gegen den Fabrikbesitzer Matthew Reibey eine Anzeige wegen Kindesmisshandlung vor.*
>
> *Eine höher gestellte Person hat diese Klage eingereicht, nachdem sie beobachtet hatte, dass Kinder gefährliche Arbeiten in den Fabrikhallen verrichten mussten. Zum Schutz der Person wird der Name geheim gehalten.*
>
> *Aufgrund dieser Anzeige sind die Produktionshallen bis auf Weiteres geschlossen worden …*

»Was sagst du nun?«, fragte Luise mit glänzenden Augen.

»Da ist jemand über das Ziel hinaus geschossen.«

»Wie meinst du das?«

»Anscheinend ist sich Reeves der Konsequenzen nicht bewusst. Die Fabrikarbeiter haben nun keine Arbeit mehr und erhalten keinen Lohn. Ihre Familien müssen Hunger leiden. Das meine ich. Davon abgesehen wird der Groll auf meine Organisation erneut entfacht.«

Er betonte ›meine‹ etwas laut, sodass Luise aufschaute. Sie sagte aber nichts, als sie seinen Blick sah. Einige Augenblicke später fragte sie: »Wie viele Arbeiter sind bei Reibey beschäftigt?«

»Ich schätze, achtzig Männer.«

Nach ein paar Minuten des Grübelns erklärte Duncan: »Es hat keinen Sinn. Ich muss früher als beabsichtigt zu unserem Hitzkopf gehen, damit er nicht noch mehr Schaden anrichtet und gegen alle Fabrikbesitzer in den Krieg zieht.«

In den folgenden Tagen war Clark Reeves oft in den Straßen von London unterwegs gewesen. Er hatte gehofft, Mitglieder von der Organisation wieder zu erkennen, die bei der Aktion geholfen hatten. Doch London war zu groß, um zufällig jemanden zu treffen.

Endlich fand Reeves eine Nachricht ohne Absender im Briefkasten. Er hatte seit der Befreiungsaktion darauf gewartet. Man wollte ihn am gleichen Ort wie beim ersten Mal treffen. Erleichtert ging er zu dem Treffen. Dieses Mal musste er nicht lange warten, bis der Maskierte vor ihm stand.

»Was haben Sie sich dabei gedacht?«, lautete barsch die erste Frage.

»Wobei? Ich kann Ihnen nicht folgen.«

»Ich meine, dass Sie den Fabrikbesitzer Reibey angezeigt haben.«

»Ich verstehe Sie immer noch nicht. Ich war der Annahme, dass Sie mir danken wollten. Schließlich habe ich Ihre Männer vor einigen bösen Blessuren gerettet. Sagen Sie nicht, dass Sie das nicht so sehen. Hat man Ihnen anderes erzählt?«

»Beantworten Sie mir meine Frage zuerst. Haben Sie den Fabrikbesitzer angezeigt?«

»Verdammt, nein. Das würde doch eine Kettenreaktion nach sich ziehen. Die Arbeiter wären ohne Lohn und müssten hungern. Außerdem wäre die ›Weiße Feder‹ in Verruf. Warum sollte ich so etwas Dummes tun?«

364

Wieder sprach Reeves Duncans Worte. Waren sie sich im Denken und Handeln so ähnlich?

»Wer könnte dahinterstecken?«

Reeves zuckte mit den Schultern. »Vielleicht eines Ihrer Mitglieder. Wer weiß das schon? Sie müssten jeden Einzelnen fragen und hoffen, dass Sie die Wahrheit erfahren.«

»Wie würden Sie vorgehen, wenn Sie an meiner Stelle wären, Mister?«

Reeves überlegte nicht lange: »Hat derjenige Charakter, bekennt er sich dazu. Andererseits würde ich die Sache auf sich beruhen lassen. Reibey wird niemals wieder Kinder ausbeuten und misshandeln. Ansonsten … weitermachen wie bisher. Warum schlafende Hunde wecken?«

Reeves schaffte es erneut, Duncan zu verblüffen. Reeves hatte Recht. Duncan räusperte sich verhalten. Dann sagte er: »Mr. Reeves, ich möchte mich bei Ihnen bedanken für Ihr umsichtiges Handeln, das die Befreiung der Kinder möglich machte. Ihr Kampfstil ist bemerkenswert.«

»Bin ich nun Mitglied Ihrer Organisation oder werde ich weitere Prüfungen bestehen müssen?«

Duncan schmunzelte unter seiner Kapuze. Reeves' akkurates äußeres Erscheinungsbild passte nicht zu seinem Wesen. Er war direkt mit seinen Worten, scharf im Denken und Kombinieren und mutig in seinen Handlungen. Langsam fand Duncan Gefallen an ihm. Er gab ihm keine Antwort, sondern sagte: »Warten Sie auf die nächste Nachricht.«

Duncan ließ einige Tage verstreichen. Es war für ihn nicht leicht, sich dazu durchzuringen, die ›Weiße Feder‹ endgültig in andere Hände zu geben. Als er damals vor fast fünf Jahren bei seiner Abreise nach Australien das erste Mal die Organisation verlassen hatte, war er sicher gewesen, dass er

365

nach London zurückkäme. Doch nun würde es sich um einen Abschied für immer handeln.

Luise beobachtete ihren Mann, wie er im Garten stand und nachdachte. Auch sie war zwischen ihren Gefühlen hin- und hergerissen. Allein ihr Wunsch, nach Australien zurückzukehren, war stärker. Sicher, Jack, die Mädchen, die geretteten Kinder – alle lagen ihr am Herzen und würden ihr fehlen. Doch der Gedanke tröstete sie, dass die ›Weiße Feder‹ in sichere Hände käme, dass die ausgebeuteten Kinder ihrer Hoffnung nicht beraubt werden würden. Auch Jacks Versprechen, mit seinen Töchtern nach Australien zu kommen, erleichterte ihr die Entscheidung.

Seufzend blickte Luise ihrem Mann entgegen, der schweren Schrittes aus dem Garten zurück ins Haus kam. Als sie seine traurigen Augen sah, erklärte sie spontan wider besseres Wissen: »Liebling, wenn dir die Entscheidung so schwer fällt, dann bleiben wir in England. Ich bin auch hier glücklich. Solange wir zusammen sind.«

Forschend blickte er ihr in die Augen. Dann schüttelte er den Kopf: »Das meinst du nicht wirklich, Luise. Außerdem sehne ich mich genauso nach ›Second Chance‹ zurück. Alles ist arrangiert. Jack kommt morgen, um Mr. Reeves kennen zu lernen.«

Luise nickte erleichtert.

Der Brief, den Reeves einige Tage später bekam, war nicht der, den er sehnsüchtig erwartet hatte. Nur seine Frau war entzückt, bei dem Ehepaar Fairbanks zum Tee eingeladen zu sein. Peggy Reeves war kurz vor der Niederkunft und dankbar für jede Abwechslung.

Luise begrüßte ihre Bekannte herzlich und führte sie in den Wohnsalon. Hier saß scheinbar entspannt Duncan Fairbanks über eine Zeitung gebeugt. Erst beim Eintreten der

Gäste sah er hoch. Freundlich, aber zurückhaltend begrüßte er das Ehepaar. Duncan fand es wichtig, Reeves einer letzten Prüfung zu unterziehen. Horan saß in dem Geheimversteck hinter der Bücherwand, um alles zu verfolgen. Auch Duncan hatte sich vor etlichen Jahren zwei Geheimgänge in seinem Haus bauen lassen. Früher waren sie ihm schon oft von Nutzen gewesen. Genau wie heute. Erst, wenn eindeutig sicher war, dass Reeves das neue Oberhaupt sein könnte, käme Jack aus seinem Versteck hervor.

Nachdem man allgemein und im Besonderen über das bevorstehende freudige Ereignis geredet hatte, der Tee getrunken war und die Frauen den Garten besichtigten, brachte Duncan geschickt das Gespräch auf die Unterschiede zwischen Arm und Reich.

»Meine Frau erwähnte, dass Sie beabsichtigen, in London zu bleiben. Keine Sehnsucht nach Sydney?«

»Gefühle dieser Art haben im Moment keinen Platz in unserem Leben. Vielleicht später einmal. Unsere Gedanken kreisen zurzeit nur um unser Kind. Allein die Sorge, dass es nicht gesund sein könnte, lässt mich Tag und Nacht unruhig sein.«

»Das verstehe ich nicht. Sind Krankheiten in Ihrer Familie aufgetreten, dass Sie sich sorgen?«

»Nein, keineswegs. Aber ich habe in letzter Zeit zu viele kranke Kinder gesehen.«

»Ich muss gestehen, dass mir noch kein Mann zuvor begegnet ist, der sich um die Gesundheit seines ungeborenen Kindes Sorgen macht, weil fremde Kinder krank sind. Das finde ich etwas befremdend.«

»Sorgen Sie sich nicht um Ihre Tochter?«

»Ich denke, in meinem Fall ist es etwas anderes. Schließlich bin ich Arzt, Mr. Reeves. Wir Mediziner sehen die Dinge aus einer anderen Perspektive.«

»Ach ja, die Mediziner. Die Menschen, die den Eid abgelegt haben zu helfen. Leider denken nicht alle so wie Sie.«

»Erklären Sie es genauer, Mr. Reeves.«

»Da gibt es nichts zu erklären. Ich dachte nur an Ihre Kollegen. Es stand vor mehreren Wochen in der Zeitung. Ein Arzt hat sich nicht um die Kinder gesorgt, sondern sie wegen ein paar Pfund arbeitstauglich geschrieben. Obwohl sie sehr krank waren, hat er sie somit dem Tode geweiht. Es ist bekannt, dass Ärzte den Fabrikbesitzern Papiere unterschreiben, die besagen, dass selbst die Kleinsten Arbeiten ausüben dürfen, die für sie gefährlich sind.«

»Ach, Mr. Reeves. Es sind Kinder aus der unteren Schicht gewesen. Sie haben keine Zukunft, und ihre Eltern hatten sie verkauft. Aber der Fabrikbesitzer Reibey, um den geht es sicherlich, gab ihnen ein Dach über den Kopf und zu Essen. Dafür mussten die Kinder arbeiten. Was gibt es daran auszusetzen?«, fragte Duncan listig. Er beobachtete, wie Clark sich nur mit Mühe beherrschen konnte. Seine Ader unter der Schläfe trat dick hervor. Auch waren seine Halsmuskeln angespannt.

»Nun, nicht jeder denkt wie Sie, Mr. Fairbanks. Anscheinend gibt es Menschen, sogar in den oberen Schichten, die andere Ansichten vertreten ...«

»... und das bewundern Sie? Heißen es gut?«

»Wissen Sie, was oder wen ich meine?«

»Ehrlich gesagt, nein. Aber jeder, der das Königreich anprangert, ist es nicht wert, dass man seinen Namen nennt. Abschaum muss vernichtet werden. Menschen, die unser System aussaugen und denunzieren, müssen aus diesem Land verbannt werden.«

Reeves kämpfte mit sich. Gerne hätte er diesem arroganten Mann seinen Standpunkt verdeutlicht. Aber er musste akzeptieren, dass es Menschen gab, die anders dachten. Nur dass Mr. Fairbanks eine so unterschiedliche Meinung hatte zu der seiner Frau, war schwer zu verstehen. Wie konnte sie mit solch einem Menschen leben? Vielleicht kannte Mr. Fairbanks nicht die Ansichten seiner Frau?

Duncan konnte sehen, wie es hinter Clarks Stirn arbeitete. Er wollte ihn aus der Reserve locken und provozierte ihn weiter. »Der Arzt, den Mister Reibey beauftragte, hatte die Kinder ordentlich untersucht. Sie waren gesund und konnten arbeiten. Daran gibt es nichts auszusetzen. Die meisten sind Faulenzer, wollen sich drücken. Wollen aber essen und einen Schlafplatz haben. Den gibt es nicht umsonst. Außerdem, Mr. Reeves, Sie wollen doch auch von schönem Porzellan essen.«

Clark wurde nervös und wollte das Gespräch beenden. Wo war nur seine Frau? Er wollte endlich gehen.

»Was denken Sie, Mr. Reeves. Sie sehen angespannt aus. Ist Ihnen nicht gut?« Duncan musste ein Lächeln unterdrücken.

»Ich muss gestehen, Mr. Fairbanks, dass ich leicht verwundert bin. Haben Sie nicht die Gefangenen in Australien, also den Abschaum, wie Sie ihn nennen, medizinisch betreut?«

»Ich bitte Sie, Mr. Reeves, für Geld tut man so manches.«

»Ich danke Ihnen für die Einladung, doch ich möchte mich nun von Ihnen verabschieden.«

»Was ist? Habe ich Sie verärgert? Wir sind doch vom gleichen Stand. Haben die gleichen Interessen.«

»Es tut mir Leid, dass Sie so denken, Mr. Fairbanks. Jedoch weiß ich, dass wir nichts gemein haben. Entschuldigen Sie bitte. Ich möchte nach Peggy sehen.«

»Meine Frau hat sich in Ihnen nicht getäuscht, Mr. Reeves«, meinte Duncan.

Fragend sah dieser auf. Sagte aber nichts, denn er hatte kein Interesse an einem weiteren Schlagabtausch. Reeves stand auf und wollte gerade den Raum verlassen, als Bobby plötzlich vor ihm stand. Reeves erkannte ihn wieder und sah ihn stirnrunzelnd an. Dann öffnete sich die geheime Tür, und Jack kam heraus.

»Sie haben dazugelernt, Mr. Reeves, und meinen Ratschlag beherzigt. Man weiß nie …«

»… wer sich noch im Raum befindet oder an der Türe lauscht«, vollendete Clark den Satz. Fragend sah er nun die drei Männer an.

»Ich hätte nicht gedacht, dass Sie so nervenstark sind und keine Namen nennen, Mr. Reeves«, lobte Jack anerkennend und reichte ihm die Hand.

»Sie sind die ›Weiße Feder‹?«, fragte Reeves erfreut und schüttelte herzlich Horans Hand. Doch der meinte kopfschüttelnd: »Nein, tut mir Leid. Sie irren sich. Früher war mein Name Jack Horan. Nun heiße ich Jack Carpenter.«

Als Clark Bobby fragend anschaute, grinste dieser und schüttelte ebenfalls sein Haupt. Ungläubig blickte er zu Duncan.

Der sah ihn ernst an und erklärte feierlich: »Willkommen in der ›Weißen Feder‹, meiner Organisation.«

In einem langen Gespräch wurde Clark Reeves mit den Pflichten und Machenschaften der ›Weißen Feder‹ vertraut gemacht. Als er hörte, dass er die Organisation leiten sollte, reagierte er ungläubig. Doch dann leuchteten seine Augen voller Stolz und Begeisterung.

Peggy Reeves aber erlitt einen Weinkrampf. Luises Erklärungen, dass das Oberhaupt stets im Hintergrund bleiben würde und mehr koordinieren als agieren würde, konnten sie nicht beruhigen.

Doch als drei Wochen später Peggy ihre Tochter Amanda in den Armen hielt, änderte sie ihre Meinung. Das hilflose kleine Wesen brachte fertig, woran Erwachsene gescheitert waren. Die Vorstellung, dass Kinder nicht geliebt wurden und willenlos und schutzlos den Machenschaften Erwachsener ausgesetzt waren, ließ Peggy ihre Ängste bezwingen. Nach einer weiteren Unterredung mit Duncan und Luise stimmte sie zu. Clark Reeves war das neue Oberhaupt der Organisation ›Weiße Feder‹.

Da Duncan bald nicht mehr die befreiten Kinder ärztlich betreuen würde, suchte er einen Ersatz. Es fand sich ein Mann, der als betreuender Arzt auf den Gefängnisschiffen mitgereist war. Dieser wollte in London sesshaft werden. Nachdem auch er seine Prüfung bestanden hatte, lockte Duncan ihn, indem er ihm seine Praxis vermachte.

An alles hatte Duncan gedacht und zu seiner Zufriedenheit geregelt. Als er und Luise eines Abends bei einem Glas Wein zusammensaßen, fragte er: »Und, Liebling, bist du nun glücklich?«

Liebevoll legte sie ihm die Arme um den Hals und antwortete: »Fast!«

Erschrocken sah er sie an, denn mit dieser Antwort hatte er wahrhaftig nicht gerechnet. Er seufzte laut und sah sie gespannt an. Mit einem Lächeln auf den Lippen erklärte Luise: »Du weißt, dass unsere Tochter direkt nach der Geburt in Kapstadt nur eine Nottaufe erhalten hat. Es wäre mein Wunsch, dass Madeleine in der kleinen Kapelle meiner Eltern auf Gut Wittenstein getauft wird. Dann wäre ich rundum glücklich.«

Worms, Oktober 1796

Die Taufe wurde ein großes Ereignis auf Gut Wittenstein. Luises Cousin Detlef, der das Gut seit dem Tod von Luises Vater leitete, hatte die kleine Kapelle mit Blumen schmücken lassen.

Bobby und Detlefs Ehefrau Miriam übernahmen die Patenschaft des kleinen Mädchens. Sie sollte auf den Namen Madeleine Colette getauft werden.

Mit Bestürzung hatten Freunde und Familie die Geschichte von Luises Freundin Colette gehört. Vor der Taufzeremonie wurde für Colette ein Gebet gesprochen. Die Dreijährige schritt an der Hand ihrer Eltern zum Taufbecken. Überwältigt von ihrem Anblick flüsterte Duncan zu Luise: »Sie sieht aus wie eine Prinzessin.«

Das halbe Dorf war zum anschließenden Festessen eingeladen. Die Köchin Anni hatte sich selbst übertroffen. Die Tische bogen sich vor Köstlichkeiten. Jeder wollte den verlorenen Sohn von Johann Robert von Wittenstein willkommen heißen. Bobby war es peinlich, wie ein Gemälde im Museum angestarrt zu werden. Immer und immer wieder musste er seine Lebensgeschichte erzählen, Luise half ihm bei der Übersetzung, denn er konnte kaum Deutsch. Die älteren Dorfbewohner, die Luises Vater noch als Jugendlichen gekannt hatten, waren von der Ähnlichkeit zwischen Vater und Sohn verblüfft.

Detlef und Bobby verstanden sich sofort. Voller Stolz zeigte Detlef seinem Cousin das Weingut und beantwortete alle Fragen über Weinanbau und Weiterverarbeitung der Reben. Da er ganz gut Englisch sprach, hatten sie keine Verständigungsprobleme.

Miriam hatte Luise sofort ins Herz geschlossen. Detlefs Ehefrau war eine sympathische junge Frau, die er vor einem halben Jahr geheiratet hatte.

Am glücklichsten von allen Menschen waren Luises Patenonkel Fritz und seine Frau Margret. Fritz strich seiner Patentochter immer wieder über den Arm und konnte nicht glauben, dass sie tatsächlich da war. Tante Margret verwöhnte Madeleine und verbrachte viel Zeit mit ihr.

Eines Abends saß Luise mit ihrem Patenonkel Fritz allein in der Bibliothek ihres Vaters. Sie schwelgten in Erinnerungen und redeten über Zukunftspläne.

»Ich bin froh, Luise, dass du dich damals durchgesetzt und deinen Bruder gesucht hast. Ohne deinen Sturkopf würde der Junge immer noch im Gefängnis sitzen. Dein Vater wäre stolz auf dich gewesen, mein Kind.«

Verlegen stammelte Luise leise: »Danke.«

Ihr Onkel räusperte sich und meinte dann: »Dass Colette in der Ferne von uns gegangen ist, ist tragisch, aber du darfst dich nicht grämen, Luise. Dich trifft keine Schuld, und ich glaube nicht, dass du ihren Fortgang hättest verhindern können. Ich vermisse Colette ebenso wie du, denn auch ich habe sie geliebt. Doch das Leben schreibt seine eigenen Kapitel. Du wirst bald wieder von uns fortgehen, und ich weiß nicht, ob wir uns je wieder sehen werden, mein Kind. Deshalb nimm diesen Ratschlag von mir mit auf diese Reise: ›Glaube immer an dich und vertraue deinen Fähigkeiten.‹«

Lachend und weinend umarmte Luise ihren Patenonkel.

Eine Woche bevor Luise und ihre Familie die lange Reise nach Australien antreten wollten, bat Bobby Luise und Duncan um eine Unterredung.

Mit Bestürzung hörten beide, dass Bobby beabsichtigte, in Deutschland zu bleiben. Er hoffte, auf dem väterlichen Weingut seine Erfüllung zu finden. Detlef hatte Bobbys Absicht mit Freuden vernommen und freute sich auf die Hilfe, da die Arbeit stetig zunahm und die Verantwortung für einen Mann allein zu groß geworden war.

Als Bobby mit glänzenden Augen von der Arbeit im Weingut schwärmte, sah Luise ihrer beider Vater vor sich. Bobby war sein Ebenbild. Mit traurigem Herzen umarmte

373

sie ihn und meinte: »Jetzt werden die Statuten unseres Urururgroßvaters Franz doch noch erfüllt.«

Verständnislos schaute Bobby seine Schwester an. Sanft lächelnd erklärte sie ihm, dass ihr gemeinsamer Urururgroßvater beschlossen hatte, dass nur ein direkter männlicher Nachkomme das Weingut erben darf.

›Second Chance‹ in Australien, 27. November 1799

Lächelnd stand Luise auf der Terrasse ihres Hauses und schaute ihren Kindern beim Spielen zu. Der zweieinhalbjährige Christopher hatte seiner Schwester den Ball abgenommen und rannte damit um einen Busch. Schimpfend lief das Mädchen ihm hinterher. Als sie ihn am Jackenzipfel erwischte, fielen beide lachend zu Boden.

Die sechsjährige Madeleine schien ihrem Vater wie aus dem Gesicht geschnitten zu sein. Ihre ehemals hellblonden Haare waren im Laufe der Jahre dunkler geworden und hatten nun die gleiche Farbe wie Duncans Haarpracht. Auch hatte das Mädchen die graublauen Augen und den schön geschwungenen Mund ihres Vaters geerbt. Es fehlte nur noch die kleine Narbe oberhalb der Lippe, dann wäre sie eine perfekte weibliche Kopie von ihm.

Christopher hingegen war das Ebenbild seiner Mutter aus Kindertagen. Er hatte blonde Locken, verträumte blaue Augen, eine stämmige Kinderfigur und stets rote Wangen, die ihm ein gesundes Aussehen verliehen. Besonders stolz war Luise, dass beide Kinder das typische Wittensteinmal am Knöchel hatten: einen Leberfleck in Sternenform.

Luises hob ihren Blick. In der Ferne konnte sie die riesige Anbaufläche von Weinstöcken erkennen, die von der untergehenden Sonne immer noch angestrahlt wurde.

Das Weingut ›Second Chance‹ war zu einer der größten und bedeutendsten Farmen in der Gegend geworden. Jack Horan war sprachlos gewesen, als er vor vier Monaten aus England hier angekommen war und das Gut besichtigt hatte. Im Moment war er mit seinen Töchtern bei Julian Deal, da dieser ihm neue Kräutermixturen zeigen wollte.

Julian lebte mit seinem Gefährten Tom Johnson außerhalb von Sydney im Landesinneren. Doch oft zog es ihn hinaus zu den Aborigines, um mit ihnen durch den Busch zu wandern. Deal war immer noch begierig, alles über die fremden Sitten und Kräuter der Eingeborenen zu erfahren.

Zufrieden seufzte Luise leise. Die untergehende Sonne spiegelte sich in den prallen Früchten der Reben. Dieses Jahr würde man die doppelte Weinmenge keltern können.

Trotz der vielen Arbeit praktizierte Duncan weiterhin als Arzt für die Gefangenen und besuchte alle zwei Wochen die umliegenden Gefängnisse. So hatte er das Gefühl, dass er hier auf dem Kontinent wenigstens etwas Ähnliches wie die ›Weiße Feder‹ fortführte.

Jack hatte ihnen stolz erzählt, dass Reeves die Organisation im Sinne von Duncan leiten würde. Auch würde seine Frau Peggy ihn bei allen Aktionen unterstützen und sich liebevoll um die geretteten Kinder kümmern. Zu ihren eigenen zwei Kindern hatten sie gerettete Zwillinge adoptiert.

Damals bei der Rückkehr der Fairbanks nach Australien waren Elisabeth und Thomas Anderson bereits auf dem Weg nach Indien gewesen. Mrs. Michigan, die Pastorengattin, hatte ihnen erzählt, dass Elisabeth ihren Mann so lange umgarnt hatte, bis er sie wieder zu sich genommen hatte. Schließlich gab es keine Frau im näheren Umfeld, wahrscheinlich in ganz Australien, die mit der Schönheit von Mrs. Anderson standhalten konnte. Und Thomas war sich der Bewunderung der übrigen Männer bewusst und sonnte sich darin. Schließlich war er als Trinker verschrien. Allerdings führte Elisabeth seitdem ein freudloses Leben an seiner Seite, da sie sich jeglichen Respekt ihres Mannes verspielt hatte und er sie dies auch spüren ließ. Duncan und Luise war deren Geschichte einerlei. Sie waren einfach nur erleichtert gewesen, dass zwischen ihnen und dem Ehepaar Anderson tausende von Meilen lagen. Beide hofften, ihnen nie mehr wieder zu begegnen. Friedensrichter James Steel war eines Morgens tot in seinem Bett gefunden worden. Auf dem Totenschein stand, dass er eines natürlichen Todes gestorben war. Ein Raunen der Erleichterung war am Tag seiner Beerdigung zart zu vernehmen. Sein Nachfolger war ein unerfahrener junger Mann, der mehr mit seiner schwangeren Frau beschäftigt war als mit der Vergangenheit von einigen Bewohnern Sydneys.

Alles schien sich irgendwie von selbst zu regeln. Luise war mit ihrem Leben mehr als zufrieden. In einem Augenblick wie diesem hätte sie die ganze Welt umarmen können.

Plötzlich hörte sie leise Schritte hinter sich, als versuchte jemand, sich anzupirschen. Als sich zwei muskulöse Arme um ihre Schultern legten und eine raue Wange sich an ihrer rieb, verzog Luise ihre Lippen zu einem Lächeln: »Ist alles gut gegangen?«, fragte sie ihren Mann.

»Ja, mein Schatz! Die Aborigines bekommen das Stück Land oberhalb der Höhle, um dort den Winter zu verbringen.«

»Wie hast du das geschafft?«, fragte sie verblüfft.

»Ich habe das Land gekauft!«, antwortete Duncan lächelnd.

»Duncan Fairbanks, du bist ein schlauer Fuchs.«

»Ich weiß, Liebling«, stimmte Duncan ihr zu und strich über Luises leicht gewölbten Bauch.

»Was würdest du davon halten, wenn wir jedes Jahr ein Baby bekommen würden?«, fragte Duncan und küsste seiner Frau zärtlich den Hals.

»Das könnte ich mir gut vorstellen«, antwortete sie lachend und drehte sich zu ihm um. Sie verschränkte ihre Arme in seinem Genick und kraulte Duncan am Haaransatz, was ihm einen tiefen Seufzer entlockte: »Du wirst mit jeder Schwangerschaft schöner und begehrenswerter.« Er küsste Luise zärtlich und zog sie fest an sich.

»Duncan, beherrsche dich. Was sollen die Kinder von uns denken?«, rief Luise entrüstet und lachte.

»Sie dürfen ruhig sehen, dass ich dich liebe. Jeder soll sehen, dass ich der glücklichste Mensch auf Erden bin.«

Luise konnte das Funkeln in seinen Augen sehen, und das stammte nicht von der roten Sonne, die langsam den Tag verabschiedete.

Duncan legte seine Wange an ihre und fragte: »Hast du Bobbys Manuskript beendet?«

Sie nickte. Mit einem Anflug von Traurigkeit in ihrer Stimme meinte sie: »Bobby hat uns damals nicht alles erzählt. Er hat viele Einzelheiten seiner Odyssee verschwiegen. Es ist erschütternd, was er durchgemacht hat. Wie brutal erwachsene Menschen mit Kindern umgehen. Unglaublich … Bobby kann sich glücklich schätzen, einen Verleger für sein Werk gefunden zu haben. Schließlich geht dieser ein großes Risiko ein, da die Missstände nun schwarz auf weiß nachzulesen sein werden.« Sie drehte sich in Duncans Armen, sodass sie nun mit dem Rücken zu ihm stand und ihre Kinder sehen konnte.

Madeleine pflückte Blumen, und Christopher versuchte, zwei Schnecken zu einem Schneckenrennen zu animieren. Die Eltern mussten ein lautes Lachen unterdrücken, als ihr Sohn aufgab und sich nun Ameisen als Renntiere suchte.

»Ich bin dankbar und froh, dass wir Bobby gefunden haben. Dass er jetzt ein glückliches Leben führen kann. Beim Lesen der Seiten ist mir wieder bewusst geworden, welch ein beneidenswertes Leben wir führen. Madeleine, Christopher und Nummer drei werden als freie Menschen aufwachsen. Sie müssen keinen Hunger leiden und sie werden geliebt. Ich bete, dass es niemals anders werden wird.«

Duncan hatte Luise schweigend zugehört. Er blickte zurück auf das Haus, roch den Duft von Mandeln in Luises Haar, küsste ihren Hals und fuhr mit der Hand zärtlich über ihren Bauch. Er sah lächelnd zu seinen Kindern, die ihm zuwinkten und auf ihn zurannten. Dann legte Duncan seine Wange an die Wange seiner Frau, blickte in den roten, glühenden Ball, der nun den Horizont erreicht hatt und meinte seufzend: »Das wäre wunderbar.«

Ende

Dank

Auch bei diesem Buch ist die letzte Seite all denen gewidmet, die mich unterstützt haben, indem sie mir mit Rat und Tat zur Seite standen, mich motiviert, meine Launen ertragen und sich über den Erfolg gefreut haben.

Ein großes Danke an:

Meine Freundin Monika M. Metzner, die auch dieses Werk unermüdlich korrigierte und lektorierte, obwohl sie sehr wenig Zeit hatte. Auch bei dieser Geschichte waren wir nicht immer einer Meinung, was dem Buch nur zugute kam. Ihre direkte Art, mir Situationen oder Dinge anschaulich zu vermitteln, gab diesem Buch das i-Tüpfelchen.

Meine Freundin Friederike Görres, die ebenfalls oft bis in die Nacht verbesserte, kritisierte, aber auch lobte. Ihre Begeisterung für die Geschichte motivierte mich jedes Mal aufs Neue und brachte mich Schritt für Schritt weiter.

Meine Tochter Madeleine und meinen Sohn Carsten Zinßmeister, die viel Verständnis für ihre gestresste und genervte Mutter aufgebracht haben. Manche Erinnerung an ihre Kindheit durfte ich durch dieses Buch wieder durchleben.

Meinen Mann Helmut Zinßmeister – für seine Zuversicht und dass er eine nicht versiegende Quelle an guten Sprüchen ist. Alles andere sage ich ihm lieber persönlich.

Meine Schwester Manuela Jungen, die stets positiv gestimmt ist und mich immer wieder aufmunterte, außerdem Werbung für ›Fliegen wie ein Vogel‹ machte und mich dadurch nach vorne brachte.

Ihren Mann Michael und ihre Tochter Louisa, meinem wohl jüngsten Fan.

Meinen Bruder Marko Rauscher und seine Freundin Susanne Groß, die tapfer auf jeder Lesung (und es waren einige) anwesend waren und mir dadurch die Angst vor dem Neuen nahmen.

Meine Eltern Magdalena und Ernst Rauscher, die sogar auf Mallorca von meinem Buch erzählten, sodass es bis in die Schweiz gelangte.

Meine Freundin Elke Morgenstern, die in kürzester Zeit ›rückwärts‹ lesen musste und mir damit sehr behilflich war.

Herrn Gerhard Albrecht-Jung, dem keine Recherche zu viel war und sogar bis Indien nachforschte, um mir meine komplizierten Fragen zu beantworten.

Alle Journalistinnen und Journalisten, Fotografen und deren Printmedien Wochenspiegel, Saarbrücker Zeitung und BILD-Saarland sowie das Fernsehteam vom ›Aktuellen Bericht‹ und ›Kulturspiegel‹, beide vom saarländischem Fernsehen ›SR‹, für die wundervollen Berichterstattungen über meine Autorentätigkeit und mein Erstlingswerk ›Fliegen wie ein Vogel‹.

Alle Buchhändler und Vereine, die mich zu einer Buchlesung eingeladen und mein Buch ›Fliegen wie ein Vogel‹ dadurch bekannt gemacht haben.

Meine Agentin Frau Ingeborg Rose, meiner Herausgeberin Frau Isolde Wehr mit ihrem Team vom area verlag für die Unterstützung, innerhalb von sechs Monaten zwei Bücher von mir auf den Markt zu bringen.

Meine Lektorin Christina Kuhn, durch die nicht nur mein Buch ›runder‹, sondern auch meine Computerkenntnisse verbessert wurden.

Meiner Korrektorin Ulrike Kraus für die tatkräftige Unterstützung in allen Fragen bezüglich der deutschen Rechtschreibung.

Das Team von agilmedien, das mir meinen Coverwunsch erfüllte.

Herrn Andreas Paqué für Satz und Layout.

Und zum Schluss an die Leser von ›Fliegen wie ein Vogel‹, die jetzt auch dieses Buch gelesen haben.

Allen ein herzliches DANKESCHÖN!

www.deanazinssmeister.de